FABIAN LENK

APP
to die

FABIAN LENK

APP to die

THRILLER

GMEINER

Dieses Werk wurde vermittelt durch die Autoren- und Projektagentur
Gerd F. Rumler (München)

Immer informiert

Spannung pur – mit unserem Newsletter informieren wir Sie
regelmäßig über Wissenswertes aus unserer Bücherwelt.

Gefällt mir!

Facebook: @Gmeiner.Verlag
Instagram: @gmeinerverlag
Twitter: @GmeinerVerlag

MIX
Papier | Fördert
gute Waldnutzung
FSC® C083411

Besuchen Sie uns im Internet:
www.gmeiner-verlag.de

© 2023 – Gmeiner-Verlag GmbH
Im Ehnried 5, 88605 Meßkirch
Telefon 0 75 75 / 20 95 - 0
info@gmeiner-verlag.de
Alle Rechte vorbehalten
1. Auflage 2023

Lektorat: Claudia Senghaas, Kirchardt
Herstellung: Mirjam Hecht
Umschlaggestaltung: U.O.R.G. Lutz Eberle, Stuttgart
unter Verwendung eines Fotos von: © malshak_off / stock.adobe.com;
sandsun / stock.adobe.com;
Alexander Limbach / stock.adobe.com
Druck: CPI books GmbH, Leck
Printed in Germany
ISBN 978-3-8392-0452-8

1.

LeRêve stand im Licht mehrerer Spots auf der kleinen Bühne der Villa, das Mikrofon in der Hand. Allein und verlassen, schutzlos und ausgeliefert. Das Gesicht war aschfahl, der Mund nur noch ein Strich. Die Unterlippe bebte. LeRêve wollte schreien, anschreien gegen das höhnische Gelächter, das den Raum flutete, nachdem die letzten Töne des Songs verklungen waren. Doch LeRêve blieb stumm. Fassungs- und sprachlos angesichts der Demütigung, der Vernichtung.

Es war ein Song, den LeRêve selbst geschrieben und vorgetragen hatte und der die Eintrittskarte hatte sein sollen in die Welt der Stars. Der Beginn einer beispiellosen Karriere. Doch statt Beifall gab es nur Häme.

Welch Ignoranz, welch Überheblichkeit dieser Leute, bei denen es sich ausnahmslos um berühmte Produzenten, Komponisten und Interpreten handelte, vor denen LeRêve heute hatte auftreten dürfen wie vor einer Jury. Innerhalb von wenigen Sekunden hatten sie das zerstört, wofür LeRêve lebte.

Das Lachen musste aufhören. Jetzt und für immer.

LeRêve griff zum Handy, das auf dem weißen Flügel lag, und berührte eine App, mit der sich die komplexe Haustechnik der Villa und deren Roboter kontrollieren und steuern ließen.

Eine Minute später, das Lachen hatte noch zugenommen, glitt eine automatische Tür in der gegenüberliegenden Wand zur Seite und ein humanoider Roboter, der wie ein Butler gekleidet war, betrat vollkommen geräuschlos den Raum mit der vier Meter hohen Decke. Nur die rubinroten Pupillen unterschieden die Maschine von einem Menschen. Ihm folgte eine junge Frau. Auch sie war ein Roboter, trug jedoch ein Dienstmädchenoutfit. Sie stellte sich neben die Tür.

Der Butler näherte sich von hinten der kleinen und überaus prominenten Gästeschar in den eleganten Ledergarnituren. Auf dem Tablett des Roboters standen jedoch diesmal keine vollen Champagnergläser. Ein elektrisches Küchenmesser mit einer 20 Zentimeter langen Klinge lag darauf.

Ein helles, unternehmungslustiges Geräusch erklang, als der Butler einen Schalter an dem Messer drückte.

LeRêve beobachtete, wie der Roboter den Kopf des derzeit erfolgreichsten Produzenten Deutschlands nach hinten riss und dessen Hals förmlich über die Rückenlehne des Sofas spannte. Dann glitt die Klinge auf Höhe des Kehlkopfs ins Fleisch. Das dümmliche Lachen verstummte, Blut spritzte in hohem Bogen aus der klaffenden Wunde. Während der Produzent nur noch ein gurgelndes Geräusch hervorbrachte, was das Blut weiter sprudeln ließ, begannen die anderen Ignoranten zu schreien. Sie sprangen auf, wollten fliehen, stürzten zur Tür.

LeRêve verriegelte sie mit der App. In Panik trommelten die Eingeschlossenen gegen die Tür.

Unwürdig, aber auch irgendwie erheiternd. LeRêves Gesichtszüge entspannten sich. Der Schock wegen der Demütigung wich und schuf Platz für Zufriedenheit, wenn nicht gar Freude.

Jetzt schrien die Gäste das Dienstmädchen an, ihnen zu helfen. Aber das starrte nur geradeaus zur Bühne. Zu LeRêve.

Ein Mann zog sein Smartphone hervor, vermutlich, um die Polizei rufen. Doch seine Hand wurde vom Küchenmesser abgetrennt, das Telefon fiel zu Boden und wurde von den spitzen Absätzen der Damen zertrampelt.

Während sich die meisten Gäste wie Schafe vor der Schlachtbank zusammendrängten, stürzten sich zwei von ihnen auf den Butler, wohl in dem lächerlichen Glauben, die Maschine überwältigen zu können.

Wie unbeholfen wirkten doch ihre Aktionen im Vergleich zu den fließenden, schon fast tänzerischen Bewegungen der Maschine. Der Angriff auf den Roboter war wieder ein Ausdruck der Überheblichkeit, der völligen Fehleinschätzung der Lage, in der sich die Gäste befanden.

Ein Homo Digitalis war dank seiner Künstlichen Intelligenz seinem simplen Sapiens-Vorgänger nicht nur körperlich haushoch überlegen. Sein Computerhirn arbeitete deutlich schneller als das eines Menschen, es konnte wesentlich mehr Informationen speichern, vergaß nichts, brauchte keine Pausen, konnte sich besser mit anderen Computerhirnen vernetzen beziehungsweise austauschen und entschied aufgrund seiner immensen gespeicherten Datenmengen innerhalb von Sekundenbruchteilen, was richtig war und was nicht, während Menschen mitunter ewig herumlavierten, wie es denn nun weitergehen sollte.

Der Roboter stieß die beiden Männer mühelos zu Boden. Wieder glitt die harte Klinge in weiches Fleisch, zerschnitt kleine Knochen, zerfetzte Arterien, kappte Sehnen und Bänder und bohrte sich in die Herzen der Lästerer. Das Parkett färbte sich zunehmend rot.

Nach einem weiteren App-Befehl griff auch das Dienstmädchen ein, und zwar mit einem ebenso handlichen wie massiven Fleischklopfer, den sie aus der Schürze zog. Nun spritzte das Blut auch gegen die Tür und die Wände.

LeRêve betrachtete das Schauspiel voller Genugtuung. Es war wirklich schön, eine grandiose Symphonie des Todes. Von LeRêve komponiert, von einer App dirigiert und von zwei wundervollen humanoiden Robotern aufgeführt.

Das Pack, das vor LeRêves Augen aus dem Leben schied, hatte es verdient. Warum hatten sie auch gelacht?

Der Auftritt vor der musikalischen Creme de la Creme war wichtig für LeRêve gewesen. *Die* Chance, um den großen Traum, den LeRêve seit Jahren nicht nur träumte, sondern vollkommen verinnerlicht hatte und lebte, zu verwirklichen.

Der Künstlername LeRêve war keine Laune, kein Zufallsprodukt oder wie bei *Modern Talking*, den Pop-Ikonen der 1980er-Jahre, die Mischung aus Namensteilen von zwei Bands, die damals an der Spitze der Charts gestanden hatten. Der Name war ein Programm, ein Auftrag, ein Versprechen, zumindest aber eine große Hoffnung. LeRêve lebte für diesen Traum, war besessen davon, in die Charts-Elite aufzusteigen, und bereit, dafür alles zu geben, aber auch, sollte es nötig sein, alles zu nehmen.

Definitiv alles. So wie jetzt.

LeRêve hatte das Zeug zum Star. Die Stimme, das Talent, die Kreativität und vor allem den unbedingten Willen. Niemand war besser. Die Musikwelt musste LeRêve nur noch erleben dürfen. Heute hätte der Startschuss fallen sollen.

Diese Prominenten hier hatten das jedoch gerade verhindert. Deren Reaktion auf LeRêves Darbietung war eindeutig gewesen. Aber ohne den Support von den wenigen Wichtigen in der Musikwelt war es für unentdeckte Talente wie LeRêve ausgeschlossen, aus dem Schatten der Bedeutungslosigkeit hervorzutreten.

Was trieb diese Menschen an, warum hatten sie LeRêve buchstäblich nicht erhört? War es Eifersucht, Angst vor Konkurrenz, Neid?

Egal, es spielte keine Rolle.

Die Schreie und das Flehen der einst Mächtigen waren jetzt LeRêves süßer Beifall, der jedoch bald verebbte, weil die Roboter auch die letzte Kehle durchtrennt hatten.

Es wurde still, vollkommen still, und LeRêve schloss die Augen.

Lächelnd öffnete LeRêve die Augen wieder. Wie ein Taucher, der langsam zur Oberfläche strebt, glitt LeRêve aus den Tiefen des Traumes ans Licht des Hier und Jetzt – und LeRêve wurde klar, dass es dieser eine, ganz bestimmte maladaptive Traum gewesen war, der seine Keimzelle in einer wahren Begebenheit hatte.

LeRêve saß im Schneidersitz an einer senkrecht abfallenden Felskante und sah über den im Sonnenlicht funkelnden Königssee sowie die roten Kuppeldächer und Zwiebeltürmchen der St. Bartholomä-Kirche hinweg zum gewaltigen Watzmann-Massiv. Doch nicht wegen der spektakulären Aussicht war LeRêve hier, sondern wegen der Felskante und der Nähe zum Tod und den damit verbundenen Sehnsüchten und Fantasien.

LeRêve konzentrierte sich, und der Traum hielt sich noch ein wenig in den Gedanken: der missglückte Auftritt, die blasierten Zuhörer, die Roboter, das Küchenmesser, der Fleischklopfer …

Maladaptive Träume begleiteten LeRêve schon seit vielen Jahren. Bereits als Kind hatte LeRêve sie durchlebt, oft genossen und nur selten gefürchtet. Es war eine Gabe, ein stundenlanges Abtauchen in die Unendlichkeit der Fantasie, aber keine Flucht in dieselbe. Wer konnte das schon?

Wirklich reich ist der, der mehr Träume in seiner Seele hat, als die Wirklichkeit zerstören kann, hatte der von LeRêve geschätzte Dichter Hans Kruppa es formuliert.

Wie wahr.

Der Tod war ein häufiges Thema von LeRêves Träumen, aber nicht im Sinne von etwas Vergänglichem oder von einem wie auch immer gearteten Ende. Vielmehr waren die Träume die Pforte zu etwas Neuem. Eine Chance womöglich, ein Aufbruch. Aber wohin? LeRêve wusste es nicht, und das war gut, weil so das Ende stets offenblieb und die Träume und die damit verbundenen fantastischen Reisen nicht in eine bestimmte Bahn gelenkt wurden. Immer wieder waren es auch Träume von Karriere und Ruhm. Außerdem schenkten die Träume LeRêve Kreativität. Die besten Songs waren LeRêve bei maladaptiven Träumen eingefallen.

Die Tagträume kamen nicht aus heiterem Himmel. LeRêve konnte sie bewusst herbeiführen. Voraussetzungen waren nur ein bestimmter Ort wie dieser und Abgeschiedenheit. Doch nicht alle verstanden das, die meisten sogar verkannten das Potenzial – wie LeRêves Eltern.

Als LeRêve elf Jahre alt war, hatten sie einen Termin bei einem Kinderpsychologen vereinbart. Grund waren LeRêves stark nachlassende Schulleistungen gewesen, aber auch die Sorge der Eltern, wenn sie ihr geliebtes Kind nach stundenlanger Suche an einem verlassenen Ort fanden – in sich ruhend, aber nicht wirklich anwesend. Damals hatte sich LeRêve noch in die Welt der altgriechischen Helden geträumt und erste Kurzgeschichten verfasst, in denen diese Helden mitspielten – und LeRêve selbst. Die Musik kam erst später.

Der Psychologe hatte im Gespräch schnell herausgefunden, dass LeRêve unter maladaptiven Tagträumen »litt«, wie er es nannte.

»Wissen Sie«, hatte er zu LeRêves Eltern gesagt und das Kind dabei geradezu übersehen, »im Mittelpunkt solcher Träume steht eine perfektionierte Version der eigenen Person. Der Träumer wird zu dem, was er sein will. Das kann harmlos sein, denn wer hat nicht schon einmal davon geträumt, ein Sport- oder Musikstar zu sein? Doch sollten die Traumsequenzen zu oft auftreten und zu lange dauern, können sie zu Isolation und Wahnvorstellungen führen. Der Träumer verfängt sich in einer idealisierten Parallelwelt, aus der er oft nur schwer wieder herausfinden kann oder auch will.«

Das habe ein gewisses und nicht zu unterschätzendes Suchtpotenzial, hatte der Experte weiter ausgeführt, weil die Parallelwelt einen Ausweg aus Sorgen und Nöten böte. Das sei eine Form des Eskapismus. Nicht selten würden maladaptive Tagträumer zudem unter Depressionen und Angststörungen leiden.

LeRêve hatte nur in sich hineingelächelt. Was für ein Unsinn. Schon damals hatte LeRêve gespürt – nein: gewusst – dass man die Träume mit dem komplizierten Namen nicht fürchten musste, sondern nutzen und sogar lieben konnte. Sie boten ein ungeheures Potenzial, von dem diejenigen, die diese Gabe nicht hatten, nichts ahnen konnten.

Der Psychologe hatte schließlich vorgeschlagen, dass die Eltern LeRêve beobachten sollten. Würde sich der Zustand nicht bessern, sei eine umfassende Therapie sinnvoll.

Um der zu entgehen, hatte sich LeRêve nur dann in die Träume zurückgezogen, wenn Vater und Mutter weg waren. Die Schulnoten hatten sich gebessert und die Eltern sich damit abgefunden, ein vielleicht etwas ungewöhnliches Kind zu haben, um das sie sich jetzt aber weniger Sorgen machen mussten.

LeRêve blinzelte ins Sonnenlicht. Der Traum hatte sich zurückgezogen und die Bühne endgültig frei gemacht für das, was wirklich schien. Aber das spielte keine Rolle. Vor allem deshalb, weil der Traum nicht mehr lange ein Traum bleiben würde, wenn alles nach Plan lief.

Denn schon bald kamen all diejenigen, die in diesem Traum getötet worden waren, zusammen. In einem hochmodernen und mittels einer App gesteuerten *Smarthome* wollten sie den Geburtstag eines Mega-Stars feiern. Die Einladungen, also die Todesurteile, waren schon ausgesprochen oder geschrieben und verschickt.

In Gedanken hörte LeRêve das Küchenmesser surren und lächelte.

2.

Keuchend hielt Ela inne. Was war das gewesen? Ein Knacken, als wäre jemand auf einen trockenen Ast getreten. Dann ein Rascheln im Gebüsch gleich neben dem Maximiliansreitweg. Sie lauschte. Vogelgezwitscher, das Summen von Bienen, das ferne Rauschen des Verkehrs auf der Bundesstraße 20 beim Hallthurm-Pass am Rand des Bischofswieser Ortsteils Winkl. Aber sonst? Nichts, was Elas Argwohn weiter befeuert hätte.

Dennoch suchte sie die bergige Umgebung gründlich mit den Augen ab. Nadelbäume, Büsche und Gesteinsbrocken aus Dachsteinkalk, die sich am Ende der letzten Eiszeit vor über 10.000 Jahren von den umliegenden Bergen gelöst hatten und in die Talenge von Hallthurm gestürzt waren. Manche waren so klein wie eine Faust, andere so groß wie ein Haus.

Ela wollte sich gerade wieder in Bewegung setzen, als sie für den Bruchteil einer Sekunde einen länglichen Schatten zu sehen glaubte, der aber sofort hinter einem der größeren Steinbrocken verschwand.

Hatte ihr die Fantasie nur einen Streich gespielt, oder war das ein Hund gewesen – ein womöglich frei laufender Hund? Ela schluckte, ihr Puls beschleunigte sich.

Schon als Kind hatte sie Respekt vor Hunden gehabt. Als Ela im Teenageralter von einem nicht angeleinten Hund gebissen worden war, hatte sich dieser Respekt jedoch in Angst gewandelt.

Aber jetzt lag der Wald wieder ruhig vor ihr. Kein Hund weit und breit. Jedoch war das Gelände unübersichtlich.

Ela spielte mit dem Gedanken, die halbe Stunde bis zum Parkplatz zurückzulaufen, wo ihr hellblaues Beetle-Cabrio stand, und zu ihrer Wohnung in Berchtesgaden zurückzufahren.

Doch dann beschloss sie, dass sie sich geirrt hatte. Hier war kein Hund. Fertig, aus.

Außerdem brauchte sie jetzt den Sport, um den Kopf klar zu bekommen. Am liebsten hätte sie sich beim *Arrowtag* ausgepowert, aber dafür brauchte sie Mitspieler, die genauso gern mit Pfeil und Bogen umgingen wie sie selbst – und ihre *Arrowtag*-Freunde hatten heute keine Zeit gehabt. Auch Karatetraining – Ela hatte bereits den Hachidan, also den achten Dan – wäre ideal gewesen, aber das Studio war gerade geschlossen. Es blieb also nur das Laufen.

Ela setzte sich wieder in Bewegung. Immer, wenn sie beim Komponieren nicht weiterkam, trieb sie Sport. Noch vor einer Stunde hatte Ela am Klavier in ihrer Wohnung gesessen. Ihre Finger waren über den Tasten geschwebt – aber die Eingebung war nicht gekommen. Also war Ela in die Trainingsklamotten geschlüpft und hierhergefahren. Gerade beim Laufen waren ihr schon öfter gute Ideen gekommen.

Elas Stern am deutschen Pop-Himmel war gerade aufgegangen. Mit ihrem Debüt-Album *Warum nicht*, auf dem eine Mischung aus nachdenklichen und unverfänglich-positiven Songs zu hören war, hatte sie einen Volltreffer gelandet und stand derzeit auf Platz vier der deutschen Charts hinter The Weeknd, Adele und Helene Fischer.

Entdeckt worden war sie per Zufall bei einem Talentwettbewerb durch niemand anderen als den deutschen Schlagerstar und Produzenten schlechthin: von Sunny Sommer, dessen modernes, mit einer App steuerbares *Smarthome* inklusive Aufnahmestudio und humanoider Roboter ganz in der Nähe lag.

Ein Smarthome mochte ganz praktisch sein, andererseits fragte sich Ela immer, was wäre, wenn die Technik einmal nicht funktionierte. Brauchte man unbedingt eine App, um einen Heizkörper zu steuern? Sie stellte die gewünschte Temperatur ganz einfach per Hand ein und pfiff auf teure Computertechnik.

Noch kritischer sah sie die humanoiden Roboter, die sich von Menschen fast nicht unterschieden.

Sie mochten hochintelligente, extrem kräftige und jederzeit verfügbare Diener und auf ihre Art perfekt sein. Aber Ela traute den Maschinen in den menschlichen Hüllen nicht. Wer wusste schon, was wirklich in denen vorging oder zu was sie in der Lage waren? Und wer garantierte, dass der hoffnungslos unterlegene Mensch nicht die Kontrolle über das verlor, was er erschaffen und mit einer überragenden Künstlichen Intelligenz versehen hatte?

Der technikverliebte Sunny sah das anders. Roboter faszinierten ihn. Er hat seine drei Exemplare nach den griechischen Göttern Ares, Peitho und Kybele benannt.

In einer Woche war Ela zu Sunnys Party anlässlich seines 40. Geburtstages eingeladen. Freitagabend ging es los, sie würden in den Geburtstag hineinfeiern. Es sollte Ela nicht wundern, wenn Sunny seine Gäste mit den Robotern auch ein wenig beeindrucken wollte. Aber das war auch seine einzige Macke.

Während Ela den leicht ansteigenden Weg hinaufrannte, dachte sie an ihre erste Begegnung mit Sunny zurück, die alles verändert hatte. Der Mega-Star, groß, charmant und gut aussehend, hatte sie nach ihrem Auftritt angesprochen, und Ela war aus allen Wolken gefallen, als er ihr das Angebot gemacht hatte, sie zu produzieren.

Sunny, der damals gerade seine in den Boulevardmedien breitgewalzte Scheidung von der Schlagersängerin Mona de Luna hinter sich hatte, hatte sie zum einen beeindruckt. Zum anderen war Ela auf der Hut gewesen. Sie wusste zwar, dass es nahezu unmöglich war, sich auf eigene Faust im Musik-Business durchzusetzen, und dass sie jemanden wie Sunny brauchte, um voranzukommen. Ohne Kontakte lief in dieser Branche nichts. Es war schließlich leider weniger von Bedeutung, was man konnte, sondern mit wem.

Daher hatte sie trotz ihres großen Talentes, unzähliger Gesangsstunden und ihrer Träume von einer Karriere als Musikerin nach dem Abitur Jura studiert. Während des Studiums hatte sich Ela auch intensiv mit den Verträgen beschäftigt, die junge und unerfahrene Newcomer unterschrieben beziehungsweise unterschreiben mussten, weil sie als Nobodys gar keine andere Wahl hatten.

Nicht selten bedeutete diese Unterschrift den Verzicht auf jegliche Einnahmen aus Downloads oder CD-Verkäufen. Schlimmer noch: Sie bedeutete Schulden.

Die Labels waren äußerst erfindungsreich, wenn es darum ging, die Musiker zur Kasse zu bitten. Musikvideos, für die zwischen 50.000 und 250.000 Euro fällig waren – für Michael Jacksons *Scream* waren es sogar zehn Millionen Dollar – wurden mit den ohnehin schmalen Lizenzbeteiligungen der Künstler komplett verrechnet, ebenso Werbung im Fernsehen, im Radio oder auf Plakaten. Die Betreuung des Künstlers ließen sich die Labels zudem zusätzlich mit etwa 20 Prozent aller Band- oder Solo-Interpreten-Einnahmen bezahlen.

Sämtliche Gagen liefen über die Konten der Plattenfirmen, die den Künstlern solange nichts auszahlten, bis diese ihre durch die Verrechenbarkeit entstandenen Schulden abgetragen hatten.

Sunny hatte sich überrascht gezeigt, wie gut informiert Ela war.

Noch am selben Tag hatte Ela mit ihm und dessen Bruder, dem Rechtsanwalt Thorben, einen absolut fairen Deal ausgearbeitet. Sie hatte ihm viele wichtige Vertragsdetails diktiert, nicht er ihr. Sunny hatte mitgespielt und sich, wie er etwas steif formulierte, auf die weitere Zusammenarbeit gefreut. Die währte nun seit knapp einem Jahr.

Ela hatte ihren Job als Rechtsanwältin an den Nagel gehängt und sich auf ihre Karriere als Musikerin gestürzt. In beachtlichem Tempo hatte sie mit Sunnys Unterstützung ihr erstes Album herausgebracht.

Ela geriet ins Stolpern und bemerkte, dass ihr rechter Schnürsenkel aufgegangen war. Als sie sich hinkniete, um ihn zu binden, drang ein leises Grollen an ihre Ohren. Angst kroch in Elas Blick, und sie war versucht aufzuspringen und loszusprinten. Doch sie beherrschte sich – eine derart unbedachte Aktion könnte das Vieh nur noch mehr reizen, seinem Jagdinstinkt nachzugehen.

Aber wo war das Tier? Elas Blick schoss in alle Richtungen. Nichts. Sie war allein.

Halt, Moment. Ein Augenpaar, von einem satten Rot und durchdringend, blitzte in dieser Sekunde zwischen Zweigen auf. Oder hatte sie sich erneut getäuscht?

Ela rieselte ein Schauer den Rücken hinunter. Sie war wie gelähmt. Starr war ihr Blick auf die Zweige gerichtet. Eine Minute verstrich, aber nichts brach aus dem Unterholz und sprang sie an.

Also doch nur ein weiterer Fehlalarm ihrer Sinne? So musste es sein.

Die Erstarrung wich, und Ela atmete tief ein und aus. Langsam beruhigte sich ihr Herzschlag.

Etwa 20 Meter vor ihr zweigte ein gesperrter Privatweg ab. Ela wusste, dass er zu Sunnys Domizil führte. Dort wäre sie in Sicherheit, falls doch etwas hier herumlief, was hier nicht herumlaufen durfte.

Ela bog in den Weg ab, der steil anstieg. Sie wurde langsamer, bis sie schließlich eher walkte als lief. Ela bemühte sich um einen gleichmäßigen Takt, um eine gewisse Monotonie ihrer Bewegungen – denn genau diese führte bei ihr oft dazu, dass sie sich auf etwas völlig anderes hervorragend konzentrieren konnte – wie eben auf die Komposition, mit der sie vorhin nicht weitergekommen war, aber von der sie ahnte, dass sie etwas Großes werden konnte. Den Refrain hatte Ela bereits im Kopf, aber an den Strophen haperte es, von den Bridges ganz zu schweigen. Es war wie ein Puzzle, dessen Teile zwar irgendwie zusammengehörten, die aber noch nicht richtig lagen.

Ela fokussierte sich auf die erste Strophe. Ihre Füße bewegten sich jetzt im Takt, den das Stück haben würde, und im Geiste sah sie sich an dem Klavier sitzen, das ihre Mutter ihr einmal geschenkt hatte.

Dorothea von Opdenhövel verachtete die Musik ihrer Tochter.

»Seicht-süßer Honig, der die Sinne verklebt« oder »Schlafmittel für simple Geister« waren noch die freundlicheren Beschreibungen der einstigen Sopranistin, die auf allen großen Bühnen der Welt in Rollen wie der Floria Tosca, Medea, Lady Macbeth oder Madame Butterfly brilliert hatte.

Auch Elas Erfolg stimmte Dorothea von Opdenhövel nicht um. Ganz im Gegenteil. Wie könne Ela sich nur darüber freuen, einen großen Beitrag zur Volksverblödung beizusteuern?

Ela hatte unter der Arroganz und Abwertung ihrer Mutter immer gelitten. Es war ihr einfach nicht gelungen, sich von ihr emotional abzukoppeln, auch wenn sie sich das schon 1000 Mal vorgenommen hatte.

Weitaus herzlicher war Elas Verhältnis zu ihrem Vater, einem früheren Richter, von dem sie das Interesse an Jura geerbt hatte. Wie kein anderer konnte Jochen von Opdenhövel komplexe juristische Zusammenhänge einfach, aber vor allem auch amüsant erklären.

Doch wenige Jahre nach seiner Pensionierung war er dement geworden und litt zunehmend unter Verwirrtheit. Wache Phasen wechselten mit solchen, in denen er Angst, Halluzinationen und Wahnvorstellungen hatte. Inzwischen war Jochen von Opdenhövel in einer Pflegeeinrichtung untergebracht.

Ela besuchte ihren Vater regelmäßig. Wenn er einen guten Tag hatte, gingen sie ein kurzes Stück zusammen spazieren. An schlechten Tagen saß sie einfach nur an seinem Bett, streichelte seine Hand und erzählte ihm etwas – von ihrer Musik, ihren Erfolgen oder auch nur etwas Alltägliches. Manchmal reagierte er, manchmal auch nicht. Dann war es, als spräche Ela zu sich selbst.

Ela verdrängte die düsteren Gedanken. Erneut war sie abgeschweift. Sie suchte nach dem musikalischen Faden und wollte ihn gerade wieder aufnehmen, als sie hinter sich erneut das Grollen vernahm.

Ela drehte sich um. Etwa 50 Meter entfernt lauerte ein Dobermann auf dem schmalen Weg. Ein Muskelpaket, das über die zweitgrößte Beißkraft unter den Hunderassen verfügte. Diese entsprach fast der eines Löwen. Rute und Ohren des Hundes mit dem seidig schwarzen Fell und den braunen Pfoten waren aufgestellt, die seltsam rubinroten Augen auf Ela gerichtet. Er hob die Lefzen, ein Knurren drang aus seiner Kehle. Dann katapultierte er sich nach vorn und schoss mit einer nahezu geräuschlosen und absolut beeindruckten Athletik auf Ela zu.

Ela hetzte den Weg hinauf.

Im Rennen wandte sie sich um und registrierte zu ihrem Entsetzen, dass der Dobermann die Distanz zu ihr bereits halbiert hatte.

Panisch blickte sie wieder nach vorn, hielt Ausschau nach einem Baum, den sie erklimmen konnte.

Ihr Atem ging stoßweise, ihr Puls raste. Nichts, nichts, nichts. Die unteren Äste der Bäume würden ihr Gewicht niemals tragen. Dann wenigstens ein Knüppel, um das Biest in die Flucht zu schlagen. Aber nirgends lag ein dicker Ast herum.

Jetzt war das Hecheln des Köters ganz nah. Viel zu nah. Das Vieh musste direkt hinter ihr sein.

»Kerberos!«, schallte ein Befehl durch den Bergwald. »Stopp!«

Ela wandte sich abermals um. Der Dobermann war wenige Meter hinter ihr stehen geblieben und hatte seine merkwürdigen Augen nach links gerichtet.

Ela folgte dem Blick und sah nun, wie Sunny hinter einem hohen Baum hervortrat und den Hund zu sich heranpfiff. Kerberos, wie das Vieh offenbar hieß, parierte schwanzwedelnd.

Elas Panik wandelte sich erst in unendliche Erleichterung, dann in Wut.

»Ist das etwa dein Köter?«, schrie sie Sunny an und machte einen Schritt zurück, als der Schlagerstar mit dem Dobermann ganz entspannt auf sie zu kam.

Sunny streichelte den Kopf des Rüden. »Aber sicher«, sagte er. »Du musst keine Angst vor ihm haben. Kerberos wollte nur spielen.«

»Klar, nur spielen«, zischte Ela.

»Tut mir leid, wenn er dich erschreckt hat«, sagte Sunny und lächelte entwaffnend. »Kerberos ist kein echter Hund, er ist eine Maschine, die nur das tut, was man ihr befiehlt. Ich bin Kerberos' Primärer User. Er gehorcht mir aufs Wort. Ich kann ihn auch über eine App auf meinem Handy steuern, und, falls es nötig sein sollte, auch in seine Grundprogrammierung eingreifen. Kerberos sieht täuschend echt aus, nicht wahr?«

»Großartig, noch eine von diesen verdammten Maschinen«, stieß Ela hervor. Sie hätte es an den roten Pupillen erkennen können. Die hatten auch die anderen Roboter Ares, Peitho und Kybele in Sunnys *Smarthome*. Das was das Einzige, was diese Dinger von ihren menschlichen beziehungsweise tierischen Vorbildern unterschied.

Sunny überging ihre Kritik. »Kerberos stammt von derselben Firma wie meine humanoiden Roboter. Ich habe ihn erst gestern bekommen«, berichtete er, während er Kerberos hinter den Ohren kraulte. »Der hat mich wieder ein kleines Vermögen gekostet.«

Ela lachte verächtlich. »Hast du keine Angst, dass ein Jäger dein kleines Vermögen mit einem gezielten Blattschuss zerstören könnte?«

»Nein, überhaupt nicht. Kerberos bemerkt den Jäger viel früher als der ihn. Da sollte eher der Jäger Angst haben.«

»Wie dem auch sei, du hättest mir von dem Vieh erzählen müssen«, meinte Ela scharf. »Wir haben doch gestern erst telefoniert.«

Sunny hob bedauernd die Schultern. »Ja, du hast recht. Sorry. Darf ich dich auf einen Kaffee einladen? Oder auf ein Glas Champagner?«

»Nein«, stieß Ela hervor, deren Wut allerdings allmählich verrauchte.

»Ach, komm schon«, bat Sunny. »Ich möchte das wenigstens ein bisschen wiedergutmachen. Gib mir eine Chance, Ela.«

»Dir? Niemals«, sagte sie, konnte aber nicht verhindern, dass ein Lächeln über ihr Gesicht huschte. »Ich muss noch arbeiten. Ein neuer Song.« Sie seufzte. »Allerdings komme ich damit gerade nicht so recht weiter.«

Wieder lächelte Sunny. »Ein neuer Song? Was hältst du davon, wenn wir uns zusammen daransetzen? Vielleicht fällt uns gemeinsam etwas ein.«

Ela ging kurz in sich. Sunny war zweifellos kreativ, er war ein großartiger Komponist, und sie beide waren schon mehrfach ein gutes Team gewesen. Vermutlich war es klug, sich mit Sunny an den neuen Song zu setzen und die Puzzleteile zusammenzufügen.

»Okay«, sagte sie also.

Dann gingen sie den Waldweg hinauf zur Villa.

Kerberos folgte ihnen und ließ Ela nicht aus seinen seltsam ausdruckslosen Augen mit den rubinroten Pupillen.

3.

Milo konzentrierte sich. Die Aufgabe war alles andere als leicht, sein Gegner ihm überlegen. Er hatte allenfalls eine Außenseiterchance. Milo beugte sich dicht über das Spielzeugauto und versuchte abzuschätzen, wie viel Schwung er dem kleinen blauen Ding geben musste.

»Mach schon!«, rief Timmy, sein Sohn. Er stand neben Milo an der Stirnseite des Tisches und hopste von einem Bein auf das andere.

Der Achtjährige hatte sein rotes Auto gerade mit einem gut getimten Schubs zur anderen Seite gleiten lassen, wo es zwei Zentimeter vor dem Abgrund zum Stehen gekommen war.

Ziel des Spiels war es, das eigene Fahrzeug möglichst nah an die Kante heranzubekommen. Wer dichter dran war, bekam einen Punkt. Fiel das Auto jedoch über die Tischkante in die vorsorglich auf den Boden ausgebreiteten Kissen, gab es nichts.

Milo lag bereits eins zu fünf hinten. Bei zehn Punkten war Schluss. Er wusste, dass Timmy gewinnen würde, und freute sich für ihn. Aber Timmy konnte es nicht leiden, wenn man die Sache nicht ernst nahm.

Das kleine Auto verließ Milos Hand und näherte sich dem Ziel.

Timmy hörte mit der Hopserei auf und stützte sich mit beiden Händen auf den Tisch. Seine großen braunen Augen weiteten sich vor Schreck, als es so aussah, als ob sein Auto von Milos Fahrzeug gerammt und über den Abgrund geschoben würde – denn auch das galt.

Doch jetzt wurde Milos Auto langsamer.

»Das reicht nicht!«, stieß Timmy erleichtert hervor.

Vielleicht doch, dachte Milo.

Mit einem leisen Klack fuhr das blaue dem roten Auto ins Heck. Timmy kreischte auf und raufte seine dichte dunkle Lockenmähne.

Der Auffahrunfall bewirkte jedoch nur, dass Timmys Auto noch ein Stück näher an die Kante geschoben wurde, während Milos Wagen stehen blieb.

Timmy strahlte. »Sechs zu eins!«

Milo hob die Schultern. »Du bist einfach zu gut für mich. Magst du was Süßes?«

»Hast du Eis?«

Welche Frage. Wenn Milo seinen Sohn alle zwei Wochen sehen durfte, war immer alles vorbereitet. Timmys Lieblingssorte lag im Eisfach, die Autos standen Seite an Seite auf dem Küchentisch und der Deckel der Kiste mit den Legoklötzchen war aufgeklappt. Aus den Boxen tönten Timmys Lieblingssongs. Gestern hatte er noch ein Buch für ihn gekauft. Es handelte von Spinnen, denn aus für Milo unerklärlichen Gründen liebte sein Sohn diese Tiere.

Vorhin hatten sie auf dem alten Sofa gesessen und das Fachbuch durchgeschaut. Timmy war begeistert gewesen und hatte ihm erzählt, dass er auch in der Schule immer auf der Suche nach Spinnen sei, die er bevorzugt im Schreibtisch der Lehrer deponierte.

Milo selbst machte eher einen großen Bogen um diese Tiere.

Er ging zum Kühlschrank, um das Eis zu holen. Die Küche war klein und ebenso lieblos ausgestattet wie der Rest der Wohnung. Milo lebte auf 60 Quadratmetern purer Nüchternheit. Neben Küche und Bad gab es noch das Wohnzimmer sowie einen Schlafraum, in dem neben dem Einzelbett auch Milos Schreibtisch mit dem Computer stand.

Nach der Scheidung von Luisa war ihm nicht viel geblieben. Aber Milo hatte auch nicht um irgendein Möbelstück gekämpft. Es hätte ihn ohnehin nur an die Trümmer seiner Ehe erinnert.

Also war er zu einem Discounter gefahren und hatte sich eine neue und billige Einrichtung zusammengestellt.

Luisa war in dem schmalen Reihenhaus geblieben, das ihr Familiennest, wie sie es nannte, für immer hatte sein sollen. Diese Ewigkeit hatte gerade mal acht Jahre gewährt.

Timmy war in dem Haus mit dem kleinen Garten samt Kletterturm aufgewachsen und auch geblieben. Seine besten Freunde waren die Nachbarskinder. In der Nähe gab es einen Kindergarten und eine Grundschule. Perfekt.

Milo war in eine Kleinstadt gezogen, die etwa eine halbe Stunde von seinem alten Heim entfernt war, und lebte in einem gesichtslosen Mehrfamilienhaus an einer belebten Straße.

Er öffnete die Eisschachtel und löffelte eine große Kugel Eis in eine Schale.

Luisa war ihm inzwischen egal. Sie hatten sich auseinandergelebt wie so viele andere Paare auch, da war nichts mehr, was man vermissen konnte. Freunde hatte Milo nicht, allenfalls ein paar flüchtige Bekannte. Während seiner Ehe hatte sich alles um die kleine Familie, vor allem aber um Timmy gedreht. Seine alten Freundschaften hatte Milo vernachlässigt, und nach der Trennung von Luisa war es schwierig, den Faden wiederaufzunehmen. Timmy war nun der alleinige Mittelpunkt des Milo-Mikrokosmos.

Während Milo die Schokostreusel, die nicht fehlen durften, über das Eis rieseln ließ, warf er einen raschen Blick zur Uhr. Noch knapp zwei Stunden blieben ihnen. Um Punkt 17 Uhr musste Milo seinen Sohn im Reihenhäuschen abliefern.

Luisa achtete auf jede Minute, und Milo wusste, dass sie ihm Probleme machen konnte, wenn er überzog. Im Gegensatz zu ihm hatte Luisa inzwischen einen neuen Partner gefunden: einen auf Familienrecht spezialisierten Anwalt.

Milo wanderte mit der Schale zum Tisch zurück. Nachdem Timmy das Eis, das aussah, als würde es im Dunkeln leuchten, aufgegessen hatte, spielten sie weiter mit den Autos. Milo ging mit eins zu zehn unter.

»Und jetzt? *Lego* oder lesen?«, fragte Milo.

Timmy dachte einen Moment nach. Dann schoss sein rechter Zeigefinger nach oben. »Das Spinnenbuch!«

Sie setzten sich wieder, und Milo klappte das reich bebilderte Buch auf. Er las eine Seite vor, dann war Timmy an der Reihe. So erfuhr Milo von seinem Sohn, dass der Zweihöcker-Spinnenfresser oder *Ero furcata* zur Spinne des Jahres 2021 gewählt worden war.

»Diese Spinne ernährt sich ausschließlich von anderen Spinnen, genauer von Haubennetzspinnen«, las Timmy leicht stockend vor. »*Ero furcata* schleicht sich in der Dunkelheit an, berührt das Netz der anderen Spinne und täuscht so ein ins Netz gegangenes Beutetier vor. Nähert sich die Haubennetzspinne der vermeintlichen Mahlzeit, greift der Jäger an, beißt seinem Opfer ins Bein, lähmt es mit einem Gift und saugt es über die Bissstelle aus.«

Milo fragte sich einmal mehr, was Timmy an Spinnen schätzte.

»So eine hätte ich gerne mal für die Schule«, meinte sein Sohn, und Milo registrierte, dass dessen große braune Augen strahlten.

»Tut es nicht mal ein …«, Milo überlegte, »ein Maikäfer zum Beispiel?«

Timmy schüttelte den Lockenkopf. »Zu langweilig.«

Sie lasen noch ein wenig weiter, doch dann wurde Timmy müde.

Er streckte sich auf der Couch aus und bettete seinen Kopf auf Milos Oberschenkel. Der breitete eine Decke über seinen Sohn und gab ihm noch ein Kuschelkissen. Langsam fuhr Milo durch Timmys Haar und sah zu, wie dessen Augen zufielen. Kurz darauf ging Timmys Atem ruhig und gleichmäßig.

Im Hintergrund lief noch immer die Musik eines überaus erfolgreichen Interpreten, der sich ganz auf Kinderlieder konzentriert hatte.

Auch Milo hatte sich einst als Gitarrist und Sänger versucht. Mit seiner Band hatte er rocklastigen Funk gespielt, ganz im Stil von *Mother's Finest*, nur lange nicht so gut.

Milo hatte in endlosen Übungsstunden seinem *Mother's Finest*-Idol Gary »Moses Mo« Moore nachgeeifert. Es war ein aussichtsloses Unterfangen gewesen. Das hatte auch für die anderen Bandmitglieder gegolten. Nie war die Band über Provinzbühnen hinausgekommen und hatte sich schließlich aufgelöst.

Milo war der Musik aber treu geblieben, jedoch nicht an der Gitarre oder am Mikrofon, sondern an der Tastatur eines Computers. Nach einem Journalistikstudium hatte er bei einer großen Musikfachzeitschrift namens *Metronom* angeheuert, die nach eigenem Bekunden unabhängig und kritisch war. Milo, der eigentlich Mirko Lostner hieß, bekam das Kürzel Milo, das zu seinem Spitznamen wurde. Inzwischen nannte ihn alle Welt so.

In dem Magazin hatte Milo spannende Newcomer vorgestellt, große Bands auf Tourneen begleitet sowie Homestorys verfasst.

Es war seine Welt gewesen, in der Mischung aus Musik und Schreiben glaubte er, seine berufliche Heimat gefunden zu haben. Doch schon bald hatte Milo bemerkt, dass es mit der Unabhängigkeit des *Metronoms* nicht weit her war. Das Magazin war wie viele andere zunehmend in die Abhängigkeit der Anzeigenkunden geraten, die weit mehr Geld in die Kasse des Verlegers spülten als die Abonnements.

Immer seltener entwickelten Milo und seine Kollegen eigene Themen. Die wurden woanders kreiert, meist in den Marketingabteilungen der Musikbranche. Brachte ein Star etwas Neues heraus, so wurde eine große Story – und eine noch größere Anzeige – ins Blatt gehoben, vorformuliert von der PR-Riege, garniert mit gephotoshoppten Bildern einer externen Agentur. Kritischer Journalismus verkam zum Sprachrohr der Anzeigenkunden.

Milo hatte schließlich gekündigt, kurz nach der Geburt von Timmy. Ohne Einkommen hatte er dagestanden und Luisas berechtigte Flüche ertragen, die ihm grenzenlosen Egoismus vorgeworfen hatte.

Milo hatte sich einem neuen Ziel zugewandt: Er hatte einen Roman geschrieben, in dem es auch um die Zustände in den Redaktionen ging. Nach einem Jahr Suche gab ihm ein kleiner Verlag grünes Licht, und Milo erzielte mit 10.000 verkauften Exemplaren zumindest einen Achtungserfolg. Mit seinem zweiten Titel, diesmal handelte es sich um einen Thriller, landete Milo einen Volltreffer, und sein Konto füllte sich endlich wieder.

Doch mit den folgenden Titeln ging es nur in eine Richtung: nach unten. Milo hatte inzwischen Mühe, seine Miete zu zahlen.

Timmy bewegte sich im Schlaf, stöhnte leise auf und fuhr sich mit der Hand übers Gesicht, als wolle er einen bösen Traum wegwischen. Erneut strich Milo ihm durchs Haar, und das Kind entspannte sich wieder.

Die Durststrecke würde Milo jedoch schon sehr bald beenden, dessen war er sich sicher. Über seine alten Kontakte in der Musikszene war er auf einer Party in München an Deutschlands derzeit erfolgreichsten Schlagersänger und Produzenten geraten: Siegfried »Sunny« Sommer.

Der Name Sunny stand für 26 Nummer-1-Hits, die er für sich oder von ihm produzierte Künstler geschrieben hatte, knapp 30 Millionen Downloads und verkaufte Tonträger sowie diverse *Bambis*, *Echos* und *Ottos*. Allein auf *Instagram* hatte er 1.500.000 Follower, danach kam *TikTok* mit 1.300.000. Regelmäßig sah man Sunny zudem in Jurys und Talkshows. Derzeit lag er mit dem Schlager »Zurück zu dir« erneut auf Platz eins der deutschen, niederländischen und österreichischen Charts.

Milo erinnerte sich noch genau an diesen einen Moment ihres Gesprächs, der seinem Berufsleben eine entscheidende Wendung geben konnte.

»Tja, weißt du«, hatte Sunny damals zu ihm gesagt, »wenn irgendwo Platin draufsteht, bin meistens ich drin.«

»So etwas in der Art würde ich auch gern mal von mir behaupten«, hatte Milo zugegeben. »Mit Büchern ist das aber auch ungleich schwerer.«

Sunny hatte ihn herausfordernd angesehen. »Warum? Liegt es nicht eher an dir oder am Thema? Ich glaube, dass du einfach den Nerv der Zeit treffen musst, um Erfolg zu haben – ob nun mit einem Song oder einem Buch.«

Da war etwas dran, hatte Milo gedacht. Aber dafür brauchte man vor allem einen richtigen Riecher. Über den schien Sunny zweifellos zu verfügen, nicht aber er selbst.

»Ich habe eine Idee«, war Sunny fortgefahren. »Schreib ein Buch über mich. Meine Herkunft, meinen Werdegang, meine Erfolge. Das hatte ich schon immer mal vor, aber ich kenne meine Grenzen. Ich kann Songs schreiben, Leute produzieren und groß rausbringen, aber ein Buch schreiben? Nein, dafür bist wohl eher du der Richtige.«

Milo war wie elektrisiert gewesen. Wenn auf dem Cover Sunnys Name prangte, würde sich das Buch wie von selbst verkaufen. Ein Bestseller, garantiert.

Aber Vorsicht. Wie stark würde Sunny in den Text eingreifen? Wollte sich der Schlagerstar ein literarisches Denkmal setzen, war Milo nur ein Schreibknecht, der eine Lobeshymne auf Sunny diktiert bekam?

»Habe ich freie Hand, ich meine, *vollkommen* freie Hand?«, hatte er daher gefragt und sich alle Mühe gegeben, ruhig zu wirken.

Sunny hatte einen Moment nachgedacht. »Machen wir es doch so: Wir treffen uns hin und wieder, und du fragst mich aus, du recherchierst das alles. Ich kann alte Fotos beisteuern, wenn du magst. Du kannst mich auch begleiten, zum Beispiel bei einer Tournee. Das Einzige, was ich will, ist, den Text vor der Veröffentlichung zu lesen.«

»Und dann wirst du mir in das Manuskript reinreden?«

»Nur, wenn es sachlich falsch ist. Einverstanden?«

Damit konnte Milo leben, er hatte eingewilligt.

Versonnen streichelte er weiter den Kopf seines Sohnes. Das war tatsächlich eine große Chance. Vor einigen Wochen hatte er sich ans Konzept gemacht und sich schließlich dazu entschieden, eine Sammlung von Episoden zu verfassen: Sunny als Kind, Sunny auf dem Internat, die erste Aufnahme, der Durchbruch. Gespräche mit Sunnys Eltern und mit Künstlern, die von Sunny produziert worden waren. Eine Backstage-Reportage.

Dieses Konzept hatte er einem großen Verlag vorgestellt

und schnell die Zusage sowie einen guten Vorschuss bekommen, der jedoch mit der verkauften Auflage verrechnet werden würde – was allerdings branchenüblich war. Der Titel sollte *Sunny: Der Weg auf den Pop-Olymp* lauten, garniert mit einem Hochglanzfoto des Schlagergiganten.

Zwei weitere Kapitel für das *Sunny*-Buch sollten am kommenden Donnerstag und Freitag aufgeschlagen werden. Bisher hatten sich Milo und Sunny für die Arbeit an dem Buch nur in Restaurants getroffen, doch an diesen beiden Tagen würde Milo die Gelegenheit bekommen, das private Reich des Schlagerstars zu erkunden.

Laut Sunny handelte es sich bei seiner Villa um ein ultramodernes *Smarthome* mit Watzmann-Blick, dessen Haustechnik mit einer App gesteuert werden konnte. Zudem kümmerten sich drei humanoide Roboter um Haushalt, Fuhrpark und Garten.

Am Donnerstag, wenn Milo ein weiteres Hintergrundgespräch mit Sunny führte, würde er den Robotern erstmals gegenüberstehen. Er war neugierig zu erfahren, ob diese Dinger wirklich so verblüffend menschenähnlich waren.

Sunny hatte Milo beim letzten Interview erzählt, dass er ein absoluter Robotik- und Technik-Freak sei: »Ich habe mich schon immer für so was interessiert. Computer sind schon seit Jahrzehnten nicht mehr aus der Musik wegzudenken. Ohne Synthesizer, Drum Machines, Loop Stations oder digitale Recordingmischpulte läuft doch längst nichts mehr. Und jetzt erobern Computer und Roboter eben auch den Alltag.«

Würde ein Roboter bald ein sensationelles Gitarrenriff wie Gary »Moses Mo« Moore spielen können? Ein komplexes Schlagzeugsolo wie Phil Collins? Oder eine Klaviersonate von Mozart?

Eine absolute Horrorvorstellung für jemanden wie Milo, für den Musik zuerst einmal ein Handwerk war, das man in jahrlanger harter Arbeit erlernen musste. Programmierte man Musik mit einem Computer, so entriss man ihm die Seele.

Aber gut, auch die humanoiden Roboter waren sicherlich interessant für sein Buch.

Für den darauffolgenden Freitag war Milo zu Sunnys Geburtstagsparty eingeladen, die in ganz kleinem prominentem Kreis in Sunnys Villa mit Watzmann-Blick stattfand.

»Da sind auch Freunde und andere Stars dabei«, hatte Sunny ihm verraten. »Ich bin mir sicher, dass du eine Menge Futter für das Buch bekommst.«

Womöglich war die Party tatsächlich eine gute Gelegenheit, Sunnys prominenten Freunden Anekdoten zu entlocken.

Timmy bewegte sich wieder im Schlaf. Er hatte am Tag nach Sunnys Party Geburtstag, und Milo würde vorbeikommen, um ihm ein Geschenk zu bringen. Die Uhrzeit war genau festgelegt, und Milo wollte unbedingt pünktlich sein, denn vor einem Jahr hatte er den Geburtstagsbesuch in den Sand gesetzt. Ein plötzlicher Termin, ein verspäteter Aufbruch, dann auch noch eine Autopanne: Es war einfach alles zusammengekommen – und Timmy hatte vergeblich auf seinen Vater gewartet.

Das verzieh sich Milo bis heute nicht. Er erinnerte sich noch zu gut an die Enttäuschung, die er aus Timmys Stimme herausgehört hatte, als er ihn kleinlaut angerufen hatte.

Diesmal durfte nichts schiefgehen. Milo würde auf die Sekunde genau da sein, um den Kleinen in die Arme zu nehmen und ihm das Geschenk zu geben.

Dabei handelte es sich nicht um ein neues Spielzeugauto oder ein Fachbuch über Spinnen, sondern um eine kurze Geschichte, die Milo für Timmy bereits begonnen hatte und auch selbst illustrieren würde.

Nur für ihn.

Nachdenklich betrachtete Milo das Gesicht seines schlafenden Sohnes. Er liebte Timmy mit einer Intensität, die manchmal schon wehtat.

Ein Blick zur Uhr. Ihre Zeit lief ab. Schon sehr bald würde er ihn wieder bei seiner Ex abliefern.

Um genau 17 Uhr.

Milo drückte Timmy an sich. Er vermisste ihn schon jetzt.

Schade, dass er ihn nicht zu Sunnys Geburtstagsparty mit den Robotern mitnehmen konnte ...

4.

Bodos legendäre, geheimnisumwobene und nach ihm benannte Bar lag in einem exklusiven, vollklimatisierten Kellergewölbe im Herzen der Münchner City. Es gab zwei Wege, um in *Bodos Bar* hineinzukommen. Entweder hatte man eine persönliche Einladung von Bodo und somit freien Eintritt. Das war die absolute Minderheit, und es handelte sich ausnahmslos um Prominente, die als Magneten für die zweite Gästegruppe fungierten: für diejenigen, die bereit waren, 500 Euro Eintritt zu bezahlen, um diesen Promis möglichst nah zu sein und – mit etwas Glück – auch noch von einem der oft anwesenden Boulevardreporter fotografiert zu werden.

Für die 500 Euro erhielten die Auserwählten ein Glas Champagner und, sollten sie zum ersten Mal dabei sein, eine von Bodos VIP-Karten mit goldenem Schriftzug auf weinrotem Hintergrund und fünf Prozent Rabatt für den nächsten Besuch, sofern Bodo sie für würdig hielt.

Zudem bekamen die Gäste einen Einblick in eine architektonisch ungewöhnliche Welt unter Tage. Wenn sich für sie die Stahltür am Eingang geöffnet hatte und sie an dem livrierten Aufpasser und der Empfangsdame vorbei waren, ging es eine Rampe hinunter zu einer offen stehenden Flügeltür, neben der eine weitere junge Frau wartete, diesmal mit einem Tablett, auf dem volle Champagnergläser standen.

Hinter der Flügeltür erstrahlte Bodos Reich. Die große Bar war komplett aus edlen Hölzern wie gebeizte Esche, Eiche und Walnuss gefertigt und bot eine verspielte Ansammlung von Nischen, antiken Möbeln, modernen Sitzgruppen aus Leder und kleinen Cocktailtischen. Farblich dominierten warme Braun- und tiefe Blautöne.

An den Wänden standen deckenhohe Regale, die mit seltenen oder kuriosen Artefakten und Kunstgegenständen gefüllt waren und von sorgsam gedimmten Spots in ein geheimnisvolles Licht getaucht wurden: Keramiken, Schmuck, Gläser, glitzernde Steine, Kerzenständer, rätselhafte Miniaturen aus Ton, Spieldosen, seltene Holzkunst und uralte Bücher.

Ein weiteres Highlight bildete eine runde Sitzgruppe etwa in der Mitte der Bar, die der Gondel eines Fesselballons nachempfunden war. Metallseile verbanden die Gondel mit einer Ballonhülle aus türkisfarbenem Seidenstoff. Die Sitzmöbel konnte man mit wenigen Handgriffen entfernen und die Gondel, so wie heute, in eine Bühne umfunktionieren.

Die vier Meter hohe Decke des Gewölbes war abgehängt mit großen, kupferfarbenen Stahlbändern, in die Lichterketten integriert waren.

Der Boden bestand teils aus hochwertigen Hölzern, teils aus ebensolchen Fliesen.

An der der Flügeltür gegenüberliegenden Seite erhob sich eine geschwungene Theke aus Mahagoni-Holz mit einem maßgefertigten Handlauf aus Metall und Barhockern, die mit einem sündhaft teuren Samtstoff bezogen waren. Dahinter ragte ein weiteres Regal für Gläser und Flaschen über die gesamte Länge der Bar auf, in dem Dutzende von Spiegeln die Größe des Raums zu verdoppeln schienen, in dem nichts aus einer Epoche und nichts aus einem Guss war – und genau das machte den magischen Reiz aus. Alles harmonierte auf eigentümliche Art und Weise miteinander.

Heute war die Bar wieder einmal brechend voll. Zum einen lag das daran, dass man einfach dabei sein musste, wenn es hier ein Event gab und man prominent war oder es zumindest sein wollte.

Zum anderen lag es am heutigen Event selbst: an Sunny, der gleich auftreten würde. Mit Bodo, den Sunny seit den gemeinsamen Schultagen kannte, war vereinbart, dass er fünf seiner großen Hits sang, darunter auch »Zurück zu dir«. Alles Playback, aber das würde niemand bemerken. Schließlich hielt Sunny immer genügend Abstand zu seinen Fans. Eine so kleine Anzahl von Zuhörern – es mochten keine 200 sein – war Sunny nicht gewohnt. Normalerweise füllte er ganze Stadien oder riesige Hallen, aber hier musste er eine Ausnahme machen.

In einem leichten Sommeranzug und Sneakers stand Sunny mit dem Rücken an die Bar gelehnt, die Arme rechts und links auf die Theke gestützt, einen Drink in der Hand. Er war dicht umringt von lachenden Leuten, die um seine Nähe buhlten. Small Talk, Komplimente, seichtes Blabla.

»Unglaublich, wie du immer wieder den Nerv triffst«, sagte gerade ein junger Typ, den Sunny nicht kannte. »Ein Hit nach dem anderen.«

»Tja, ist auch immer Glück dabei«, erwiderte er.

»Glück?« Gackern. »Aber nicht doch. Bei so einer Konstanz in den Charts kann man doch nicht mehr von Glück sprechen.«

»Richtig, du untertreibst, Sunny«, mischte sich jetzt eine Frau in einem *Versace*-Kleidchen ein. »Ich darf doch Du sagen, oder?«

»Jaja, schon okay.« Sunny war nicht bei der Sache, hörte kaum hin. Er war schließlich nicht freiwillig hier, und schon gar nicht wegen der Gage. Es gab nämlich keine. Sunny erhielt keinen einzigen Cent, er trat gratis in diesem dekadenten Tempel auf, weil er Bodo Geld schuldete. Anderthalb Millionen Euro. Geld, das Bodo ihm für die Ausstattung des *Smarthomes* und die humanoiden Roboter zugesteckt hatte. Cash, es gab keinen Vertrag, noch nicht einmal eine hingeschmierte Vereinbarung auf einem Bierdeckel. Mündlich hatten sie vereinbart, dass Sunny zehn Prozent Zinsen zahlte.

Die Rückzahlung inklusive Zinsen war bereits vor einigen Monaten fällig gewesen, aber Sunny hatte um Stundung gebeten, weil er sich mit dem Ausbau seines *Smarthomes* übernommen und zudem Pech an der Börse mit hochriskanten Fonds und Investitionen in Krypto-Währungen gehabt hatte. Bei seiner Hausbank bekam Sunny ebenfalls keinen neuen Kredit mehr.

Bodo hatte zugestimmt, allerdings den Zinssatz auf 15 Prozent erhöht und Sunny dazu verpflichtet, bei ihm drei Mal gratis aufzutreten.

Die zweite Frist war allerdings vor einer Woche abgelaufen. Glücklicherweise hatte Bodo bisher stillgehalten, und Sunny hoffte insgeheim, dass der Barbesitzer den Termin vergessen hatte. Sunny vermutete, dass das Schuldengeschäft für Bodo eine Art Geldwäsche war. Es gab Gerüchte, wonach es der Barbesitzer mit den Zahlungen ans Finanzamt nicht so genau nahm. Auch von undurchsichtigen Immobiliendeals auf dem überhitzten Münchner Wohnungsmarkt war die Rede.

»… nun sag schon, wann?«, fragte jemand.

»Was?«

»Na, wann deine neue Single rauskommt«, wiederholte der Jemand, den Sunny erst jetzt richtig wahrnahm. Ein Mann Mitte 40, Bauchansatz, aufgedunsenes Gesicht.

»Bin dabei. Komponiere noch.«

»Ah, interessant. Ist sicher spannend so was.«

Sunny war um Höflichkeit bemüht. »Na klar, ist es.«

»Worum geht es in dem Song?«

»Um …«, Sunny überlegte kurz und sagte dann einfach, »um die Liebe.«

Der Mann strahlte. »Wie schön. Darauf sollten wir anstoßen. Auf die Liebe!«

Sunny ließ sein Glas gegen das des Unbekannten klirren und registrierte, dass es fast leer war.

Er drehte sich um und stellte fest, dass Bodo die ganze Zeit in seinem Rücken gewesen war. Keine angenehme Vorstellung. Sunny war froh, dass er Bodo nicht zu seiner Geburtstagsparty am kommenden Freitag hatte einladen müssen. Garantiert war Bodo zu Ohren gekommen, dass Sunny seinen 40. feierte, und wenn der Barbesitzer gefragt hätte, ob er kommen dürfe, hätte Sunny nicht Nein sagen können.

»Noch einen?«, fragte Bodo in seinem wie üblich ebenso geschäftsmäßigen wie freundlichen Ton.

»Ja, ohne Eis bitte.«

»Kannst du haben.«

Sunny beobachtete Bodo, wie der routiniert mit dem Cocktailbecher hantierte. Bodo war klein und muskulös, neigte aber zu deutlichem Übergewicht. Sein Bauch wölbte sich unter dem Smokinghemd. Der Barbesitzer hatte ein dachsähnliches Gesicht mit einer langen breiten Nase, weit auseinanderliegenden dunklen Augen und einem weißen Backenbart, der ihm wohl etwas Aristokratisches verleihen sollte. Ein adliger Dachs.

Sunnys Handy summte, und er zog es aus der Hosentasche. Es handelte sich um eine belanglose *WhatsApp*-Nachricht, die Sunny unbeantwortet ließ. Er inspizierte lieber die App, über die er die Technik seines *Smarthomes* kontrollieren konnte. Alles war in Ordnung. Sunny schob das Handy wieder weg und nahm den Drink in Empfang.

»In zehn Minuten sehen wir dich auf der Bühne«, sagte Bodo mit Nachdruck.

»Hm, ja klar«, antwortete Sunny und wollte sich wieder abwenden. Da spürte er Bodos fleischige Hand auf seinem Unterarm, und Sunnys ahnte voller Unbehagen, dass der Barbesitzer noch nicht fertig war.

»Und nach deinem Auftritt sehen wir dich auch noch in meinem Büro«, sagte Bodo ruhig, aber bestimmt.

Keine gute Idee, dachte Sunny und erwiderte: »Oh, das wird wohl kaum klappen. Muss dann gleich weg.«

Bodo musterte ihn wie ein Metzger das Schwein, das er gleich schlachten würde. »Sunny, das war keine Bitte.«

Sunny lief ein Schauer den Rücken hinunter. Vermutlich hatte Bodo das Verstreichen der zweiten Frist doch registriert.

Scheinbar unbeteiligt hob er die Schultern. »Na schön. Worum geht es?«

Bodo tätschelte Sunnys Arm. »Tja, worum mag es wohl gehen, mein Lieber …«

Sunny nickte nur und zog den Arm zurück. Es würde ihm schon gelingen, den alten Schulfreund noch mal hinzuhalten. Womöglich konnte er nach dem Auftritt auch einfach verschwinden.

Er nippte am Longdrink und war froh, dass sich Bodo einem anderen Gast zuwandte und jetzt eine knapp ein Meter 80 große Frau mit flammend roter Löwenmähne auf ihn zusteuerte, die garantiert keinen Eintritt hatte zahlen müssen, und mit der das Gespräch vermutlich angenehmer verlaufen würde: Yuna Valderski, die Sunny schon seit über zehn Jahren kannte und die inzwischen zu den erfolgreichsten Promoterinnen Deutschlands gehörte.

Promotion war ein hartes und oft undankbares Geschäft. Promoter hatten die Aufgabe, im Auftrag eines Labels eine Single oder ein Album in TV-, Streaming- oder Radio-Sendern zu platzieren und außerdem dafür zu sorgen, dass die Songs in den angesagten Clubs gespielt wurden. Es war also eine Art mediale Verkaufsförderung und völlig egal, ob die Promoter den Song mochten oder nicht. Sie hatten das Ding zu verkaufen, auch wenn es der letzte Mist war und ihnen schon nach den ersten Takten schlecht wurde. Vom Ansehen und Einkommen her standen die Promoter weit unten, weil sie reine Erfüllungsgehilfen ohne kreative Einflussmöglichkeiten auf das Produkt waren, das sie am Markt pushen sollten.

Yuna, charmant, gebildet, einnehmend und taktisch klug wie überzeugend bei Verhandlungen, hatte sich schnell hochgearbeitet und es längst nicht mehr nötig, die Drecksarbeit vor Ort zu machen. Sie leitete inzwischen eine große Promotion-Agentur, die viele Top-Acts namhafter Labels betreute.

Sunny hatte sie bei einem Gig kennengelernt, sich in sie verliebt und nicht nur einmal versucht, sie für sich zu gewinnen, auch als er schon mit Mona verheiratet war, von der er sich im vergangenen Jahr hatte scheiden lassen.

Doch Yuna hatte Sunny immer abblitzen lassen. Das war er nicht gewohnt, und diese Niederlagen schmerzten ihn jedes Mal, wenn er Yuna sah. Dennoch hatte er sie zu seiner Geburtstagsparty eingeladen. Zum einen, weil Yuna in der Szene einen großen Namen hatte und seine Gästeliste schmücken würde. Zum anderen brannte er darauf, ihr Feline vorzustellen, die Neue an seiner Seite.

»Wieso trittst du hier auf?«, fragte sie. »Vor so wenigen Leuten. Seit wann hast du das nötig?«

»Ich mag die intime Atmosphäre«, erwiderte er. »Ist mal was anderes.«

»Das glaube ich dir nicht«, sagte sie obenhin. »Du bist niemand, der die Nähe der Fans schätzt.«

Eins zu null für sie, dachte Sunny.

»Dich interessiert nur das Geld, das die Leute für deine Musik zahlen, oder sollte sich an deiner Einstellung etwas geändert haben?«, fuhr Yuna fort. »Das ist übrigens kein Vorwurf, sondern eine Feststellung. Ich mag es nur nicht, wenn man mir Scheiße erzählt, Sunny.«

»Schon gut, schon gut«, sagte Sunny und setzte sein berühmtes Sunny-lässt-dich-teilhaben-an-seiner-schönen-bunten-Welt-Lächeln auf. Bei Yuna wirkte es nicht. Sie taxierte ihn kühl.

»Aber ist es bei dir anders, Yuna?«, fragte er. »Interessieren dich die Acts, die du promotest, oder nur das Geld, das du mit denen verdienst?«

»In erster Linie letzteres«, gab sie unumwunden zu. »Ich behaupte jedoch auch nichts anderes.« Sie winkte einen Barkeeper heran und bestellte eine Caipirinha. »Also: Warum bist du hier, Sunny?«

»Ich hatte gehört, dass du heute kommen würdest«, antwortete er.

Sie lachte hell auf. »Manche Dinge ändern sich nie. Gib es endlich auf.«

»Das tue ich nie. So wie du. Sonst wären wir nicht da, wo wir sind.«

Yuna verdrehte die Augen und meinte: »Wir bekommen Besuch.«

Eine Frau mit aufgespritzten Lippen und violettem Sidecut steuerte durch die Menge auf Sunny und Yuna zu. Es handelte sich um die Klatschreporterin der führenden Boulevardzeitung Münchens. In ihrem Schlepptau tauchte jetzt ihr Fotograf auf.

Bussi, Bussi. Banale Fragen, banale Antworten. Wildfremde Leute, die sich um Sunny und Yuna scharten, aufs Bild drängten. Unangenehme Nähe, Ellbogen. Blitzlicht, Lächeln, Blitzlicht, Lächeln.

»Ich muss dann weiter, man sieht sich«, trällerte die Reporterin und zog mit dem Fotografen in Richtung Gondel.

Sunny blickte auf seine Uhr. »Tja, und ich muss dann wohl mal auf die Bühne.«

Sunny spulte sein Kurzprogramm mit einer automatisierten Gelacktheit runter. Er war jemand, der auf Knopfdruck gute Laune verbreiten konnte. Ein Profi durch und durch. Fünf Songs, wie vereinbart, darunter »Zurück zu dir«. Fünf Mal stürmischer Beifall. Keine Zugabe. Sunny hatte es eilig, den Promi-Tempel zu verlassen. Noch nicht mal von Yuna würde er sich verabschieden.

Doch Bodo fing ihn noch vor der Flügeltür ab.

»Du wirst doch nicht unser kleines Gespräch vergessen haben, mein Lieber?«, fragte er.

»Nein, natürlich nicht«, antwortete Sunny. »Aber es ist heute wirklich schlecht.«

»Wie gesagt: Es ist keine Bitte«, meinte Bodo mit Nachdruck. »Und es geht auch ganz schnell.«

Sunny spielte mit dem Gedanken, einfach zu gehen. Bodo konnte ihn hier nicht festhalten.

Aber war eine Flucht, und nichts anderes wäre es schließlich gewesen, wirklich klug? Er stand in Bodos Schuld und war auf dessen Goodwill angewiesen. »Na schön«, gab er also klein bei.

»Fein«, sagte Bodo mit einem seltsamen Lächeln im Dachsgesicht und führte ihn zu einer unscheinbaren Tür neben dem Tresen. Bodo berührte einen Fingerabdruck-Scanner, und die Tür schwang auf. Über einen kurzen schmucklosen Gang gelangten sie in Bodos Büro. Zwei Schreibtische, viele Bildschirme. Überwachungsmonitore, penible Ordnung. An einem der Arbeitstische saß eine ältere Frau, die Bodo und Sunny über den Rand ihrer Brille anschaute und grüßte, an dem anderen ein breitschultriger Mann mit Glatze, der nun von seinem Smartphone aufsah und die Hand hob. Hinter ihm war eine Stahltür, auf die Bodo nun deutete.

»Ich möchte dir etwas zeigen«, sagte er zu Sunny.

»Na, da bin ich ja mal neugierig«, log der.

Unvermittelt begann er zu schwitzen, und das lag nicht an der Temperatur in dem eher kühlen Büroraum, sondern daran, dass in diesem Moment hinter der Stahltür ein Schrei erklungen war.

»Weißt du, Sunny, du und ich, wir sind Geschäftsleute«, sagte Bodo, als wäre da gerade absolut nichts gewesen. »Wir investieren, wir verdienen, und klar, wir verlieren auch mal

Geld. Wir machen mitunter Schulden. Kein Ding, solange man diese zurückzahlt.«

Er legte eine Hand auf die Klinke. Wieder erklang ein Schrei, lang gezogen, verzweifelt.

»Ja, ja, Schulden sind eigentlich ganz normal«, dozierte Bodo. »Und manchmal sogar gut, fürs Finanzamt zum Beispiel. Aber man darf seine Freunde nicht bescheißen. Oder sie für blöd verkaufen.«

»Natürlich nicht.« Sunny lachte gekünstelt.

Das Dachsgesicht bekam einen harten Zug. »Dass dir das so locker über die Lippen geht … Das wundert mich, Sunny. Du hast bereits die zweite Frist verstreichen lassen. Ich werde langsam ein wenig ungeduldig, mein Freund.«

»Ich … ich zahle sehr bald, versprochen«, beeilte sich Sunny zu sagen. Er musste hier raus, und zwar schnell.

»Das hast du schon mal behauptet, aber nichts ist geschehen. Ich brauche cash, Sunny. Habe da ein paar Probleme. Mit Cem. Du kennst doch Cem, oder?«

»Ja, klar.« Cem Demir war in der Musikbranche ebenfalls sehr erfolgreich, er produzierte vom Schlagersternchen bis zum Rapper alle. Es war Cem völlig egal, für welche Musikrichtung diese Künstler standen. Ihn interessierte nur, wie gut man sie vermarkten konnte. Cem hatte wie Sunny einen guten Riecher. Spötter behaupteten, dass Cem auch einen Goldhamster produzieren würde, wenn eine vernünftige Rendite in Aussicht stünde. Darauf hatte Sunny nie etwas gegeben. Das übliche neidgetränkte Geschwätz. Er schätzte Cems Professionalität. Auch deshalb hatte Sunny ihn zu seiner Party eingeladen.

»Wo liegt das Problem?«, fragte er.

»Geld, wie so oft. Cem hat mir auch etwas geliehen und fordert es nun zurück, was ich gut verstehen kann, und im

Gegensatz zu dir will ich meine Schulden begleichen«, antwortete Bodo.

»Aber das will ich doch auch«, bekräftigte Sunny.

»Du bist ein verdammter Lügner«, sagte der Barbesitzer kalt. »Deshalb möchte ich dir jetzt zeigen, wie ich mit Leuten umspringe, die glauben, mich bescheißen zu können.«

Er öffnete die Tür und schob den widerstrebenden Sunny hindurch.

Der kahle Heizungsraum wurde von einer Neonleuchte erhellt. In deren Schein hing ein Mann kopfüber und mit auf dem Rücken gefesselten Händen von der Decke. Sein Gesicht war nur noch ein einziger Brei. Blut sammelte sich in einer großen Pfütze am Boden.

Ein anderer Mann stand keuchend neben ihm, einen Baseballschläger in den Händen. Er holte aus und rammte ihn seinem Opfer in den Brustkorb. Ein hässliches Knacken war zu hören, dann ein Wimmern, ein Stöhnen, ein leises Flehen.

Sunnys Knie wurden weich, er musste würgen.

»Langsam, bring ihn nicht um«, ermahnte Bodo den Schläger. »Tote zahlen nicht.«

»Also habe ich Feierabend?«

»Gleich.« Bodo ging in die Knie und schaute in das blutige Gesicht. »Wann zahlst du deine Schulden?«

»Morgen, ich … ich schwör's«, lautete die mühsam gestammelte Antwort. Rote Bläschen bildeten sich an zerfetzten Lippen.

»Gut, 18 Uhr. Hier in der Bar. Deine letzte Chance. Und mach keinen Scheiß. Du weißt, dass ich dich finde.« Bodo richtete sich wieder auf und meinte zu seinem Mitarbeiter: »Bring den Kerl hier raus und mach sauber. Dann kannst du von mir aus in den Feierabend.«

Der Schläger nickte, und Bodo wandte sich an den kreidebleichen Sunny: »Ich möchte nicht, dass du bald hier hängst.«

Sunny versuchte, die Situation zu entschärfen, indem er laut auflachte – eine selten dämliche und schon fast hysterische Aktion. Sie war Ausdruck seiner Angst und Hilflosigkeit. »Ich auch nicht, das kannst du mir glauben.«

»Natürlich, natürlich.« Bodo wirkte auf Sunny jetzt fast ein wenig nachsichtig. Doch das täuschte.

»Ich gebe dir noch genau zehn Tage Zeit. Dann bringst du mir das Geld plus Zinsen. Bar, versteht sich. In Ordnung?«

Sunny würde die Summe niemals innerhalb dieser Frist zusammenbringen, aber die Aussicht, in Bodos Heizungsraum zu hängen und langsam auszubluten, verleitete ihn zu einer weiteren Lüge: »Du kannst dich auf mich verlassen.«

Als Sunny draußen stand und per Handy ein Taxi rief, war er zunächst erleichtert. Doch dann stieg Wut in ihm auf. Sunny sah Bodo vor sich, von der Decke baumelnd wie ein Boxsack. Und er sah einen seiner wunderbaren Roboter, die den Barbesitzer mit monotonen, gleichmäßigen Bewegungen systematisch zu einem großen blutenden Klumpen Fleisch verarbeiteten. Ob Peitho, Kybele oder Ares – die würden es tun, ohne mit der Wimper zu zucken. Sie befolgten schließlich Sunnys Befehle. Die stellten keine Fragen und hatten keine Skrupel.

Sunny atmete tief ein und aus. Eine wunderschöne Vorstellung. Er lächelte schwach.

Aber musste das eine Gewaltfantasie bleiben? Warum eigentlich? Vielleicht ergab sich ja einmal eine Situation, die Sunny mit der Hilfe von Ares, Peitho, Kybele oder auch dem wunderbaren Jäger Kerberos dafür nutzen konnte, dass sich Bodo und die Schulden in Luft auflösten.

5.

Einen Tag vor der Party wartete LeRêve in der Tiefgarage des dreistöckigen Shoppingcenters, neben dem ein zwölfstöckiger Apartmentblock aufragte. LeRêve hatte das Parkdeck zu Fuß betreten, damit die Kamera an Ein- und Ausfahrt nicht das Kennzeichen des Autos hatte erfassen können.

Ein kleiner abgetrennter Bereich des Parkdecks war für die Besitzer oder Mieter der exklusiven Wohnungen reserviert. Die gesamte obere Etage mit ihren 220 Quadratmetern und der Dachterrasse samt Jacuzzi gehörte dem Anwalts-Ehepaar Valerie und Thorben Sommer, dem Bruder von Schlagerstar Sunny.

Thorben war immer der ruhigere der beiden gewesen. Der Mann für die Zahlen, die Paragrafen, der Mann im Hintergrund. Unscheinbar, aber immens wichtig. Jemand für die Fakten. Kein kreativer Mensch, eher ein Verwalter. Thorben Sommer bewegte sich gern innerhalb klar umrissener Grenzen, auf exakten Linien, er brauchte das, wie ein Zug die Gleise benötigt. Setzte er sich darauf einmal in Gang, so war er schwer zu bremsen. Er und seine Frau kümmerten sich unter anderem um die Verträge zwischen Sunny und den Künstlern, die er produzierte. Diese Verträge waren in der Regel vor allem gut für Sunny. Aber das war in Thorbens und Valeries Augen auch völlig in Ordnung: Schließlich war es Sunny, der sie bezahlte. Sie berechneten ihm pro Stunde 400 Euro – pro Person zuzüglich Mehrwertsteuer.

Stattlich, dachte LeRêve. Es war das alte Spiel, die ewig gleiche Abzocke. Der Kreis der Mächtigen und Reichen spielte sich die Bälle zu. Außenstehende und Neulinge hatten es schwer mitzuspielen – und ließ man sie, so war der Preis hoch.

LeRêve spürte Wut in sich aufsteigen. Aber solche Emotionen galt es jetzt zu unterdrücken und mit der kühlen Präzision vorzugehen, mit der Thorben und Valerie ihre Verträge formulierten.

LeRêve hatte alles von langer Hand vorbereitet und durfte es jetzt nicht ruinieren. LeRêve hatte den leeren Parkplatz mit der Nummer zwölf im Visier. Daneben, auf der elf, stand ein großer Mercedes, der Thorben Sommer gehörte. Der war also definitiv daheim. Donnerstags arbeitete Thorben Sommer fast immer von zu Hause aus, wusste LeRêve.

Fehlte nur noch Valerie. LeRêve hatte Bewegungsprofile der beiden erstellt und war sich ziemlich sicher, dass die Anwältin gleich von ihrer alle zwei Wochen stattfindenden privaten Yoga-Stunde zurückkehren würde.

Nach einer Viertelstunde war Motorenlärm zu hören. Ein Sportwagen näherte sich, und LeRêve zog sich noch tiefer in den Schatten der Säule zurück.

Der Wagen wurde neben dem Mercedes abgestellt, Valerie Sommer stieg aus, nahm eine volle Tasche vom Beifahrersitz und lief zum Aufzug, der nur von den Besitzern der Apartments benutzt werden durfte und für den man einen Schlüssel brauchte.

Jetzt trat LeRêve hinter der Säule hervor.

»Ach, du bist es«, sagte Valerie überrascht. »Willst du zu uns?«

»Ja.«

Die Anwältin wirkte leicht gestresst. »Nun, zu mir oder zu Thorben?«

»Zu euch beiden.«

Valerie kramte in der Tasche. »Aber du hast keinen Termin gemacht, oder sollte ich etwas vergessen haben?«

»Nein, du hast nichts vergessen. Spontaner Einfall.«

Jetzt zog Valerie einen Schlüsselbund hervor. »Hm, ja, das ist schlecht, ehrlich gesagt. Wir sind terminlich voll, weißt du?«

»Es ist wichtig.«

Die Anwältin stöhnte auf. »Natürlich, wichtig ist es immer. Warum hast du nicht wenigstens vorher angerufen?«

»Wie gesagt, spontane Sache.«

»Sei mir nicht böse, aber es passt heute wirklich nicht. Vielleicht morgen. Warte, ich schau mal in meinen Kalender.« Valerie zog ihr Handy hervor. »Mensch, morgen ist ja auch Sunnys Geburtstagsparty. Also ohne den Kalender wäre ich aufgeschmissen. Und nein, morgen ist es auch schlecht. Wie wäre es mit Montag kommender Woche, 17.15 Uhr? Und dann bitte in unseren Büros und nicht hier.«

LeRêve schüttelte den Kopf. »Nein, jetzt.«

»Wie ich schon sagte, haben wir keine Zeit.« Ungeduld und leichter Ärger klangen in Valeries Stimme mit.

»Doch, die habt ihr«, sagte LeRêve kühl und zog die Pistole aus der Tasche.

Jede Farbe wich aus Valeries Gesicht. »Was … was … hast du vor?«

»Los, in den Aufzug.«

Die Anwältin hob beschwichtigend die Hände. »Okay, ganz ruhig. Wir können doch über alles reden.«

»Das werden wir auch.«

»Gut, ja gut«, stammelte Valerie. »Aber nimm um Gottes willen die Waffe runter.«

»Nein. Der Aufzug. Beeil dich«, kommandierte LeRêve.

Im dritten Anlauf gelang es Valerie, den Schlüssel ins Schloss zu schieben. Die Tür zum Lift öffnete sich, und Valerie und LeRêve traten hinein.

Die ersten elf Etagen waren per Knopfdruck zu erreichen. Um in das oberste Stockwerk der Sommers zu gelangen, musste man jedoch einen vierstelligen Code in ein Ziffernfeld eingeben.

Zitternd tippte Valerie die Nummer, und der Aufzug setzte sich leise in Bewegung.

»Warum?«, fragte die Anwältin tonlos. »Was hast du vor?«

LeRêve schwieg, beobachtete die roten Zahlen am Display. Vierter Stock, fünfter, sechster.

»Komm schon, was soll das? Nimm die Waffe runter. Das ist ja wie in einem schlechten Film.« Valerie lachte hysterisch.

Valerie *lachte*? Was erlaubte die Anwältin sich, nahm sie LeRêve nicht ernst? LeRêves Wut schwoll an wie eine Flut bei Hochwasser.

»Halt den Mund.« LeRêve hob die Waffe und presste den Lauf an Valeries Stirn.

Die Anwältin riss den Mund auf, aus ihren Augen schrie Panik, und LeRêve kostete die Süße dieses Anblicks.

Neunter Stock, zehnter. Der Aufzug wurde langsamer, stoppte.

»Du voran«, befahl LeRêve und ließ die Waffe sinken.

Valerie stolperte in den Flur, der bereits zur Penthousewohnung gehörte, öffnete eine weitere Tür und betrat mit LeRêve ein großes, kombiniertes Wohn- und Esszimmer, zu dem auch die offene Küche gehörte. Thorben Sommer stand am Kaffeevollautomaten und drehte sich um.

Er zog die Brauen hoch, als er LeRêve erblickte. »Du? Haben wir einen …« Sein Blick wurde starr. »Was soll die Waffe?«

»Da rüber«, kommandierte LeRêve und deutete mit der Pistole auf die schwarze Ledergarnitur.

Thorben rührte sich nicht. Fassungslos schaute er von seiner Frau zu LeRêve und wieder zurück.

»Ich weiß auch nicht, was los ist«, stieß Valerie hervor. Ihre Stimme drohte zu kippen.

»Macht schon«, sagte LeRêve kalt, und endlich kam Bewegung in Thorben. Er setzte sich auf die Kante des Sofas. Seine Frau tat es ihm gleich.

LeRêve nahm gegenüber in einem Designerstuhl Platz und musterte das Paar.

»Willst du Geld? Wie viel?«, fragte Thorben. Er war sichtlich bemüht, ruhig zu wirken, aber LeRêve spürte seine Angst. »Wir haben nicht viel Bares hier. Vielleicht 1.000 Euro im Safe. Aber wir können dir natürlich etwas überweisen. Kein Problem, ist online schnell erledigt.«

LeRêve lachte lautlos in sich hinein. Dass diese durch und durch korrupten Typen immer glaubten, alles mit Geld regeln zu können. Traurig.

Hier ging es doch um so viel mehr.

Zum Beispiel um Träume. Um solche, die zerstört wurden, und um solche, die gerade aufblühten. Und um ein schönes, böses Spiel, das soeben begonnen hatte, hier in dieser luxuriösen Penthousewohnung, und morgen auf der Party fortgesetzt werden würde.

»Eure Handys«, lautete der nächste Befehl, und die Sommers gehorchten.

LeRêve schaute Thorben an. »Pin?«

Der Anwalt nannte sie, und LeRêve probierte die Zahlenkombination aus. Sie stimmte.

Eilfertig nannte auch Valerie ihre Pin, doch LeRêve winkte ab. »Brauche ich nicht.«

LeRêve wischte über Thorbens Handy. Da war sie, die App. Dank der darauf hinterlegten Zugangsdaten konnte LeRêve das Grauen kontrollieren, das morgen in ein gewisses *Smarthome* einziehen und eine Party in ein Blutbad verwandeln würde.

»Wie viel?«, wiederholte der Anwalt seine Frage.

»Was?«

»Geld natürlich. Du bist doch sicher nicht nur gekommen, um unsere Handys zu stehlen«, meinte Thorben.

»Stimmt.« LeRêve griff erneut in die Tasche, holte den Schalldämpfer hervor und schraubte ihn auf den Lauf der Pistole.

»Halt!«, flüsterte Thorben entsetzt. »Das kannst du nicht tun. Wir haben dir doch nichts getan.«

»Ach? Ist das so?«

»Natürlich«, stieß Valerie hervor. Ihre Stimme war ungewöhnlich schrill. »Wir sind doch …«, sie suchte nach Worten, rang die Hände, »Freunde …«

»Nein, sind wir nicht«, sagte LeRêve ruhig und hob die Waffe. Dann fielen mehrere Schüsse.

LeRêve stand auf. Der erste Akt des fantastischen Schauspiels war vorbei. Die Sommers waren von den Projektilen nach hinten gerissen worden, und wer nur flüchtig hinschaute, konnte meinen, die beiden seien auf dem Sofa eingeschlafen. Doch da war das viele Blut, das mehr und mehr die Kleidung der Anwälte tränkte, und da waren die starren Augen der beiden, die auf irgendeinen fernen Punkt hinter LeRêve gerichtet waren.

Was sahen Valerie und Thorben jetzt?, fragte sich LeRêve. Was spürten sie? Schmerz, Erleichterung, Wut oder Glück? Ein wenig beneidete LeRêve die Anwälte um den Weg, den die beiden gehen durften, auch wenn sie ihn nicht freiwillig eingeschlagen hatten.

LeRêve öffnete *WhatsApp* auf Thorbens Handy, durchsuchte dessen Kontakte und fand Sunny doch tatsächlich unter dessen richtigem Namen Siegfried.

LeRêve schrieb an ihn: *Tut mir leid, aber Valerie und ich können morgen leider nicht zu deiner Party kommen. Müssen zu einer juristischen Tagung. Vertreten dort den erkrankten Gastredner. Ist eine große Nummer. Sorry, aber da kommen wir nicht drum rum. Feier schön. Bis bald.*

LeRêve warf einen letzten Blick auf die Anwälte. Wenn die Toten doch nur berichten könnten, was sie gerade erlebten.

Dann steckte LeRêve Thorbens Handy mit der wundervollen App ein und verließ die Wohnung mit den nun ewig Träumenden.

6.

Milo las seinen Text mit gerunzelter Stirn, schaute kritisch auf jede seiner einfachen Illustrationen. Würde Timmy die Geschichte gefallen? Immerhin spielte eine raffinierte Spinne die Hauptrolle …

Milo ging zum Fenster.

Bestimmt, dachte er. Timmy las viel, er begab sich wie Milo gerne auf eine fantastische Reise zwischen den Seiten eines Buches.

Aber wie lange noch? Würde sich Timmy spätestens in der

Pubertät vom Buch abwenden und nur noch mit einer VR-Brille durch digitale Räume gleiten?

Metaverse und andere computergenerierte Welten waren eine ernst zu nehmende Konkurrenz für Bücher. Eine neue Generation von Storytellern drängte auf den Markt der Zerstreuung und Unterhaltung: Programmierer. Sie schufen komplexe digitale Welten und virtuelle Geschichten, in denen jeder dank seines Avatars das sein durfte, was er schon immer hatte sein wollen.

Wurden Buchautoren überflüssig, war er, Milo, mit seinen 39 Jahren bereits ein Dino der Erzählkunst?

Er beobachtete die Menschen auf der Straße. Fast alle hatten ein Handy am Ohr oder schauten darauf. Texte und Bilder wurden konsumiert in immer schnellerer Folge. Fast Food. Milo war nicht anders. Beim Frühstück wurden die News am Handy durchgeklickt, Texte oft nur angelesen und dann weggedrückt. Der nächste bitte.

Milo schloss die Augen, verbannte die hektischen Bilder.

Nein, sagte er sich, es gab noch Menschen, die sich auch mal auf eine längere Geschichte einließen. Der Text war das Segelboot, der Leser der Passagier, der Autor der Steuermann und die Fantasie der Wind, der es vorantrieb.

Bei seinem aktuellen Buch über Sunny war es etwas einfacher, weil Milo sich nichts ausdenken musste. Dennoch war die Aufgabe alles andere als leicht. Welche Schwerpunkte sollte Milo setzen, welchen von Sunnys Weggefährten ansprechen, wo recherchieren?

Es war generell interessant, wie locker sich viele das Schreiben vorstellten. Dabei war Schreiben ein Kampf, fand Milo, ein harter Kampf.

Ein Buch, einmal begonnen, war stets bei ihm, ob er wollte oder nicht. Es forderte ihn immerzu, ließ ihn nicht schlafen, trieb ihn voran, zog ihn hinab, hob ihn in himmlische Textsphären, fraß ihn auf und spuckte ihn wieder aus. Es führte Milo in Sackgassen, ärgerte ihn, machte ihn fertig. Brachte ihn zum Lachen, ließ ihn jubeln, dann verzweifeln. Machte ihn zum Jäger und im nächsten Moment zum Gejagten.

Milo war beim Schreiben oft einsam und ein Sklave seiner Geschichte. Aber wenn – irgendwann – der Text fertig war und er auch noch viele Leser fand, wie das bei ihm zumindest einmal der Fall gewesen war, dann war die Schriftstellerei für Milo kein Beruf, sondern Erfüllung.

Auf Partys oder anderen Veranstaltungen sagte er inzwischen aber zumeist nicht, was er beruflich machte, denn zu oft hatte er sich anhören müssen: »Das muss ich auch mal machen. Du glaubst gar nicht, was ich schon alles erlebt habe. Da kannst du ganze Romane drüber schreiben.«

Nur leider fehlte diesen Menschen die Zeit, ihre Erlebnisse, die nur sie selbst interessierten, niederzuschreiben: »Dafür bin ich viel zu busy.«

Milo kehrte zum Schreibtisch zurück. Er brauchte wieder einen Volltreffer. Ein Buch, dass nicht nur gut war, sondern sich auch gut verkaufte. Der Text über Sunnys Aufstieg war die Lösung.

Nachher hatte er den Termin bei ihm und konnte die nächste Episode des Buches angehen. Milo wollte Sunny interviewen und erfahren, wie der Schlagerstar Anfang der 2000er Jahre entdeckt worden war.

Milo beugte sich über die Geschichte für Timmy und las noch einmal Korrektur.

Pünktlich um 13 Uhr parkte Milo seinen zehn Jahre alten Kleinwagen vor Sunnys Palast. Auch wenn Milo nicht allzu viel auf materielle Dinge gab, so kam er sich jetzt klein vor.

Es war schier unmöglich, nicht von diesem Anblick beeindruckt zu sein. Majestätisch ruhte die im Bauhausstil errichtete Villa inmitten der Berchtesgadener Alpen, die großen Fensterfronten und Terrassen zum Watzmann ausgerichtet. Da das *Smarthome* am Hang lag, gestattete auch das untere der drei Geschosse einen atemberaubenden Blick auf die Bergwelt.

Über eine geschwungene Freitreppe gelangte Milo zu einem breiten weißen Portal mit einem digitalen Schließzylinder. Seitlich befanden sich ein quadratisches Tastaturfeld, ein Fingerabdruckscanner und oberhalb der breiten Tür eine Kamera. Vergeblich suchte Milo nach etwas Vertrautem wie einer Klingel, um sich bemerkbar zu machen.

Das war jedoch nicht nötig. Eine junge Frau mit fein geschnittenen asiatischen Gesichtszügen und einem pechschwarzen Pagenschnitt öffnete die Tür. Sie lächelte und richtete ihre mandelförmigen Augen auf Milo. Ihre Pupillen waren rot, und Milo wurde klar, dass es sich bei seinem Gegenüber um einen humanoiden Roboter handelte. Er hielt die Luft an. Diese schlanke Frau in dem anthrazitfarbenen, knielangen Rock und der weißen Bluse war bis auf die Augen ein absolut perfektes Ebenbild eines Menschen.

»Guten Tag, Herr Lostner«, sagte sie. Ihre Stimme war warm. »Kommen Sie doch herein. Sunny erwartet Sie bereits.«

»Ja, gerne«, erwiderte er und folgte der Frau. Ihre Bewegungen waren geschmeidig wie die einer Tänzerin.

Sie befanden sich in einer Eingangshalle, in deren Mitte ein Brunnen plätscherte. Die Wände waren schneeweiß. In Nischen standen altgriechische Götterskulpturen und bildeten einen scharfen Kontrast zu den neben ihnen hängenden Drucken von Banksy. Zwei Kameras erfassten den gesamten Raum.

Über schneeweiße Marmorfliesen aus dem italienischen Carrara schritten Milo und die Frau durch eine Tür, die sich vollautomatisch öffnete, sobald sie sich ihr näherten, und sich geräuschlos hinten ihnen schloss. Sie gelangten in ein etwa 100 Quadratmeter großes Wohnzimmer, das sich über zwei Ebenen erstreckte. Über kurze Treppen erreichte man drei Sitzgruppen aus Nappaleder, die über die großzügige Fläche verteilt waren wie Inseln. Neben den Sitzmöbeln ragten schmale Boxentürme auf wie Statuen.

Zwei Wände waren weiß, eine in einem dezenten Blau gestrichen. An der vierten Wand lief Wasser über perlmuttfarben schimmernde Steinfliesen hinab und sammelte sich in einem rechteckigen Becken. Das Summen einer Pumpe mischte sich mit dem leisen Rauschen der Klimaanlagen.

Die Decken bestanden aus edlen Hölzern, die mit Reihen von Spots durchzogen waren. In den Ecken bemerkte Milo weitere Kameras. Eine breite und elegant geschwungene Treppe führte in das Obergeschoss.

»Bitte, hier entlang«, sagte die Frau und deutete auf eine breite Fensterfront, hinter der sich ein einmaliges Alpenpanorama auftat.

Vorbei an einem breiten verglasten Kamin schritten sie auf eine riesige Terrasse mit einem Infinitypool, der 30 Meter lang und 15 Meter breit war.

Mitten im Pool war eine kleine gemauerte Insel, die man über eine bogenförmige Brücke erreichen konnte. Dort saß Sunny in einer Loungemöbelgruppe und winkte ihm zu.

Nachdem sie ein paar Floskeln ausgetauscht hatten, fragte Sunny: »Sollen wir, bevor wir mit der Arbeit beginnen, etwas essen? Ich habe Hunger. Du auch?«

»Ein wenig.«

»Fein, was hat die Küche denn heute zu bieten, Peitho?«

»Scampi Tempura mit Wakame-Gurken-Salat als Vorspeise, dann den Kalbsrücken rosa mit Trüffeln und als Nachtisch ein

Erdbeer-Kokos-Tiramisu mit einer Praline«, listete Peitho auf. »Dazu empfehle ich einen trockenen Pinot Noir.«

»Wie klingt das für dich, Milo?«, fragte Sunny.

»Hervorragend.«

»Gut, dann also bitte zweimal.« Sunny nickte der Frau zu.

»Natürlich.« Sie ging ins Haus zurück.

Milo sah ihr nach. »Ich muss zugeben: Sie ist irgendwie perfekt.«

Sunny lachte. »Und bildschön und sexy, findest du nicht? Deshalb habe ich sie auch Peitho getauft, nach der griechischen Göttin der erotischen Überredung. In der griechischen Mythologie war Peitho eine Helferin der Aphrodite.«

Milos Stirn lag in Falten. Konnte jemand, der wie Sunny über genügend Geld verfügte, einen menschlichen Roboter wie Peitho nach seinen eigenen Wünschen zusammenstellen, ihn konfigurieren wie ein Auto?

»Die Roboter sind einfach unglaublich«, fuhr Sunny fort. »Die sind so was von nützlich. Wirklich eine gute Investition. Roboter sind nie krank, stehen immer zur Verfügung, wollen keinen bezahlten Urlaub. Es gibt keine Zeitverluste durch Diskussionen. Die machen, was man ihnen sagt.« Er deutete auf sein Smartphone. »Ich kann sie jederzeit steuern.«

»Mit einer App?«

»Ja, aber ich habe auch noch einen Rechner im Untergeschoss. In der Regel reicht jedoch das Handy«, erklärte der Schlagerstar. Er schien in seinem Element. »Damit regle ich auch die gesamte Haustechnik, darunter …«

»Warte«, unterbrach Milo ihn und legte sein Handy neben das von Sunny. »Ich möchte das gern aufnehmen. Das gehört auch ins Buch, finde ich. Über deinen Aufstieg können wir uns auch später unterhalten, wenn es dir recht ist.«

»Nur zu«, forderte Sunny ihn auf und ergänzte: »Also mit

der App kontrolliere und steuere ich Alarmanlage, Bewegungsmelder, Kameras, Heizung, Licht, Jalousien, Türen und Tore, Aufzug, Telefone, Wasserversorgung und die Temperatur des Pools. Konstant 25 Grad übrigens.«

Milo lehnte sich in seinem Polster zurück. Es war gut, dass er das Ganze aufzeichnete, weil er ziemlich abgelenkt war. Die Aussicht war nicht nur grandios, sie war überwältigend. Dieser Pool, der Garten und vor allem das respekteinflößende Watzmann-Massiv – was für eine Kulisse für die Party morgen …

Reiß dich zusammen, du bist hier, um zu arbeiten.

Da kam ein Mann mit einer Heckenschere auf den Pool zu.

»Wer ist das?«, fragte Milo. »Auch ein Roboter?«

»Richtig, das ist Ares. Er kümmert sich vor allem um den Garten und meine Autos. Ares ist handwerklich sehr geschickt.« Er lachte. »Mein Mädchen für alles, wenn du so willst.«

Der hellhäutige Hüne mit dem militärischen Kurzhaarschnitt, dem eher grob geschnittenen Gesicht, dem breiten Kreuz und den sich unter dem T-Shirt deutlich abzeichnenden Muskelpaketen erreichte den Pool. Die Heckenschere baumelte an seinem linken Handgelenk wie ein Spielzeug. Nun richtete Ares seine rubinroten Pupillen zuerst auf Milo und verweilte dort für dessen Geschmack etwas zu lang.

»Guten Tag, Herr Lostner«, sagte er dann.

»Guten Tag«, erwiderte Milo. Hatte Sunny ihn bei allen Robotern angekündigt, auch beim Gärtner?

Nun schaute Ares Sunny an. »Wieder auf drei Meter Höhe?«

»Genau, sehr gut. Aber fang hinter dem Haus an. Wir möchten uns unterhalten.«

»Selbstverständlich.« Der Roboter nickte ihnen kurz zu und ging.

»Hast du dem gesagt, wer heute dein Gast ist?«, fragte Milo.

»Nein.«

»Aber er kannte meinen Namen.«

Sunny schmunzelte. »Ares hat Kameras in seinen Augen, auf die ich übrigens dank der App bei Bedarf ebenfalls Zugriff habe. Ares hat dich mit seinen Augen gescannt. Er vergleicht innerhalb von Sekunden das, was er sieht, mit Bildern, die es im Internet gibt. Von dir muss es Foto-Material im Netz geben, Milo.«

Der nickte. Bei Lesungen hatte man ihn schon öfter fotografiert. Außerdem hatte er eine Autoren-Homepage mit Fotos. Beim Verlag, bei *Facebook* oder *Instagram* würde man ebenso fündig werden.

»Sicher«, sagte er obenhin, auch wenn ihm der Roboter-Scan nicht gefiel. Es wollte nicht von einer Maschine durchleuchtet und vermutlich auch beurteilt werden. Denn welche Informationen rief Ares da ab – waren es echte Fakten oder womöglich Fakes? Auf was hatte der Roboter eigentlich Zugriff? Etwa auch auf sensible Daten wie Bankverbindung und Ähnliches? Womöglich konnte eine derart intelligente Maschine Dinge tun, von denen ein durchschnittlicher Hacker nur träumte.

»Ja, humanoide Roboter haben wirklich eine Menge drauf«, sagte Sunny, der offenbar nur die Vorteile der Maschinen sah. »Hast du gewusst, dass die neue Robotergeneration dank ihrer Künstlichen Intelligenz bereits Musik komponieren kann?«

»Bitte nicht …«, ächzte Milo.

»Wo lebst du?«, fragte Sunny. »Du kennst doch den Song ›Daddy's Car‹, oder?«

Milo kramte in seinem Gedächtnis. »Ja, glaube schon. So ein *Beatles*-Verschnitt.«

»Genau, der Song wurde 2016 ein Riesenhit. Und wer hat ›Daddy's Car‹ komponiert? Ein Computerprogramm namens Flow Machines. Okay, der französische Komponist Benoît Carré hat die Endfassung noch mal überarbeitet und auch den Text geschrieben.«

Milo war erleichtert. »Da hast du es: Ohne menschliche Beteiligung geht es dann eben doch nicht.«

»Vorsicht«, sagte Sunny. »Die Künstliche Intelligenz schreitet in großen Schritten voran. Sie lernt selbstständig dazu, entwickelt sich permanent weiter. Bald werden Songs ganz allein von Maschinen geschrieben und produziert.«

»Dann bin ich froh, dass ich Bücher schreibe und keine Songs. Du könntest überflüssig werden, Sunny.«

In einiger Entfernung war das Geräusch eine Heckenschere zu vernehmen.

»Journalisten und Schriftsteller auch«, meinte der Schlagerstar. »Es sind doch längst KI-Programme auf dem Markt, die vollautomatisch Zeitungsartikel generieren. *Bloomberg News* erstellt etwa jede dritte Nachricht mithilfe eines PC-Programms namens *Cyborg*. Das wird zum Beispiel mit den Bilanzdaten eines Unternehmens gefüttert und produziert daraus selbstständig die News. Auch *Associated Press* setzt auf maschinell erstellte Artikel. Neuere Programme sind sogar in der Lage, komplexe Texte zu schreiben – früher oder später werden Maschinen zu Buchautoren.«

»Das wäre entsetzlich«, kommentierte Milo.

»Schauen wir mal. ChatGPT formuliert bereits Gedichte«, erwiderte Sunny.

Milo stöhnte. »Dieses Dialogsystem, mit dem jetzt viele hoffen, etwas Vernünftiges publizieren zu können? Das Ding, das sogar Masterarbeiten schreiben kann? Ätzend!«

»Sei mal nicht so negativ. ChatGPT ist eine einmalige Erfolgsstory. Hast du gewusst, dass ChatGPT im Februar 2023 bereits über 100 Millionen Nutzer hatte, obwohl es erst Ende

November 2022 auf den Markt kam? Man sollte mit der Zeit gehen und sich bietende Chancen wie ChatGPT nutzen«, erwiderte Sunny, und Milo sah sich wieder am Fenster seiner kleinen Wohnung stehen. Er war wohl doch so etwas wie ein Dino. »*Bloomberg* hat übrigens vor einem Jahr auch über meine Bilanzen berichtet. So kam der Kontakt zustande. Ich hatte eine Menge Fragen, das interessiert mich eben. Künstliche Intelligenz ist einfach mein Ding – neben der Musik natürlich. Ah, da kommt der Wein.«

Peitho kam über die Brücke und stellte ein Tablett vor ihnen ab.

»Danke«, sagte Sunny.

»Das Essen wird in 22 Minuten fertig sein. Wo darf ich es servieren?«

Sunny schaute Milo an. »Pool?«

»Ja, warum nicht? Aber, nein, warte. Kochen Sie selbst, Peitho?«

Sie lächelte. »Ja, aber ich habe Hilfe.«

»Genau, Kybele ist auch in der Küche eingesetzt«, sagte Sunny.

»Wenn das okay ist, würde ich Peitho und Kybele gern beim Kochen zuschauen«, bat Milo.

Achselzuckend stand Sunny auf. »Klar. Dann servieren Sie das Menü später im Esszimmer, Peitho.«

Milo betrat hinter Sunny und Peitho die Küche, die neben dem Wohnzimmer lag. Milo schätzte, dass sie fast so groß war wie seine eigene gesamte Wohnung. Eine Frau mit dunklem Teint und hochgesteckten blonden Haaren, die genauso gekleidet war wie Peitho, ging gerade auf einen Kühlschrank zu. Die Tür des chromblinkenden Ungetüms schwang auf, als sie noch etwa einen Meter davon entfernt war.

Home, sweet *Smarthome*, dachte Milo.

»Kybele, unser Gast möchte euch beim Kochen zuschauen«, meinte Sunny.

Die Maschine wandte sich um, und die Tür des Kühlschranks schloss sich mit einem dezenten Ploppen.

»Sehr gern, Herr …« Kurzer Scan. »Herr Lostner.«

»Noch ein Glas Wein?«, fragte Sunny.

»Nein danke.« Milo bezog seinen Beobachtungsposten an einem Tresen, der in der Mitte der Küche thronte und wie ein Boot geformt war. Er holte nun doch Schreibblock und Kugelschreiber hervor, um sich Notizen zu machen.

Kybele und Peitho schienen perfekt aufeinander eingespielt. Routiniert hantierten sie am Gasherd oder jonglierten mit Pfannen und Töpfen.

Doch dann fiel Milo auf, dass Kybele unnötig lang an einer Gurke für den Wakame-Salat herumschnitt.

Während Sunny sein zweites Glas Wein trank und irgendeine Nachrichtensendung auf einem Screen verfolgte, trat Milo näher an Kybele heran.

»Ich will schneiden«, hörte er sie leise sagen. »Immer schneiden.«

Das scharfe Messer glitt durch die vor ihr liegenden Scheiben. Wieder und wieder.

»Nun, ich würde sagen, es reicht«, sagte Milo freundlich.

Kybele beachtete ihn nicht. »Ich will schneiden, immer schneiden«, wiederholte sie.

Sie riss eine Tomate aus einer Schale und rammte das Messer hinein. Roter Saft spritzte auf das Gaskochfeld. Es zischte.

Peitho schaute zu Kybele, und Milo rechnete damit, dass sie eingriff. Doch Peitho lächelte.

»Schneiden, immer schneiden. Bis es rot ist. Alles rot.«

Milo machte einen Schritt zurück. »He, Sunny, ich glaube, Kybele hat eine Fehlfunktion.«

Sunny wandte sich von dem Flachbildschirm ab. »Was? Unmöglich.«

Milo deutete auf Kybele, die Gurke und Tomate inzwischen zu einem Brei verarbeitet hatte, aber immer weitermachte.

»Oh, Kybele, du meinst es sicher etwas zu gut«, sagte Sunny und berührte sie an der Schulter. Die Maschine wirbelte herum, das Messer in der Hand. Saft tropfte auf den Boden. Kybeles Gesichtszüge waren hart wie Granit, ihre Augen glommen auf wie Glut, durch die ein Windstoß fährt. »Schneiden, immer schneiden«, zischte sie. »Bis es rot ist.«

Nun wich auch Sunny etwas zurück. Er zog sein Handy hervor und drückte darauf herum. »Das haben wir gleich«, murmelte er.

Durch Kybeles Körper ging ein Ruck. Dann entspannte sie sich sichtlich und lächelte. »Pardon«, sagte sie. »Ich mache den Salat noch einmal neu.«

Sie ging an die Arbeit, als sei nichts geschehen, und Peitho meinte: »Neu errechnete Essenszeit ist nun 14.12 Uhr.«

»Kein Problem«, sagte Sunny.

»Wie bitte? Können wir mal kurz draußen reden?«, fragte Milo.

»Sicher.«

»Kein Problem? Das ist hoffentlich nicht dein Ernst«, meinte Milo, als sie wieder am Pool standen. »Kybele hatte gerade ein ziemliches Problem.«

Sunny winkte ab. »Ach was.«

»Oh doch, sie war außer Kontrolle.«

»Unsinn, sie hatte höchstens eine kleine Fehlfunktion.« Der Schlagerstar deutete auf sein Handy. »Ich habe das behoben. Alles im Griff.«

»Wer's glaubt. Was wäre gewesen, wenn Kybele noch etwas anderes hätte schneiden wollen?«

Sunny lächelte. »Du meinst dich?«

»Das ist nicht witzig.« Milo lud langsam auf.

Sunny legte ihm eine Hand auf die Schulter. »Kybele ist so programmiert, dass sie niemanden angreift.«

»Du sagtest vorhin, dass sich die Künstliche Intelligenz rasend schnell weiterentwickelt. Was wäre also, wenn deine humanoiden Roboter aufgrund ihrer Künstlichen Intelligenz zu dem Ergebnis kommen, dass sie dir nicht mehr länger dienen wollen?«, konterte Milo. »Vielleicht fühlen die sich sogar ausgenutzt, womöglich sind die wütend auf dich, Sunny.«

»Nein, ich habe die Kontrolle.« Sunny klang ein wenig ungeduldig. »Ich bin der Primäre User, ich habe die App, mit der ich alles steuern kann.«

»Und wenn du die Kontrolle verlierst?«

»Da kommt der Autor durch, der Geschichtenerzähler«, sagte Sunny. »Das wäre der Stoff für eine Horrorstory. Du hast zu viel Fantasie. Das kann nicht passieren – und das wird es auch nicht.«

»Ja, hoffentlich«, meinte Milo. Er beobachtete sein Gegenüber, und ihm entging nicht, dass Sunny nachdenklich, wenn nicht sogar unsicher wirkte.

»Lass uns wieder reingehen. Das Essen ist gleich fertig«, sagte der Schlagerstar nun.

Milo zögerte einen Moment. Ihm war jeder Appetit vergangen. Aber dann folgte er Sunny doch zurück in die Villa.

Das Esszimmer grenzte an die Küche. Als Milo an Kybele vorbeikam, hörte er, dass sie ein Lied summte. Welcher Song war das noch gleich?

Es fiel ihm ein, als er am bereits gedeckten Tisch Platz nahm: »Cuts Like a Knife« von Bryan Adams.

7.

Elas Finger glitten über die Tasten des Klaviers. Sie versank in ihrem Song, ließ sich treiben und spürte, dass er jetzt gut war. Alles passte, sie war zufrieden, wenn nicht sogar glücklich. Es hatte sich gelohnt, mit Sunny die Komposition zu überarbeiten. Gemeinsam war ihnen klar geworden, warum die Puzzleteile nicht zusammengepasst hatten. Sie waren zu groß füreinander gewesen, hatten sich förmlich überlagert und gegenseitig erdrückt. Ela hatte es beim Komponieren schon öfter erlebt, dass weniger mehr war.

Es ist nicht schwer zu komponieren. Aber es ist fabelhaft schwer, die überflüssigen Noten unter den Tisch fallen zu lassen.

Johannes Brahms hatte recht gehabt.

Nächste Woche wollte sie den Song mit Sunny in dessen Studio aufnehmen. Zunächst galt es, alle Instrumente mit einem Synthesizer und einem *Groove Production System* einzuspielen, wobei jedes Instrument eine einzelne Spur erhielt, dann Elas Gesang aufzunehmen und das Ganze abzumischen. Danach würde Sunny routinierte Studiomusiker engagieren, die die bisherigen Instrumentalspuren real nachspielten, um einen authentischeren Sound zu erzielen. Das dauerte noch einmal mindestens genauso lang.

»Vielleicht hast du ja Lust, dass wir den Song schon mal vorab auf meiner Party performen«, hatte Sunny vorgeschlagen. »Du am Mikro, ich am Keyboard.«

Doch das hatte Ela abgelehnt. Sie wusste, dass es sich bei den anderen Gästen überwiegend um Stars wie Jules Dubois, der eigentlich Franz-Peter Lautenbacher hieß, oder Sunnys

Ex-Frau Mona und andere Größen des Musik-Business handelte, die als Promoter oder Produzenten zwar mehr im Hintergrund agierten, aber deshalb nicht weniger wichtig waren, und wollte sich nicht an der Seite von Sunny in den Vordergrund spielen. Eifersüchteleien waren in dieser Branche an der Tagesordnung – und Ela war noch relativ neu.

Dabei fiel ihr Sebastian ein, und ihre Stimmung verdüsterte sich. Auch Sebastian war in der Branche neu gewesen. Jung, vielversprechend, kreativ. Ehrgeizig, aber mit Maß.

Ela hatte ihn auf einer Party von Jules Dubois kennengelernt und sich sehr gut mit ihm verstanden. Wie Ela brannte auch Sebastian für die Musik. Außerdem sah er auch noch gut aus.

Doch nun war er schon seit Längerem spurlos verschwunden. Eine seltsame Geschichte. Sebastian hatte Jules' Party allein verlassen und war nie zu Hause angekommen. Es hatte viele Suchaktionen gegeben, die Polizei hatte intensiv ermittelt, doch Sebastian war seitdem wie vom Erdboden verschluckt.

Diverse Gerüchte kochten hoch, die Klatschpresse überbot sich mit Spekulationen. Suizid, Entführung, Mord? Doch soweit Ela das einschätzen konnte, hatte Sebastian keinen Grund gehabt, sich umzubringen. Im Gegenteil, Sebastian hatte gerade seinen ersten Hit gehabt, er war vom Standstreifen auf die Überholspur ausgeschert und viele – wie Sunny oder auch Jules – hatten ihm eine große Karriere prophezeit. Außerdem war Sebastians Leiche nicht gefunden worden, was gegen Suizid oder Mord sprach.

Eine Entführung war auch nicht wahrscheinlich, weil es keine Lösegeldforderung gab. Der Fall blieb rätselhaft.

Was machten Sebastians Eltern jetzt wohl durch? Sebastian hatte Ela auf Jules' Party von den beiden vorgeschwärmt. Sie seien Berater, Freunde und Förderer in einem für ihn.

Und jetzt? Würden sie jedes Mal zusammenzucken, wenn

das Telefon ging? Sich fragen, ob es die Todesnachricht war? Oder vielleicht doch das ersehnte Lebenszeichen – und sei es vom Entführer, der seine Forderung stellte? Oder von Sebastian selbst, der sich nur eine Auszeit hatte nehmen wollen und sich von einer Malediveninsel meldete? Hoffnung und Angst würden jedes Klingeln begleiten.

Seufzend stand Ela auf, verließ die Wohnung und fuhr zu ihrer Mutter. Dorothea von Opdenhövel erwartete den Besuch ihrer Tochter einmal pro Woche, am besten an einem Donnerstagnachmittag, weil der Sopranistin dieser Termin zwischen Wassergymnastik und Bridge-Abend am besten passte. Danach wollte Ela noch zu ihrem Vater ins Pflegeheim.

Ein Hausmädchen ließ Ela ein. Dorothea von Opdenhövel saß im Wintergarten, neben sich eine dampfende Tasse Tee, den Blick auf einen Zimmerbrunnen gerichtet. Sie trug ein Abendkleid, und Ela, die Jeans, Kapuzenshirt und Sneakers anhatte, vermutete, dass ihre Mutter diesen eleganten Aufzug auch für den heutigen Bridge-Abend vorgesehen hatte.

Dorothea taxierte ihre Tochter, und wie so oft konnte Ela diesen Blick nicht richtig einschätzen. Es kam ihr manchmal so vor, als würde ihre Mutter bei ihr irgendetwas suchen.

»Tee?«

»Gerne.« Ela setzte sich und ließ sich eine Tasse einschenken. »Wie geht es dir?«

Ihre Mutter lächelte. Es sah so aus, als müsse sie sich dazu zwingen. »In meinem Alter wird nie etwas besser, aber vieles schlechter.«

Sie redeten einige Minuten über Dorotheas verschiedene Wehwehchen. Dann erkundigte sich die Mutter etwas steif nach Elas Befinden.

Ela berichtete von ihrem neuen Song, den Puzzleteilen, Sunny und der Lösung.

Als sie das Brahms-Zitat wiederholte, schnaufte Dorothea von Opdenhövel verächtlich. »Lass den guten alten Brahms aus dem Spiel. Der war ein Könner!«

Ela spürte, wie sich ihr Magen zusammenzog. Ihr Körper versteifte sich. »Natürlich, aber was willst du mir damit sagen?«

Wieder dieser Röntgenblick. »Kindchen«, hob Dorothea von Opdenhövel an, »ich ...«

»Nenn mich nicht so. Du weißt, dass ich das hasse«, fiel Ela ihr ins Wort.

Ihre Mutter hob beschwichtigend die Hände. »Also schön, Ela. Brahms ist einer der bedeutendsten Komponisten der Musikgeschichte, er hat uns grandiose Sinfonien und Sonaten geschenkt. Ich ertrage es nicht, wenn ihr euch mit diesem Ausnahme-Musiker vergleicht.«

»Vergleicht?« Ela lud auf. »Ich habe Brahms gerade lediglich zitiert. Das wird man doch wohl noch dürfen.«

Dorothea klopfte mit dem Löffel gegen den Rand der Tasse – wie mit einem winzigen Taktstock, der jedes ihrer Worte betonte. »Du hast eure Liedchen auf eine Ebene mit Brahms' Musik gehoben, du hast so getan, als würdest du Brahms' geniale Technik der Reduktion verwenden.«

Ela setzte die Tasse etwas zu fest auf dem Beistelltischchen ab. Es hatte mal wieder keine Viertelstunde gedauert, bis es Streit gab. »Was für ein Quatsch!«, fuhr sie auf. »Warum musst du das, was ich tue, immer derart runtermachen?«

»Das muss ich doch gar nicht. Es befindet sich bereits ganz unten«, sagte Dorothea kühl.

»Du kennst diesen Song noch nicht einmal, du bist wie immer total voreingenommen.«

Ihre Mutter winkte ab. »Ich weiß schließlich, welche Musik du machst. Du und dieser Sunny.«

Sie sprach Sunnys Namen aus wie ein Brechmittel. »Ihr seid oberflächlich, eure Musik hat keinerlei Tiefe. Das ist bestenfalls auf den Geschmack der Massen zugeschnittene Konfektionsware.«

»Und wenn schon«, blaffte Ela ihre Mutter an. »Die Leute lieben unsere Musik. Das ist es, was für mich und Sunny zählt.«

»Mag sein, dass ihr für Ablenkung und Zerstreuung sorgt. Doch das ist auch schon alles. Eure Songs, wie ihr die nennt, hat man nach kurzer Zeit wieder vergessen. Die Musik von Brahms aber ist unsterblich.«

Ela stand auf. »War nett, dich gesehen zu haben.«

»Spar dir deinen Sarkasmus. Noch eine Tasse Tee?«

»Nein, danke. Ich fahre jetzt zu Papa. Wann hast du ihn eigentlich das letzte Mal besucht?«

Dorothea von Opdenhövel zuckte nur mit den Schultern und Ela ließ sie grußlos im Wintergarten zurück.

Elas Wut wich nur langsam. Während der Fahrt zum Altenheim fragte sie sich nicht zum ersten Mal, warum sie sich die Besuche bei ihrer Mutter immer noch antat. Es war doch immer dasselbe, auch wenn Ela mit ihr telefonierte. Jedes Mal fühlte sich Ela danach seltsam klein. Irgendwie bedrückt, mitunter sogar regelrecht niedergemacht.

Oft war sie auch wütend, so wie jetzt. Konnte es ihre Mutter nicht ertragen, dass ihre große Zeit vorbei war, war das eine Form der Eifersucht? Aber konnte man der eigenen Tochter etwas nicht gönnen? Offensichtlich ja. Vielleicht war es auch angeborene Bosheit.

Gleichwie, warum fuhr Ela immer noch zu ihr? War es eine Art Verpflichtung, oder liebte sie ihre Mutter?

Wohl eher Verpflichtung, dachte Ela.

Vor einem Jahr hatte sie einmal versucht, ihre Mutter zu ignorieren. Wochenlang hatte Ela sie weder besucht noch angerufen. Doch dabei hatte sie sich schon sehr bald mies gefühlt. Wie jemand, der einen anderen Menschen im Stich lässt. Wie eine Verräterin. Ela hatte den Kontakt wieder aufleben lassen. Ihre Mutter hatte nie nach dem Grund der Sendepause gefragt. Vermutlich interessierte sie es nicht.

Der Kontakt war also wieder da, aber das miese Gefühl auch – nur jetzt aus einem anderen Grund.

Ela erreichte das Altenheim, stellte den Beetle ab und fuhr mit dem Aufzug in den vierten Stock, in dem das kleine Apartment ihres Vaters lag.

Sie klopfte an. Nichts. Noch einmal. Wieder nichts. Vielleicht war ihr Vater auf dem Balkon und hatte sie nicht gehört.

Ela öffnete die Tür und trat ein.

Im Apartment war es nahezu dunkel, nur ein verirrter Sonnenstrahl fiel durch einen Spalt der heruntergelassenen Jalousie. Staubpartikel führten darin einen schwerelosen Tanz auf. Es roch muffig.

»Papa?« Ela tastete nach dem Schalter, fand und drückte ihn. Licht flutete in den Raum.

Elas Vater lag angezogen auf dem Bett, den Blick zur Decke gerichtet, die Hände auf dem Bauch gefaltet.

Wie aufgebahrt, durchfuhr es Ela. Tot.

Sie stürzte zu ihm, und jetzt drehte er den Kopf. Er schaute zu ihr, doch da war kein Erkennen oder gar Freude, da war nichts.

Vorsichtig setzte sie sich auf die Bettkante und nahm seine Hand. Sie war warm, fast heiß.

Er ließ sie gewähren, erwiderte aber den Händedruck nicht.

»Hallo, Papa«, sagte Ela. »Du solltest etwas trinken.« Die Flasche Mineralwasser, die auf dem Nachttisch mit dem Tablettenspender stand, war voll.

Sie füllte ein Glas, sorgte dafür, dass sich ihr Vater aufrecht ins Bett setzte, und führte das Glas an seine Lippen. Er trank einen Schluck.

»Doro«, sagte er kaum hörbar. Seine Stimme war in den letzten Jahren dünn geworden, glich einem Krächzen. Aber immerhin zeigte er jetzt überhaupt eine Reaktion.

»Nein, ich bin's, Ela.«

Wieder schaute er sie an. Sein Gesicht war eingefallen und ungewöhnlich blass, die Augen rot geädert. Er nickte langsam. »Ach ...«

Dann sackte er in sich zusammen, sein Kinn fiel ihm auf die Brust, aber seine Augen blieben offen.

Es machte Ela unendlich traurig, ihn so zu erleben. »Ich lass mal ein wenig Licht rein, okay?«, sagte sie mit gespielter Fröhlichkeit. »Die Sonne scheint.«

Ela wartete nicht auf seine Reaktion, sondern zog an dem Gurt der Jalousie und öffnete das Fenster. Tief inhalierte sie die kühle Herbstluft.

Dann kehrte sie zum Bett zurück. »Sollen wir spazieren gehen?«

Seit einem halben Jahr hatte ihr Vater einen Rollator, und an guten Tagen kam er damit auch zurecht. Einmal waren Ela und er sogar zweimal um das Pflegezentrum herum gelaufen und hatten sich über alles Mögliche unterhalten. Aber das war schon eine Weile her, und heute bekam Ela noch nicht einmal eine Antwort auf ihre Frage.

Jochen von Opdenhövel saß in seinem Bett und schien völlig versunken zu sein in einer Welt, die hinter einer Tür lag, zu der nur er den Schlüssel hatte. Wo war er und was sah er dort?, fragte Ela sich. Hatte er etwa wieder eine seiner Visionen?

Und war ihm überhaupt noch bewusst, dass Ela hier war? Verzweifelt sah sie das an, was von ihrem einst energiegeladenen und souveränen Vater noch übrig war. Es war egal, ob sie ihn jetzt verließ oder bei ihm blieb. Er würde weder das eine noch das andere registrieren.

Ela ging zur Tür. Als sie die Klinke herunterdrückte, hörte sie ihn leise sagen: »Nein.«

Überrascht drehte sie sich um. Er schaute sie nicht an, wiederholte aber sein Nein.

Ela setzte sich erneut auf die Bettkante. Gut, er schien für einen Moment buchstäblich wieder aufgetaucht zu sein aus seinen Gedanken, Visionen oder was immer es sein mochte. Sie überlegte einen Moment und fragte ihren Vater mit schwacher Hoffnung, wie sein Tag gewesen sei. Er schwieg. Also erzählte sie ihm alles Mögliche und berichtete dabei auch von dem Song, den sie mit Sunny aufnehmen wollte.

Es war ein Selbstgespräch. Ihr Vater war wieder irgendwo in seiner Parallelwelt, verloren und gefangen im Labyrinth seiner Gedanken.

»Morgen bin ich auf einer Party«, fuhr sie unverdrossen fort. »Bei Sunny. Er hat ein ungewöhnliches …«

Plötzlich war ihr Vater da, wie ein Schauspieler, der nur auf ein bestimmtes Stichwort gewartet hatte. »Nein!«, stieß er hervor.

»Was? Warum denn nicht?« Ela war irritiert. »Sunny ist ein wunderbarer Mensch. Du würdest ihn mögen. Und sein Haus, also wirklich, das ist so ganz anders. Voller Technik und Roboter und …«

»Nein!« Jetzt brüllte er fast.

»Papa, bitte. Beruhig dich doch. Es ist alles in Ordnung.«

Sie nahm seine Hand, und diesmal erwiderte er ihren Händedruck mit enormer Kraft.

»Du tust mir weh!«, rief sie. »Lass mich los!«

Er lockerte den Griff und blickte sie an. Aus seinen Augen schrie Panik. »Du darfst da nicht hin.«

Sie stand auf, wich von ihm zurück. Hatte er erneut eine dieser Visionen, sah er etwas, was ihn quälte?

»Was ... was hast du denn?«

»Tot«, flüsterte er. »Alle tot.«

Ela durchlief ein Frösteln. Dann drückte sie den Alarmknopf neben dem Bett.

8.

Sunny trieb den Porsche über die B20 in Richtung Bischofswiesen. Die Sonne schien, das Dach des Cabrios war geöffnet, neben ihm saß seine Freundin Feline, und heute Abend würde seine Party steigen.

Doch Sunny hatte schlechte Laune, was unter anderem an dem Termin heute Morgen lag, von dem er gerade mit Feline zurückkehrte. Das Meeting bei diesem aufgeblasenen Besitzer namens Meier einer in ganz Europa tätigen Möbelhaus-kette war ein Flop gewesen.

Feline hatte das Gespräch eingefädelt. Sie war für Sunny die perfekte Ergänzung. Zwar war Feline keine gute Musikerin oder Sängerin, aber sie konnte hervorragend organisieren, beherrschte mehrere Sprachen, war intelligent, klar strukturiert und auch noch attraktiv. Sunny hatte sie als seine rechte Hand angestellt und bezahlte sie fürstlich. Dafür kümmerte sich Feline um sämtliche Termine von Sunny und bahnte lukrative Werbe-Deals an.

Obwohl Sunny und sie ein Paar waren, wohnte Feline nicht mit ihm zusammen. Sie legte Wert auf ihre Unabhängigkeit, was Sunny nur recht war. Glücklicherweise hatte sie bisher auch noch nicht gefragt, ob er sie heiraten wolle. Das wäre für Sunny nie infrage gekommen, nicht zuletzt wegen seiner gescheiterten Ehe mit Mona de Luna, die er ebenfalls heute als Gast begrüßen würde.

Aber es gab da noch einen anderen Grund. Feline hatte unbestritten eine gewisse Klasse, aber sie war nie spektakulär. Wie anders war da doch Ela mit ihrer natürlichen Star-Aura, ihrem Selbstbewusstsein und ihrer Strahlkraft.

Doch in geschäftlichen Dingen war Feline normalerweise unschlagbar. Heute allerdings war das Gespräch nicht so verlaufen wie geplant.

Ziel war es gewesen, dass Sunny sein Konterfei für eine groß angelegte Werbekampagne hergab. Das hätte einen hohen Betrag in seine Kasse spülen können. Es war jedoch nichts Konkretes herausgekommen, nur Unverbindliches. Reine Zeitverschwendung.

Sunny schlug auf das Lenkrad.

Feline wandte ihm ihr Gesicht mit der großen Sonnenbrille zu. »Ärgerst du dich wegen *Möbel Meier*?«

»Ja.«

»Tut mir leid, aber …«

»Du kannst nichts dafür, Feline.«

Sie beugte sich zu ihm und strich ihm über die Wange. »Es ergeben sich neue Deals.«

Er nickte mit zusammengepressten Kiefern. Feline wusste vieles über seine Geschäfte, aber eben nicht alles. Vor allem wusste sie nichts von diesem Drecksack Bodo und von seinen Schulden.

Die normal Sterblichen konnten sich oft nicht vorstellen, dass jemand, der so viel Geld verdiente wie Sunny, Schulden haben könnte. Doch wer in seiner Branche nicht zeigte, was er hatte, bekam schnell den Stempel »Langweiler« und war kein Thema mehr für die Medien. Sunny hatte es immer verstanden, auch außerhalb des Musikbusiness im Gespräch zu bleiben – zuletzt mit seinem ungewöhnlichen *Smarthome* und der damit verbundenen waghalsigen Investition, die dummerweise aus dem Ruder gelaufen war. Und heute würden die von ihm persönlich ausgewählten Medienvertreter seine Roboter kennenlernen, die ebenfalls ein Vermögen gekostet hatten. Das würde Sunny einmal mehr auf Titelseiten katapultieren. Wer hatte schon humanoide Roboter?

Dabei fiel ihm Kybeles Aussetzer ein. Wieder schlug er aufs Lenkrad. Verdammt, das hätte nicht passieren dürfen. Als Milo weg gewesen war, hatte Sunny sofort bei der Hotline der Herstellerfirma angerufen, die 24 Stunden besetzt war, und sich beschwert. Die Systemtechniker hatten sich mehrfach entschuldigt, eine Fernwartung gemacht und an der Steuerung »gefeilt«, wie sie es genannt hatten. Es sei nun alles in Ordnung.

Tatsächlich hatte es gestern und heute keine neuen Probleme mehr gegeben. Kybele und ihre humanoiden Kollegen funktionierten einwandfrei. Hoffentlich blieb das auch so, vor allem heute Abend während der Party mit seinen prominenten Gästen, den Presseleuten und seinem Buchautor Milo.

»Und wenn du die Kontrolle verlierst?«, hatte der ihn gestern am Pool gefragt.

Verdammt, nein, niemals. Der Hersteller hatte ihm doch versichert, dass Kybeles Fehlfunktion einmalig gewesen sei. Das käme nicht noch einmal vor. Er, Sunny, habe die Zügel in der Hand. Die menschgewordenen Maschinen taten das, was er wollte, ebenso der Dobermann. Sunny hatte die App auf dem Handy und den Rechner in der Villa, mit dem man zur Not auch mal selbst eingreifen und die Roboter abschalten konnte.

»Schatz, du musst abbiegen«, riss Feline ihn aus seinen Gedanken.

»Oh ja, entschuldige.«

Sunny bremste, bog nach dem Parkplatz Schlafende Hexe ab und fuhr die kurvige Straße nach Osten, wo der Untersberg aufragte und die Grenze nach Österreich markierte.

Tja, dieser Milo. Sunny mochte ihn. Milo war ein netter Typ und ein guter Zuhörer. Ruhig, ein wenig in sich versunken, nachdenklich mit einer Spur Verbitterung. Und schreiben konnte er zweifellos. Sunny hatte Milos Thriller gelesen, und der hatte ihm wirklich gut gefallen. Aber dieses Buch war Milos einziger Erfolg gewesen, wie es schien. Musste ein mieses Gefühl sein, wenn man nicht nachlegen konnte. Der erste Erfolg verpflichtete, weckte die Gier. Sunny kannte einige Kollegen, denen kein zweiter Hit gelungen war. Pure Verzweiflung, sogar Selbstmordgedanken, mindestens aber Verschwörungstheorien, wonach nur die anderen schuld waren, dass man keinen Erfolg mehr hatte: »Die wollen nicht, dass ich weiter Erfolg habe«, wobei unklar blieb, wer *die* waren.

Einige waren zu ihm gekommen und hatten ihn gebeten, sie aus dem Tief zu holen, indem er ihnen einen Hit quasi maßschneiderte. Sunny als Komponist und Produzent, sie als Interpret. Dafür hätten sie sogar einen dieser Verträge von Sunnys Bruder Thorben unterschrieben.

Thorben hatte ihm per *WhatsApp* mitgeteilt, dass er und seine Frau nicht zur Party kommen könnten. Nicht weiter schlimm. Das Verhältnis der Brüder war aufs Geschäftliche konzentriert. Einmal mehr war Sunny froh, dass auch Bodo, der Meister der fiskalischen Grauzone, heute nicht dabei sein würde.

Bodo war derzeit das größte Problem. Der hatte weder Geduld noch Skrupel, diesen Mangel an Langmut irgendwie zu kaschieren. Bodo wollte Bares sehen, und zwar nicht bald, sondern *sehr bald*. Sonst würde Sunny ebenfalls *sehr bald* in diesem Kellerraum baumeln und sein Kopf so aussehen wie eine große geplatzte Melone.

Wieder ein Schlag aufs Lenkrad. Feline streichelte ihm beruhigend übers Bein.

Eine kleine Genugtuung war, dass Bodo ebenfalls finanzielle Schwierigkeiten zu haben schien. Welche Rolle spielte Cem in dem Spiel? Cem war sein Gast auf der Party. Konnte Sunny mit ihm reden, hatte der vielleicht eine Lösung oder zumindest eine Idee? Einen Versuch war es wert.

Die Straße wurde immer schmaler, und Sunny fuhr noch etwas langsamer. Links tauchte ein umgebauter Bauernhof auf, der einem vermögenden Investmentbanker-Paar gehörte. Der Mann tuckerte mit einem Aufsitzmäher über eine begradigte Fläche.

Aufsitzmäher. Süß. Sunny lächelte nachsichtig. Das Haus war recht neu, die Technik aber offensichtlich veraltet.

Immerhin gab es bei denen noch ein funktionierendes Mobilfunknetz, was für den Standort von Sunnys Nobelhaus einige Kilometer den Berg hinauf nicht mehr galt. Natürlich hatte Sunny die vollkommen abseits liegende Villa per Kabel ans Internet anschließen lassen. Sein *Smarthome* war die technische Oase im digitalen Niemandsland.

Sunny und Feline winkten, und die beiden erwiderten den Gruß.

In diesem Moment meldete sich sein Handy. Sunny schaute auf das Display seines Wagens. Sein Magen zog sich zusammen. Bodo.

Und wenn er einfach nicht ranging? In wenigen Metern war er sowieso im Funkloch. Aber was würde ihm das nützen? Bodo könnte ihn später zu Hause anrufen. Es war nicht möglich, dem brutalen Scheißkerl auf Dauer auszuweichen. Feline saß neben ihm. Das würde Bodo bremsen, vermutete er. Also nahm Sunny das Gespräch an.

»Bodo, wie schön! Wie geht's dir?«

»Sagen wir es mal so: Mir würde es besser gehen, wenn du mir sagst, dass du dich an unsere Vereinbarung hältst.«

Sunny lachte ins Mikro. »Natürlich tue ich das. Wo denkst du hin? Übrigens: schönen Gruß von Feline. Sie sitzt neben mir. Ich habe leider auch nicht viel Zeit.«

Das stimmte sogar. In einer Viertelstunde war er mit Leon Bulthaupt in seinem Studio verabredet. Leon war ein absoluter Meister darin, wenn es darum ging, am Mischpult alles aus einem Song herauszukitzeln. Vor allem verstand es Leon wie kaum ein anderer, mäßige Stimmen zu veredeln – wie die von Hans »Hansi« Schmitz, dem Alpenvulkan, der von Sunny produziert wurde. Der immer lustige Volksmusik-Star Hansi war eine absolute Rampensau und hatte eine große Fan-Gemeinde, aber eines konnte er definitiv nicht: singen.

Gleich würden sich Sunny und Leon um Hansis neues Stück »Enzianzauber« kümmern.

Es knirschte laut und deutlich in der Verbindung, und Sunny fragte sich, ob das die schlechter werdende Verbindung war oder Bodos mahlende Kiefer.

»Ach so, schönen Gruß zurück.« Kurze Pause, Knacken, Rauschen. Sunny nutzte die Chance. »Du, leider wird … hallo, bist du noch da? Bin kurz vorm Haus. Mieses Netz. Hallo? Bodo?«

Sunny drückte einen Schalter im Lenkrad, und das Gespräch war beendet.

Feline sah ihn von der Seite an. »So schlecht ist das Netz hier doch noch gar nicht.«

»Stimmt«, erwiderte er. Das musste reichen, und Feline gab sich damit zufrieden.

Wenn er doch nur einen Monat rausschlagen könnte. In etwa vier Wochen gab es eine erhebliche Tantiemen-Ausschüttung, die er in Bodos gierigen Rachen stopfen konnte. Das würde sicher nicht reichen, aber es wäre ein Anfang. Wieder dachte Sunny an Cem. Wenn Cem Bodo mehr Zeit gab, konnte Bodo Sunny vielleicht auch mehr Zeit geben.

Auch der wunderschöne Gedanke an den Bodo-Boxsack und die wieder und wieder zuschlagenden Roboter keimte wieder in ihm auf.

Sunny beschleunigte, zog durch mehrere scharfe Kurven und erreichte schließlich sein Domizil. Langsam fuhr er an einem Kennzeichenscanner vorbei. Eines der beiden großen Garagentore, die jeweils aus Flügeltüren bestanden, öffnete sich automatisch, doch Sunny ließ den Porsche vor dem Haus stehen. Er mochte diesen Anblick, diese Kombination der Extravaganz und Klasse.

Dann lief er in die große Halle mit seinen anderen Fahrzeugen. Darunter war auch ein Hummer H2. Die Produktion dieses Monsters auf vier Rädern war zwar 2010 eingestellt worden, aber Sunny hatte sich ein knallgelbes Modell gebraucht besorgt. Schließlich konnte dieses Auto klettern wie eine Bergziege und bot innen wie außen das Gefühl, als würde man einen Panzer fahren – in Zeiten, in denen Bodos frei herumliefen, befriedigte ein solches drei Tonnen schweres Fahrzeug ein gewisses Schutzbedürfnis.

Sunny tätschelte den Hummer und ging an den anderen Bewohnern der Garage, einer Harley sowie einer Corvette und einem AMG-Mercedes-Kombi, auf die Tür zu, die die gewaltige Garage mit dem Haus verband. Feline folgte ihm, das Handy am Ohr.

Eine Kamera erfasste sie und sorgte dafür, dass die Tür zur Seite glitt, ohne dass Sunny und Feline ihre Schritte verlangsamen mussten.

Im exakt auf 21,6 Grad temperierten Flur lief ihnen Kerberos entgegen. Der Hund wedelte mit dem Schwanz, wich aber zurück, als ihn von der Seite ein ungewöhnlich fetter Kater ansprang und einen Hieb mit der linken Vorderpfote verpasste.

»Ramses, lass gut sein«, mahnte Sunny.

Der bernsteinfarbene Kater mit den grünen Augen trottete auf Sunny zu und rieb sich an seinen Beinen. Sunny beugte sich zu ihm hinab und kraulte ihn hinter den Ohren. Dort hatte es das massiv übergewichtige Tier am liebsten.

Kerberos schaute aufmerksam zu, hielt sich aber weiter zurück.

»Du weißt, wo dein Platz ist«, sagte Sunny, mehr zu sich selbst. Dieser Moment bewies ihm einmal mehr, dass alles gut war und er die Kontrolle über die Roboter hatte. Kerberos könnte Ramses innerhalb von 30 Sekunden zu einem blutigen Haufen Fleisch, Fell und Knochenmehl verarbeiten, aber genau das verbot ihm seine Programmierung. Er würde sich von Ramses alles gefallen lassen, weil er sich alles gefallen lassen musste.

Sunny und Feline gingen weiter. Ramses trottete hinter ihnen her und kam dabei an Kerberos vorbei, den er keines Blickes würdigte.

In der Küche ließen sich Sunny und Feline von Peitho zwei Latte macchiato servieren.

»Ich muss noch mal runter ins Studio. Leon kommt gleich«, sagte Sunny.

»Ich weiß.« Feline lächelte.

Leon war pünktlich, so wie immer. Kybele ließ ihn herein und brachte ihn runter ins Studio, wo Sunny bereits vor dem Mischpult und den drei Monitoren saß.

»Hi«, begrüßte Sunny ihn. »Bereit für die Strafarbeit?«

»Aber sicher doch. Songs von Hansi sind immer eine besondere Herausforderung, aber genau das liebe ich«, erwiderte Leon und lachte.

Sunny lachte ebenfalls. »Vorsicht, der Song ist von mir, nur der Gesang ist vom *Vulkan*. Der war vor drei Tagen hier.«

Hansi war genau der Typ von Star, der Sunny oft auf die Nerven ging. Künstler wie er kamen für zwei Stunden ins Studio, haspelten den Text ins Mikro und verschwanden dann – am besten im Heli – zur nächsten Party und glaubten auch noch, einen guten Job gemacht zu haben. Dabei begann für die Produzenten und Tüftler wie Sunny und Leon dann erst die eigentliche Arbeit: Gerade hohe Stimmen wie die von Hansi hörten sich oft unangenehm dünn an. Daher doppelte man die hohen Lagen bis zu 30 Mal, bis sie harmonischer, voller und weicher klangen. Anschließend wurden Gesang und Instrumente aufeinander abgestimmt und in das richtige Lautstärke-Verhältnis zueinander gebracht. Am Mischpult wurde Hall hinzugefügt oder equalized, wodurch man einen Sound heller oder dunkler klingen lassen konnte. Nicht selten dauerte das pro Song mehrere Tage, bis endlich die Masterversion fertig war. Damit war es aber in der Regel immer noch nicht getan, weil diverse Mixe wie Longplays, Radio-Mixes oder Dub-Versions produziert wurden.

Leon setzte sich neben Sunny. »Lass mal hören.«

Nach einer Minute meinte er mit gerunzelter Stirn: »Ja, das ist wirklich eine Herausforderung. Stimmlich ein ziemliches Desaster. Trotzdem wird das wieder ein Hit, wenn wir damit fertig sind, wetten?«

»Na klar.«

Während sie sich den Song vornahmen, fragte Sunny: »Du kommst heute Abend?«

Leon stoppte den Song und nahm den Kopfhörer ab. »Selbstverständlich, ich habe doch zugesagt. Hansi etwa auch?«

»Ja.«

Leon verzog das Gesicht. »Na, solange der nicht auf die Idee kommt, dir um Mitternacht ein Geburtstagsständchen zu bringen. Tja, die Arbeit mit einer wie Ela ist viel angenehmer. Da hat man längst nicht so viel zu tun.«

»Was du nicht sagst.«

Leon nickte. »Oder mit Sebastian. Was für ein Mega-Talent. Hast du noch mal irgendetwas gehört?«

»Leider nicht.«

»Unglaublich, dass heutzutage noch jemand einfach verschwinden kann«, meinte Leon und senkte den Blick. »Eine Tragödie. Ich habe den echt gemocht. Und was für eine Stimme … Seine Kompositionen waren auch stark.«

Die Tür glitt zur Seite, und Ramses stolzierte mit hoch erhobenem Schwanz herein. Sein Bauch berührte fast den Boden.

»Komm her, mein Kleiner«, lockte Sunny.

»Wo ist der denn klein?«, lachte Leon. »Oh, da kommt ja auch dein Hund.«

Kerberos war wie ein schwarzer Schatten ins Studio geglitten und strebte auf die Männer zu. Sobald er Sunny erreichte, drehte sich der fette Kater um und verpasste dem Roboter-Dobermann wieder einen Hieb mit der Pfote, wobei die Krallen ausgefahren waren.

»Kein Grund zur Sorge.« Sunny winkte ab. »Das passiert ständig. Kerberos muss das aushalten. Ramses ist schließlich schon viel länger bei mir und eigentlich verstehen sich ...«

Kerberos packte zu, erwischte Ramses im Genick und schleuderte ihn hin und her. Der Kater fauchte panisch.

»Stopp!«, schrie Sunny entsetzt.

Kerberos verharrte, ließ aber das strampelnde und panisch um sich schlagende Katzenbündel nicht los.

Sunny sprang auf. »Aus!«

Kerberos fixierte Sunny mit seinen roten Pupillen, und einen unheimlichen Moment lang hatte Sunny das Gefühl, dass der Hund tatsächlich nachdenken würde. Verdammt, was ging hier eigentlich ab, was war das heute nur für ein Scheißtag?

Doch dann, endlich, legte Kerberos das dicke Tier vor Sunny ab, als habe er es gerade apportiert.

Ramses floh augenblicklich, erklomm schwerfällig ein Regal und kauerte sich ganz oben zusammen. Er miaute kläglich.

Leon war bleich geworden. »Sagtest du gerade nicht sinngemäß, dass sich der Hund alles gefallen lässt?«

9.

Sebastian legte sich auf das schmale Bett. Ihm war schwindlig, sein Atem flog. Seit drei Tagen hatte er nichts mehr zu essen bekommen, nur lauwarmes Wasser.

Weil er versagt hatte.

Der Krug mit dem Wasser hatte in dem kleinen Aufzug gestanden, der einmal pro Tag zu ihm hinunterglitt und seine Ankunft mit einem leisen Pling ankündete.

Sebastian starrte zur grauen Betondecke seines Gefängnisses, das drei mal vier Meter groß war, über eine Toilette, Dusche, einen Schreibtisch und das Bett verfügte. Einmal pro Woche lagen sieben T-Shirts, eine Jogginghose sowie Unterwäsche und Socken im Aufzug. Alles in schwarz. Die Anziehsachen stapelte er in einem schmalen Spind.

Die Wände waren kahl, es gab kein Fenster. Luft wurde über eine Klimaanlage in den Raum geschaufelt. Eine Kamera war über der Tür angebracht.

Bestimmt zum tausendsten Mal fragte sich Sebastian, wer ihn entführt und ihm Uhr und Handy abgenommen hatte. Und warum.

Seine letzte Erinnerung an das Leben außerhalb dieses Kerkerlochs führte ihn zurück auf die Party von Jules Dubois.

Sebastian, der vom Alter her der Sohn des charmanten Sängers hätte sein können, hatte sich geschmeichelt gefühlt, dass Jules ihn eingeladen hatte. Schließlich war Sebastian noch recht neu in der Szene, hatte erst einen Hit gehabt. Aber er galt als ganz großes Talent. Als jemand, den man im Auge behalten musste.

Auf Jules' Party hatte es jede Menge Alkohol und Drogen gegeben. Und einen Streit, aber Sebastian konnte sich an keine Details erinnern. Filmriss. Sebastian wusste nicht mehr, ob er bei Jules zusammengebrochen war oder noch versucht hatte, irgendwie nach Hause zu kommen.

Jedenfalls war er hier wieder aufgewacht. Natürlich hatte Sebastian versucht, aus dem Loch zu entkommen. Er hatte schreiend gegen die Stahltür getrommelt. Gebettelt, gefleht, gedroht.

Niemand hatte ihn erhört. Es war fast immer vollkommen still in seinem Knast, sah man einmal vom leisen Summen der Klimaanlage ab.

Sebastians Entführer hatte sich erst nach einem Tag gemeldet und zwar über den Laptop, der von Anfang an aufgeklappt und eingeschaltet auf dem Tisch gestanden hatte. Es war nur ein Wort gewesen, was auf dem Bildschirm zu lesen gewesen war:

Schreib.

Der minimalistische Kommunikationsauftakt musste über einen hausinternen Chat erfolgt sein, weil der Rechner erwartungsgemäß nicht über eine Internetverbindung verfügte.

Wer bist du? Was willst du, was soll ich schreiben? Lass mich raus. Sebastian hatte viele Sätze geschrieben und viele Fragen gehabt, aber nur eine einzige Antwort erhalten:

Schreib deutsche Hits.

Der Laptop war mit einer MK2 verbunden, mit der technisch versierte Musiker wie Sebastian Beats, Pattern und ganze Tracks kreieren konnten. Diese wurden mit der Hilfe von 16 berührungsempfindlichen und mehrfarbigen Pads eingespielt, die der Musiker mit den verschiedensten Instrumenten und Geräuschen belegen konnte. Die Sound-Bibliothek umfasste acht Gigabyte. Außerdem bot das Ding, das nicht viel größer war als ein DIN-A4-Blatt und keine 200 Gramm wog, Arranger, Sampler, Mixer, eine Vielzahl von Effekten, 16 Velocity Levels und eine Timestretching Funktion. Das Hirn der MK2 steckte im über ein USB-Kabel angeschlossenen Laptop.

Mit solchen Geräten vermochte jemand wie Sebastian eine ganze Band zu ersetzen, er konnte damit komponieren, arrangieren, sampeln und komplette Songs schreiben – und genau das war schließlich Sebastians Aufgabe in diesem Loch. Essen und Trinken gegen Songs. Aber erst die Arbeit, dann das Essen, als Belohnung quasi.

Sebastian hatte sich zunächst geweigert und in den Chat geschrieben: *Ich kann nur arbeiten, wenn ich satt bin.*

Keine Antwort.

Nach ein paar Stunden hatte Sebastian nachgelegt: *Die Ergebnisse werden besser sein, wenn ich etwas zu essen bekomme.*

Keine Antwort.

Sebastian hatte es ausgereizt, sich einfach auf das Bett gelegt und nichts getan. Erst Stunden, dann einen Tag, dann womöglich zwei. So genau wusste Sebastian das nicht, weil er jegliches Zeitgefühl verlor.

Und dann war er gekommen, der Hunger. Er hatte sich angeschlichen, begleitet von seinem großen Bruder Durst. Die beiden hatten Sebastian langsam zermürbt, ihn gequält, und irgendwann hatte er kapituliert. Er hatte sich gefügt und mitgespielt: Song gegen Nahrung.

Doch der Widerstand in ihm war noch nicht ganz erloschen. Na schön, hatte Sebastian gedacht, dann schreibe ich eben irgendetwas. Innerhalb von 30 Minuten arrangierte er an der MK2 lieblos ein paar Beats, goss eine Synthi-Pop-Soße drüber, garnierte es mit einem 1000 Mal gehörten Refrain und kredenzte das ungenießbare Menü seinem Entführer, indem er es als MP3-Datei in den Chat packte.

Tatsächlich gab es wenig später – Pling – etwas zu essen, und Sebastian hatte sich schon über seinen Erfolg gefreut, bis er den widerlichen Geruch wahrnahm, der ihm vom Teller in die Nase stieg. Das Stück Fleisch war grau und offenbar verdorben. Doch in seiner Not hatte Sebastian das gammelige Fleisch heruntergewürgt und das sehr schnell bereut. Magenkrämpfe und starker Durchfall waren die Folge gewesen. Sebastian hatte sich immer wieder übergeben müssen.

Nach quälenden Stunden hatte sich der Aufzug wieder gemeldet. Diesmal waren Tabletten in ihm gewesen, die Sebastian wieder auf die Beine geholfen hatten. Der Entführer wollte offenbar nicht, dass er starb. Er brauchte ihn, er benutzte ihn.

Sobald Sebastian wieder dazu in der Lage gewesen war, hatte er einen besseren Song abgeliefert und etwas Richtiges zu essen bekommen.

Das hatte Sebastian wie einen Triumph gefeiert, er war regelrecht glücklich gewesen. Mein Gott, wie tief war er gesunken, wie sehr ließ er sich dressieren. Aber was sollte er tun?

Er musste den Entführer zufriedenstellen, denn der Essensentzug war nicht die einzige Konsequenz, mit der Sebastian leben musste, wenn er in den Augen seines Peinigers versagte.

War die Komposition ungenügend, folgte zum Beispiel Dunkelheit über endlose Stunden oder das genaue Gegenteil: Lichtblitze zuckten aus dem einzigen Spot über Sebastians Bett.

Die dritte Form der Folter war akustischer Natur. Neben der Kamera war eine Box in der Mauer verbaut. Meistens war sie tot und stumm. Doch wenn es dem Entführer gefiel, erwachte der Lautsprecher zum Leben: Rückkopplung eines Mikrofons, Baby-Gekreisch, Fingernagel über Tafel, Zahnarztbohrer. Wieder und wieder. Dauerschleife.

Welches kranke Hirn dachte sich so etwas aus, wer war sein Peiniger?, grübelte Sebastian einmal mehr. War es überhaupt ein Mann oder vielleicht doch eher eine Frau? Das konnte er sich nicht vorstellen, wusste aber, dass das Klischeedenken war.

Mit Sicherheit musste der Entführer ihn kennen oder zumindest wissen, dass er ein talentierter Komponist war. Sebastian war kein Zufallsopfer, das war offensichtlich. Wer kam also als Täter infrage?

Sebastian war noch nicht prominent, aber auch kein Unbekannter mehr. Somit konnte es viele geben, die ihn benutzen wollten. Gab es jemanden, der neidisch auf ihn war? Jemanden, der in einer Schaffenskrise steckte und ihn, Sebastian, für sich Songs schreiben ließ? Niemand fiel ihm ein. Er kam in diesem Punkt nicht weiter.

Und was geschah eigentlich mit den Kompositionen, die sein Peiniger für gut befand? Wurden seine Songs veröffentlicht, verdiente sein Entführer etwa Geld damit? Auch darauf fand Sebastian keine Antwort – genauso wenig wie auf die Frage, seit wann er überhaupt schon hier war. Tage oder gar schon Wochen? Es gab keinen Morgen, keinen Abend, keine Sonne, keinen Mond. Kein Tageslicht. Wenn es seinem Entführer gefiel, schaltete er das Licht in Sebastians Kerker ein – oder eben auch aus.

Sebastian war der Willkür ausgeliefert, und natürlich fragte er sich auch, für wie lange.

Gab es ein Ende seiner Gefangenschaft, würde er jemals wieder frische Luft atmen und seine Freunde und Eltern sehen, wieder lachen, lieben und Musik machen?

Bestimmt suchte man schon nach ihm, aber offenbar hatte ihn sein Entführer sehr gut versteckt.

Sebastian fürchtete, dass er sich nicht darauf verlassen konnte, dass man ihn irgendwann fand und befreite. Gut möglich, dass es auf ihn selbst ankam, er sich also irgendwie mit seinem Peiniger arrangieren musste, um seine Freilassung zu erreichen.

Was könnte dazu führen? Eine bestimmte Anzahl von Songs, die dem Typ gefielen? Aber wie hoch war diese Zahl?

Auch wenn Sebastian das gewusst hätte, so bedeutete dies nicht, dass er das Geforderte liefern konnte. Wie jeder andere Kreative konnte er nicht auf Knopfdruck produzieren – und in dieser Umgebung schon mal gar nicht.

Sebastian hatte das Gefühl, dass er langsam durchdrehte. Schuld daran waren nicht nur Hunger, Licht oder Lärmterror, sondern die Einsamkeit. Immer wieder redete Sebastian laut mit sich selbst, um überhaupt eine Stimme zu hören.

Manchmal und mit dem Rücken zu dieser verdammten Kamera sprach er auch mit einer großen Wollmaus, die er unter seinem Bett gefunden hatte. Für einen Moment hatte sich Sebastian geschämt, dass er der Wollmaus sogar einen Namen gegeben hatte: Mr Grey. Doch jetzt war sie sein Freund, sein leider stets stummer Gesprächspartner.

Sebastian bildete sich ein, dass Mr Grey Musiker war. Eine Wollmaus mit enormem Schaffenspotenzial. Sein Berater, Tippgeber, Einflüsterer.

Sebastian legte sich auf die Seite, zog Mr Grey unter dem Kopfkissen hervor und schirmte die Wollmaus mit der Hand gegen das Auge der Kamera ab.

»Ich brauche dich«, flüsterte er.

Drei Tage keine zündende Idee für einen Song, drei Tage kein Essen. Laptop und MK2 warteten darauf, dass er aufstand und wieder loslegte. Aber da war nichts in Sebastians Kopf, nur eine unendliche Leere.

Und wenn er hier einfach liegen blieb, bis es vorbei war, wenn er langsam hinüberglitt in die Welt der ewigen Schatten? Kein Hunger mehr, keine Lichter, kein Lärm. Keine enttäuschten Hoffnungen, kein Beten, kein Flehen. Keine Tränen, keine Selbstgespräche.

Doch Sebastian war erst 23, er liebte sein Leben, das bisher so hoffnungsvoll verlaufen war.

Bisher ... denn was war das jetzt noch für ein Leben?

Lass dich fallen, beende den sinnlosen Kampf, stirb und genieß den Frieden, sagte eine Stimme in seinem Kopf.

Nein, noch nicht, war eine andere zu vernehmen, die etwas lauter war.

23.

Du hast noch so viel vor dir. Irgendwann wird man dich gehen lassen.

»Du musst mir helfen«, wisperte Sebastian der Wollmaus zu, während er von Krämpfen geschüttelt wurde. »Bitte.«

10.

Die Masse tobte und schrie. Schwitzende Körper drängten aneinander, die Leute reckten LeRêve die Arme entgegen. Tausende waren es, die Halle war voll. Nur mit Mühe konnten die Ordner verhindern, dass die Bühne gestürmt wurde.

Rechts stand der Keyboarder in seiner Burg aus Tasteninstrumenten, neben ihm die Leadgitarristin. Es folgte LeRêve in der Mitte der Bühne vor dem Podest mit dem Schlagzeuger und dem Percussionisten, links befanden sich Bassist und Rhythmusgitarrist und die beiden Backgroundsängerinnen.

LeRêve hatte die Augen geschlossen und war glücklich. Es war Beifall, nicht wahr? Es *musste* Beifall sein, der auf die Band herabprasselte wie ein warmer Sommerregen. Es fühlte sich gut an, so gut. Der Song war neu, Bühnenbild und Show ebenso. Es war der Beginn einer großen Tournee, und wie immer war es der Auftakt, der von den Kritikern genau beobachtet wurde.

LeRêve drehte sich zu den Bandmitgliedern um und verneigte sich vor ihnen. Eine Geste der Dankbarkeit. Ein Star wusste, dass er ohne sein Team verloren war.

Doch was war das? LeRêve bemerkte, dass die Gitarristen einige Schritte nach hinten gemacht hatten. Die Backgroundsängerinnen waren sogar schon fast hinter dem schwarzen Vorhang verschwunden. Der Drummer stand gerade auf und wandte sich von LeRêve ab. Einzig der Keyboarder schien die Stellung halten zu wollen. Als LeRêve seinen Blick suchte, wich er aus, schaute zur Seite.

LeRêve hörte den Orkan der Stimmen hinter sich, und plötzlich wurde klar, dass es kein Beifall war. Das waren keine Fans, es war ein tobender Mob.

Langsam drehte sich LeRêve um. Eine Woge hatte sich aufgetürmt, eine schwarze Wand aus Spott und Hass, aus Wut und Verachtung. Der Kamm der schäumenden Welle neigte sich hoch über LeRêve, und wenn die Welle brach, würde sie die spielzeugkleine Bühne und alles, was sich darauf befand, mit sich reißen und vernichten.

Das konnte nicht sein, das durfte nicht passieren. LeRêve war leichenblass. Konzentrierte sich.

Und es gelang. Die Welle zog sich zurück und fiel schließlich in sich zusammen. Vor LeRêve breitete sich nun ein glattes Meer voller Menschen aus, die zur Bühne starrten, in den Augen kalte Verachtung und funkelnder Spott. Doch das Pack war nun wenigstens still.

Aber für wie lange? LeRêve winkte den Chef der Ordner heran und instruierte ihn. Der Mann mit den roten Pupillen nickte. Dann verteilte er die Sensen unter seinen Kollegen, die ebenfalls rote Pupillen hatten, und gab LeRêve ein besonders großes Exemplar mit einer rasiermesserscharfen Klinge.

Nun begannen sie mit der Ernte. Die Ordner pflügten durch die Menge. Die Leute wollten fliehen, doch sie standen zu dicht beisammen. Einige stürzten, andere wurden niedergetrampelt und vereinfachten die Arbeit für die Ordner, deren Sensen sichelförmig kreisten.

LeRêve trat zum Rand der Bühne und schwang ebenfalls die Sense. Die ersten Köpfe wurden abgetrennt und kullerten in den schmalen Graben, der für die Fotografen vorgesehen war. Rote Fontänen schossen aus aufgerissenen Hälsen. Ein Mann hob abwehrend die Hände, aber das Metall war härter als jeder Knochen und der Schlag zudem gut geführt. Finger fielen, ein Ohr wurde abgetrennt, der Schädel gespalten. Für einen Moment blieb die Waffe stecken, doch LeRêve riss sie heraus, und der Mann fiel vornüber, während das Blut aus dessen Nase und Mund sprühte.

Der nächste Schlag, und wieder rollte ein Kopf. Etwas Rotes klatschte in LeRêves Gesicht. Ein verklärtes Lächeln breitete sich dort aus wie ein Sonnenaufgang.

Es war schön und gut und richtig.

Vor LeRêve lichteten sich die Reihen der Lebenden, der Boden war bedeckt mit zerstückelten Leichen. Aber hinter LeRêve war noch Leben. Die Verräter.

LeRêve wandte sich erneut zu den Bandmitgliedern um. Ja, sie waren noch alle da. Aber nur, weil sämtliche Ausgänge verschlossen waren. Dafür hatten die freundlichen Ordner gesorgt.

Und was taten die Verräter? Sie versuchten, ihr jämmerliches Leben zu retten und in den Backstagebereich zu kommen.

Ein Crashbecken wirbelte wie eine *Frisbee*-Scheibe durch die Luft und blieb im Nacken des Bassisten stecken, der in sich zusammensackte wie eine Marionette, deren Fäden man durchtrennt hatte.

Strom floss durch die Klinke der Tür zum Notausgang, an der der Drummer gerade rüttelte. Er begann zu zucken, Schaum bildete sich vor seinem Mund, und er schrie irgendetwas Unverständliches, bevor er starb. Ein Mikrofonständer durchbohrte die Leadgitarristin. Fast zeitgleich löste sich ein schwerer Scheinwerfer und zertrümmerte den Kopf des Keyboarders.

Wer noch lebte, wurde von LeRêve niedergestreckt. Kein Verrat blieb ungesühnt.

LeRêve ließ die blutige Sense fallen, setzte sich im Schneidersitz in die Mitte der nunmehr rutschigen Bühne. Die Schönheit des Todes in all seinen Facetten entfachte ein wahres Feuerwerk der Kreativität, und ein neuer Song entstand in einem schier unglaublichen Tempo. LeRêve brauchte sich keine Notizen zu machen, keine Note aufzuschreiben – alles fügte sich rasch und harmonisch zusammen.

LeRêve erhob sich, nahm das Mikro und begann zu singen. Der Song schwebte durch die Halle und legte sich sanft über die grotesk verrenkten Leiber der Toten – wie ein Leichentuch.

Als der letzte Ton verklungen war, verblassten die schönen Traumbilder, und LeRêve kam zurück. Im ersten Moment war LeRêve ein wenig verstört und enttäuscht. Doch dann wurde klar, dass es diesen schönen neuen Song, der inmitten des Todes gezeugt worden war, wirklich gab. Und was noch besser war: Bereits heute würden die Verräter tatsächlich sterben. Die Party in dem schönen *Smarthome* mit Alpenpanorama begann in einigen Stunden.

Der Tanz der Toten.

11.

Noch eine Stunde.

»Drinnen oder draußen?«, fragte Feline.

Sunny starrte auf den Monitor im Wohnzimmer. Er stöhnte leise auf. Laut Wettervorhersage könnte bald Regen einsetzen. Im Moment war es drückend schwül. Es schien, als braue sich etwas zusammen. Sunnys Blick wanderte zur Panoramascheibe. Der Watzmann hüllte sich in ein dunkelgraues Kleid aus Wolken.

Sunny hatte seine Gäste eigentlich am Pool von seinem

Roboter-Team bewirten lassen wollen, aber das schien ihm jetzt zu riskant.

»Drinnen oder draußen?«, wiederholte Feline, die auf einem Tablet-PC eine Checkliste rauf und runter scrollte. Wie immer würde ihr nichts entgehen. Wenn jemand für perfekte Organisation stand, dann Feline. Jetzt klang sie etwas ungeduldig.

»Drinnen«, entschied Sunny. Wenn es vom Wetter her doch passte, könnten alle nach dem Essen, das für 20 Uhr geplant war, immer noch nach draußen gehen und ihre Drinks am Pool genießen.

Er lächelte in sich hinein. Oder im Pool. Der allzeit fröhliche *Alpenvulkan* Hansi würde vermutlich der Erste sein, der sich die Klamotten vom Leib riss. Oder Mona de Luna, seine Ex, die nie so genau wusste, wann Schluss war, etwa beim Thema Alkohol. Sekt und Champagner waren in ihrer kurzen Ehe Monas weitere feste Partner gewesen, zuständig fürs Trösten und Aufputschen, je nach Laune oder Notwendigkeit. Das erste Glas gehörte bei Mona zum Frühstück dazu wie für Sunny der frisch gepresste Orangensaft, den ihm Kybele jeden Morgen kredenzte.

Möglicherweise ergriff auch Saskia die Initiative, die sich selbst gern als Partybiest bezeichnete und sich in dieser Funktion einen gewissen Ruf erarbeitet beziehungsweise erfeiert hatte.

Saskia von Badem leitete die führende Ticketagentur in Europa, und natürlich durfte jemand wie sie nicht auf Sunnys Gästeliste fehlen. Wenn irgendwo ein großes Konzert anstand, kümmerte sich Saskia um den Ticketverkauf, was sie zu einer zigfachen Millionärin gemacht hatte – in einem Business ohne Risiko. Denn während Konzertveranstalter und Künstler nicht wissen konnten, ob sie die Gagen und Produktionskosten überhaupt einspielten, musste die Ticket-Queen

Saskia noch nicht einmal in das Papier investieren, auf das ein Ticket gedruckt wurde. Denn diese Kosten wälzte Saskia zunehmend auf die Kunden ab, indem sie diese dazu brachte, das Ticket online zu kaufen und zu Hause auszudrucken. Dabei kassierte sie gleich doppelt ab. Zum einen verlangte Saskia eine Vorverkaufsgebühr in Höhe von zehn Prozent des Ticketpreises, zum anderen eine völlig willkürliche Internetgebühr (pauschal drei Euro) pro Eintrittskarte, obwohl die Kunden das Ticket selbst ausdrucken mussten. Im vergangenen Jahr hatte Saskias Unternehmen über 100 Millionen Tickets europaweit verkauft.

Saskia hatte natürlich auch den Ticketverkauf für Sunnys Geburtstags-Konzert in einer großen Münchner Halle übernommen, das für seine Fans gedacht war. Rund 10.000 Leute wurden erwartet, die jeweils 100 Euro Eintritt zahlten. Es würde weiteres Geld in Saskias Speicher spülen und auch etwas in Sunnys klamme Kasse.

Sunnys Kiefer mahlten. Verdammt, auch diese Einnahme würde nicht reichen. Bodo, Bodo, Bodo. Sunny musste irgendwie mehr Zeit gewinnen.

Er warf einen sehnsüchtigen Blick zu Kerberos, der neben dem Kamin auf den Hinterbeinen saß und die Ohren gespitzt hatte. Sunny stellte sich vor, wie Kerberos diesen Blutsauger Bodo zerfleischte. Sunny hörte die Knochen knacken, sah die Blutfontänen munter sprudeln. Sah, wie Kerberos Bodos abgerissenen Kopf apportierte und ihn zu Sunnys Füßen legte.

Oh ja ... Sunny würde den Schädel so ausrichten, dass Bodo mit seinen toten, weit aufgerissenen Augen zum Watzmann schauen konnte. Sunny war ja kein Unmensch.

Er ballte die Fäuste, bis die Knöchel weiß wurden. Dann schaute er selbst wieder zum gewaltigen Bergmassiv, und die schönen Bilder des ausgeweideten Bodo verblassten.

Da drückte etwas Schweres gegen Sunnys Unterschenkel, und er sah nach unten. Ramses wollte kuscheln. Oder etwas zu fressen. Eher letzteres, wie Sunny den Kater kannte.

Er bückte sich und hob das Tier hoch.

»Mein Gott, du musst auf Diät«, keuchte er.

Aus dem Augenwinkel bemerkte Sunny Kerberos, der jetzt mit langsamen, tänzelnden Bewegungen auf Sunny und den Kater zukam, die roten Pupillen auf den Konkurrenten geheftet.

Ramses versteifte sich in Sunnys Armen und fauchte.

»Schon gut, mein Kleiner, der tut dir nichts. Und jetzt bekommst zu was zu futtern.« Sunny setzte Ramses ab. Die Tiere standen sich gegenüber, fixierten einander. Ramses machte einen Buckel, Kerberos zog seine Lefzen hoch.

»Kerberos!«, mahnte Sunny.

Zunächst reagierte der Hund nicht, und Sunny beschlich ein mulmiges Gefühl. Er zog das Handy hervor, öffnete die App, um den Hund notfalls abzuschalten. Doch jetzt wedelte Kerberos mit dem Schwanz und trollte sich zum Kamin.

Erleichtert schob Sunny das Handy in die Tasche und ging mit Ramses zu Peitho, die mit Kybele in der Küche unter Felines Aufsicht das Fingerfood vorbereitete. Kybele schnitzte gerade mit einem Messer an einer Möhre herum. Sehr gründlich, wie Sunny fand. Zu gründlich, unnötig lang.

»Peitho, sicher haben wir noch etwas Ragout für Ramses«, sagte Sunny.

Sie nickte. »Selbstverständlich, kommt sofort.« Peitho ging zum Kühlschrank, der sich automatisch öffnete, und holte einen Teller. Sie entfernte die Alufolie und stellte die Mahlzeit vor dem Kater ab.

Ramses schnupperte an seinem Mahl, grollte unwillig und verpasste dem Teller einen Hieb, sodass er gegen die Wand rutschte. Das Ragout verteilte sich auf den Fliesen.

»Dieses Tier benimmt sich unmöglich«, schimpfte Feline. »Was für eine Sauerei!«

Peitho eilte heran, sammelte die Splitter auf und wischte die Essensreste vom Boden.

»Ich mache etwas Frisches für Ramses«, sagte sie dabei.

»Ja, bitte«, erwiderte Sunny, der beschlossen hatte, auf Felines Bemerkung nicht einzugehen. Er wandte sich an Peitho und Kybele: »Und für meine Gäste bereiten Sie alles im Wohnzimmer vor. Es könnte regnen, wir bleiben also besser drinnen.«

Die beiden nickten.

»Soll es Champagner zur Begrüßung sein?«, fragte Kybele, die mit ihrer Möhre fertig geworden war.

»Ja, richtig. Aber darum soll sich Ares kümmern.«

Ares war nicht nur handwerklich geschickt, er hatte auch eine Programmierung als Sommelier und verwaltete Sunnys stattlichen Weinkeller im Untergeschoss, das mit einem Aufzug erreichbar war.

Im Moment war Ares noch im Vorgarten, um die Hecke etwas nachzuschneiden. In diesem Punkt war Sunny ziemlich pingelig. Alles sollte perfekt sein bei der Ankunft der handverlesenen Gästeschar.

»Gut, dann kann ich die Gläser herrichten«, bot Kybele an.

Sunny nickte und ging zu Feline, die ihn herangewinkt hatte und auf den Tablet-PC deutete.

»Wir sollten zum Sushi einen Weißwein reichen«, schlug sie vor.

»Gute Idee, da kann sich ebenfalls Ares drum kümmern«, sagte er. Dann ging er nach draußen, um nach dem Roboter, aber vor allem nach der Hecke zu sehen.

Er fand Ares in einem Rosenbeet neben der Zufahrt zur Garage. Der Roboter war dabei, die Spitzen der Hecke, die hinter dem Beet aufragte, zu kappen. Auf der Erde lagen neben Ästen und Zweigen aber auch einige Rosenköpfe.

Ärgerlich trat Sunny näher. »Ares, was tun Sie da?«

Der Roboter fuhr ruckartig herum, und Sunny sah die beiden ratternden Schneidemesser auf seinen Hals zuschießen. Er wich zurück.

»Pardon, ich wollte Sie nicht ängstigen, Sunny. Was sagen Sie jetzt zur Höhe der Hecke?«, fragte Ares freundlich.

Sunny wischte sich über die Stirn. Es war wirklich verdammt schwül. Oder war das der Schreck gewesen, die Heckenschere?

»Was? Die Hecke? Ja, gut, das passt. Aber was ist mit den Rosen passiert, verdammt noch mal?«

Ares blickte zu seinen Füßen. Er wirkte überrascht, als würde er die Rosenköpfe erst jetzt bemerken.

»Oh«, entfuhr es ihm. »Mir ist vorhin die Schere mal kurz aus den Händen geglitten. Dabei habe ich wohl die Rosen erwischt. Das tut mir leid.«

Sunny stemmte die Arme in die Seiten. Sollte er die Herstellerfirma erneut anrufen? Aber was konnten die IT-Experten jetzt auf die Schnelle machen? Maß er dem zu viel Bedeutung bei, war das nur ein Zufall gewesen?

Ein Blick auf die Uhr. Noch 30 Minuten, bis vermutlich die ersten Gäste kamen.

»Schon gut«, sagte er zu Ares. »Werden Sie hier zügig fertig und kommen dann rein. Ziehen Sie sich um. Sie werden sich um den Champagner und den Weißwein kümmern.«

»Mit dem größten Vergnügen«, erwiderte Ares.

Jules Dubois war der Erste, der von Peitho gescannt und in die Villa hereingelassen wurde.

Sunny erwartete seine Gäste im Wohnzimmer bei der

Wand aus Wasser. Neben ihm stand Feline in einem eleganten Cocktailkleidchen, das ihre atemberaubende Figur betonte.

Jules strebte auf die beiden zu und bleckte eine Reihe perfekt gebleichter Zähne. Er trug einen sommerlichen Anzug mit Einstecktuch, aber keine Krawatte. Sein Haar war blond gefärbt, und das verbrannt wirkende Gesicht mit den Botoxbäckchen hatte einen Schönheitschirurgen und einen Solariumbesitzer glücklich gemacht.

»Danke für die Einladung«, rief er überschwänglich und küsste Felines Hand. Sie lachte.

O mein Gott, dachte Sunny. Jules pflegte wieder einmal sein Image als Dandy. Das wurde immer schlimmer, vor allem, seit der Stern des alternden Schlagersängers dabei war zu sinken. Jules hatte schon lange keinen richtigen Hit mehr gehabt, er war definitiv auf dem absteigenden Ast. Aber noch zählte der mittlerweile 55-Jährige zu den Menschen, die Sunny zu einem wichtigen Geburtstag einladen wollte, zumal die Presse kommen würde. Noch.

»Und jetzt zu dir, altes Haus«, sagte Jules zu Sunny und schloss ihn in die Arme.

Sunny hielt die Luft an. Jules roch wie eine ganze Parfümerie, ein seltsamer Mischmasch, der Sunny den Atem raubte.

»Ich gratuliere dir aber noch nicht, du hast ja erst morgen Geburtstag«, rief Jules, als er die Umklammerung endlich löste.

»So ist es. Champagner?«

»Immer!«, antwortete Jules, und Sunny winkte Kybele heran.

Als sie wieder weg war, meinte Jules: »Und die ist wirklich ein Roboter? Und die andere, die mir die Tür aufgemacht hat, auch?«

Sunny nickte.

»Unglaublich, so was will ich auch. Was kostet denn so eine?«

Sunny nannte ihm leise den Preis, und Jules' sauber gezupfte und ebenfalls gefärbte Brauen ruckten nach oben. »Das ist eine Stange Geld«, meinte er.

»Aber dein Kater ist immer noch echt«, fügte er lachend an, als Ramses schwerfällig herantapste. »Irre ich mich, oder ist der noch fetter geworden?«

»Da könntest du recht haben«, gab Sunny zu. »Ah, da kommen Saskia und Mona.«

Sunny fiel sofort auf, dass der Gang seiner Ex etwas unsicher wirkte.

Mona ließ Saskia bei der Begrüßung den Vortritt. Die Ticketqueen umarmte Sunny und flüsterte in sein Ohr: »Dein Geburtstagkonzert ist ausverkauft, mein Lieber. Wie findest du das?«

»Großartig«, erwiderte er, auch wenn er nichts anderes erwartet hatte.

Saskia begrüßte nun auch Feline ausgesprochen freundlich. Das war nicht gespielt. Mochte Saskia im Beruflichen ein ziemliches Aas sein, das ausnahmslos auf den eigenen Vorteil bedacht war, so war sie im privaten Bereich sehr herzlich und zuverlässig. Sunny mochte Saskia, wenn er nicht gerade mit ihr Geschäfte machen musste – aber an Saskia ging im Ticketing nun mal kein Weg vorbei.

Weitaus weniger herzlich fiel Monas Begrüßung aus. Als Sunny bei der kurzen Umarmung ihre süßliche Fahne roch, kannte er den Grund für Monas unsicheren Gang. Sie hatte schon vor seiner Party mit dem Trinken begonnen und wirkte auf Sunny dezent aggressiv.

Mona nickte Feline und Jules nur kurz zu und murmelte ein verhuschtes Hallo.

Dann stöckelte sie auf ihren High Heels zu Kybele und zog ein volles Glas vom Tablett. Damit kehrte sie zu den anderen zurück.

»Maschinen?«, fragte auch sie mit einem Seitenblick auf Kybele, Peitho sowie Ares, der gerade in einem schicken Butler-Outfit und drei Flaschen Champagner die Küche betrat.

»So ist es«, sagte Sunny und lächelte. »Sind sie nicht perfekt?«

»Weiß nicht«, sagte Mona wenig beeindruckt.

Die nächste halbe Stunde unterhielten sie sich über Roboter, Künstliche Intelligenz, die sensationelle Aussicht, das drohende Unwetter und Monas neue Hitsingle, die sich in den Charts weit oben platziert hatte.

»Gratuliere dir, Mona«, sagte Jules auf seine gewohnt glatte Art.

Ja, davon träumst du, dachte Sunny. Jules' Gratulation war genauso falsch wie die Farbe seiner Haare.

Monas Glas war rasch wieder leer. Diesmal winkte sie Kybele heran und wandte sich wieder Sunny, Feline und den anderen zu.

In ihrem Rücken vernahmen sie plötzlich alle ein Klirren und drehten sich um.

Kybele stand dort, den Stiel eines zerbrochenen Glases in der Hand.

Mona schüttelte missbilligend den Kopf, während Saskia und Jules cool blieben. Sunny und Feline wechselten alarmierte Blicke.

»Ent... ent...«, stammelte Kybele. Ihre roten Pupillen waren starr.

»Was ist denn in Sie gefahren, Kybele?«, fragte Feline.

Schuldbewusst senkte Kybele den Blick. »Entschuldigung«, sagte sie, und jetzt war sie es, die Splitter aufsammeln musste.

»Wie kann man nur so ungeschickt sein?«, setzte Feline nach.

Nun blickte Kybele sie und Sunny direkt an, und Sunny glaubte für einen Moment, in den Augen des Roboters eine Spur Trotz herauszulesen. Lächelte Kybele etwa auch noch?

Doch im nächsten Moment wirkte Kybeles Gesicht wieder gewohnt unnahbar und emotionslos. Sunny hatte sich wohl geirrt.

Er legte eine Hand auf Felines Arm. »Lass gut sein. Es ist nur ein Glas gewesen. Dir ist sicher auch schon mal etwas heruntergefallen. Und wenn Scherben Glück bringen, dann ist das heute definitiv unser Tag«, versuchte er zu scherzen.

»Da sagst du was!«, rief Jules.

Aber Sunny wusste es besser. Das Glas war sicher nicht heruntergefallen. Kybele hatte den Stiel noch in der Hand gehabt.

Aber vielleicht hatte sie das Glas einfach zu fest angefasst. Oder es hatte schon vorher einen Sprung gehabt und war schon bei einer leichten Berührung kaputtgegangen.

Egal wie, es gab keinen Grund, sich aufzuregen. Tief im Inneren spürte Sunny jedoch ein Unbehagen, das sich wie Säure in seinem Körper breitmachte.

12.

Milo stellte seinen Kleinwagen neben Sunnys Porsche Cabrio und einigen anderen Luxusautos ab. Offenbar waren schon einige Gäste da.

Die Bolidenpracht wäre etwas für Timmy gewesen. Ein Traumauto neben dem anderen. Mit einer Ausnahme natürlich.

Milo tätschelte das Dach seiner Karre und lief zum herrschaftlichen Eingang der Villa. Weil Sunny seinen Gästen in den Einladungen klargemacht hatte, dass er auf keinen Fall Geschenke haben wollte, erschien Milo mit leeren Händen.

Auf dem kurzen Weg über den knirschenden weißen Kies sog Milo die Umgebung auf. Die Schwüle lastete schwer über Bergen und Wäldern. Graue, teils schwarze Wolkenpyramiden ragten in- und übereinander, türmten sich zu wahren Giganten auf. Jetzt blinzelte eine blasse Sonnenscheibe durch einen Spalt, und für einen Moment funkelte alles in rotgoldenem Licht. Doch dann verschluckten die Wolken die Sonne wieder, und alles versank in grauer, warmdampfender Tristesse. Das Watzmann-Massiv stand schroff und abweisend.

Milo erreichte das Portal der Villa. Diesmal war es Kybele, die ihn kurz scannte und einließ.

»Guten Abend, Herr Lostner. Schön, dass Sie da sind. Herr Sommer freut sich sehr.«

Milo nickte. Vor seinem inneren Auge tauchte das Bild von Kybele mit der Gurke für den Wakame-Salat auf.

Ich will schneiden, immer schneiden.

Kybele brachte ihn ins Wohnzimmer zu der spektakulären Wand aus Wasser, wo Milo von Sunny herzlich begrüßt wurde. »Mein Autor. Ein brillanter Kopf und großartiger Schriftsteller«, stellte Sunny ihn vor – und zwar so laut, dass jeder es hören konnte und alle Blicke auf Milo gerichtet waren, was dem überhaupt nicht behagte. Milo hatte im Hintergrund bleiben und möglichst viele Informationen und Details für sein Buch sammeln wollen – sei es durch reine Beobachtung oder Gespräche. Aber jetzt stand er ungewollt im Scheinwerferlicht.

»Du übertreibst maßlos«, beeilte sich Milo zu sagen und nahm ein Glas Champagner, das ihm Peitho reichte.

Dann beteiligte er sich an einem belanglosen Gespräch mit Jules Dubois, Mona de Luna und Feline. Die drei kannte er bereits, ebenso die erfolgreiche Schlagersängerin Victoria, eine große Blondine mit ebenmäßigen Zügen, die auf Milo zu perfekt wirkte, um ihm richtig sympathisch zu sein. Auch die Frau mit der feuerroten Mähne und dem leicht spöttischen Gesichtsausdruck war ihm ein Begriff: Es handelte sich um die Promoterin Yuna.

Über beide hatte Milo in seinen früheren Zeiten als Redakteur berichtet. Weder Yuna noch Victoria konnten sich jedoch an ihn erinnern, was ihn allerdings nicht störte.

Der nächste Gast war Milo jedoch fremd. Sunny stellte ihn als Leon Bulthaupt vor, einen absoluten Könner am Mischpult.

Milo speicherte den Namen und stellte fest, dass sein Glas schon fast leer war. War er nervös oder unsicher?

Tief im Inneren fühlte er sich ein wenig deplatziert zwischen all diesen Stars und Könnern und sehnte sich an den kleinen Tisch in seiner Wohnung zurück, wo er mit Timmy spielte.

»Wieso können die überhaupt sprechen und in einer bestimmten Situation das Richtige sagen? Das sind doch

Maschinen«, hörte er in diesem Moment Victoria fragen. Sie nickte in die Richtung von Ares und Peitho, die zwischen den Gästen hin und her liefen, verfolgt von dem fetten Kater Ramses, der wohl auf ein Leckerchen hoffte.

»Ja, das würde mich auch interessieren«, rief Jules. »Das ist irgendwie faszinierend, aber auch unheimlich.«

Sunny schüttelte den Kopf. »Nein, nicht unheimlich. Das ist der neueste Stand der Robotik. 2019 entwickelte das Unternehmen *OpenAI* die Ergebnisse eines *TNN*, das darauf ...«

»Moment, kein Fachchinesisch«, unterbrach Mona ihn. Ihre Stimme klang etwas verwaschen.

»Sorry, *TNN* steht für tiefes neuronales Netz. Es wurde mit acht Millionen Webseiten mit einem Umfang von 100 Gigabyte gespeist und ...«

Wieder unterbrach Mona. »Wow, was für Zahlen. Ich verstehe kein Wort.« Sie lachte.

Victoria sah sie sichtlich gereizt an. »Lass ihn ausreden.«

»Gute Idee«, stimmte Feline ihr zu.

»Ist ja schon gut. Regt euch ab«, meinte Mona. Und an Feline gewandt ergänzte sie von oben herab: »Bist du jetzt Sunnys kleines neues Helferlein?«

»Trink einfach ein bisschen weniger, Mona«, sagte Feline kalt.

Das saß. Milo hatte das Gefühl, dass der Inhalt von Monas Champagnerglas, es war immerhin noch die Hälfte, gleich in Felines Gesicht landen würden. Doch Mona beherrschte sich. Aber es war ihr anzusehen, dass es ihr schwerfiel.

»Na ja, also für die, die es interessiert«, fuhr Sunny fort, »aus diesen Datenmengen kann das *TNN* die Grammatik einer bestimmten Sprache, aber auch die inhaltlichen Zusammenhänge nicht nur lernen, sondern auch begreifen und somit das nächste passende Wort innerhalb von Sekundenbruchteilen prognostizieren. Diese Technik wird auch bei Peitho, Kybele und Ares verwendet.«

Verblüffend, dachte Milo. Und Sunny war wirklich ein Technikfreak. »Was ist mit dem Hund?« Er deutete auf den Dobermann, der still in einer Ecke hockte und alles zu beobachten schien.

»Kerberos?« Sunny lachte. »Machbar wäre es. Alles eine Sache der Programmierung. Aber das will ich nicht. Kerberos ist der perfekte Wächter und Jäger, und das wird er auch bleiben. Humanoide Roboter wie Peitho, Ares oder Kybele kann man übrigens als Diener, Soldaten oder Entertainer programmieren.« Er zog das Handy hervor. »Steuerbar und notfalls auch abschaltbar mit einer App. Genial, oder?«

Jules schaute versonnen zu Peitho. »Gibt es auch das Modell Geisha?«

»Das könnte allen Sexisten so passen«, giftete Mona.

»Oh, da ist aber jemand wirklich gut drauf«, meinte Jules gelassen. »Das war doch nur ein Scherz.«

»Wer's glaubt.«

Hinter ihnen wurde eine Stimme laut, und sie drehten sich um.

»Der Hansi, wie nett«, meinte Sunny. »Und Cem und Herbie. Jetzt sind wir ja fast komplett.«

Mit dem bekannten Produzenten Cem und dem *Alpenvulkan* Hansi hatte Milo durchaus gerechnet, die passten in diese Runde – aber Herbert »Herbie« Denkwart? Der übergewichtige und stets schwitzende Endvierziger mit dem blonden Lockenkranz um die sich ausbreitende Glatze war der Chefredakteur vom *Metronom*, bei dem Milo vor Jahren desillusioniert gekündigt hatte. Milo und er hatten immer ein angespanntes Verhältnis zueinander gehabt. Wie hatte es Herbie auf die prominente Gästeliste geschafft?

Der *Alpenvulkan* Hansi strebte mit weit ausgebreiteten Armen auf Sunny zu. »Da ist er ja, der ewig junge und gut aussehende Mann!«, rief er.

»Alter Schleimer«, lachte Sunny und reichte den drei Männern die Hand.

Milo hielt sich im Hintergrund und beobachtete. Hansi war die geborene Frohnatur, jovial und unverbindlich, Cem hingegen der Inbegriff der Coolness, ein schlanker und unverschämt attraktiver südländischer Typ mit Dreitagebart in einem perfekt sitzenden Anzug samt goldener Krawattennadel. Der Mann mit dem Drachen-Tattoo auf dem rechten Handrücken wirkte leicht unnahbar, seine Augen waren so dunkel wie schwarze Brunnen.

Und Herbie? Der wirkte wie ein Hüpfball, der nervös zwischen den Gästen hin und her flipperte und ständig unsicher lachte.

»Du hier?«, fragte er, als er schließlich bei Milo gelandet war. »Ist ja ein Ding. Wie kommt's?«

»Ich schreibe ein Buch über Sunny. Natürlich sehen wir uns oft, ich sammle dabei Fakten, Hintergründe und Anekdoten. Da passt ein runder Geburtstag dazu. Es war Sunnys Idee, er hat mich gefragt und ...«

»Ein Buch über Sunny? Die Idee hatte ich auch schon mal, das wäre wirklich etwas für mich«, unterbrach Herbie. »Schließlich kenne ich Sunny seit Jahren.«

»Natürlich, Herbie. Aber warum hat er dann nicht dich gefragt?«

Herbie, der ein verknittertes Sakko mit Jeans kombiniert hatte, streckte sich ein wenig. »Nun, Sunny wird wissen, dass ich viel um die Ohren habe. Ich sitze ja nicht zu Hause rum und warte drauf, dass mich jemand bittet, ein Buch zu schreiben.«

Arschloch, dachte Milo.

»Aber später mal, warum nicht?« Herbie griente. »Hab ja schon eine Menge erlebt.«

»Glaubst du wirklich, dass deine Anekdoten jemanden interessieren würden?«

Herbies Gesicht verfärbte sich vor Ärger. Angriffslust blitzte in seinen kleinen, hervorquellenden Augen auf. »Willst du mir auf den Sack gehen?«

Milo lächelte. »Klar, immer. Aber sag mal, wie hast *du* es auf die Gästeliste geschafft?«

»Wie wohl? Ich schreibe sehr oft über Sunny. Könntest du in unserem Magazin lesen, aber vermutlich fehlt dir das Geld fürs Abo. Sunny und ich haben einen sehr guten Draht zueinander.«

»Sicher, Sunny kann einen Hofberichterstatter und sein Blättchen gut gebrauchen«, meinte Milo.

Herbie schürzte die Lippen. »Ach, kommt jetzt wieder die Independence-Nummer? Kannst du dir das überhaupt noch leisten? Dein letzter Bucherfolg ist doch schon ein paar Jahre her, wenn ich mich nicht irre.«

»Komm mir nicht mit Erfolg. Seit du Chefredakteur beim *Metronom* bist, fällt die Auflage stetig. Du fährst das Blatt vor die Wand, obwohl du wirklich jedem in den Arsch kriechst, um das zu verhindern.« Milo wandte sich wieder den anderen zu – genau in dem Moment, wo Sunny erneut sein Smartphone hervorzog. »Wenn jemand vor der Haustür steht, bekomme ich ein Signal und kann die Bilder der Kamera abrufen. Vielleicht ist es Ela. Die fehlt ja noch. Moment, das wissen wir gleich.«

Aber es war nicht die Sängerin, sondern ein Paketbote, wie auch Milo sah, der sich über Sunnys Handy beugte.

»Doch ein Geschenk?«, mutmaßte er.

»Bloß nicht. Es ist doch immer irgendein Scheiß, den man sofort wegschmeißt«, sagte Sunny.

Eine Minute später kam Ares herein und überreichte das Paket. Sunny stellte es auf einen Tisch.

»Aufmachen, aufmachen!«, rief der *Alpenvulkan* mit kindlicher Begeisterung.

Auch die anderen kamen hinzu. Mona stellt sich direkt hinter Milo, und er roch ihre süßliche Fahne.

»Hm, das ist ja von dir«, sagte Sunny zu Jules.

»Was? Kann nicht sein«, sagte der.

»Doch, schau mal hier, der Absender: Franz-Peter Lautenbacher. Das bist immer noch du.«

Jules stutzte. »Ja schon, aber wenn das Präsent von mir wäre, so hätte ich es doch mitbringen können und es nicht schicken müssen.«

»Egal, mach es endlich auf!«, drängte Hansi.

Sunny ließ sich von Peitho eine Schere bringen und öffnete den Karton.

Sofort schlug ihnen ein bestialischer Gestank nach Verdorbenem entgegen. In dem Karton lag ein blutverschmiertes Mikrofon in einer undefinierbaren Masse aus verwestem Fleisch, Haaren und feinen Knochen.

13.

»Was für eine Sauerei«, kommentierte Leon. »Ich muss gleich ...«

»Aber nicht hier drin«, sagte Sunny schnell. Angewidert schob er den Karton von sich, der in Richtung Jules rutschte. »Mir reicht das hier schon.«

Ramses sprang auf den Tisch und näherte sich auf samtenen Pfoten dem Präsent. Sunny packte den Kater und setzte ihn auf dem Boden ab. Ramses protestierte, trollte sich aber.

»Ich ... ich habe damit nichts zu tun«, stieß Jules stockend hervor. »Das müsst ihr mir glauben. Warum sollte ich das tun?«

»Weil du ein neidisches Arschloch bist«, hörte Milo Mona hinter sich flüstern, und jemand kicherte leise.

Die war wirklich gut drauf, dachte Milo. Er konnte sich nicht vorstellen, dass Jules tatsächlich der Absender war. Dann hätte der nicht seinen Namen auf dem Paket hinterlassen.

Oder vielleicht doch? War das nur ein Manöver, um von sich abzulenken? Sollten alle glauben, dass Jules es nicht gewesen sein konnte, weil niemand so idiotisch war, auf ein derartiges Präsent seinen Namen zu schreiben?

Gleich wie, diese Episode konnte Milo nicht in seinem Buch erwähnen, wenngleich sie natürlich einen gewissen Reiz für die Leser haben würde.

»Vermutlich hat jemand einfach meinen Namen benutzt«, ergänzte Jules. Er hob die Schultern und ließ sie langsam wieder sinken.

Cem lächelte unergründlich. »Jedenfalls hat sich derjenige wirklich Mühe gegeben. Auf so eine Idee muss man erst einmal kommen.«

»Wieso *der*jenige?«, fragte Feline und schaute zu Mona. »Warum nicht *die*jenige?«

»Was glotzt du mich so blöde an?«, brauste Mona auf.

Sunny, ganz der Gastgeber, hob beschwichtigend die Hände. »Bitte, hört auf damit.« Er winkte Ares heran: »Schmeißen Sie das in den Müll.«

Der Roboter nahm den Karton ohne jegliche Regung und verließ damit das Wohnzimmer.

Konnte ein Roboter riechen?, fragte sich Milo.

»Wer so prominent ist wie unser lieber Sunny, der hat auch viele Feinde«, sagte Herbie. »So jemand wird dahinterstecken.«

»Oder ein Neider«, kam es von Mona, diesmal laut und deutlich. »Jemand, der schon lange keinen Hit mehr gehabt hat, Jules.«

»Was willst du damit andeuten?« Jules' Augen waren nur noch Schlitze.

Milo drehte sich zu Mona um. Sie lächelte. »Wann hattest du deinen letzten Hit, Jules? 2013 oder war es 2014? ›Komm mit mir ins Sonnenblumenland‹ hieß das Ding doch, oder?«

Bevor Jules etwas entgegnen konnte, begann der *Alpenvulkan* zu trällern: »Tanz mit mir im Sohonnenbluhumenland!«

Hatte der auch schon einiges intus?, überlegte Milo.

»Kommt, lasst uns Party machen!«, posaunte Hansi in die Runde. »Von so einem Scheiß lassen wir uns doch nicht die Laune verderben! Tanz mit mir im Sohonnenbluhumenland!«

»Gute Idee«, rief Sunny, der erleichtert wirkte, als sogar einige mitsangen, Herbie allen voran.

Über die App ließ Sunny eine der breiten Panoramascheiben zur Seite gleiten, und dampfige Gewitterluft drückte in den großen Raum.

Eine Viertelstunde später kam der letzte Gast: Ela betrat den Raum, und als Milo sie sah, nahm er nichts anderes mehr wahr. Weder Leons Redeschwall über die Mühen des Abmischens noch Hansis mäßige Scherze noch die Popmusik aus den Boxen oder Monas verbale Giftpfeile, die nach wie vor durch das Wohnzimmer schwirrten. Denn obwohl Ela mit Jeans, weißer Bluse und hellblauem Blazer weder besonders schick gekleidet war, noch – wie etwa der *Alpenvulkan* – lautstark auf sich aufmerksam machte, beherrschte sie sofort die Szene. Die zierliche Frau mit den brünetten schulterlangen Haaren, den grünen Augen und der durchtrainiert wirkenden Figur einer Ballerina hatte eine authentische und freundliche Ausstrahlung, gepaart mit natürlicher Dominanz.

Milo kannte Elena von Opdenhövel, die sich unter ihrem Künstlernamen Ela gerade anschickte, die Charts aufzumischen, vom Fernsehen oder von Videos und Streams her. Aber sie hier live zu erleben, war eine andere Nummer. Vom ersten Moment an zog Ela Milo in ihren Bann, und als sie vor ihm stand und er sich ihr vorstellte, kam Milo sich vor wie ein Schüler beim Abiball.

»Du schreibst? Das finde ich großartig«, sagte sie.

Bitte sag jetzt nicht, dass du schon immer ein Buch schreiben wolltest, aber nur leider noch nicht dazu gekommen bist, dachte Milo.

Sie ließ ihr Glas an seines klirren. »Ich lese gerne und habe auch mal versucht, einen längeren Text zu schreiben. Ich bin aber nicht weit gekommen.« Ela lachte entwaffnend ehrlich. »Mir gingen schnell die Ideen aus. Zudem fehlt mir, glaube ich, die Disziplin.«

»Du schreibst dafür tolle Songs.«

»Danke. Und ja, das Songwriting ist eher etwas für mich.«

Wieder ein Lachen. »Da sind die Texte ja auch kurz! Und ...«

»Schön, dass ihr alle da seid!«, klang da Sunnys Stimme durch den riesigen Raum. »Ich freue mich, dass ihr mit mir in meinen Geburtstag hineinfeiert.«

»Auf dich, Sunny!«, plapperte Herbie dazwischen.

»Kannst du nicht mal die Schnauze halten?«, fragte Milo und hörte Mona begeistert kichern.

»Lasst uns einen schönen Abend miteinander verbringen«, rief Sunny. »Der Tisch ist gedeckt, das Büfett eröffnet.«

Milo und Ela setzten sich nebeneinander, und Peitho, Ares und Kybele begannen, ausgefallenes Fingerfood zu servieren, darunter Bacon-Filet-Happen mit feuriger Senfpanade, knusprige Zucchini mit Zaziki-Dip, Birnenscheiben mit Serranoschinken, Chorizo-Garnelen-Spießchen, Chicken-Fingers im Sesammantel, Gemüseröllchen mit Minze und Petersilien-Chili-Dip, diverse Sushi-Kompositionen und Salate sowie ofenwarmes Brot.

Jetzt nahm Sunny auf der anderen Seite von Milo Platz.

»Sieht lecker aus, nicht wahr?«, meinte Sunny. Er klang ein wenig angespannt.

»Oh ja«, erwiderte Milo. »Wenn ich da an meine Kochkünste denke ...«

»Tja, mein Personal ist sehr vielseitig«, nahm Sunny den Ball auf und begann, einiges über seine kleine Roboter-Flotte zu erzählen.

Milo seufzte leise. Er bereute es, dass er sich nicht mit Ela unterhalten konnte, die sofort von Yuna und Victoria in Beschlag genommen worden war.

Während Milo einen Garnelenspieß aß, hörte er Sunny kaum zu, nickte gerade einmal pflichtschuldig in die seltenen Pausen.

Er beobachtete Kybele, die gerade einen leeren Teller zur Küche trug und dabei an Ares vorbeikam, der ihr mit einem vollen Tablett entgegenstrebte.

Milo stutzte. Hatte Kybele gerade ganz kurz Ares' Arm gestreichelt, und hatte Ares gelächelt?

»Sind Kybele und Ares ein Paar?«, unterbrach Milo den Schlagerstar.

»Was?« Er lachte. »Wie kommst du denn da drauf?«

Milo berichtete von seiner Beobachtung.

»Nein, das muss eine zufällige Berührung gewesen sein«, erwiderte Sunny.

»Roboter sind also deiner Meinung nicht zu Emotionen fähig?«

»Meine nicht«, antwortete Sunny. »Andere aber womöglich bald schon. Auch die letzte Bastion menschlicher Dominanz gegenüber unserem selbst erschaffenen Nachfolger *Homo Digitalis* wird allmählich eingerissen. Wer glaubt, dass Maschinen niemals zu Empathie, Kreativität und emotionaler Intelligenz fähig sein könnten, der irrt. Es gibt ja zum Beispiel bereits emotional agierende *Chatbots*. Mit denen kannst du dich im Internet unterhalten, die reagieren auf deine Fragen oder Gedanken – wie ein guter Freund oder ein Therapeut.«

»Ich kann mir nicht vorstellen, dass mir ein Computerprogramm bei einem psychischen Problem helfen könnte«, erwiderte Milo. »Mir fehlt dazu ein Gesicht oder noch besser: eine Person, der ich vertraue.«

»Kannst du haben«, sagte Sunny. »Der *Chatbot* hat ein Gesicht, und der bewegt auch Mund und Augen. Das ist so, als würdest du jemandem bei *Zoom* oder *Teams* gegenübersitzen. Und ich versichere dir: Du erkennst den Unterschied zu einem Menschen nicht.«

Na großartig, dachte Milo.

»Kennst du Pepper?«, setzte Sunny nach.

»Nein.«

Sunny aß ein Stück Birne und sagte dann: »Pepper ist ein sprechender humanoider Roboter wie meine drei Prachtexemplare hier. Aber Pepper kann noch etwas mehr als Peitho, Kybele und Ares. Er nutzt ein neuartiges Bilderkennungs- und Stimmenanalyse-Programm, um auf menschliche Emotionen in seinem direkten Umfeld richtig reagieren zu können. Er tröstet dich, spielt mir dir, heitert dich auf – oder was auch immer.«

»Das ist nicht mein Ding«, meinte Milo. »Ein Mensch sollte ein Mensch bleiben und eine Maschine eine Maschine. Wo soll das denn hinführen, wenn Roboter uns nicht nur physisch, sondern auch psychisch ersetzen?«

»Ehrlich gesagt, das weiß ich nicht«, sagte Sunny. »Aber was ich weiß, ist, dass es so kommen wird. Auch wenn wir es wollten, wir könnten es nicht mehr aufhalten. Es ist ja schon da, zumindest in Ansätzen. Ich denke, dass die nächste Generation von Ares, Kybele und Peitho zu Emotionen fähig sein wird.«

Milo nickte nur und runzelte die Stirn. Sunnys Roboter waren wirklich ein Kapitel in seinem Buch wert. Aber waren sie tatsächlich innerlich kalt und tot, unfähig zu Gefühlen, wie Sunny behauptete? Kybeles flüchtige Berührung …

Peitho trat zu Sunny: »Gerade ist noch ein Gast gekommen.«

»Wie bitte? Wir sind vollzählig.«

»Kybele führt ihn gerade herein. Er hat eine persönliche Einladung von Ihnen dabei«, ergänzte Peitho.

Milo sah Sunny von der Seite an. Der Schlagerstar wirkte nervös.

»Wer soll das sein?«, fragte Sunny.

Aber da betrat der unerwartete Gast auch schon das Wohnzimmer.

»Oh, Bodo, du bist es …« Sunny stand auf und ging ihm entgegen.

»Wer ist das?«, fragte Milo Ela.

»Bodo Wildner. Dem gehört die nach ihm benannte Bar in München. Die kennst du doch sicher.«

Bodos Bar war auch Milo ein Begriff. Aber nur die wenigstens kamen da auch rein, und für jemanden wie Milo, der nicht zur Promi-Szene gehörte oder über viel Geld verfügte, würde die Tür vermutlich immer verschlossen bleiben. »Ja, warst du da schon mal?«

Sie nickte. »Exklusiver Laden, aber nicht mein Geschmack. Zu abgedreht. Sehen und gesehen werden, darum geht es dort.«

Bodo streckte Sunny die Hand entgegen, und Sunny ergriff sie zögernd.

»Danke für die Einladung, auch wenn sie verdammt kurzfristig kam«, sagte Bodo. »Erst heute Morgen. Aber ich habe mir freinehmen können. Denn wenn ein guter Freund ruft und der auch noch Geburtstag hat, dann komme ich natürlich.« Er lachte, aber es war ein Lachen, an dem seine kleinen Augen nicht beteiligt waren. »Wir haben ja auch einiges zu besprechen, mein Lieber.«

»Schön, dass du da bist«, sagte Sunny, doch Milo sah, dass Sunny alles andere als begeistert von Bodos Ankunft war.

Wie konnte es sein, dass Sunny nichts von der Einladung gewusst hatte? Es war doch seine Party.

Sunny war ungewöhnlich blass. Er wirkte auf Milo wie jemand, der immer mehr die Kontrolle verlor.

14.

Ela musterte Bodo, der ihr gegenüber am Tisch Platz genommen hatte, über ihren Teller hinweg. Der Barbesitzer war genau der Typ, der sie abstieß. Der gedrungene, korpulente Mann mit dem tapsigen Gang wirkte kalt und berechnend. In seinem Blick lag etwas Stechendes und Lauerndes. Jetzt sah Bodo sie direkt an. Seine Augen wanderten von ihrem Gesicht runter zu ihrem Dekolleté. Bodo lächelte unverschämt. Ela lächelte natürlich nicht zurück, hielt aber seinem Blick stand und zwang Bodo zum Rückzug – er schaute zur Seite.

Der Kotzbrocken erinnerte Ela an irgendein Tier. Dieser dämliche Backenbart, die lange breite Nase ... ein Dachs?

Nun wurde Bodo seitlich von Herbie angequatscht. Ela hörte, wie Herbie *Bodos Bar* in den höchsten Tönen lobte. Wahrscheinlich hoffte Herbie auf eine Einladung in den Nobelschuppen. Ela hatte den Chefredakteur des *Metronoms* schon als Meister des An- und Einschleichens kennengelernt. Herbie hatte nach ihrem ersten Hit mehrfach wegen einer Homestory bei ihr angeklopft. Ela hatte zunächst abgelehnt, weil ihr Herbie schon am Telefon auf die Nerven gegangen war, auf Sunnys Rat hin aber dann doch zugesagt.

Herbie war bei dem Homestory-Termin wie erwartet der zutiefst unterwürfige, rückgratlose Vertreter seiner Zunft, der Bericht über sie war aber alles in allem okay gewesen.

Ela ertrug den Anblick ihrer Gegenübers nicht länger, stand auf, nahm ihren Teller und ging zur Panoramascheibe.

Es wurde allmählich dunkel, und Ela fragte sich, ob es heute noch ein Gewitter geben würde.

Milo gesellte sich zu ihr, was sie freute. Der war ihr von der ersten Sekunde an sympathisch gewesen. Ein in jeder Hinsicht attraktiver Typ. Eher zurückhaltend, feinsinnig. Jemand, der sich nicht so wichtig nahm und bestimmt ein guter Beobachter und Zuhörer war.

Nun kam auch Cem.

Schweigend und mit einer gewissen Ehrfurcht betrachteten sie den Watzmann, der sich grauschwarz vor dem düsteren Himmel abzeichnete.

Cem war es schließlich, der das Schweigen brach und sich an Milo wandte: »Du schreibst, habe ich gehört.«

»Ja, aber Bücher, keine Songs.«

»Kein großer Unterschied, jedenfalls dann, wenn es um die Strukturen geht. Was ihr Verlage nennt, nennen wir Label. Beides sind Produkte der Kulturindustrie.«

»Industrie? Was für ein hässlicher Ausdruck in diesem Zusammenhang«, meinte Milo.

»Stammt der nicht von dem Musikphilosophen Adorno?«, fragte Ela.

»Richtig«, sagte Cem. »Bei der Industrie geht es ums Geschäft, und genau das tut es in der Kultur auch. Adorno hat völlig recht, wenn er sagt, dass nicht Inhalt und Wert einer Produktion wichtig sind, sondern nur deren Verwertungschancen. Im Vordergrund steht das Profitmotiv, wie er es nennt.«

»Aber nach diesem Prinzip arbeitest du ebenfalls«, meinte Ela.

Cem lächelte sie an. »Natürlich. Das war auch keine Kritik an unserem Business, es war eine Feststellung. Wir rühren einen großen Brei an, der möglichst vielen schmecken soll. Qualität ist nachrangig.«

»Ja«, seufzte Milo. »Ich habe bei vielen Liedern das Gefühl, dass der Text scheißegal ist. Hauptsache irgendwas mit night, tight, bright und so. Oder nah, war, da.«

»Das stimmt nicht immer«, meinte Ela. »Ich gebe mir wirklich Mühe.«

Cem strebte auf die Terrasse. »Muss mal eine rauchen. Kommt ihr mit raus?«

Ela und Milo folgten ihm.

Cem steckte sich eine Filterlose an und inhalierte tief. »Okay, deine Texte sind stark, Ela. Und beim Rap kannst du dir so ein Tralala wie von Jules oder Hansi schon mal gar nicht erlauben.« Er sprach Jules aus, als habe der Vorname zehn Üs. »Natürlich auch nicht bei den Schlagerleuten, die ich so produziere, ich will mich da gar nicht rausnehmen.«

»Tralala?« Ela schmunzelte. »Da gab's mal einen Schlager aus den 8oer Jahren. Der hieß ›Tra La La Humpa Bum Bing‹. Ilja Richter, glaube ich. Hansi hat's gecovert. Ist auf seiner letzten *Best of*.«

»Oh mein Gott«, ächzte Cem. »Na ja, beim Rap gibt es auch bestimmte Muster, gerade auch bei den Texten, die immer wieder verwendet werden.«

Ela lachte. »Dicke Karren, Goldketten und seltsame Frauenbilder.«

»Nicht nur, und das ist dir auch klar, Ela. Wisst ihr, wer vom Text her der beste Rapper aller Zeiten ist?«

Ela und Milo schüttelten die Köpfe.

»Der gute alte Shakespeare!«

»Was?«

»Klar. Coole Texte, tolle Reime. Besser geht's nicht.«

»*Du* magst Shakespeare?« Ela konnte es immer noch nicht glauben.

Cem lächelte sie charmant an. »Traust du mir das nicht zu?« Er formte den Rauch seiner Zigarette zu einem perfekten Kringel. »Ich habe alle seine Werke gelesen. Der Mann ist einzigartig. Schade, dass er schon tot ist. Mit dem hätte ich gern mal zusammengearbeitet.«

Hinter ihnen wurde es laut.

Irgendjemand hatte die Musikanlage aufgedreht. Ein Song von Sunny und Gelächter wehten auf die Terrasse. Die Gäste hatten sich erhoben, Peitho, Kybele und Ares räumten das Geschirr ab. Kerberos lag an seinem Platz, Ramses hatte seinen Kopf in einen Napf versenkt.

Während sich Milo und Cem weiter über Shakespeare und Adorno unterhielten, beobachtete Ela die Gäste durch die Scheiben.

Schon wenige Minuten, nachdem sie das *Smarthome* betreten hatte, war ihr die seltsame Stimmung aufgefallen. Diese Anspannung. Lag es nur an dem widerlichen Karton, den Sunny geschickt bekommen hatte? Feline hatte ihr davon erzählt.

Ein Mikrofon, Blut und verwestes Fleisch. Was sollte das sein – eine Botschaft, eine Warnung?

Ela fiel ihr Vater ein. Seine Reaktion, als sie von der Party erzählt hatte, seine Vision oder was immer das gewesen war. Hatte ihr Vater etwas Grauenvolles kommen sehen, etwas, was hier und heute geschehen sollte? Ela fröstelte plötzlich.

Wer war der Absender? Wirklich Jules? Unwahrscheinlich.

Dann war auch noch das zweite Ekelpaket gekommen. Bodo.

Kein Wunder, dass Sunny sichtlich nervös war. Vielleicht hatte er auch Angst, dass der Abend und die Nacht noch ein paar Überraschungen boten, auf die er gerne verzichtet hätte.

Elas Blick fiel auf Mona, die gerade auf Feline einredete. Monas Gesicht war gerötet, sie unterstrich jedes Wort mit ruckartigen Bewegungen ihrer Hände – so, als würde sie auf etwas einschlagen. Feline hatte die Arme vor der Brust verschränkt. Sie wirkte ruhig und abweisend.

Stritten die sich? Gut denkbar. Mona war oft aggressiv, vor allem, wenn sie zu viel getrunken hatte, und das war eigentlich immer der Fall gewesen, wenn Ela Sunnys Ex begegnet war.

»Gehen wir wieder rein?«, hörte sie Cem fragen.

Sie nickte und betrat mit ihm und Milo das Wohnzimmer, wo sie sich noch Wein bringen ließen. In ihren Rücken befand sich die Wasserwand.

Der dachsgesichtige Bodo strebte sofort auf Ela zu.

Bitte nicht, dachte sie, aber er hatte sie schon erreicht.

»Prost, Baby«, sagte Bodo und zwinkerte ihr zu.

Ela betrachtete den Barbesitzer wie ein besonders widerliches Insekt. Ihre Augen zerschnitten das anzügliche Grinsen in dessen Gesicht wie ein Schneidbrenner. »Tschüss«, sagte sie leise, aber mit Nachdruck.

»Die Arroganz kannst du dir nicht leisten, Kleine«, sagte Bodo. »Wer bist du schon?«

»Tschüss«, wiederholte Ela.

Bodo zögerte, aber dann ging er tatsächlich.

»Was für ein Idiot«, meinte Milo.

Dann gesellte sich Victoria zu ihnen und keine zehn Sekunden später auch Herbie.

Der Redakteur begann sofort, die sichtlich gelangweilt wirkende Victoria zuzutexten.

»Tolles Kleid hast du da an«, sagte er und wiegte seinen Oberkörper wie ein feister Gockel. Ein ungeschickter Balztanz.

Ela seufzte. Der schmierige Kerl war offenbar ebenfalls im Flirtmodus. Sie war froh, dass Victoria das Ziel seiner Begierde war.

Herbie winkte Peitho heran, nahm zwei Gläser vom Tablett

und reichte eines davon mit einer leichten Verbeugung Victoria, die es mit einem gequälten Lächeln nahm.

»Sind schon klasse, diese Roboter«, sagte Herbie. »Hab mich da eingelesen und viele Infos ausgegraben. Da mache ich eine Serie im *Metronom* draus.«

»Hm«, machte Victoria.

»Ja, ganz große Nummer. Mehrere Teile.«

»Ach so.«

»Es geht um den Einsatz der Künstlichen Intelligenz in der Musikszene«, erklärte der Redakteur.

Victoria machte sich nicht die Mühe, ihr Gähnen zu unterdrücken. »Toll.«

Doch Herbie schien immun gegen offensichtliches Desinteresse zu sein. »Ja, das ist es wirklich. Habe auch viele Hintergrundgespräche geführt. Ich musste mich in die komplexe Materie erst einmal reinfuchsen.« Er lachte auf. »Aber als Journalist hat man da ja seine Rechercheroutine.«

»*Wikipedia* kann eigentlich jeder öffnen«, bemerkte Milo trocken.

Ela lächelte. Sehr treffend.

Herbies Mund klappte auf, was kein schöner Anblick war. Doch Herbie hatte sich schnell wieder im Griff.

»Ach, Milo, wer benutzt denn *Wikipedia*, wenn es um richtige Recherchen geht? Na ja, du vielleicht, aber ich …«

Ein gellender Schrei hinter ihnen ließ Herbie endlich verstummen. Sie wirbelten herum, und Elas Herz setzte einen Schlag aus.

15.

Nein, nein, nein. Sunny starrte auf die Wand aus Wasser. Es war plötzlich blutrot – und im rechteckigen Auffangbecken schwamm einiges herum, was da definitiv nicht hineingehörte.

Er spürte Feline an seiner Seite. Sie war es gewesen, die gerade geschrien hatte.

»Was ist das?«, hauchte sie. »Ich meine die Würste da unten oder was immer das ist.«

Sunny wusste, dass er jetzt irgendetwas sagen sollte, was die Situation auflockerte, doch er war wie blockiert.

Der *Alpenvulkan* löste die allgemeine Verspannung auf seine ganz spezielle Art. »Sieht aus wie abgeschnittene Finger«, sagte er, während er sich über das Becken beugte. »Das sind bestimmt die Reste vom Fingerfood.«

Hansi griff in die Brühe und zog etwas hervor, das in etwa die Länge eines Zeigefingers hatte. »Ein halbes Wienerle in einer Blutsuppe«, kommentierte der *Alpenvulkan* und kicherte. »Scherz, ist kein Blut, nur rotes Wasser.«

Niemand lachte. Bleierne Stille herrschte.

War der Kerl volltrunken oder völlig verblödet?, überlegte Sunny, der sich allmählich aus der Schockstarre löste. Oder beides?

»Die App«, hörte er Feline leise sagen. »Kannst du damit auch das Wasserspiel steuern?«

»Ja, natürlich.«

»Dann tu es«, zischte Feline. »Sofort. Und lass die Roboter die Sauerei im Becken wegmachen.«

Sunny war einmal mehr froh, Feline an seiner Seite zu haben, die jetzt wieder vollkommen beherrscht wirkte. »Okay. Lenk die Leute ab, geh mit ihnen raus an den Pool.«

Feline nickte und sorgte dafür, dass alle das Wohnzimmer verließen. Nur Sunny blieb mit Ramses und Kerberos an der Wand zurück. Kerberos schnüffelte interessiert an der Brühe, was Ramses auf die Idee brachte, etwas ungeschickt auf dem schmalen Rand des Beckens zu balancieren. Die Tiere beobachteten sich mit etwas Abstand, und bevor es den nächsten hässlichen Zwischenfall gab, nahm Sunny den dicken Kater auf die Arme. Ramses begann zu schnurren.

Sunny wies Peitho und Ares an, das Becken zu säubern. Kybele sollte Getränke zum Pool schaffen. Er selbst setzte sich auf die Couch und zappte sich durch das Untermenü seiner Smarthome-App, mit dem er Zugriff auf die Steuerung des Wasserspiels hatte. Sunny änderte die Farbe der Spots hinter der Acrylglasscheibe, an der das Wasser herablief, von Rot zurück auf Blau.

Dabei kreisten seine Gedanken. Was für ein Scheißtag. Die Aussetzer seiner Roboter, das widerliche Geschenk, Bodos Erscheinen und jetzt die Wienerle, wie Hansi sie genannt hatte, im blutroten Wasser. Wer hatte die da reingeworfen, und wer hatte die Farbe der Spots geändert? Niemand außer ihm und seinem Bruder Thorben hatte die Zugangsdaten für die mittels der App steuerbare Haustechnik.

Thorben war auf diesem Seminar, und er selbst hatte die App in den letzten fünf Minuten nicht angerührt. Also konnte es nur eine Fehlfunktion sein. Das war nicht gut, aber auch kein wirkliches Drama. Aber die Dinger, die im Becken schwammen? Da kam eigentlich nur einer seiner Gäste infrage. Jemand, der sich einen dummen Scherz erlaubt hatte.

Für schlechte Scherze war eigentlich der *Alpenvulkan*

zuständig, aber der war nicht der Typ für so eine Aktion. Also vermutlich ein anderer. Oder eine andere …

Sunny war klar, dass nicht alle seine Gäste ihn mochten. Er hatte Leute eingeladen, die bei solchen Festen dazugehörten wie früher eine Kristallkugel in eine Disco. Die üblichen Verdächtigen. Leute, die man auch in den Talkshows erwartete. Wann gab es da ein neues Gesicht?

Womöglich war es ein Fehler gewesen, Leute einzuladen, die ihm nicht wohlgesonnen waren, und einer dieser Leute wollte ihm die Party versauen, ihn blamieren – am besten noch vor den Presseleuten.

Herbie war dabei nicht das Problem, den hatte er im Griff, der fraß ihm aus der Hand. Herbie war glücklich, dass er zu den Gästen gehörte. Die Einladung war die Belohnung für seine treuen Dienste.

Aber gleich hechelte die Boulevardmeute für den Fototermin heran, und diese Typen waren unberechenbar.

Also, was sollte, beziehungsweise was konnte er tun? Mal eben ein Serviceteam der Herstellerfirma einfliegen lassen, das vor den Augen seiner Gäste an den Robotern und der Steuerung des Smarthomes herumfummelte? Den Boss der Firma am Telefon zusammenstauchen? Oder seine Gäste nach Hause schicken?

Tut mir leid, aber mein Smarthome und meine Roboter, die mich ein Vermögen gekostet haben, sind alle Schrott. Er wäre eine Lachnummer.

Auch die Boulevardleute konnte er nicht kurzfristig wegschicken – denn was würde das für Schlagzeilen geben?

Sunny konnte nur hoffen, dass ab jetzt alles normal lief und morgen in der *BILD*-Zeitung nicht ein Foto auf der Seite eins von ihm und Hansi prangte, der mit einem debilen Grinsen ein scheinbar blutverschmiertes Wienerle vor einer plötzlich wieder roten Wasserwand in die Kamera hielt.

Wieder ein Blick dorthin. Alles gut. Sunny streichelte noch einmal Ramses' dicken Kopf, bevor er zu den anderen nach draußen trat.

Er hatte eigentlich mit Cem reden wollen, doch von der Seite strebte Bodo auf ihn zu.

»Alles wieder in Ordnung?«, fragte er.

»Na klar.«

»Ja?« Zweifel klangen in Bodos Stimme mit. Dann führte er Sunny an eine Ecke des riesigen Pools, der von mehreren Strahlern erleuchtet wurde.

»Als ich vorhin ankam, hatte ich das Gefühl, dass du dich gar nicht gefreut hast, mich zu sehen«, sagte er ruhig, als sie außer Hörweite der andere waren. »Du wirktest überrascht.«

»Wie kommst du denn da drauf? Nein, es ist super, dass du da bist, Bodo.«

Der Barbesitzer nickte bedächtig und klopfte einen Zigarillo aus dem Päckchen.

Das auch noch, dachte Sunny angewidert.

»Sonst hätte ich dich doch nicht eingeladen«, ergänzte er.

»Hm«, machte Bodo. »Kam ja wirklich kurzfristig, diese Einladung.«

Stimmt, dachte Sunny. Und vor allem: von wem?

»Bist mir halt durchgerutscht, sorry. Und jetzt lass uns zu den anderen gehen«, schlug er vor.

»Nein«, sagte Bodo. »Warte.«

»Was ist denn noch?« Sunny gab sich keine Mühe, seine Ungeduld zu kaschieren.

»Wie sieht es aus?«, fragte Bodo mit einem gewissen Lauern.

»Danke, gut. Ist halt immer eine Menge Arbeit, so eine Party.«

Bodo stieß einen Grunzlaut aus. »Ach, Sunny. Du weißt, was ich meine.«

Sunny wurde warm. Sehr warm. »Das Geld?«

»Was denn sonst? Wann zahlst du?«

»Das Geld kommt, das hatten wir bereits besprochen«, sagte Sunny. »Und du kannst dich immer auf mich verlassen, das weißt du doch.«

»Das kann ich eben nicht, du Arschloch.« Bodo blies ihm den Rauch des Zigarillos ins Gesicht. »Ich glaube, dass du mich hinhalten willst. Und das mag ich nicht.«

»Ich mag es auch nicht, wenn mich ein Arschloch wie du Arschloch nennt, billige Zigarillos raucht und mich mit dem Dreck einnebelt«, gab Sunny zurück.

»Die sind nicht billig.« Der Barbesitzer ließ seinen Blick über den Pool mit der Brücke, die Villa und die Gäste schweifen, bis seine Augen auf Feline ruhten.

»Deine Bude gefällt mir und bringt mich auf eine Idee«, sagte er. »Du garantierst mir vertraglich lebenslanges Wohnrecht, und ich erlasse dir die Schulden. Wenn ich Bock habe, komme ich und fühle mich bei dir wie zu Hause. Wie viele Schlafzimmer hat die Bude? Zehn?«

»Sechs, aber das kannst du vergessen.«

Bodo zog eine Braue hoch, was dem Dachsgesicht etwas Überhebliches gab. »Ich beanspruche nur eine von den drei Etagen. Ich schlage vor, die mittlere. Da habe ich es nicht so weit zum Pool.«

»Du hast sie nicht alle.«

»Ach ja, die Roboter möchte ich auch mitbenutzen. Vor allem die Kybele finde ich scharf.«

»Vergiss es!«

Bodo winkte ab. »Gut, dann eben nicht Kybele. Kann ich mir auch nicht so recht vorstellen, eine Maschine zu … na ja, du weißt schon.« Bodo nahm noch einen tiefen Zug und schnippte den halben Zigarillo in den Pool. »Aber Ela oder Feline, die haben Klasse. Wie ist Feline so im …«

Bei Sunny setzte etwas aus. Er packte den einen Kopf kleineren Mann am Hemdkragen und drängte ihn zum Pool.

Ein paar harte Schläge gegen die Schläfe, um den Widerstand zu brechen, das wär's jetzt. Dann Bodos Schädel unter Wasser drücken. Eine Minute, zwei, drei – das musste reichen, damit keine Bläschen mehr aufstiegen und der Dachskörper unter seinen Händen für alle Zeiten erschlaffte.

Unvermittelt stemmte Bodo seine kurzen Beine in den Boden, und es war so, als habe ein kleiner, rundbauchiger Lastkahn den Anker geworfen.

»Was soll das werden?« Bodo lachte, tauchte blitzschnell unter Sunnys Armen hindurch und war plötzlich hinter ihm. »Du Idiot, mach das nicht noch mal. Und denk über mein Angebot nach. Ein besseres bekommst du nicht.« Damit ließ er Sunny stehen und stapfte zu den anderen.

Sunny blieb noch ein wenig allein zurück. Langsam beruhigte er sich.

Cem. Der stand bei Yuna und Milo. Konnte er ihn da irgendwie loseisen?

Da bekam er eine Nachricht auf sein Handy. Sie stammte von Ares. »Die Presse ist da. Soll ich die Damen und Herren hereinlassen?«

München hatte allein drei Boulevardzeitungen und einige Klatschblätter, für die ein Event wie Sunnys Geburtstag durchaus von Interesse war, und so strömten gleich 16 Schreiber, Fotografen, Kameraleute und Tontechniker in die Villa.

Es gab zwei Sessions, eine am Pool, eine vor der Wasserwand, was für eine gewisse Beschleunigung von Sunnys Puls sorgte. Aber alles lief gut. Die Farbe war blau – und vor allem: Sie blieb es.

Interessant war zu sehen, wie sich seine Gäste verhielten.

Vor allem Mona, Hansi, Jules, Victoria und Herbie drängten sich aufs Bild.

»Wer is'n das?«, fragte die Frau mit den aufgespritzten Lippen und dem violetten Sidecut, der Sunny zuletzt in *Bodos Bar* begegnet war, und deutete auf den Chefredakteur vom *Metronom*.

»Herbert Denkwart, ein Journalist«, antwortete Sunny.

»Was? Kenne ich nicht. Ist auch egal, der muss runter vom Bild«, schnaubte die Klatschreporterin und gab ihrem Kollegen einen entsprechenden Hinweis.

»Du da«, rief der Fotograf.

»Wer, ich?«, fragte Herbie.

»Genau du. Geh mal ein paar Schritte nach links.«

»Aber dann bin ich nicht mehr auf dem Bild, oder?«

»Das ist der Sinn der Sache.«

Herbie lief rot an, fügte sich aber.

»Jules, kannst du mir mal von der Pelle rücken?«, giftete Mona.

Jules zeigte sich gebleachtes Gebiss. »Entspann dich, Monalein. Noch einen Drink?«

»Nein.«

»Ganz was Neues. Dann lächle.«

Mona tat es wie auf Knopfdruck.

Dann wurden auch die Roboter zusammen mit Sunny fotografiert und gefilmt, was ihm wichtig war. Natürlich hatten die Reporter dazu eine Menge Frage.

Herbie schlich sich an und wollte mit seinen Kenntnissen zum Thema Künstliche Intelligenz auftrumpfen, wurde aber erneut ausgegrenzt, als habe er Lepra.

Herbie warf einen flehentlichen Blick zu Sunny, wohl in der Hoffnung, dass der ihm beistand und ins Licht der Scheinwerfer holte, doch Sunny ließ ihn dort, wo jemand wie Herbie hingehörte: in der zweiten Reihe, bestenfalls.

Eine kleine Fotoserie wurde auch von Sunny mit Feline geschossen: die Schöne an seiner Seite.

Feline verhielt sich wie immer angenehm professionell. Auf sie war wirklich stets Verlass.

Anders Mona, die sich demonstrativ abwandte und zu Kybele schwankte, um sich ein neues Glas zu holen.

Zum Abschluss bekamen die Reporter alle etwas zu essen und zu trinken, bevor Sunny sie hinauskomplimentierte.

»Zum Kotzen, wie sich Jules immer in den Vordergrund drängt«, beschwerte sich Mona anschließend bei Sunny. Sie standen im Wohnzimmer in der Nähe des Kamins und genossen eine fruchtige Süßspeise, die Kybele und Peitho allen gereicht hatten. »Der ist so was von pressegeil. Na, der hat es auch nötig, der hat schließlich schon lange nichts Großes mehr rausgebracht. Aber deine Feline mag das Blitzlicht auch, wie es scheint.«

»Die Reporter haben sie darum gebeten, sie hat sich keineswegs aufgedrängt«, stellte Sunny klar.

»Na ja, auf mich wirkte das anders«, meinte Mona, deren Aussprache immer verwaschener klang.

Sunny hörte ihr nicht zu. Gerade war Cem an ihm vorbeigegangen. Sunny beobachtete, wie Cem auf die Terrasse trat, vermutlich um zu rauchen. Bevor sich jemand zu Cem gesellen konnte, nickte Sunny Mona kurz zu und lief ihm nach.

»Nette Party«, meinte Cem, als Sunny neben ihm stand. »Voller Überraschungen. Ich mag so was.«

»Ich eigentlich auch, aber nicht dann, wenn die Überraschung Bodo heißt.«

»Wie soll ich das verstehen?«

»Der hat sich selbst eingeladen«, log Sunny.

Cem lachte. »Das ist wirklich unangenehm. Der ganze Typ ist es, wenn du mich fragst.«

»Da bin ich ganz bei dir.«

»Warum schmeißt du ihn nicht einfach raus?«

»Wie sähe das aus, Cem? Ich will keinen Stress auf meiner Party.«

»Den hast du doch sowie schon. Was ist mit deinem ach so geilen *Smarthome* los?«

»Nur Kleinigkeiten«, wiegelte Sunny ab.

Cem sah ihn mit gerunzelter Stirn an. »Und Bodo – gehört der auch zu den Kleinigkeiten, außer von seiner Körpergröße?«

»Nein. Ich schulde ihm Geld, und er macht mir Druck.« Sunny erwiderte Cems Blick. »Bodo behauptet, dass du ihm ebenfalls Druck machst.«

»Stimmt, ich bekomme noch zwei Millionen von ihm – und das seit einem Jahr.«

Sunny überlegte einen Moment. »Also, wenn du ihm weniger auf die Füße treten würdest, hätte ich womöglich auch weniger Druck.«

Cem schüttelte den Kopf. »Nein. Deine Schulden sind nicht mein Problem. Das musst du schon anders lösen.«

Scheiße, dachte Sunny. Verdammte Scheiße. »Und wie?«

Cem legte den Kopf in den Nacken und schaute in den schwarzen Himmel. »Bring ihn um.«

»Was?«

»Aber erst, nachdem er mir mein Geld gegeben hat natürlich«, ergänzte Cem. »Wenn Bodo weg ist, sind deine Schulden es auch. So einfach ist das.«

»Da ist gar nichts einfach dran«, widersprach Sunny.

Er sah sich wieder, wie er den Kopf des Barbesitzers unter Wasser drückte. Bodos verzweifelter Kampf um Luft, das Aufbegehren, die letzten Zuckungen und dann … Stille. Schön.

»Oder lass ihn umbringen, von deinen Robotern zum Beispiel. Die würden noch nicht einmal Fingerabdrücke hinterlassen«, spann Cem den Gedanken weiter.

»Aber der Verdacht würde unweigerlich auf mich fallen, weil ich Schulden bei ihm habe«, gab Sunny zu bedenken.

Wieder bedachte Cem Sunny mit einem Blick aus seinen dunklen Augen. »Wie ich Bodo kenne, gibt es nichts Schriftliches – also nichts, was dich belasten könnte. Außerdem hat der bestimmt viele Feinde. Wer mag schon Bodo?«

Sunny fand die Idee immer sympathischer, doch er meinte: »Ich bin kein Mörder.«

»Mord? Ich würde es Selbstverteidigung nennen«, meinte Cem, als spräche er übers Wetter. »Warte einfach auf die richtige Gelegenheit. Um den guten alten Shakespeare zu zitieren: Wie arm sind die, die nicht Geduld besitzen. *Othello*, zweiter Akt.«

Für einen Moment trat Ruhe ein.

Schließlich meinte Cem: »Am besten wäre es, wenn du Bodo verschwinden lässt. Dann ist das eine Vermisstensache und kein Mordfall. Es verschwinden doch immer wieder Leute – wie unser armer Sebastian. Was für ein Talent … Geht zu einer Party bei diesem Loser Jules und ist dann plötzlich weg. Einfach so, keine Spur von ihm. Vielleicht ist Sebastian schon lange tot.«

16.

Maden sind vielseitig. Es gibt sie nahezu überall. Manche leben als Aasfresser in verwesenden Leichen, andere wie die Dasselfliegenmaden als Parasiten in lebenden Tieren. Wieder andere existieren in Schlamm oder Wasser und haben ganz spezielle Atemröhrchen ausgebildet, die Tracheen. Diese ermöglichen es ihnen, gleichzeitig zu atmen und zu fressen, während sie kopfüber in der verfaulenden Nahrung stecken.

Manchmal treten Maden massenhaft auf. Tausende von ihnen bilden einen lebenden Teppich aus sich windenden kleinen Leibern, die sich aneinander reiben und dabei Wärme sowie ein Rauschen wie bei einer sanften Welle erzeugen.

Die Exemplare in Sebastians Zelle hatten sich für eine andere Strategie entschieden. Vielleicht wollten sie sich instinktiv nicht im Weg sein – denn der Teller, auf dem bis vor Kurzem noch eine völlig vergammelte Mischung aus Reis und Fleisch gelegen hatte, war leer, und es galt für die Maden, neues Futter zu finden, in das sie ihre zangenartigen Mundhaken versenken konnten.

Mit den Stummelfüßchen schoben die Tiere ihre vorn spitz zulaufenden und hinten breiten Körper über den Tisch und den Boden.

Die ersten der kopflosen Maden erreichten Sebastian, der nach einem Schwächeanfall vom Stuhl auf den Boden gesunken war.

Sebastian hatte die ersten Späher des vielbeinigen Heeres also buchstäblich vor seinen halb geöffneten Augen und wusste, dass er etwas tun musste, wenn er nicht von den winzigen, aber durchaus kräftigen Beißerchen der Maden zerlegt werden wollte.

Steh auf, sagte eine Stimme. War es sein Freund, Berater und Vertrauter, war das Mr Grey, die Wollmaus, die er noch in der Hand hatte?

Und wenn er stattdessen liegen bliebe und seinen Körper den Maden übergab, wenn er aufhörte, sich zu wehren und es einfach geschehen ließe?

Doch als die erste Made nur noch wenige Zentimeter von Sebastians Mund entfernt war, drückte er sich mit einem Stöhnen hoch und schleppte sich zu seinem schmalen Bett.

Konnten Maden klettern?

Die Metallbeine des Bettes wirkten glatt und wenig geeignet für eine Kletterpartie der hungrigen Tierchen. Also konnten die Viecher diese Hürde eher nicht überwinden. Oder?

Sebastian rollte sich unter der dünnen Decke zusammen und öffnete die Hand, die Mr Grey nach wie vor schützend umschlossen hatte.

Mr Grey war ein guter Name, sehr individuell. Nicht so allgemein wie *dust bunny*, wie in den USA jede Wollmaus genannt wurde – oder *Staubflankerln* wie in Kärnten, *Leinwisch* im Salzburger Raum, *Mutzel* in Sachsen oder *Villakoira* in Finnland und *Hybelkanin* in Norwegen.

Mr Grey hatte diese Sonderstellung verdient. Sebastian war überzeugt, dass er seine letzte richtige Mahlzeit, die er vor vier oder fünf Tagen bekommen hatte, vor allem der Wollmaus zu verdanken hatte. Im Austausch mit Mr Grey hatte Sebastian schließlich einen Song am Laptop komponiert, der seinem Entführer sehr gut gefallen hatte. Der Lohn war ein üppiges Essen gewesen, das in dem kleinen Aufzug gestanden hatte. Sebastian lächelte schwach bei der Erinnerung. Ein Rinderfilet mit Telly-Cherry-Pfeffer, Speckbohnen und Rosmarinkartoffeln, als Nachtisch Tiramisu. Was für ein Fest ...

Beflügelt von dem Erfolg hatte er weitergemacht, mit Mr Grey immer an seiner Seite. Aus schierer Notwendigkeit und Verzweiflung hatte Sebastian seinem Entführer, neuen Herrn und Ernährer dienen wollen, doch die Reaktion war niederschmetternd gewesen. Sebastian hatte es verbockt, er hatte versagt.

Licht an und aus, stundenlang. Zahnarztbohrergeräusche aus der Box. Tagelang kein Essen. Nach Sebastians drittem oder viertem Kompositionsflop folgte schließlich der verdorbene Fraß. Wann war das gewesen? Gestern? Vorgestern?

Sebastian wusste es nicht, es spielte auch keine Rolle mehr. Er starb langsam, leise und unbemerkt – sah man einmal von der Kamera in seinem Gefängnis ab – vor sich hin.

Ein neuerlicher Krampf schüttelte seinen ausgemergelten Körper, und Sebastians Hand schloss sich fest um Mr Grey.

Freund, letzter Weggefährte.

Nein, ich will noch nicht.

Ich. Will. Leben.

Sebastian flüsterte die Worte vor sich hin, immer wieder, wie eine Beschwörungsformel, und langsam entstand daraus eine simple Melodie. Sebastian summte und sang sie. In seinen Ohren klang es fröhlich.

Oder war es eher ein schwermütiger Totengesang?

Doch Sebastian konnte nicht vorhersehen, wie sein Herr darauf reagieren würde, also musste er es probieren und zum Tisch mit dem Laptop zurückkehren.

Schreib deutsche Hits.

Es waren nur zwei Meter vom Bett bis zum Tisch, das konnte er mit Mr Grey schaffen.

Sebastian schob die Decke weg und schwang die Beine aus

dem Bett. Sofort geriet alles um ihn herum ins Schwanken. Sebastians Atem flog. Keuchend kämpfte er gegen den Schwindel an. Er starrte auf den Boden, als würde sein unsicherer Blick dort irgendwo Halt finden.

Dann sah er sie. Die blinden Maden hatten das Bett erreicht. Ihn gefunden.

Vergeblich versuchte Sebastian aufzustehen. Einmal, zweimal, dreimal. Doch immer knickten seine Beine unter ihm weg.

Als er aufgab und zurück aufs Bett sank, richtete eine besonders stattliche Made ihren Oberkörper auf und tastete einen der Bettpfosten ab.

17.

Milo schaute sehnsüchtig auf sein Handy, das vor ihm auf dem Stehtisch lag. Wenn er doch nur das Diktiergerät mitlaufen lassen könnte! Mit dem, was die blonde Victoria da gerade von sich gab, hätte er mindestens ein spannendes Hintergrundkapitel in seinem Sunny-Buch füllen können.

Sie standen neben der Sitzgruppe, die von Jules, Cem, Mona, Yuna, Sunny und dem *Alpenvulkan* in Beschlag genommen worden war. Victoria hatte sich vor ein paar Minuten von dem aufdringlichen Herbie loseisen können und war regelrecht zu Milo geflüchtet.

Er und die Sängerin hatten sich zunächst über die Roboter unterhalten, waren dann aber auf die Mechanismen des Musikbusiness zu sprechen gekommen – und sehr schnell hatte Victoria sich in Rage geredet.

»Es wird immer schlimmer«, giftete sie gerade. »Alles nur noch Abzocke. Als Künstlerin bist du ein Spielball von diesen abgefuckten Labels.«

»Inwiefern?«, hakte Milo nach.

»Wir Künstler haben kein Mitspracherecht mehr«, klagte Victoria. »Die Labels sagen uns, dass es eigentlich ein völliger Dreck ist, den wir da machen. Wir seien nichts und wir könnten nichts. Sie machen uns absichtlich klein, um sich selbst zu erhöhen und ihre Position zu verbessern. Aber sie seien so gnädig, uns zu helfen, den Scheiß an die Käufer zu bringen, und drücken unsere Songs in die Läden, Sender und ins Internet.«

Victoria war geladen. Lag es am Alkohol? Das Gefühl hatte Milo eher nicht. Vielleicht wollte Victoria das Ganze einfach mal nur loswerden.

»Aber glaub nicht, dass die Labels auch nur einen Cent riskieren, bevor die sicher sind, die Investitionen mit Zinseszins zurückzubekommen. Die mixen unsere Songs zehnmal ab, ohne uns zu fragen, um sie zehnmal zu vermarkten. Die zwingen uns zu Auftritten in Shoppingcentern, in irgendwelchen völlig sinnbefreiten Shows oder im Kinderkanal, wo wir mit irgendeinem beschissenen Plüschtier um die Wette grinsen und dumme Fragen eines höchstens 19-jährigen Moderators beantworten müssen, der eigentlich der Praktikant ist.« Victoria kam immer mehr in Fahrt, und Milo versuchte, möglichst viel zu speichern. Gleichzeitig fragte er sich, ob er Victorias Abrechnung in dem Buch über Sunny bringen konnte – schließlich war Sunny Teil des Spiels.

»Viele Produzenten sind auch nicht besser«, stellte Victoria fest. »Die nutzen ihre Stellung und ihre Beziehungen zu den Labels aus.«

Was kam denn jetzt?

»Die väterliche Nummer«, fuhr sie fort. »Ich helfe dir, mein Mädchen, ich mach dich bekannt. Unterschreib mal hier den Vertrag. Manche gehen noch weiter, viel weiter. Du weißt schon … Zum Kotzen, sage ich dir.«

»Du meinst Sunny?«

Die Sängerin schwieg, lächelte aber vielsagend.

Okay, das würde er niemals in dem Buch bringen können – jedenfalls nicht in diesem. Milo ging in sich. War Sunny wirklich so ein Schwein? Hatte Victoria noch irgendeine Rechnung mit ihm offen?

»Warum bist du hier und feierst mit ihm Geburtstag?«, fragte er.

»Sei nicht so naiv, Milo«, sagte sie, und er ärgerte sich über ihre Überheblichkeit. »Wenn der König ruft, kommt der Hofstaat.«

»Du hättest sagen können, dass du krank bist oder etwas in der Art. Oder noch besser: dass du da nicht mitspielst. Du bist nicht gerade konsequent.«

»Konsequent?« Victoria lächelte nachsichtig. »Kann ich mir nicht leisten. Die Presse war hier, und damit meine ich nicht diesen Schleimbeutel Herbie. Mein Gott, geht der mir auf die Nerven. Aber die Boulevardfuzzis, die brauchen wir nun mal. Wir die und die uns. Bei solchen Partys muss man einfach dabei sein, sonst wird man vergessen – oder andere drängen sich in den Vordergrund.« Victoria schaute zu Jules.

»Die letzte wichtige Party war bei dem. Da waren auch jede

Menge Presseleute.« Ihr Blick wurde dunkel. »Und Sebastian … was für ein toller Typ.«

Milo sagte dieser Name nichts, und er fragte nach. So erfuhr er, dass der verheißungsvolle Nachwuchsmusiker nach der Party bei Jules spurlos verschwunden war. Milo beschloss, den Fall im Internet zu recherchieren, wenn er wieder zu Hause war.

»Sebastian war anders«, fuhr Victoria fort. »Noch nicht so berechnend, vielleicht ein wenig idealistisch und naiv – so wie du.« Jetzt sagte sie das mit einem charmanten Augenzwinkern, und Milo war ihr nicht mehr böse. »Schau dir nur Cem und Hansi an. Sitzen da friedlich nebeneinander …«

»Na und?«

»Weißt du nicht, dass Hansi Cem verklagt hat?«

Das wurde ja immer besser. »Nein«, gab Milo zu. »Worum geht's?«

»Urheberrecht. Hansi behauptet, dass Cem ihm einen Song geklaut hat oder zumindest Teile davon. Von ›Herzrasen‹. Kennst du nicht?«

»Nein.«

»Hast nichts versäumt.« Victoria lachte. »Das Ding war aber ein Hit. Und dann kam ein Lied raus, das ziemlich ähnlich klingt. Produziert von Cem. Und nun hat er eine Millionenklage am Hals.«

Nicht zu fassen. Cem und Hansi saßen wirklich einträchtig nebeneinander. The show must go on.

Nun strebte Ela auf sie zu, und Milos Puls beschleunigte sich ein wenig. In ihrem Schlepptau war allerdings Bodo, der seinen Dachsblick auf den Rücken – oder war es der Hintern – der Sängerin genagelt hatte.

»Rettet mich«, sagte Ela sichtlich genervt, als sie bei Milo und Victoria stand.

Victoria grinste. »Vor Bodo, dem Bagger.« Sie sagte das so laut, dass der Barbesitzer, der nur Sekunden nach Ela bei ihnen aufschlug, es hören musste.

Bodo schaute sie ausdruckslos an. »Warst schon immer 'ne Ziege.«

»Und du warst schon immer ein zwergenhaftes Arschloch, das seine Grenzen nicht kennt«, gab Victoria von oben herab zurück. »Schönen Abend noch, kleiner Mann.«

Damit ging sie.

»Soll ich uns was zu trinken holen?« Bodo richtete diese Frage an Ela. Milo übersah er.

»Nein danke. Der Service ist hier erstklassig dank der Roboter«, gab Ela kühl zurück. »Wir brauchen dich eigentlich nicht.«

Milo war ihr dankbar für das Wir.

Es entstand eine peinliche Stille – bis Ela Bodo anlächelte und sagte: »Magst du uns jetzt bitte allein lassen?«

Bodo verzog keine Miene. Dann wandte er sich langsam ab, und Milo atmete schon auf. Doch dann klatschte Bodos Hand mit den kurzen Fingern laut vernehmlich auf Elas Po. »Ich wette, du stehst da drauf«, kommentierte er den Übergriff.

Ela trat zu. Es war eine sichelförmige Bewegung, die Bodos Beine förmlich wegfegte. Hart schlug der Barbesitzer auf dem Boden auf und glotzte ebenso überrascht wie dämlich hoch zu Ela.

»Mach das nicht noch mal«, sagte sie leise.

Von der Sitzgruppe kam schallendes Gelächter.

»Bodo kann fliegen!«, schrie Hansi glücklich. »Sunny, lass mal ›Fly away‹ von Kravitz oder ›Fliegen‹ von der Egli laufen.«

Bodo kam wieder auf die Füße. »Man sieht sich immer zweimal im Leben, du …«

Als Ela die Hand hob, brach er den Satz vorsichtshalber ab und ging in Richtung Pool.

»Das war ... einfach cool«, sagte Milo begeistert.

»Ich mache Karate, seit ich zehn bin«, erwiderte Ela. »Und wie du siehst, kann man das immer wieder gebrauchen. So, und jetzt erzähl mal was von dir. Wie kommst du auf die Ideen zu deinen Büchern?«

Milo genoss jede Minute mit ihr. Ihr Interesse an seiner Arbeit war echt, das spürte er. Tief im Inneren hoffte er, dass sich Ela nicht nur für seine Arbeit interessierte, und wenn er die Signale richtig deutete, dann war dem auch so. Oder interpretierte er da nur etwas hinein?

Leider wurden sie unterbrochen. Es war Mitternacht, und alle scharten sich mit großem Getöse um Sunny, um ihm zu gratulieren.

Stevie Wonders unvermeidliches »Happy Birthday« ballerte aus den Boxen, es wurde angestoßen, gescherzt, gelacht.

Milo hielt sich im Hintergrund und beobachtete das Partyvolk, das allen Animositäten zum Trotz gerade kollektive Fröhlichkeit ausstrahlte.

Fragte sich nur, ob das echt war – und vor allem, wie lange dieser Zustand anhielt.

Die ersten begannen zu tanzen, allen voran Jules und Leon.

Milo und Ela verzogen sich in Richtung der Wasserwand, doch schon tänzelte der *Alpenvulkan* mit eckigen Moves auf sie zu, und Ela schien Böses zu schwanen: »Hoffentlich fordert der mich jetzt nicht auf.«

»So schlimm?«, fragte Milo amüsiert.

»Ja.«

Tatsächlich hatte Hansi anderes im Sinn. »Ich sitze auf dem Trockenen, verdammt noch mal«, rief er lachend, als er an Ela und Milo vorbei zu Sunny swingte. Theatralisch schwenkte er ein leeres Glas. »Wo ist der Weinkeller?«

»Sorry!«, kam es sofort vom Gastgeber. »Ich lass dir etwas bringen. Was darf's denn sein?«

»Ich will aber in deinen Weinkeller!«, entgegnete der *Alpenvulkan*. »Der soll doch so toll sein, hast du gesagt.«

Sunny schmunzelte. »Der Architekt hat sich Mühe gegeben.«

»Na dann, wo geht's lang?«

Sunny erklärte es ihm. »Kannst den Aufzug nehmen.«

»Den *was*?« Hansi lachte. »Wie tief hast du dich denn in den Berg gebuddelt?«

»Nur ein Stockwerk, aber wenn Weinkisten oder ein neues Fässchen kommen, ist ein Aufzug durchaus praktisch.«

»Gut, dann nehme ich den«, trompetete der *Alpenvulkan* und lief los.

»Das interessiert mich auch«, sagte Milo zu Ela. »Ich gehe mit. Du auch?«

»Ein Weinkeller? Und dann Hansi … lieber nicht.«

»Alles klar, bis später«, sagte Milo und folgte dem *Alpenvulkan*.

Die Lifttür glitt geräuschlos zur Seite, als sich Milo und Hansi ihr näherten. In der verspiegelten Kabine rieselte leise klassische Musik aus unsichtbaren Boxen. Eine Kamera, nicht größer als ein Kolibri, erfasste sie.

Der Lift glitt nach unten und entließ Milo und den *Alpenvulkan* in einen Korridor, der in helles Licht getaucht war. Als sie aus dem Aufzug traten, richtete sich das Auge einer weiteren Kamera auf sie.

An den Wänden hingen hochwertige Drucke von Monet, der Boden bestand aus aufwendigen Mosaikfliesen.

»Geradeaus. Da sind wir wohl richtig«, sagte Milo und ging auf eine Tür zu, über der der Schriftzug »in vino veritas« prangte.

Sehr originell.

Die Tür teilte sich beim Näherkommen und gab den Blick frei in ein kunstvoll gestaltetes Gewölbe, in dem eine Klimaanlage summte.

Auf großen bauchigen Fässern flackerten elektrische Kerzen. Weiteres Licht kam von LEDs, die dezent ins Gemäuer der Decke eingelassen waren. Rechts schimmerte das Mahagoniholz eines kurzen Tresens. An den Wänden ragten Regale auf, gefüllt mit Unmengen an Flaschen. Gegenüber der Tür, in etwa 20 Metern Entfernung, war eine Art Schrein, der die gesamte Rückseite des Kellers einnahm. Spots beleuchteten Fächer, in denen vermutlich besonders wertvolle Weine ruhten wie Reliquien in einer Kirche.

»Echt edel.« Hansi schien beeindruckt.

»Tja, jetzt müsste man sich nur noch mit Wein auskennen«, meinte Milo, der die spezielle Atmosphäre in sich aufsog. Konnte er das auch in seinem Buch verwenden?

»Ich bin vom Fach«, tönte Hansi, überholte Milo und strebte auf den Schrein zu.

Genau in diesem Moment erlosch das Licht. Völlige Finsternis senkte sich über die beiden Männer.

»Scheiße!«, schimpfte Hansi. »Milo?«

»Hier. Ich suche einen Lichtschalter.«

Gab es so etwas überhaupt in einem *Smarthome*?, überlegte Milo im selben Moment. Er wollte das Handy hervorziehen, um die Taschenlampenfunktion zu aktivieren. Doch seine Hosentaschen waren leer. Milo musste das Smartphone auf dem Stehtisch vergessen haben, an dem er sich vorhin mit Victoria unterhalten hatte.

Er streckte die Hände aus wie beim Kindergeburtstag, als sie *Blinde Kuh* gespielt hatten. Dann ging Milo langsam vorwärts. Sein Ziel war die Tür zum Gang. Wenn es wirklich einen Schalter oder so etwas in der Art gab, dann doch wohl dort.

»He, Hansi, hast du ein Handy dabei? Dann mach mal Licht«, forderte er den *Alpenvulkan* auf, während er vorsichtig einen Fuß vor den anderen setzte.

Nur unterdrücktes Gestammel kam zurück. Als würde jemandem der Mund zugehalten.

»Lass den Quatsch, das ist nicht komisch!« Milos Stimme hallte von den Wänden wider.

Er blieb stehen, lauschte. Ärger köchelte in ihm hoch. Hansi war ein infantiler Idiot. Vermutlich würde der *Alpenvulkan* ihm gleich auf die Schulter tippen und dämlich lachen, wenn Milo sich zu Tod erschreckte.

Nervosität schlich sich ein. Wenn er doch nur Licht machen könnte. Dieses verdammte *Smarthome*. Milo hasste Technik, die einem Überlegenheit und Sicherheit vorgaukelte und im entscheidenden Moment versagte. Eigentlich war es doch so einfach. Das Licht geht aus, man drückt einen Schalter, und es geht wieder an. Es sei denn, man befindet sich in einem genialen *Smarthome*.

Milo setzte sich wieder in Bewegung. Ein Surren war nun zu hören. Die Klimaanlage, vermutete Milo. Dann ein Klacken, irgendwo rechts von ihm. Er spähte in diese Richtung. Nichts, nur Dunkelheit. Milos Blick wanderte zurück nach vorn.

Weiter. Er wollte so schnell wie möglich hier raus.

Seine ausgestreckten Hände stießen gegen etwas, und er schreckte zurück. Seine Arme sanken herab. Was war das gewesen?

»Hansi?«

Zwischen den Atemzügen schienen Jahre zu vergehen.

»Lass den Scheiß, zum letzten Mal!«, stieß Milo hervor.

Er hob die Hände wieder. Abermals stießen seine Finger gegen irgendetwas. Etwas Weiches. Stoff womöglich, ein Vorhang? Milo konnte sich jedoch an nichts dergleichen erinnern, als das Licht noch angewesen war.

Blieb nur – Kleidung? Stand Hansi vor ihm, mit einem diabolischen Grinsen, das die Dunkelheit kaschierte?

Mit plötzlich aufflackernder Entschlossenheit und Verzweiflung wollte er denjenigen vor ihm wegstoßen, doch seine Hände drückten ins Leere.

Jetzt drang ein heftiger Schlag an seine Ohren. Ein Knacken, als würde eine Kokosnuss gespalten, ein leises Stöhnen, gefolgt von einem Röcheln, das Milo einen Schauer über den Rücken jagte. Er begann zu zittern.

Das Röcheln ging in eine Art Weinen über. Ein Schluchzen, Wimmern. Dann erstarb es. Ein neues Geräusch, als würde etwas über den Boden geschleift.

Milo machte einen Schritt nach vorn. Dann noch einen und noch einen. Da klang es, als sei er in eine Pfütze getreten. Milos Nerven waren zum Zerreißen gespannt.

Der Boden war trocken gewesen, als er und Hansi den Raum betreten hatten. Also, was war das da unten? Wein? War etwas aus einem Fass getropft? Aber hätte er das nicht hören müssen?

Milo ging in die Knie, tastete den Boden ab. Das war irgendeine Flüssigkeit. Er tippte mit dem Finger hinein und führte ihn an die Nase. Das roch nach Eisen …

Entsetzen überfiel ihn. War das etwa Blut?

Er drückte sich hoch, einem jähen Fluchtimpuls gehorchend. Milo lief los, doch er kam nicht weit. Er stolperte über etwas und schlug der Länge nach hin. Schmerz schoss in sein linkes Knie, und er schrie auf.

Seine zitternden Hände tasteten über den Boden, der überall klebte – und berührten etwas Schlaffes, Warmes, Feuchtes.

Milo ahnte, dass es ein Körper war, über den er gerade gestolpert sein musste und aus dem etwas in großen Mengen herauslief. Doch jetzt war kein Stöhnen mehr zu hören. Derjenige, der dort lag, war vermutlich tot.

Nein, nein, nein. Wieder kam Milo auf die Beine. Er ignorierte den Schmerz im Knie und hastete auf die Tür zu.

Doch er verfehlte sie, knallte gegen einen harten Gegenstand, schrie erneut auf. Wieder war es das Knie gewesen. Der Schmerz raubte ihm den Atem.

Er tastete das Ding ab, gegen das er gestoßen war. Das konnte der Tresen sein. Er kroch dahinter in Deckung, weil er einen Moment warten musste, bis die Schmerzen im Knie schwächer wurden. Seine suchenden Finger spürten den schlanken Hals einer Flasche. Er zog sie aus dem Regal, wog sie in der Hand. Besser als nichts.

Milo lehnte sich gegen das Holz, schloss für einen Moment die Augen und registrierte, dass der Schmerz langsam nachließ.

Seine Gedanken rasten. Hansi lag wenige Meter von ihm entfernt in einem See aus Blut. Er war vermutlich tot. Ermordet. Aber warum und von wem?

Der Rechtsstreit zwischen Hansi und Cem kam ihm in den Sinn. Eine Millionenklage laut Victoria. Das war Motiv genug. Also Cem?

War der noch hier unten, lauerte er Milo auf, um ihn als Zeugen zu beseitigen? Womöglich an der Tür, weil es nur diesen einen Fluchtweg aus dem Weinkeller gab? Panik erfasste ihn.

Seine Hand schloss sich noch fester um den Hals der Flasche.

Er dachte an Timmy. Heute Nachmittag wollte er zu seinem Geburtstag. Ihn in die Arme nehmen, ihm durch die

Haare wuscheln und die Geschichte geben. Vielleicht noch ein kleines Spiel mit den Autos, wenn dafür Zeit und Gelegenheit war.

Ja, wenn …

Milo riss sich zusammen. Nicht aufgeben. Er musste hier raus, hoch zu den anderen. Hätte er doch nur sein Handy, um Hilfe zu holen oder wenigstens, um Licht zu machen.

In dieser Sekunde flammten gleichzeitig alle Lampen auf. Das Licht blendete Milo. Er kniff die Augen zusammen, hob die Flasche.

Doch niemand attackierte ihn. Als sich seine Augen an die neuen Lichtverhältnisse gewöhnt hatten, sah er die Leiche auf dem Boden. Ihm wurde flau, sein Magen hob sich. So etwas Entsetzliches hatte Milo noch nie gesehen.

Dass es sich um Hansi handelte, erkannte Milo nur an dessen Kleidung. Es war unmöglich, ihn anhand seines Gesichts zu identifizieren, denn der nun für alle Zeiten erloschene *Alpenvulkan* hatte keines mehr. Dort, wo früher Augen, Nase, Mund, Wangen und Kinn gewesen waren, befand sich jetzt ein Krater, aus dem Blut und zähe, gräuliche Hirnmasse hervortraten.

Milo schaute zur Seite. Dann humpelte er zur Tür. Raus hier, nur raus. Kurz vor dem Ausgang des Gewölbes zögerte er kurz. Der Täter … lauerte er womöglich beim Aufzug oder an der Treppe?

Mit jagendem Puls spähte Milo in alle Ecken. Nichts. Also weiter.

»Was ist denn mir dir los?«, fragte Ela, als Milo auf sie und die anderen im Wohnzimmer zukam.

»Er ist tot«, stieß Milo hervor. Sein Gesicht war kalkweiß, die Augen weit aufgerissen. »Hansi ist tot.«

Sofort verstummten alle Gespräche.

»Was?«, fragte Sunny. Auch aus seinem Gesicht war jede Farbe gewichen.

Stockend begann Milo zu erzählen. Als er fertig war, machte sich Entsetzen breit, gepaart mit Fassungslosigkeit. Dann prasselten auf ihn Fragen ein. Ob er den Täter gesehen hätte, ob er selbst verletzt sei.

Milo verneinte das, und Sunny und seine Gäste begannen durcheinanderzureden.

Milo schwieg. Er hatte sich wieder einigermaßen im Griff und konzentrierte sich für einen Moment auf die Reaktionen der anderen.

Cem wirkte ruhig, Bodo ebenfalls. Ela, Feline, Yuna und Saskia bewahrten auch einigermaßen die Fassung. Herbie dagegen hatte einen hochroten Kopf und redete auf Victoria ein. Mona schüttelte wie ein Wackeldackel immer wieder den Kopf. Jules und Leon gestikulierten wild.

»Wir müssen sofort die Polizei einschalten«, sagte Milo und strebte auf den Stehtisch zu.

»Wartet, das ist gleich erledigt«, sagte Sunny und begann, auf seinem Smartphone herumzudrücken. »Das gibt es doch gar nicht. Kein Internet, kein Handyempfang. Ich habe keine Verbindung mehr zu meinem Router – als habe jemand das Passwort geändert.«

Milo zuckte die Schultern. »Dann wähle ich eben den Notruf.«

»Wird nicht gehen«, sagte Sunny kleinlaut. »Wir haben hier draußen kein Handynetz. Alles läuft über mein hausinternes Netz, das über ein Glasfaserkabel angeschlossen ist.«

»Das nützt uns offenbar herzlich wenig«, giftete Mona.

»Wir fahren zu den Nachbarn«, schlug Feline vor. »Deren Haus liegt im Bereich eines Handymastes.«

»Okay«, sagte Sunny. »Dann mal … was ist das denn jetzt?«

Alle Jalousien glitten gleichzeitig herunter.

»Was soll das, Sunny?«, fragte Milo.

»Ich … ehrlich gesagt, keine Ahnung.« Sunny starrte auf sein Handy, und Milo registrierte, dass Sunny immer nervöser zu werden schien.

»Ohne Internet funktioniert die App nicht mehr«, rief Sunny. Er klang wütend. »Vielleicht hat sich ein Hacker Zugriff auf den Router verschafft. Das Passwort ändert sich nicht von selbst.«

»Kein Internet, keine App … Bedeutet das, dass du dein Haus nicht mehr steuern kannst und wir nicht mehr rauskönnen?«, fragte Milo.

Sunnys Blick irrlichterte von einem zum anderen. »Kein Grund zur Panik. Bleibt ruhig. Wir nehmen die Haustür.«

Milo begleitete ihn zum Eingang. Ela und Cem folgten.

Die massive Haustür glich dem Zugang zu einem mehrfach gesicherten Tresor – und auch sie war mit ihrem digitalen Schließzylinder an das *Smarthome*-System angeschlossen.

Sunny schüttelte den Kopf. »Keine Chance, die bewegt sich keinen Millimeter.«

Cem trat dicht an den Schlagerstar heran. »Was geht hier eigentlich gerade ab? Unten liegt eine Leiche und die scheiß Tür geht nicht auf?«

Hilflos zuckte Sunny mit den Schultern.

»Gibt es eine Art Notentriegelung oder so etwas?«, fragte Ela.

»Leider nicht«, meinte Sunny.

»Und was ist mit den anderen Fenstern und Türen im Haus? Können wir da nicht irgendwie raus?«

»Ich fürchte nein.«

Milo fühlte sich, als sei er im freien Fall. Sie saßen in diesem Haus fest – zusammen mit einem Mörder.

18.

»Wie, die Haustür lässt sich nicht öffnen?«, brauste auch Yuna auf, als Ela mit Sunny und Milo zurückgekehrt war.

»Es tut mir wirklich leid.« Sunny hob beschwichtigend die Hände. »Alles in diesem Haus hängt technisch zusammen. Und wenn die Technik ausfällt, ist eben auch die Haustür davon betroffen.«

Ela war zutiefst beunruhigt. Erneut musste sie an ihren Vater denken, an seine Warnung. Er hatte das Grauen kommen sehen, es irgendwie gespürt und sie davor bewahren wollen. Doch jetzt war es zu spät. Ela war hier mit den anderen eingeschlossen, von denen vermutlich einer ein Mörder war.

»Es kann doch nicht sein, dass es keine Alternative zu diesem scheiß System gibt«, rief Mona. Sie klang hysterisch.

»Mein Bruder Thorben hat die App samt Zugangsdaten auf seinem Handy – für Notfälle oder wenn ich im Urlaub bin. Aber er konnte leider nicht kommen«, berichtete Sunny. »Außerdem, was würde es nützen, solange wir hier kein Internet haben?«

»Kann uns die Herstellerfirma helfen?«, überlegte Leon laut.

»Wie soll ich die erreichen – ohne Telefon und Internet?«, erwiderte Sunny.

»Was ist mit den Robotern?«, machte Jules einen neuen Vorschlag. »Sind die nicht in der Lage, etwas zu unternehmen?«

»Gute Idee«, pflichtete Herbie ihm bei. »Diese Maschinen haben immense Kräfte.«

»Ja und?«, fragte Victoria.

»Vielleicht können die Roboter die Jalousien hochwuchten, aufbrechen oder so etwas«, erklärte Herbie.

Das war endlich mal ein sinnvoller Beitrag von ihm. Vielleicht gab es doch noch einen Ausweg. Mit aufkeimender Hoffnung wandte Ela sich um.

Wenige Meter entfernt stand Peitho neben der Tür zur Küche und rührte sich keinen Millimeter. Wie eine Statue. Ela sah genauer hin. War der Roboter außer Betrieb?

Elas Blick wanderte weiter. Kybele und Ares waren nicht zu sehen. Befanden sie sich in der Küche? Aber Kerberos war noch im Wohnzimmer. Er saß neben dem Kamin, den schlanken Kopf zum Fenster gerichtet, durch das sie bis vor wenigen Minuten noch auf den Infinitypool hatten schauen können. Auch der Hund regte sich nicht.

Ramses wackelte heran und streckte vorsichtig eine Pfote nach seinem Lieblingsfeind aus. Als Kerberos nicht reagierte, landete die Pfote an der Hundeschnauze. Einmal, zweimal …

»Ramses!« Sunny eilte herbei, hob den Kater hoch und schaute verblüfft auf Kerberos. »Was ist das denn?«

»Ja, was wohl?«, giftete Mona. »Das ist der Totalausfall eines *Smarthomes*.«

»Peitho scheint auch nicht zu funktionieren«, meinte Ela, deren Hoffnung schwand wie das Licht einer Kerze im Wind.

»Lasst uns nach Kybele und Ares sehen«, schlug sie vor und ging voran in die Küche.

Ares stand wie ein Wächter neben dem riesigen Kühlschrank und starrte ins Nirgendwo. Nur Kybele war aktiv, jedenfalls ein wenig.

»Ich will schneiden, immer schneiden.« Das lange Messer in ihrer Hand hob und senkte sich in einem langsamen Rhythmus und drang wieder und wieder in eine Melone ein, die auf einem Teller lag. Darauf hatte sich ein Brei aus Wasser, Fruchtfleisch und Kernen gebildet.

»Immer schneiden. Schneiden ist gut. Schneiden ist schön«, murmelte Kybele.

Ela spürte, wie eine Gänsehaut ihre Unterarme überzog. Kybele funktionierte noch irgendwie, sie tat schließlich etwas. Doch es war ohne Sinn und Plan. Wer hatte Kybele das vorgegeben, sie so programmiert? Sicher niemand, der selbst bei Sinnen war. Oder war es wieder ein Fehler im System? Und was, wenn Kybele völlig außer Kontrolle geriet? Herbie hatte gerade gesagt, dass humanoide Roboter über immense Kräfte verfügten, und daran zweifelte Ela keine Sekunde. Kybele war eine Maschine, die mit mechanischer Gründlichkeit vorging und keinen Schmerz kannte.

»Kybele?« Sunny, der immer noch Ramses in den Armen hatte, klang fast ängstlich.

Der Roboter reagierte nicht auf ihn. »Rot ist schön.« Kybele stimmte einen monotonen Singsang an. »Rot ist schön.«

Ela schloss die Augen. Wäre dieses Ding doch nur genauso tot wie Peitho, Ares oder Kerberos.

Unvermittelt verstummte der seltsame Gesang, Kybeles Bewegungen gefroren. Von der Schneide des Messers tropfte roter Saft herab.

»Jetzt ist auch sie endgültig kaputt«, meinte Jules.

Ela atmete auf. »Ein Glück.«

»Vielleicht muss sie nur aufgeladen werden oder wie immer man das nennt«, sagte Saskia.

Ela verdrehte die Augen. Saskia schien es nicht zu begreifen.

»Nein«, erwiderte Sunny. »Diese Modelle funktionieren 48 Stunden nonstop. Erst dann müssen deren Akkus ans Netz. Kybele, Ares, Peitho und Kerberos waren das aber noch gestern. Daran kann es nicht liegen.«

Als sie wieder im Wohnzimmer saßen, sagte Ela tonlos: »Wenn es nicht die Akkus sind, dann spricht wohl alles dafür, dass jemand anderes die Kontrolle über dein Haus und die Roboter übernommen hat, Sunny.«

Cem schüttelte den Kopf. »Ich bleibe dabei: Die Story von dem großen unbekannten Hacker gefällt mir nicht.«

Sunny funkelte ihn an. »Was willst du damit andeuten?«

Cem beugte sich vor. »Dass du das Problem bist, nicht die App. Du oder dein Bruder, der ja auch die App hat. Spielt einer von euch ein ganz krankes Spiel?«

Feline hob wie ein Schiedsrichter einen Arm. »Bleibt ruhig bitte. Es bringt nichts, wenn wir uns Vorwürfe machen, wir sollten lieber gemeinsam überlegen, was wir jetzt tun.«

»Wir könnten uns bewaffnen«, meinte Ela. Sie dachte an Kybeles Messer. »Vielleicht ist der Mörder noch im Haus, weil er mit uns eingeschlossen wurde. Es könnte einer von uns sein.«

Stille.

Herbie schaute sie kopfschüttelnd an. »Bewaffnen? Also jeder nimmt sich jetzt ein Stuhlbein, eine Flasche oder sonst was – und dann belauern wir uns?«

»Ziemliche Schnapsidee«, pflichtete Bodo ihm bei.

Bodo natürlich. Ela winkte ab. »Macht doch, was ihr wollt.«

Sie würde nachher auf jeden Fall noch mal in die Küche gehen.

»Einer von uns also«, meinte Mona und fügte sarkastisch an: »Na dann, Prost. Vielleicht trinke ich ja gerade mit einem Mörder.« Sie ließ ihr Glas gegen das von Leon klirren, der neben ihr saß.

»Lass die Spielchen, Mona«, meinte Leon. Er setzte sein Glas ab. »Warum sollte ich Hansi töten? Er war mein Freund.«

Mona begann schrill zu lachen. »Dein Freund? Du Heuchler. Hansi hatte keine Freunde. Niemand hat ihn wirklich gemocht, wir haben ihn alle doch immer nur ertragen.«

»So solltest du nicht von ihm reden«, tadelte Jules sie. »Er ist tot.«

Mona winkte ab. »Komm mir jetzt nicht mit Pietät. Ich sage doch nur die Wahrheit. Würde dir auch mal gut zu Gesicht stehen.«

Was für nette Gäste, dachte Ela. »Okay, wer hatte ein Motiv, Hansi zu töten?«, fragte sie, spontan einer Eingebung folgend.

Ein regelrechter Tumult brach aus.

»Spielst du jetzt Kommissarin?«, blaffte Bodo sie an. »Was bildest du dir ein?«

»Ziemlich daneben«, meinte auch Jules.

Ela machte instinktiv einen Schritt zurück. Mit dieser Welle der Entrüstung hatte sie nicht gerechnet.

»Stopp, die Frage nach dem Motiv ist völlig berechtigt«, mischte sich Victoria ein. Sie sprach so laut, dass sich alle Augen auf sie richteten. Victoria fixierte Cem. »Ich sage nur ›Herzrasen‹. Du hast die Nummer noch mal mit ein paar anderen Noten rausgebracht, gesungen von irgendeiner Girlie-Truppe. Und Hansi hat dich wegen Urheberrechtsverletzung verklagt. Der Prozess könnte sich mit Hansis Tod erledigt haben. Denn wo kein Kläger, da kein Richter.«

»Da ist was dran«, bemerkte Herbie spitz.

Cems Stimme war kalt, als er erwiderte: »Netter Versuch. Aber was ist eigentlich mit dir selbst, Victoria? Hast du mir nicht bei Jules' Party erzählt, dass Hansi dich immer wieder massiv bedrängt hat? Du hast ihn einen Stalker genannt ...«

»Alles halb so wild«, wiegelte Victoria ab. »Er war ein wenig aufdringlich, aber mehr auch nicht.«

»Das kenne ich. Einige in der Branche scheinen uns Frauen für Freiwild zu halten«, mischte sich Mona ein. »Oder, Leon?«

»Wieso gehst du schon wieder auf mich los?«, beschwerte der sich.

Monas Mund war nur noch ein Strich. »Das weißt du ganz genau.«

»Lasst uns mal bei Hansi und Victoria bleiben«, meinte Cem und deutete auf die Sängerin. »Jetzt, wo Hansi mit eingeschlagenem Schädel im Weinkeller liegt, war sein Stalking ganz harmlos? Wer's glaubt!«

»Apropos Keller. Müssen wir Hansi nicht …« Yuna brachte den Satz nicht zu Ende.

»Was? Beerdigen?«

»Nein, aber wenigstens zudecken.«

»Das sollten wir lassen«, sagte Ela. »Die Polizei muss den Tatort untersuchen. Wir dürfen nichts anfassen.«

»Oha, jetzt kommt wieder die Kommissarin«, spottete Jules. »Du machst dich lächerlich.«

»Keineswegs, sie hat recht«, stimmte Feline Ela bei.

Ela atmete durch. Feline ging alles immer mit bemerkenswerter Ruhe und Professionalität an.

»Wir sollten da unten nichts verändern«, fügte Feline an, und alle stimmten ihr schließlich zu, sogar Jules. »Noch was anderes: Ich frage mich gerade, wer eigentlich wo war, als der Mord geschah.«

»Noch eine Kommissarin«, spottete Jules.

Ela dachte nach. Sie hatte sich mit Yuna unterhalten, als Milo und Hansi runtergegangen waren. Aber die anderen – wo waren die gewesen? Ela hatte vorhin natürlich nicht darauf geachtet, und so konnte sie sich selbst diese Frage nicht beantworten.

Feline meinte:»Also, ich war mit Mona und Saskia zusammen.«

»Ich habe etwas gegessen und Ramses gefüttert«, erinnerte sich Leon.

Auch Herbie meldete sich zu Wort:»Ich war hier bei Victoria, nicht wahr?«

Natürlich, wo auch sonst.

»Milo war mit Hansi unten«, ergänzte Herbie gedehnt.

»Und nun ist Hansi tot.«

»Komm mir nicht mit so was«, blaffte Milo ihn an.»Ich habe doch überhaupt kein Motiv, Hansi umzubringen.«

Herbie hob die Brauen.»Vielleicht hast du nichts persönlich gegen Hansi gehabt. Aber ein mysteriöser Mord in einem Traumhaus wie diesem mit vielen Prominenten: Das ist doch der perfekte Stoff für einen Thriller. Gerade für einen Autor, der wie du schon lange keinen Erfolg mehr gehabt hat. Und du wärst nicht der erste Schriftsteller, der seiner Story ein wenig auf die Sprünge hilft ...«

19.

Milo spürte, wie heißer Zorn in ihm aufloderte. »Unfassbar, was du da von dir gibst. Da bist das Letzte, Herbie. Ein Scheißkerl. Und wie gesagt: Komm gerade du mir nicht mit Misserfolg. Du hast eurem Blatt mit deiner permanenten Hofberichterstattung die Seele genommen und es damit immer unattraktiver gemacht!«

Herbies Mund klappte auf, er schnappte nach Luft.

»Ein Autor, der für den Erfolg seines Buches über Leichen geht? Weit hergeholt«, sprang Ela Milo bei, und er lächelte sie dankbar an, auch wenn er längst beschlossen hatte, die Ereignisse dieser Nacht in sein Buch einzubauen – falls er diese Nacht überleben sollte. Timmy kam ihm wieder in den Sinn, und sein Magen krampfte sich zusammen.

»Finde ich auch«, kam es von Victoria.

»Ich meinte ja nur«, ruderte Herbie zurück.

»Behalt deine Meinung für dich, die interessiert niemanden«, empfahl Milo.

Plötzlich stutzte er. Hatte sich Kerberos gerade … er sah genauer hin. Ja, der Roboterhund drehte den Kopf und nahm Ramses ins Visier, der auf einem der Sofas ruhte. Jetzt lief der Hund im Rücken von Sunny und seinen Gästen auf den Kater zu.

»Kerberos … lebt«, sagte Milo, um sich im selben Moment zu korrigieren: »Ich meine, der ist wieder in Betrieb.«

Sunny und einige andere wandten sich um.

»Oh«, stieß Sunny hervor. »Komm her, mein Kleiner.«

Der Roboter änderte den Kurs und lief zum Schlagerstar, der ihm den Kopf tätschelte. Sunny schien erleichtert zu sein.

Ramses hob kurz den Kopf und ließ ihn zurück in die Kissen sinken. Seine Augen waren jedoch halb geöffnet, die Ohren aufgestellt.

Milo wechselte einen Blick mit Ela. Sie wirkte keinesfalls erleichtert, dass der maschinelle Hund wieder aktiv war, sondern eher alarmiert. Milo ging es nicht anders. Wieso funktionierte Kerberos jetzt wieder? Offenbar konnte man den ein- und ausschalten wie eine Nachttischlampe. Aber wenn es Sunny nicht gewesen war, wer dann?

Oder hatte der doch noch Zugriff auf den Router und die komplexe Technik des *Smarthomes*, spielte er irgendein Spiel, wie Cem vermutete? Doch das sprengte Milos Vorstellungskraft, es wollte ihm partout nicht einleuchten. Aber es ließ sich nicht gänzlich ausschließen. Milo beschloss, Sunny im Auge zu behalten. Wahrscheinlich war er da nicht der Einzige. Eine andere Frage kam ihm. Wer hatte ihn selbst im Visier? Herbie natürlich, aber wer noch?

Vermutlich gab es mehrere Theorien, wer Hansis Mörder war. Viele würden Cem verdächtigten. Dazu zählte Milo sich auch, denn Cem hatte als Einziger ein Motiv – so schien es jedenfalls.

Bisher.

Denn in dieser seltsamen Gruppe aus Prominenten schien es noch viele offene Rechnungen zu geben. Milo ahnte, dass das eine oder andere in dieser Nacht offen zutage treten würde.

Elas Idee, sich zu bewaffnen, war gut. Wie wäre es mit dem Schürhaken neben dem Kamin? Doch sollte er jetzt mit dem gusseisernen Ding im Wohnzimmer herumlaufen? Milo verwarf den Gedanken.

Da trat Peitho an sie heran. »Mag noch jemand etwas trinken?«, fragte sie, als sei alles in bester Ordnung.

Für einen Moment schwiegen alle verblüfft.

Milo musterte den Roboter. Peitho sah aus wie immer und handelte wie immer. Jetzt sah sie zu ihm auf, und ihre roten Augen brannten für einen kurzen Moment in seinen. Milo sah schnell weg, während sein Herzschlag galoppierte.

»Ja, oder?«, sagte Sunny. »Bringen Sie uns Champagner. Oder will jemand etwas anderes?«

»Wasser bitte«, sagten Milo und Ela wie aus einem Munde. Trotz der Anspannung lächelten sie einander an.

Peitho lief in die Küche.

»Was ist mit Kybele und Ares?«, fragte Milo und folgte Peitho. Sunny, Leon und Mona schlossen sich an.

Kybele säuberte gerade den Teller, auf dem sie die Melone geschnitten hatte, und Ares half Peitho, Gläser zu füllen.

»Soll ich noch etwas Obst reichen?«, fragte Kybele freundlich.

Sunny nickte. »Ja, machen Sie das.«

»Das verstehe, wer will«, sagte Milo, als die drei Roboter die Küche verlassen hatten.

»Egal. Hauptsache, wir können die benutzen. Die sollen uns helfen, die Jalousien aufzubekommen«, schlug Leon vor.

»Genau«, pflichtete Mona ihm bei. »Ich will endlich raus aus deinem Albtraumhaus, Sunny. «

Nicht nur du, dachte Milo. In etwa 15 Stunden feiert mein Sohn Geburtstag. Das wäre ich gerne dabei, und zwar lebend.

Sunny ging nicht auf Monas neuerliche Spitze ein. »Versuchen wir es.«

Zurück im Wohnzimmer forderte Sunny die Roboter auf, eine der schweren Jalousien anzuheben und falls nötig aufzubrechen.

Die Reaktionen der Maschinen waren ernüchternd.

»Ich verstehe diese Aufgabe nicht«, sagte Kybele.

»Wir dürfen nichts zerstören«, kam es von Peitho, und Ares meinte: »Unsere Programmierung schließt so etwas aus.«

Sunnys Gesicht verfärbte sich vor Ärger. »Ihr sollt verdammt noch mal das tun, was ich anordne!«

Die humanoiden Roboter schauten ihn nur ausdruckslos an. Dann fuhren sie fort, Getränke und Obst zu verteilen.

»Du hast sie nicht im Griff«, stellte Mona mit schriller Stimme fest, als die Roboter bis auf Kerberos das Wohnzimmer wieder verlassen hatten. »Und das macht mir Angst.« Sie trat gegen eine der Scheiben, wieder und wieder.

»Hör auf!«, schrie Sunny sie an.

Mona ignorierte ihn. Da packte Sunny seine Ex-Frau an den Schultern und zog sie von der Scheibe weg.

»Fass mich nicht an!«, fauchte sie und begann, mit den Fäusten auf seine Brust zu trommeln.

Sunny stieß sie von sich. »Dich fasse ich nur noch in einem Notfall wie diesem an, darauf kannst du Gift nehmen, Mona«, antwortete er. »Du bist mal wieder völlig betrunken.«

»Bin ich nicht«, widersprach sie.

Feline trat zwischen die beiden. »Schluss jetzt.« Sie schaute zu Sunny. »Wir haben doch noch den Rechnerraum unten. Könnte das eine Hilfe sein?«

»Weiß nicht – ohne Internet? Aber wir könnten es zumindest versuchen.« Sunny nickte langsam und erklärte: »Darin befindet sich sozusagen das Herz der kompletten Haustechnik. Aber offen gesagt kenne ich mich damit nicht aus, das war immer der Hoheitsbereich der IT-Firma, die das Ganze installiert hat. Für den Primären User wie mich war immer nur die App von Bedeutung.«

»Egal, lass es uns probieren«, drängte Milo. Die Vorstellung, noch mal ins Untergeschoss mit dem Weinkeller zu gehen, war der blanke Horror. Andererseits konnte er dort vielleicht irgendetwas unternehmen. Besser, als hier oben zu warten, sich gegenseitig zu belauern und das Geschwätz und die Verdächtigungen eines Herbie zu ertragen.

»Gut, dann mal los«, sagte Sunny, der sich offensichtlich alle Mühe gab, entschlossen zu klingen.

»Ich komme mit«, bot Milo an.

»Ich auch«, sagte Leon. »Ich habe gestern unten im Studio einen Stick liegen gelassen. Den brauche ich unbedingt.«

»Und ich werde euch ebenfalls begleiten«, sagte Mona nicht nur zu Milos Überraschung.

Sunnys Miene verfinsterte sich. »Du? Lieber nicht.«

»Doch!«, beharrte sie. »Ich will sehen, was du da unten machst. Ich traue dir nicht, Sunny.«

»Hast du das jemals getan?«

»Nein. Dazu hatte ich keine Veranlassung.«

Was für ein nettes Team. Aber ob Mona dabei war oder nicht, spielte für Milo keine Rolle.

Sunny gab nach, und der Lift brachte sie ins Untergeschoss.

»Der Rechnerraum liegt gleich um die Ecke«, sagte Sunny.

»Ich hole schnell den Stick und komme nach«, meinte Leon und lief den Flur hinunter.

Milo folgte Sunny und Mona in die andere Richtung. Dabei kamen sie an einem Toilettenraum vorbei.

»Muss mal schnell. Wartet bitte einen Moment«, sagte Mona entschuldigend zu Milo und verschwand im WC.

»Nein«, sagte Sunny schroff und marschierte mit Milo weiter.

Sie gelangten zu einer solide wirkenden Tür. Sie war zu und ließ sich auch nicht öffnen, als Sunny mit der Hand durch eine Lichtschranke fuhr.

»Das gibt es doch nicht«, murmelte er.

»Dann eben mit Gewalt«, meinte Milo und trat mit aller Kraft dagegen. Nichts.

Noch einmal, wieder nichts.

Sie nahmen Anlauf und warfen sich gemeinsam gegen die Tür. Etwas knackte, und Milo schöpfte Hoffnung.

»Weiter!« Nach dem zweiten vergeblichen Versuch ruhten sie sich kurz aus und rieben sich die schmerzenden Schultern.

»Wo bleibt Leon?«, wunderte sich Milo. »Zu dritt könnten wir es schaffen.«

»Vielleicht findet er den Stick nicht sofort«, gab Sunny zurück.

Beim vierten Anlauf kam aber nicht Leon hinzu, sondern Mona, und Milo sah, dass auf ihrer Bluse ein paar rote Sprenkel waren. Rotweinflecken? Waren die bereits auf Monas Bluse gewesen, als sie den Lift betreten hatten?

»Lässt sich diese Tür etwa auch nicht öffnen?«, fragte sie besorgt.

»Bisher nicht«, ächzte Milo. »Aber aufgeben ist keine Option. Los!«

Wieder versuchten sie es, beobachtet von Mona, und wieder scheiterten sie.

»Ich sehe mal nach Leon«, sagte Sunny. »Der Stick ist doch jetzt nicht so wichtig.«

Schweigend verbrachte Milo ein oder zwei Minuten mit Mona vor der Tür.

Plötzlich hallten ein Knall und ein Schrei durch den Flur, und Milo überfiel eisiges Entsetzen.

Ohne groß zu überlegen, jagte er los und bog in den Gang ein, der zu Sunnys Studio führen musste.

Der Schlagerstar humpelte ihm mit weit aufgerissenen Augen entgegen.

»Weg hier!«, gellte Sunnys Stimme. »In den Aufzug, schnell!«

Milo wusste, dass jetzt keine Zeit für Fragen war. Er drehte sich um und sah Mona, die auf sie zulief.

Sie hetzten zum Aufzug, und dabei bemerkte Milo, dass Sunny eine blutende Wunde an der rechten Wade hatte.

Im Lift drückte Sunny auf E, die Tür glitt zu, und der Aufzug setzte sich Bewegung.

»Was um Gottes willen ist …«, hob Milo an, aber er brach ab, als der Aufzug unvermittelt stehen blieb.

»Nein, nein, nein«, stammelte Sunny und schlug auf die Taste mit dem E ein. Doch der Lift bewegte sich nicht mehr.

»Das auch noch«, stöhnte Mona, und Milo fragte nun endlich: »Wo ist Leon?«

»Gleich«, sagte Sunny und drückte zitternd den Knopf der Gegensprechanlage.

Ein Tuten. Einmal, zweimal, dreimal. Nichts, niemand meldete sich.

»Komm schon«, flehte Sunny.

Ja, das wäre es, dachte Milo. Man könnte sie dann womöglich aus diesem Horrorhaus befreien.

Nach dem zehnten Mal brach das Tuten von selbst ab.

Milo ließ den Kopf gegen das Glas des Spiegels sinken. »Was ist mit Leon passiert?«, wiederholte er seine Frage mit böser Vorahnung.

Sunnys Gesicht war weiß, seine Augen rot geädert. Er wirkte fahrig. »Leon ist tot.«

Milos Magen krampfte sich zusammen. Das Entsetzen überrollte ihn wie eine riesige Woge.

»Leon lag neben dem Eingang zum Studio.« Sunny stockte. »Alles ist voller Blut, es ist so furchtbar.«

»Hast du den Täter gesehen?«, fragte Mona. Sie wirkte jetzt erstaunlich nüchtern und gefasst.

Sunny verneinte.

»Wieso bist du verletzt?«, fragte Milo.

»Gute Frage«, meinte Mona. »Hast du etwa mit Leon gekämpft – und ihn umgebracht?«

»Bist du irre?«, schrie Sunny sie an.

»Ich will wissen, woher die Verletzung stammt«, setzte Mona nach.

»Ich bin weggerannt und dann hat mich irgendetwas von hinten getroffen.« Sunny untersuchte die Wunde. »Nur oberflächlich, nicht viel mehr als ein Kratzer. Ein Glück. Vielleicht ein Streifschuss. Ich weiß nicht, wer auf mich geschossen hat. Der Kerl muss hinter mir gewesen sein.«

Das konnte stimmen, dachte Milo. Er wandte sich an Mona: »Woher stammen die Flecken auf deiner Bluse?«

»Ja, das würde mich auch interessieren«, stieß Sunny mühsam beherrscht hervor.

»Oh, ist mir noch gar nicht aufgefallen«, sagte Mona. »Muss Wein sein.«

Sunny schnaufte. »Natürlich, Wein …«

Seine Ex nahm ihn ins Visier. »Was willst du damit sagen?«

»Du hast vorhin Leon beschuldigt, übergriffig geworden zu sein, es zumindest angedeutet«, stellte er fest. »Nun ist Leon tot, du hast rote Flecken auf der Bluse – und im Gegensatz zu mir die Gelegenheit gehabt, ihn zu töten, als du angeblich auf der Toilette warst.«

»Ich war auf der Toilette, du verdammter Scheißkerl!«, schrie sie ihn an. »Und du hast vorhin allein nach Leon geschaut. Es gibt keinen Zeugen dafür, dass der bereits tot war, als du ihn vor dem Studio gefunden hast!«

Sunny schwieg mit zusammengekniffenen Lippen.

In dieser Sekunde setzte sich der Aufzug wieder in Bewegung, doch er fuhr das kurze Stück nach unten und nicht nach oben.

»Wer steuert das Ding?«, murmelte Milo.

Die Tür ging auf – und Milo starrte in die roten Augen von Peitho.

»Was kann ich für Sie tun?«, fragte der Roboter mit einem Lächeln, das Milo einen Schauer über den Rücken jagte.

Er drängte mit den anderen an ihr vorbei zur Treppe, die nach oben führte.

20.

»Wo ist Leon?«, fragte Ela sofort, als Milo, Sunny, Mona und Peitho ins Wohnzimmer zurückkehrten.

Stockend berichtete Sunny, was vorgefallen war.

»Auch er ist ... tot?«, stammelte Herbie. Sein Gesicht hatte eine hektische Röte überzogen, auf seiner Stirn stand Schweiß.

»Was machen wir denn jetzt?«, flüsterte Victoria, die den Tränen nahe schien.

Sunny sah sie nur an und schwieg.

»Ist das alles, was vor dir kommt?« Victoria stürmte auf Sunny los. »Es ist dein verdammtes Haus, es ist deine verdammte App.« Sie schlug ihm ins Gesicht und holte wieder aus, doch Sunny bekam ihren Arm zu fassen und drückte ihn hinunter.

»Beruhige dich!«

»Nein!«, gellte Victorias Stimme durch den großen Raum, während Tränen über ihr Gesicht liefen. »Nein! Es ist alles deine Schuld. Zwei sind schon tot, und du hast uns hier eingeschlossen. Ich will hier raus, sofort! Oder wenigstens die Polizei rufen können.«

Herbie eilte hinzu und zog Victoria mit sanfter Gewalt von Sunny weg. Er legte einen Arm um ihre Schultern, und Victoria ließ ihn gewähren. Weinkrämpfe schüttelten ihren Körper, während sie etwas Unverständliches vor sich hin murmelte.

Ela verstand Victoria nur zu gut, hatte sich aber besser unter Kontrolle. Noch jedenfalls.

Und die anderen?

Bodo fummelte an seinem Smartphone herum, schob es aber schnell wieder in die Tasche.

Yuna und Saskia nahmen sich an den Händen, Feline stand mit halb geöffnetem Mund neben der Wasserwand und sah aus, als würde sie scharf nachdenken. Jules lief schnaufend auf und ab, Milo wirkte, als stünde er unter Schock. Da bemerkte Ela die roten Flecken auf Monas Bluse.

»Bitte nicht hier drin«, sagte Sunny und lenkte Elas Aufmerksamkeit auf ihn und Cem, der gerade eine Zigarette aus der Schachtel zog.

»Halt die Schnauze, kümmere dich lieber um deine verdammte App, den Router und die Technik dieses wunderbaren Hauses, damit wir deine Gastfreundschaft nicht mehr länger strapazieren müssen.« Das Feuerzeug flammte auf.

»Was meinst du, was ich tue?«

Cem zündete die Zigarette an. »Sag es mir, Sunny. Bisher ja offenbar nichts.«

»Ich würde es so gern«, sagte Sunny fahrig. »Aber ich kann es einfach nicht. Verstehe das doch endlich!«

Ela fühlte sich wie in einem surrealen Film, in dem kein Happy End vorgesehen war.

Einer von ihnen war mit ziemlicher Sicherheit ein Mörder, und sie liefen hier herum wie die Hühner vor der Schlachtbank. Im Untergeschoss lagen bereits jetzt zwei Tote.

Wer war der nächste? Oder *die* nächste? Vielleicht sie? Hatte der Mörder eine Art To-do-Liste, die er Punkt für Punkt abarbeitete? Und auf Platz drei stand der Name Ela? Aber warum?

Wir brauchen Waffen, dachte Ela einmal mehr. Und wenn die anderen das für eine dumme Idee hielten, dann sollten sie das tun.

Ela ging in die Küche, in der die Roboter hantierten. Offenbar bereiteten sie einen weiteren Snack vor. Wer konnte jetzt an Essen denken?

Ela sah sich um. Ein Messer mit kurzer Klinge und flachem Griff lag neben der Spüle. Als Peitho, Ares und Kybele durch ihre Arbeit abgelenkt waren, steckte sie es in die Innentasche ihres Blazers. Die Waffe war keineswegs imposant, ließ sich aber gut verbergen. Außerdem fühlte sich Ela einfach ein wenig besser.

Sie wandte sich um – und schreckte zurück.

»Alles in Ordnung?«, fragte Ares, der sich ihr von hinten absolut geräuschlos genähert haben musste und jetzt vor ihr aufragte wie ein Fels. War es dem Roboter nicht verborgen geblieben, dass sie das Messer eingesteckt hatte?

Und wenn schon, sagte Ela sich. Das ging ihn nichts an.

»Ja, warum?«, fragte sie und gab sich alle Mühe, souverän zu klingen.

»Möchten Sie etwas?« Ares war freundlich wie immer. »Noch ein Glas Champagner vielleicht?«

»Nein, danke.«

Sie nickte ihm zu und verließ die Küche.

Ares schien wieder ganz der Alte zu sein. Aber vorhin waren er, Kybele und Peitho sowie dieser furchtbare Köter plötzlich abgeschaltet gewesen, als hätte es einen kollektiven Kurzschluss gegeben. Dann die Aussetzer bei der *Smarthome*-Technik. Waren das wirklich nur Pannen gewesen, oder hatte das doch jemand bewusst von außen veranlasst? Steckte dieser Hacker, wie Sunny ihn genannt hatte, mit dem Mörder vielleicht sogar unter einer Decke? Der eine schloss die Opfer in der Villa ein, der andere tötete sie …

Ela nahm sich erneut vor, das riesige Haus nach einem Fluchtweg abzusuchen. Vielleicht gab es ja doch ein Fenster, bei dem die Jalousie noch offen war, oder eine Tür, die sich aufmachen oder aufbrechen ließ.

Womöglich war es sinnvoll, Teams zu bilden, die es an verschiedenen Stellen versuchten.

Doch was, wenn in ihrem Team der Mörder war – wäre ein Alleingang nicht besser?

Andererseits waren Leon und Hansi getötet worden, als sie einen Moment lang von den anderen getrennt gewesen waren.

Kleine Gruppen schienen Ela also doch sinnvoller zu sein. Am besten ein Team mit Milo und Feline. Den beiden traute Ela noch am ehesten. Außerdem mochte sie Milo, und Feline war eine, die die Nerven behielt.

Als Ela sich den anderen näherte, um ihnen den Vorschlag mit den Teams zu unterbreiten, hörte sie Jules fragen: »Was ist eigentlich aus dem Rechtsstreit geworden, Sunny? Leon hatte dich doch verklagt.«

Leon und Sunny im juristischen Clinch? Das war Ela neu.

»Was, wie kommst du denn jetzt darauf?«, fragte Sunny.

Jules faltete die Hände wie zum Gebet. »Leon hat mir neulich erzählt, dass er dir am Anfang deiner Karriere mit viel Geld unter die Arme gegriffen hat. Studioausstattung und so weiter. Aber du hast es ihm laut Leon nicht zurückgegeben.«

Bodo stieß ein meckerndes Lachen aus. »Kommt mir irgendwie bekannt vor.«

»Das haben Leon und ich längst geklärt«, gab Sunny angriffslustig zurück. »Was hast du vor, Jules?«

»Ich habe nichts vor, ich stelle nur etwas fest«, erwiderte Jules. »Du hast hohe Schulden bei Leon, ihr geht gemeinsam nach unten. Kurz darauf ist Leon tot, und du hast eine Verletzung am Bein, zugefügt vom großen Unbekannten. Da wird man doch seine Schlüsse ziehen dürfen.«

Für einen Moment war es, als hielten alle den Atem an.

Sunnys Gesicht verfärbte sich vor Ärger. »Einen Scheißdreck darfst du, Jules. Ich habe Leon nicht umgebracht.«

Jetzt griff Ela ein. »Hört auf, das bringt nichts. Wir sollten lieber überlegen, wie wir hier rauskommen, um die Polizei zu alarmieren. Die soll das klären.«

»Absolut vernünftig«, stimmte Feline ihr zu.

»Ich schlage vor, dass wir das Haus nach einer Fluchtmöglichkeit absuchen«, sagte Ela. »Da die Villa sehr groß ist, sollten wir meiner Meinung nach Teams bilden, die sich aufteilen. Eines könnte im Obergeschoss nachsehen, eines hier im mittleren und eines unten.«

»Gute Idee«, kam es erneut von Feline. »Und ein Team sollte sich um die große Garage kümmern. Da gibt es schließlich auch mehrere Türen und Tore.«

»Hm, ob das etwas bringt?«, sagte Sunny schwach. »Ich fürchte, dass alles dicht ist.«

»Aber du weißt es nicht«, entgegnete Ela. »Wir sollten es

zumindest probieren. Das ist besser, als hier herumzusitzen und auf ein Wunder zu hoffen.«

Allgemeine Zustimmung folgte.

»Gut, und wie stellen wir die Gruppen zusammen?«, fragte Saskia.

Jetzt redeten alle durcheinander.

Milo stellte sich neben Ela, als wären sie schon ein Team.

Doch Ela freute sich zu früh. Es wurde schnell klar, dass Sunny und seine werte Gästeschar viel zu sehr zerstritten waren, um sich harmonisch auf etwa gleich große Grüppchen zu verteilen. Einige wie Feline oder sie selbst schienen begehrt, andere wie Bodo oder Cem nicht.

»Wie wäre es mit losen?«, fragte Feline. »Wir bilden vier Teams mit jeweils einem Gruppenkopf, wenn ihr so wollt. Wie im Sport. Sunny und ich kennen uns in diesem Haus am besten aus, also sollten wir jeweils einer Gruppe vorstehen. Außerdem Ela, weil sie die Idee hatte. Und das vierte …« Ihr Blick streifte über die Gäste wie der einer Eule, die auf einem Feld nach Mäusen sucht. »Milo, wie wär's mit dir?«

Der Autor wirkte überrascht, aber auch ein wenig geschmeichelt. Er nickte.

Die Wahl war vernünftig, dachte Ela, auch wenn sie enttäuscht war, dass Milo nicht mit ihr zusammen in einem Team sein würde. Milo war der Einzige, der nicht seit Jahren zu dieser merkwürdigen Clique gehörte. Er war ein Außenstehender und hatte, so glaubte Ela jedenfalls, außer gegen Herbie keine großen Vorbehalte gegen irgendjemanden hier – und vor allem hatte er vermutlich auch keine alten Rechnungen offen.

Sunnys Team sollte oben nach einer Fluchtmöglichkeit suchen, schlug Feline weiter vor, während ihr Team im Erdgeschoss bleiben würde. »Und Milos Gruppe checkt das Untergeschoss, Elas die Garage. Okay?«

Sunny und seine Gäste stimmten zu. Ela sah aber, dass Milo wenig begeistert schien, dass ausgerechnet er wieder das Untergeschoss überprüfen sollte. Kein Wunder.

Alle Namen bis auf die von Feline, Sunny, Milo und Ela wurden auf Zettel geschrieben, die in ein großes Glas kamen.

Feline selbst übernahm die Auslosung. Zu ihr kamen Victoria und Herbie, was diesen offensichtlich freute. »Ich pass auch gut auf euch auf, Mädels«, sagte er eifrig.

Konnte man Herbies Peinlichkeit toppen?

Ela hatte Saskia und Jules im Team. Saskia war in Ordnung, Jules nicht. Doch das war nicht zu ändern.

Als sein Name fiel, schaute Jules zu Ela und lächelte unergründlich. Sie erwiderte sein Lächeln nicht. Es hätte auch Herbie in ihrer Gruppe sein können, tröstete Ela sich. Oder noch schlimmer: Bodo.

Der Barbesitzer und Yuna landeten bei Sunny, und das vierte Team bestand aus Milo, Cem und Mona.

»Gut, dann mal los«, sagte Feline. »Und passt auf euch auf.«

Ela fühlte in die Innentasche ihres Blazers. Das kühle Metall der Klinge verlieh ihr Zuversicht.

21.

»Nicht den Aufzug«, mahnte Milo, als Cem auf das unzuverlässige Ding zusteuerte.

Cem zuckte die Schultern. »Dann eben die Treppe.«

Milo war froh, dass der selbstsichere und meistens besonnene Cem in seinem Team war, auch wenn der einen Rechtsstreit mit Hansi gehabt hatte. Aber Mona? Die war nicht nur wegen ihres Alkoholkonsums unberechenbar. Außerdem hatte sie rote Flecken auf der Bluse.

»Eigentlich will ich überhaupt nicht mehr da runter«, sagte sie gerade. »Dort liegen zwei Leichen.«

»Wir kommen auch ohne dich klar«, erwiderte Milo. Auch ihm machte die Vorstellung, noch einmal das Untergeschoss zu betreten, Angst. Aber hätte er das bei der Verlosung zugeben und um eine andere Etage des Hauses bitten sollen?

»Genau, bleib oben, Mona. Hilf Sunny oder wem auch immer«, sagte Cem. Er stand schon auf der ersten Stufe.

»Sunny? Ausgerechnet dem?« Mona schnaufte verächtlich. »Dann schaue ich mich doch lieber in dem Grab da unten um.«

Sie und Milo folgten Cem hinunter in den Flur.

»Wo sollen wir beginnen?«, fragte Cem.

»Lasst es uns noch einmal beim Rechnerraum probieren. Vielleicht hast du ja eine Idee, wie wir die Tür aufbekommen, Cem«, schlug Milo vor.

Doch sie scheiterten erneut.

»Und jetzt?«, fragte Cem.

»Das Studio hat auch Fenster zur Hangseite«, kam es von

Mona. »Wenn wir eines von denen aufbekommen würden, könnten wir hier endlich raus.«

»Aber vor der Tür zum Studio liegt eine Leiche«, gab Milo zu bedenken. »Lasst es uns zunächst woanders probieren.«

»Ich nehme mal an, dass du auch nicht unbedingt in den Weinkeller mit dem toten Hansi willst?« Das war mehr eine Feststellung als eine Frage von Cem.

Richtig, dachte Milo, ging aber nicht darauf ein. Er deutete den Flur hinunter. »Wo geht es da lang?«

»Zu Sunnys Spielzimmer. So hat er es jedenfalls gerne genannt.« Mona lachte leise. In Milos Ohren hatte dieses Lachen einen bitteren Klang.

»Aha, und was darf man sich darunter vorstellen?«, wollte er wissen.

»Seht es euch an«, sagte Mona nur.

Nun ging sie voran, dann folgte Cem, schließlich kam Milo, der jedoch plötzlich stehen blieb und lauschte.

Ein Geräusch war hinter ihm zu hören gewesen, womöglich Schritte.

Er drehte sich mit rasch klopfendem Herzen um. Niemand zu sehen.

War Peitho eigentlich noch hier? Warum war sie vorhin im Untergeschoss gewesen, als Leon ermordet worden war? Hatte sie etwas geholt, eine Flasche Wein oder etwas in der Art? Möglich. Aber Peitho hatte nichts in den Händen gehabt, als sich die Lifttür geöffnet hatte.

Unvermittelt begannen die Spots in der Decke zu flackern. Hell, dunkel, hell, dunkel – in schneller Folge, als wolle jemand Signale geben.

Milo hörte Cem fluchen und Mona hysterisch lachen. Die beiden waren jetzt schon ein paar Schritte vor ihm.

»Milo, kommst du?«

»Ja, natürlich.«

Hastig wollte sich Milo umdrehen, doch er stoppte mitten in der Bewegung. War da gerade jemand im stroboskopartigen Lichtgewitter entlanggehuscht, ganz am anderen Ende des Korridors?

Milo starrte auf die Stelle. Doch jetzt war da niemand mehr, leer lag der Flur vor ihm. Die Spots beruhigten sich, tauchten alles wieder in ein sanftes, cremefarbenes Licht.

»Ich hasse dieses Haus«, sagte Milo leise. Dann folgte er den anderen.

Die Tür zu Sunnys Spielzimmer öffnete sich vollautomatisch, sobald sie sich ihr näherten.

Warum hatte das nicht im Rechnerraum funktioniert? Dann wären sie vielleicht schon einen Schritt weiter, dachte Milo, als er hinter den anderen in den großen Raum trat.

Im Mittelpunkt der Wellness-Oase lag ein von Palmen umstandener großer, ovaler Pool mit einer rot beleuchteten Grotte samt eingebautem Wasserfall. Lampen spendeten warmes, gedämpftes Licht, das auf Doppelliegen mit flauschigen Decken fiel. Links vom Pool war eine Infrarotkabine, rechts eine große Sauna. Es mochten gut und gern 25 Grad in dem Raum herrschen, dessen aufwendige Bodenmosaiken an eine römische Therme erinnerten. Orangenduft mischte sich mit leichtem Chlorgeruch.

»Unter anderen Umständen könnte man es hier durchaus aushalten«, meinte Cem.

»Wenn nicht gerade eine von Sunnys Orgien gefeiert wird«, sagte Mona verächtlich.

Cem lachte. »Orgie? Klingt doch gut.«

»Pack mal mit an«, meinte Milo und ging zu einer großen Fensterfront. Wenn er das richtig im Kopf hatte, konnte man auch hier dank der Hanglage der Villa normalerweise auf den

Watzmann blicken. Doch jetzt versperrten schwere Rollläden die Aussicht.

Milo schob die Scheibe zur Seite. Wenigstens das funktionierte. Dann knieten er und Cem sich hin und versuchten, den Rollladen anzuheben.

Das große Element rührte sich keinen Millimeter.

»Wir brauchen einen Hebel«, steuerte Mona wenigstens eine Idee bei.

Milo schaute sich um. »Bring mir mal die Poolstange.«

Doch das Rohr war zu dick, als dass man es in den winzigen Spalt zwischen der Unterkante des Rollladens und dem Fliesenboden hätte schieben können.

»Ein Brecheisen, ein Königreich für ein Brecheisen«, murmelte Cem. »Frei nach Shakespeare, Richard III., oder?«, murmelte Milo.

»Genau«, lobte Cem.

»Ein Brecheisen? Das bekommst du in einem Baumarkt, aber nicht in einem Amateur-Puff wie diesem«, bemerkte Mona spitz.

»Vielleicht gibt es so etwas in der Garage«, überlegte Milo. »Dort sind Ela, Jules und Saskia. Womöglich finden die so ein Ding, können ein Fenster oder ein Tor aufbrechen und uns später holen. In der Zwischenzeit versuchen wir es hier unten weiter.«

»Okay, dann also doch das Studio. Leons Leiche hin oder her«, meinte Cem.

Milo atmete tief durch. Es musste wohl sein.

Doch als sie den warmen Raum verlassen wollten, glitt die automatische Tür vor ihnen zu.

Gemeinsam versuchten sie, die glatte Tür zur Seite zu schieben. Vergeblich.

»Scheiße, Scheiße, Scheiße!«, fluchte Cem und begann, mit

voller Wucht gegen die Tür zu treten. Es dauerte eine oder zwei Minuten, bis er nicht mehr konnte. Keuchend gab Cem auf.

»Schon wieder eingeschlossen«, stöhnte Mona. Sie klang gereizt und ängstlich.

»Aber so kommt vielleicht auch niemand rein«, meinte Milo.

»Der Mörder, meinst du?«, fragte Cem, der langsam wieder zu Atem kam.

Milo nickte.

Cem sah ihn mit unbeweglicher Miene an. Doch plötzlich lächelte er dünn. »Und wenn der Mörder bereits im Raum ist?«, fragte er. »Womöglich ist es einer von uns dreien. Du. Oder ich. Oder Mona.«

Es herrschte vollkommene Stille, nur durchbrochen vom Summen der Poolpumpe.

»Ich habe dir noch nie gern den Rücken zugedreht, Cem«, sagte Mona schließlich.

»Seitdem du die roten Flecken auf der Bluse hast, tue ich das bei dir auch nicht«, gab er ungerührt zurück. »Ich würde wetten, dass es Blut ist. Das Blut von Leon.«

»Ist es nicht«, erwiderte Mona trotzig und ließ sich auf einer der Liegen nieder. Die Decke schob sie auf den Boden. »Dann bleibt uns wohl nichts anderes übrig, als hier auf ein Wunder zu warten.«

Cem nahm die Liege neben ihr und steckte sich eine Zigarette an, während Milo aus einem kleinen Kühlschrank Wasserflaschen holte. »Ihr auch?«

Beide nickten.

Milo verteilte die Getränke und hockte sich auf die Kante einer dritten Liege.

Sie schwiegen sich an, hingen ihren Gedanken nach.

Das Öffnen einer eigentlich simplen Zimmertür als Wunder zu bezeichnen, zeigte, wie weit es inzwischen gekommen war. Sie waren Gefangene in diesem *Smarthome*, das verrücktspielte oder ein sehr spezielles Eigenleben entwickelt hatte. Jemand hatte die Macht über die Technik und damit über all diejenigen, die noch nicht blutüberströmt im Untergeschoss lagen.

Noch.

Milo dachte an Timmy, und Angst und Trauer übermannten ihn. Wie er den Kleinen vermisste. Heute Nachmittag würde Timmy während seiner Geburtstagsfeier auf ihn warten. Hoffen, dass sein Vater diesmal sein Versprechen hielt und kam.

Doch wenn der letzte Gast gegangen war, würde Timmy womöglich realisieren, dass sein Vater heute nicht mehr kommen würde.

Und vielleicht würde er Milo sogar nie wiedersehen.

Milo fixierte den Fliesenboden, um zu vermeiden, dass Cem und Mona sahen, wie Tränen der Verzweiflung und Wut in ihm aufstiegen. Könnte er Timmy wenigstens eine Nachricht zukommen lassen.

Doch das schien derzeit ausgeschlossen. Jemand hatte alle Kommunikationskanäle nach außen zugeschüttet. Zufall oder Panne? Oder pure Absicht des Täters, der vielleicht sogar nur wenige Meter von ihm entfernt war?

Milo versuchte, sich in den Täter hineinzuversetzen. Was würde der als Nächstes tun?

Die beiden anderen in der Wellness-Oase töten, dachte er und schluckte. Entweder, weil er ein ganz bestimmtes Motiv hatte, das Milo nicht ersichtlich war, oder weil er Zeugen beseitigen wollte.

Unauffällig ließ Milo seinen Blick durch die Wellnesslandschaft gleiten. Die Poolstange … die konnte man sicher wie eine Lanze verwenden oder wie einen überdimensionalen Schlagstock. Er wollte gerade aufstehen und sich die Stange unter den Arm klemmen wie ein Ritter vor dem Tjost, als Cem sagte: »Es passt alles zusammen.«

»Was?«, fragte Mona.

»Ich glaube wirklich«, Cem schnippte die Asche auf den Boden, »dass du, Mona, Leon umgebracht hast.«

Mona rollte spöttisch mit den Augen. »Jetzt geht das schon wieder los. Du kannst mich mal, Cem.«

»Du hattest ein Motiv, du warst hier unten, als er starb, du hattest die Gelegenheit, es zu tun«, fuhr Cem unbeirrt fort. »Und du hast rote Spritzer auf der Bluse.«

Mona winkte ab. »Das hatten wir alles schon, du langweilst. Sunny hatte eine viel bessere Gelegenheit, Leon umzubringen – und ein weit stärkeres Motiv als ich. Lass dir also etwas Neues einfallen. Wir sollten uns übrigens lieber darüber unterhalten, wie du Hansi getötet hast. Seine Leiche soll furchtbar aussehen. Welchen Gegenstand hast du benutzt? War es ein Baseballschläger?«

Cem ließ ein beißendes Lachen hören. »Netter Versuch. Ich habe damit nichts zu tun.«

»Das lassen wir mal so stehen.« Mona wandte sich an Milo: »Vielleicht kann uns auch unser Schriftsteller weiterhelfen. Du bist der Einzige, der sowohl bei Hansis als auch bei Leons Tod in der Nähe war, als die Taten geschahen.«

Milo erschrak. Das war ihm so nicht bewusst gewesen. Aber Mona hatte recht …

»Reiner Zufall«, sagte er. Nur nicht provozieren lassen. »Ich habe kein Motiv. Niemand wird ernsthaft den Mist von Herbie glauben, wonach ich Leute umbringe, um Stoff für ein Buch zu haben.«

»Offen gesagt, halte ich die Theorie von diesem Schleimbatzen Herbie grundsätzlich für gar nicht so übel«, meinte Cem und drückte seine Kippe im Palmenkübel aus. »Aber nicht in deinem Fall, Milo. Du bist ganz okay, du hast so was, wie soll ich sagen, Anständiges an dir. Vermutlich, weil du nicht in unserer Branche arbeitest.«

Da mochte etwas dran sein. Milo war erleichtert, dass Cem ihn aus der Schusslinie nahm.

»Ich bleibe also dabei«, fuhr Cem fort. »Du hast Leon umgelegt, Mona. Vielleicht bekommst du ja mildernde Umstände, weil du mal wieder betrunken warst.«

»Du gottverdammtes, verlogenes und intrigantes Arschloch«, zischte sie heftig.

Cem lachte.

Nach einer kurzen Pause fügte sie an: »Leon war auch nicht viel besser als du. Es ist wirklich nicht schade um ihn, aber noch mal, auch für den letzten Idioten wie dich, Cem: Ich war es nicht. Ich bin zu so etwas nicht in der Lage.«

»Das bezweifle ich«, meinte Cem kühl.

Es roch nach Eskalation. Milo stand auf und ging langsam auf die Poolstange zu.

»Sunny und Leon haben viel zusammengearbeitet und sich gut ergänzt«, meinte Cem. »Und Sunny hätte seine Schulden sicher bald zurückgezahlt.«

Nun war es Mona, die auflachte. »Das glaube ich nicht. Aber gut zusammengearbeitet haben die beiden tatsächlich. Vor allem, wenn es um gefakte Streaming-Erfolge ging.«

»Was meinst du damit?«, fragte Milo. Er hatte die Stange erreicht, wog sie in der Hand. Damit konnte man wirklich etwas anfangen.

»Sunny und Leon haben beim Erfolg ihrer eigenen Songs oder bei denen, die sie produziert haben, nachgeholfen«, behauptete Mona. »Sie haben die Charts manipuliert.«

Milo wurde hellhörig. »Wie soll das gehen?«

»Für den Erfolg eines Künstlers ist schon lange nicht mehr

nur das Können verantwortlich. Die Klickzahlen bei *Spotify* sind mindestens ebenso wichtig. Und da kann man nachhelfen«, sagte Mona.

»Aha, und wie?«

»Ganz einfach. Wenn man einen noch unbekannten Song pushen will, braucht man Helfer, die Hunderttausende von Accounts hacken und sich die Anmeldedaten zum Beispiel von *Spotify*-Kunden illegal besorgen. Bei denen läuft der Song dann nonstop«, erklärte Mona. »Der Song wird zudem in viele Playlists gepackt. Auf diesen Listen sind bereits große Namen oder bekannte Songs als Köder, die Hörer laden mit den Listen aber auch gleich den zu pushenden Titel mit runter.«

»So ist es«, stimmte Cem zu. Es überraschte Milo nicht, dass der sich ebenfalls damit gut auskannte. »So fällt der Fake nicht auf, der Algorithmus von *Spotify* zum Beispiel wird umgegangen.«

»Müsste man die bekannten Künstler nicht fragen, ob sie auf der Playlist dabei sein wollen?«

Cem zuckte nur die Schultern. »Theoretisch schon. Macht aber keiner. Und die bereits bekannten Künstler halten die Füße still, weil sie ja ebenfalls profitieren. Für jeden Klick gibt's schließlich von der Plattform Geld. Zwar nur 0,0038 Dollar pro Aufruf, aber die Masse macht's. Und je mehr Songabrufe, desto besser die Chartplatzierung.«

»Das ist doch nicht euer Ernst.« Milo hatte zwar gewusst, dass in dieser Branche oft manipuliert oder zumindest nachgeholfen wurde, aber diese Dimension war ihm neu.

»Sicher, für 50.000 Euro kannst du dich mit deinem Song pushen lassen«, sagte Cem.

»Vielleicht hören wir dich ja bald in den Charts, Milo. Was willst du eigentlich mit der Stange – den Pool putzen?«, fragte Mona.

Milo ging nicht darauf ein. »Und ihr habt das mit euren Songs auch so gemacht?«, hakte er nach.

»Natürlich nicht«, kam es wie aus einem Mund.

Blöde Frage. Milo schalt sich selbst einen Idioten.

In diesem Moment drang ein gedämpfter Knall an ihre Ohren, und Milo zuckte zusammen.

»War das – ein Schuss?«, fragte Mona.

»Möglich«, erwiderte Cem. »Hat Sunny eine Pistole oder ein Gewehr im Haus? Du warst doch mal mit ihm verheiratet, du müsstest das doch wissen.«

»Ja, leider war der mal mein Mann. Aber Schusswaffen? Nein, die hatte er nicht, jedenfalls damals«, antwortete sie. »Seine Waffen waren Worte. Dieses Schwein kann so arrogant und verletzend sein. Und jetzt hat er uns alle auch noch in diese Lage gebracht.«

»Klingt fast so, als würdest du nach Leon auch ihn erledigen wollen«, meinte Cem gelassen.

»Ich habe Leon nicht getötet, wie oft denn noch?«, giftete Mona ihn an. »Bei diesem selbstgefälligen Betrüger Sunny könnte ich es mir schon eher vorstellen.«

Sie begann, versonnen zu lächeln. »Ja, das ist gut: Man tötet dieses Schwein und schiebt die Tat dem Killer in die Schuhe. Auf eine Leiche mehr oder weniger kommt es doch nicht an. Oder, Cem? Wie siehst du das?«

22.

Sunnys Garage eine Garage zu nennen, war nicht nur pure Untertreibung, es grenzte an Blasphemie. Sunny hatte einen Tempel für seine Fahrzeuge geschaffen, ein Mekka für alle Freunde von kraftstrotzenden Boliden.

Mit Saskia und Jules stand Ela in der etwa 150 Quadratmeter großen Halle, die vor allem dazu zu dienen schien, Sunnys Fahrzeugflotte ins rechte Licht zu rücken.

In der Mitte erhob sich ein Podest, auf dem sich ein bulliges Motorrad im mitternachtsblaues Lackkleid aufbäumte, als wolle es gerade über irgendein Hindernis springen.

»Eine Harley Electra Glide Revival«, murmelte Jules ergriffen, als stünde er vor dem heiligen Gral. Seine Botox-Bäckchen wirkten wie frisch poliert, sie glänzten vor Glück. »Milwaukee-Eight-Motor mit 1800 Kubik. Oh, mein Gott.«

»Jetzt komm mal runter, Jules«, sagte Saskia. »Für mich sieht das aus wie ein klobiges Motorrad für Leute, die so etwas nötig haben.«

Jules schaute sie mit gerunzelter Stirn an. »Frauen …«, sagte er leise.

Ela hätte ihm am liebsten die passende Antwort gegeben, aber sie hielt sich zurück. Jules war für sie nicht die erste Wahl, aber vielleicht konnte man den Snob doch für irgendetwas gebrauchen – und dann würde Teamgeist gefragt sein. Für ihre Gruppe sprach auch, dass weder Jules noch Saskia verdächtigt wurde, Hansi und Leon umgebracht zu haben. Das gab Ela ein wenig Sicherheit. Dennoch war sie froh, das Messer dabeizuhaben. Man konnte nie wissen. So wirklich trauen wollte sie in der Villa kaum noch jemandem außer Feline, Sunny und vor allem Milo.

Ihr Blick fiel auf ein gelbes, überaus hässliches Monstrum von einem Hummer, einem Geländewagen, der absolut aus der Zeit gefallen zu sein schien. Schon etwas besser gefielen Ela die feuerrote Corvette und der schwarze AMG-Mercedes-Kombi. Sunnys Porsche stand vor der Haustür des *Smarthomes*, erinnerte sich Ela. Aber auch das Cabrio hätte in diesem Schauraum mit seiner vier Meter hohen holzgetäfelten Decke ebenfalls ohne Weiteres Platz gefunden.

An den Wänden hingen große, in Blickrichtung offene Kästen mit chromblitzenden Felgen neben gerahmten Action-bildern von Formel-1-Rennen. Rechts befand sich eine Sitz-gruppe mit Glastisch, Ledersofas, fünf Palmen und einem riesigen Kühlschrank. Links lagen auf einer Metallbank alle möglichen Werkzeuge fein säuberlich nebeneinander aufge-reiht wie das Besteck eines Operateurs. Die Wand gegenüber den beiden breiten Garagentoren, die jeweils aus zwei hölzer-nen Flügeltüren bestanden, war nackt und kahl und wurde von zwei Boxentürmen eingerahmt. Mittig hing ein stattlicher Beamer von der Decke – ein Heimkino de luxe.

Schaute Sunny hier Autorennen an? Er hatte mal erwähnt, dass er sich für Motorsport interessierte. Seine Fahrzeugsamm-lung sprach zudem Bände.

Mit wenig Hoffnung ging Ela auf eines der Tore zu, neben dem eine Kamera installiert war. Es wäre ein Traum, wenn das Tor jetzt mit einer eleganten Bewegung vollautomatisch aufschwingen und sie in die Freiheit entlassen würde. Aber erwartungsgemäß tat es das nicht.

Saskia trat neben Ela und fuchtelte mit den Händen in der Luft herum, als gäbe es eine unsichtbare Lichtschranke, die für einen Sesam-öffne-dich-Effekt sorgen könnte. Nach einer halben Minute gab sie es auf.

Dann kam auch Jules hinzu, der es geschafft hatte, sich vom Anblick des Motorrads zu lösen.

»Ein Werkzeug«, schlug er vor. »Brechstange oder so etwas.« Er marschierte zur Werkbank, und die Frauen folgten ihm.

Als sie den automobilen OP-Bereich nach dem passenden Instrument absuchten, betrat Kybele die Halle.

Sie hatte eine Säge mit einem mehr als 30 Zentimeter langen und grobgezahnten Blatt in der Hand.

»Ah, Kybele, das trifft sich gut«, sagte Ela freundlich. »Können Sie uns sagen, wie wir das Tor aufbekommen? Gibt es irgendwo einen versteckten Schalter?«

»Die Tore sind zu«, erwiderte Kybele.

»Das sehen wir.« Ela wurde ungeduldig. »Darum geht es ja. Wir wollen ...«

»Die Tore sind zu und bleiben es auch«, unterbrach Kybele sie.

Ela war überrascht. Bisher waren die Roboter immer freundlich gewesen – wenn sie nicht gerade einen Aussetzer gehabt hatten.

Ela lächelte. »Aber Sie würden uns vielleicht doch helfen, eines der Tore aufzubrechen?«

Kybeles Kopf ruckte von rechts nach links, dann in die andere Richtung, wo er mit einem disharmonischen Klacken einrastete. Es folgte ein weiteres unangenehmes, metallisches Geräusch, als Kybele die Gelenkblockade mit einer energischen Bewegung beendete und Ela frontal mit ihren roten Augen fixierte.

Ela fragte etwas unsicher: »Das heißt nein?«

»Ich will schneiden. Immer schneiden«, sagte Kybele.

Ela spürte einen Kloß im Hals. Sie riss sich zusammen und

erwiderte: »Aber Kybele, damit können Sie doch nichts schneiden. Höchstens sägen.« Ela klang, als würde sie mit einem Kind sprechen.

Kybele schaute auf das Werkzeug, als sähe sie es das erste Mal.

»O ja, natürlich. Sie haben recht. Eine Säge ...« Kurze Pause, dann: »Sägen ist auch gut. Sägen ist schön. Ich will sägen.«

»Nein, Kybele, hier gibt es nichts zu sägen«, meinte Ela, deren Unter- und Oberarme eine Gänsehaut überzog. »Gehen Sie doch besser nach oben in die Küche. Dort gibt es sicher etwas für Sie zu tun.«

»Sie sind nicht mein Primärer User«, entgegnete Kybele. »Sie haben mir keine Anweisungen zu erteilen.«

»Nein, natürlich nicht. Es war auch nur ein Vorschlag«, erwiderte Ela versöhnlich. Was war nur wieder in diese verdammte Maschine gefahren? Einer plötzlichen Eingebung folgend fragte Ela: »Wer ist denn Ihr Primärer User?«

Kybele starrte sie an, und Ela kam es so vor, als schaue der Roboter direkt durch sie hindurch.

»Kybele? Ich habe Sie etwas gefragt. Bitte antworten Sie«, sagte Ela eine Spur schärfer.

Kybele hob das Werkzeug mit den vielen groben Zacken. »Sägen ist gut.«

Jules fühlte sich genötigt einzugreifen. »Sicher, sicher. Aber das geben Sie mir jetzt mal lieber.« Er schenkte Kybele ein Lächeln, wobei er seine gebleachten Zähne präsentierte, und streckte die Hand nach der Säge aus.

Kybele vollführte eine blitzschnelle Bewegung, und die Zacken zerfetzten den linken Ärmel von Jules' Sakko.

Schreiend wich er zurück. »Sie sind wahnsinnig? Sie hätten mich um ein Haar verletzt!«

»Entschuldigen Sie, das war keine Absicht. Aber ich brauche die Säge noch. Sägen ist schön.«

Dann drängte Kybele an Ela, Jules und Saskia vorbei und verließ die Garage.

»Diese scheiß Roboter«, fluchte Jules. »Das Sakko hat mich eine Stange Geld gekostet.«

»Sei froh, dass Kybele weg ist – und dein Arm noch da«, meinte Ela.

»Auch wieder wahr«, seufzte Jules.

»Kybele hat deine Frage nach dem Primären User nicht beantwortet«, stellte Saskia nachdenklich fest. »Eigentlich hätte sie doch Sunny nennen müssen.«

»Ja, eigentlich«, erwiderte Ela, der es zunehmend schwerfiel, ruhig zu bleiben. Aber genau das war jetzt wichtig. Sie konzentrierte sich auf die Werkzeuge auf der Bank und nahm ein Brecheisen. »Lasst es uns probieren.«

Doch sie scheiterten kläglich. Anschließend versuchten sie es mit einem Wagenheber – ebenfalls vergeblich.

Elas Blick schweifte durch die Halle und blieb bei dem Hummer hängen. »Mit diesem hässlichen Panzer könnten wir womöglich durch eines der Tore brechen.«

»Der ist nicht hässlich«, widersprach Jules, »sondern ...«

»Halt die Klappe«, würgte Saskia ihn ab und gab zu bedenken: »Die Holztore sehen sehr stabil aus. Bei dem Crash könnten wir uns verletzen.«

»Ach was. Ich finde den Vorschlag gut«, lobte Jules hingegen. »Wenn wir genau die Mitte von einem der beiden Tore treffen, schwingen die beiden Flügel vielleicht auf. Ich bin dabei.«

Nach kurzem Zögern willigte auch Saskia ein.

»Schön«, sagte Jules. »Aber wo sind die Autoschlüssel?«

»Suchen«, entschied Ela. »Sunny kann schlecht alle Fahrzeugschlüssel bei sich haben. Vielleicht sind sie ja hier in einer Art Box oder so etwas.«

Gemeinsam schauten sie sich gründlich um, und Saskia war es schließlich, die fündig wurde.

In einem Kasten in der Nähe der Tür zum Flur befanden sich mehrere Fahrzeugschlüssel. Jules fischte mit Kennerblick den richtigen heraus.

»Was dagegen, wenn ich das Steuer übernehme?«, fragte er. Bleach-Lächeln. »Ich habe Routine.«

Ela verdrehte die Augen, und Saskia spöttelte: »Kein Wunder bei deinem Alter. Wann hast du den Führerschein gemacht – vor 50 Jahren? Aber fahr du nur, wir steigen ein, wenn du Erfolg hast.«

Jules erklomm den Fahrersitz und ließ den Motor bei geöffneter Tür an. »Wow, hört ihr das? Sechs Zylinder, 400 PS. Ist das nicht geil?«

»Nein«, sagte Ela. »Mach schon, fahr los!«

In diesem Moment sah sie, wie Kybele auf sie zu rannte. Sie schwang den Wagenheber wie eine Waffe.

»Verdammt, schnell rein!«, schrie Ela Saskia an und sprang auf die Rückbank aus Nappaleder. Saskia folgte ihr.

Als die Autotür mit einem satten Ton ins Schloss fiel, fühlte sich Ela in dem eigentlich sinnbefreiten Fahrzeug ein wenig sicherer. Irgendwie beschützt.

Da krachte etwas in ihrer Kopfhöhe gegen die Scheibe. Voller Entsetzen sah Ela, dass Kybele mit dem Wagenheber auf den Wagen eindrosch.

»Fahr los!«, schrie Ela Jules an. »Und mach die Zentralverriegelung zu.«

Jules rammte einen Gang rein, gab Gas und … würgte den Motor ab.

»Du Idiot!«, gellte Saskias Stimme.

Wieder krachte der Wagenheber gegen die Scheibe. Jetzt zeigte sie erste Risse, kleine Teile spritzten ins Wageninnere wie gläserner Hagel.

Jules gelang es, den Motor erneut zu starten.

In diesem Moment blieb der Wagenheber in einem Loch in der Scheibe stecken. Kybele riss ihn heraus und warf ihn in hohem Bogen weg. Das Eisenteil knallte mit großer Wucht auf die Motorhaube des Hummer.

Kybele griff durch das Loch und versuchte, Ela zu packen, die gerade noch ausweichen konnte.

»Jetzt gib doch endlich Gas!«, kreischte Ela, und Jules setzte zurück. Offenbar wollte er etwas Anlauf nehmen.

Mit weiten Schritten lief Kybele neben dem SUV her. Es gelang ihr erneut, durch das Loch zu greifen.

Mit einem triumphierenden Heulen, das an ein Tier erinnerte, erwischte Kybele Elas Haare und zog so fest daran, dass Elas Kopf gegen die zerstörte Scheibe prallte.

23.

Sunny ging am Fitnessbereich vorbei nach rechts, wo ein weiteres Wohnzimmer sowie sein Schlafzimmer mit dem luxuriösen Bad und dem begehbaren Kleiderschrank lagen. Von hier aus hatte er auch Zugang zum 50 Quadratmeter großen Balkon samt Jacuzzi.

Normalerweise.

Denn auch dort strandete Sunny mit Yuna und Bodo vor herabgelassenen Rollläden.

Ramses, der schwerfällig hinter ihnen her getappt war, schleppte sich zu einem mit Fellen gepolsterten Körbchen vor Sunnys Bett. Vorwurfsvoll maunzend ließ der Kater die beiden leeren Fressnäpfe, die vor seinem Ruhebereich standen, mit gezielten Pfotenhieben gegeneinander scheppern. An fünf Stellen der Villa hatte Ramses diese kombinierten Fress- und Schlafplätze, die er täglich bei einem Rundgang aufzusuchen pflegte. Den ausladenden Kletter- und Kratzbaum im Fitnessbereich mied er hingegen.

»Später, mein Kleiner, später«, versuchte Sunny, das Tier zu beruhigen. Seine Roboter waren angewiesen, die Schalen regelmäßig zu füllen, um Ramses bei Laune zu halten. Aber das hatte sein Personal offenbar versäumt, was den Kater erzürnte. Er beförderte einen der Näpfe an die Wand.

»Wenn's um Futter geht, kennt das Biest keine Kompromisse«, meinte Bodo.

»Das sagt der Richtige«, entgegnete Sunny, und Yuna lachte.

Das Dachsgesicht verfinsterte sich, die Augen funkelten. Aber Bodo schwieg.

Warum hatte ausgerechnet er diesen kleinen, brutalen Scheiß-kerl zugelost bekommen?, fluchte Sunny in Gedanken. Immer-hin war der Kerl kräftig, tröstete er sich, als er zur Tür ging, die zum Balkon hinausführte. Dabei spürte er wieder sein ver-letztes Bein. Die Schmerzen waren aber zum Glück erträglich.

Die Tür ließ sich – wie alle Türen und Fenster im Oberge-schoss – noch per Hand öffnen.

»Pack mal mit an. Das ist der kleinste Rollladen. Den krie-gen wir vielleicht hoch«, sagte er.

Er und Bodo knieten sich auf den Boden und versuchten, ihre Finger unter den Rollladen zu bekommen. Es misslang.

Sunny holte zwei Hantelstangen aus dem Fitnessraum, um sie als Hebel zu benutzen, aber auch damit scheiterten sie.

»Ihr seid wirklich Experten«, meinte Yuna.

»Ach ja?«, fuhr Sunny sie an. »Wir versuchen es wenigs-tens. Was ist denn bisher dein Beitrag? Hast du Angst um deine Fingernägel?«

Sie schaute ihn kühl an. »Ja, ich habe Angst, aber vor die-sem Haus, vor dir, vor allem.«

»Vor … mir?«

»Ja, gerade auch vor dir«, erwiderte Yuna. »Wer hat uns denn in diese Lage gebracht?«

»Ich kann nichts dafür, Yuna!«, sagte Sunny eindringlich. »Und du siehst doch, dass ich alles unternehme, um unsere Lage zu verbessern.«

»Mit durchschlagendem Erfolg«, höhnte sie und ging an ihm vorbei ins Bad.

»Die hat Haare auf den Zähnen«, meinte Bodo, als die Tür hinter Yuna zugegangen war. »Aber die arrogante Ziege hat in diesem Punkt recht. Wenn ich geahnt hätte, was mich für ein irrer Zirkus in diesem Haus erwartet, wäre ich nie gekommen. Ich könnte jetzt in meiner Bar sein und meine Gäste bedienen.«

»Oder jemanden in deinem Folterkeller zusammenschlagen lassen«, sagte Sunny. »Und noch etwas: Ich habe dich nicht eingeladen.«

»Ach?«

»Natürlich nicht! Warum sollte ich das bei jemandem tun, der mich bedroht? Vermutlich hast du dich selbst eingeladen.«

Bodo lachte. »Du meinst, ich hatte so große Sehnsucht nach dir, Sunnylein? Ganz sicher nicht. Höchstens nach dem Geld, das du mir schuldest. Deine Zeit läuft runter, und wenn wir jemals aus diesem Totalschaden von einem *Smarthome* heil rauskommen, wirst du zahlen oder es bitter bereuen.«

Sehnsüchtig starrte Sunny auf die Hantelstange aus Edelstahl. Was wog so ein Ding? Sieben Kilo oder gar mehr? Und wie würde es klingen, wenn man diese Stange auf Bodos Schädel knallen ließ? Sunny schloss die Augen und stellte es sich vor. Wieder und wieder drosch er in seiner Fantasie auf Bodo ein. Wenn die Schädeldecke brach, war vermutlich ein hübsches Knacken zu hören. Bei den nächsten Schlägen würde es wohl so klingen, als springe man in eine Pfütze, während die Hirnmasse wie Gehacktes auf Bodos Brust und Schultern tropfte.

»Warum lächelst du so blöd?«, wollte Bodo wissen.

»Ich habe dich gerade in Gedanken erschlagen«, bekannte Sunny freimütig. »War eine schöne Vorstellung.«

»Versuch es nur«, zischte Bodo und packte die zweite Stange.

Sunnys Lächeln wurde breiter. Er wandte sich Ramses zu und begann, das hungernde Tier hinter den Ohren zu kraulen. Das hatte für beide etwas sehr Entspannendes.

Nun kam Yuna aus dem Badezimmer zurück.

»Und, etwas erreicht?« Sie blickte zur Balkontür. »Okay, die Frage hätte ich mir sparen können.«

»Es gibt einen zweiten Balkon auf der anderen Seite des

Hauses«, sagte Sunny und fügte mit wenig Überzeugung hinzu: »Einen Versuch ist es wert.«

Er hob die Hantelstange auf. »Nach dir, Bodo.«

»Nein, ich lasse dem Hausherrn den Vortritt. Ich kenne mich hier ja nicht aus«, erwiderte der Barbesitzer und nahm die andere Stange.

Das war ein Argument, dem sich Sunny schlecht verschließen konnte. Er schaffte es aber, dass sich Yuna zwischen ihnen befand, als sie zu den beiden Gästezimmern samt Bädern liefen. Dabei kamen sie am Fitnessstudio, dem Aufzug und der ausklappbaren Treppe, die zum Dachboden hinaufführte, vorbei.

Auch Ramses begleitete sie. Der Kater hoffte vermutlich auf volle Näpfe in den anderen Räumen.

Er wurde enttäuscht. Ebenso Sunny und Bodo, die in einer unfreiwilligen Allianz versuchten, einen anderen Rollladen hochzustemmen.

»Das ist ja erbärmlich«, beurteilte Yuna ihre vergeblichen Anstrengungen. »Lasst mich mal.«

Sie riss dem verdutzten Bodo die Hantelstange aus der Hand, kickte die High Heels von den Füßen, nahm Anlauf und rammte das eiserne Ding wie eine Lanze in den Rollladen.

Es gab einen heftigen Schlag – und ein fast kreisrundes Loch an der Stelle, wo Yunas Waffe auf das Hartplastik gestoßen war. Die Promoterin wurde beim Aufprall nach hinten geschleudert, blieb aber auf den Beinen.

»So viel zum Thema Fingernägel schonen«, sagte sie schweratmend und drückte die Stange Bodo in die Hände. »Jetzt seid ihr wieder dran. Brecht den verdammten Rollladen auf.«

Sunny trat an das Loch heran. Er spürte einen kühlen Luftzug, der ganz leicht nach Kiefern roch.

Ja, das war eine Möglichkeit, so könnte es gehen.

»Danke«, sagte er zu Yuna. »Gut gemacht.«

»Fangt an«, sagte sie, setzte sich und zog Ramses, der sich unter dem Bett verkrochen hatte, auf ihren Schoß.

Sunny schaute zu Bodo. »Nacheinander, sonst kommen wir uns in die Quere.«

Bodo nickte. »Ich zuerst.« Dann schlug er zu.

Die Stange rutschte jedoch ab.

»Ihr müsst das Loch erst verbreitern«, ächzte Yuna. »Wie kann man nur so borniert sein?«

Sunny rammte seine Stange wieder und wieder in das Loch und konnte es so ein wenig vergrößern.

»Wer sagt es denn? Jetzt hat es wenigstens einer begriffen«, rief Yuna.

Sunny freute sich über die kleine Spitze gegen Bodo, ließ sich das aber nicht anmerken. Sie brauchten den Dachs noch, gerade jetzt.

»Komm, nun schlagen wir auf die Ränder ein«, meinte er.

Bodo legte los. Aber sein Erfolg war höchst überschaubar. Sunny hatte gar nicht gewusst, wie hochwertig und vor allem stabil seine Rollläden waren. Es würde vermutlich eine kleine Ewigkeit dauern, bis sie ein Loch hineingeschlagen hatten, das groß genug war, um hindurchzuschlüpfen.

»Ich lasse euch mal machen«, sagte Yuna und stand mit Ramses auf. »Dein Kater ist durch den Krach völlig verängstigt.«

»Ja, geh mit ihm raus. Wir rufen dich, wenn wir fertig sind«, sagte Sunny.

Yuna verließ mit Ramses das Gästezimmer, und Sunny schaute Bodo, der sich weiter abmühte, eine Weile zu. Inzwischen hatte das Loch die Größe eines Handballs. Immerhin.

Bodo gab wirklich alles, das musste man ihm lassen. Schweiß rann über seinen breiten, fleischigen Nacken, die Haare klebten ihm am Kopf.

Bodos Dachskopf ... wieder sah Sunny ihn zerplatzen, diesmal wie eine überreife, saftige Melone, die jemand aus dem 25. Stock eines Hauses auf den harten Asphalt einer Straße geworfen hatte.

Eine Idee durchzuckte Sunny wie ein Stromschlag. Er könnte jetzt tatsächlich ohne Weiteres den arglosen und hart schuftenden Bodo von hinten mit einem beidhändig geführten Hieb erledigen. Man könnte es wie einen bedauerlichen Unfall aussehen lassen. Bodo und er hatten gemeinsam auf den Rollladen eingeschlagen. Immer schön abwechselnd, so wäre es besprochen gewesen. Aber plötzlich sei Bodo aus dem Rhythmus gekommen, weil er einen Hexenschuss oder irgendetwas in der Art gehabt hatte. Bodo habe sich vor Schmerzen zusammengekrümmt – und genau in diesem Moment habe Sunny leider zugeschlagen und die Bewegung nicht mehr stoppen können ... was für eine tragische Geschichte! Und wer wollte ihm das Gegenteil beweisen?

Es gab keine Zeugen.

Beseelt von seinem wunderbaren Einfall hob Sunny die schwere Eisenstange.

24.

Feline, Victoria und Herbie hatten zunächst noch einmal alle Fenster und Außentüren im Wohnzimmer überprüft – mit wenig Hoffnung und ebenso wenig Erfolg. Durch die Küche waren sie nun zum Haupteingang des *Smarthomes* gelaufen.

»Feline, du musst doch wissen, wie das Ding aufgeht.« In Victorias Stimme lag schon fast ein Flehen. »Du wohnst schließlich hier.«

»Nein, das tue ich nicht. Aber ich gehe hier ein und aus, das stimmt schon.«

Feline versuchte es erst über die Lichtschranke, dann mit dem Tastenfeld neben der Tür. Nichts.

»War ja klar«, meinte Herbie.

»Nein«, widersprach Victoria. »Du scheinst zu vergessen, dass hier nichts mehr nach Plan oder bestimmten Regeln abläuft. Denk nur an die verdammten Roboter, die mal funktionieren und dann wieder nicht.«

»Sie wünschen?«

Ares war wie aus dem Nichts hinter ihnen aufgetaucht. Die große Maschine stand im Flur wie ein Fels.

»Ich …«, hob Herbie an. »Also, wir möchten …«

»Können Sie uns helfen, die Haustür aufzubekommen?«, fragte Victoria, der Herbies Gestammel auf die Nerven ging.

Ares' Brauen ruckten nach oben. »Ach, sie lässt sich nicht öffnen?«

»Sonst würde ich nicht fragen«, antwortete die Sängerin liebenswürdig, aber auch mit einer Spur Ungeduld in der Stimme.

»Natürlich, Sie haben recht. Entschuldigung«, sagte Ares ebenso liebenswürdig und ging an dem Trio vorbei zur Haustür. Aber auch er scheiterte.

»Tut mir leid, da kann ich nichts machen«, meinte der Roboter achselzuckend.

»Nun hören Sie mal«, blaffte Herbie ihn an. »Sie sind Teil dieser Haustechnik, Sie verfügen über eine überragende Künstliche Intelligenz und müssen doch eigentlich wissen, wie man diese Tür aufbekommt.«

Ares blieb ruhig und höflich. »Ich verstehe nicht, was Sie meinen.«

Der Chefredakteur lächelte herablassend. »Dann bist du vielleicht doch nicht so schlau, wie ich geglaubt habe.«

Feline runzelte die Stirn wegen der plötzlichen Duzerei.

»Du bist nur eine dumme Maschine, die programmiert ist, irgendwelche niedrigen Arbeiten auszuführen«, fuhr Herbie fort.

»Ich bitte Sie, mich nicht herabzuwürdigen«, entgegnete Ares.

Aber Herbie war in Fahrt. »Das ist keine Herabwürdigung, sondern die Wahrheit. Und ich befehle dir jetzt, die Tür aufzubrechen. Du bist vielleicht nicht der Schlauste, aber zweifellos sehr kräftig. Das solltest du schon hinkriegen. Mach schon!«

»Negativ. Sie sind nicht mein Primärer User.«

Herbies Gesicht verfärbte sich vor Wut. »Du elender Trottel.« Er holte aus, um den Roboter zu schlagen, doch Ares war wesentlich schneller. Er packte Herbies Handgelenk und drückte zu. Der Redakteur schrie vor Schmerzen.

»Lass mich los!«, kreischte er.

Diesmal hörte Ares auf ihn. »Ich bin so ausgerichtet, Schaden von mir abzuwenden und damit meinen Wert zu erhalten«, sagte er entschuldigend.

Herbie rieb sein Handgelenk. »Was für ein Geschwätz. Ich sehe schon, du bist zu nichts …« Er stoppte, als er sah, wie Ares' Augen aufglühten wie zwei heiße Kohlestücke.

Herbie winkte ab. »Schon gut, ich habe nichts gesagt.«

»Fein«, meinte Ares nur und ging.

Als der Roboter außer Hörweite war, fluchte Herbie: »Wie ist denn dieses Ding drauf?«,

»Du wolltest ihn schlagen. Er hat sich lediglich verteidigt«, sagte Victoria.

»Ares ist nur eine Maschine«, stieß Herbie hervor. »Er kann keine Schmerzen empfinden. Und er hat verdammt noch mal zu gehorchen.«

»Aber offensichtlich nicht dir«, bemerkte Feline. »Lasst uns weiter nach einer Fluchtmöglichkeit suchen.«

Sie probierten es in sämtlichen Räumen des Erdgeschosses. Ohne Erfolg.

»Mein Gott, wo sind wir hier nur hineingeraten?«, sagte Victoria, als sie wieder in der Küche waren.

Die anderen beiden hatten darauf keine Antwort.

Zum wiederholten Male checkte Feline ihr Handy. »Nach wie vor kein Empfang«, sagte sie.

Auch Victoria überprüfte ihr Smartphone. Sie schüttelte den Kopf. »Ob die anderen Teams mehr Erfolg haben?«, überlegte sie laut.

»Das werden wir sicher gleich erfahren«, meinte Herbie und fügte nach einer kleinen Pause an: »Irgendwie habe ich Hunger. Aber natürlich ist keiner dieser Diener da, wenn man sie braucht.« Er ging zum Kühlschrank, holte eine Platte mit kaltem Braten heraus und stellte sie auf den Tisch. »Ihr auch?«

Die Frauen verneinten, und so begann der Redakteur allein zu essen. Er schob sich eine Scheibe nach der anderen in den

Mund. Herbie schmatzte, seine Finger und Lippen glänzten fettig.

Victoria und Feline wandten sich rasch ab.

»Kaffee?«, fragte Feline.

»Gern«, entgegnete Victoria.

Feline holte zwei Tassen, Milch und Zucker.

»Ich möchte bitte auch einen«, rief Herbie. »Hast du dazu vielleicht etwas Süßes, Feline?«

»Sicher«, sagte sie kühl.

Als Herbie sich über Kaffee, Kekse und Schokoplätzchen hermachte, meinte er: »Eigentlich ist dieses Haus ja ein Traum. Die Lage, die Größe, die Ausstattung, die Technik.« Er pulte kurz in seinen Zähnen herum, lutschte den Zeigefinger ab und schob ihn zum Trocknen in die Hosentasche. »Eigentlich. Aber damals, als ich die große Homestory im *Metronom* über Sunny gemacht habe, hat die Technik ja auch noch funktioniert.« Er schaute zu Victoria. »Meinen Bericht hast du sicher gelesen, oder?«

»Nein«, erwiderte die Sängerin.

»Macht nichts, ich kann ihn dir mal mailen oder den Link schicken«, bot Herbie an. »Über dich würde ich übrigens auch gerne mal eine Homestory machen, Victoria.«

»Muss nicht sein«, sagte sie.

»Oh, das solltest du nicht so schnell abtun.« Herbie klang ein wenig gekränkt. »Das hat große Vorteile für dich.«

Er begann, auf die sichtlich gelangweilte Victoria einzureden und die seiner Meinung nach unschlagbaren Vorteile zu preisen.

Feline verdrehte die Augen. Seit Herbies Heimsuchung in dieser Villa und als rechte Hand von Sunny wusste sie nur zu gut, wie das Ganze ablief.

Die Zauberformel hieß *Koops*. Kooperationen wurden zwischen einem Magazin wie dem *Metronom* und einem Künstler wie Sunny beziehungsweise dessen Management abgeschlossen und kosteten in der Regel einen fünfstelligen Betrag. Die *Koops* zielten auf die Bereiche Print, Online und Handel ab.

Im Printsektor gab es ein Feature oder eine Homestory über eine ganze Seite im Blatt, die Einbindung als Abo-Prämie und eine Verlosung mit Abbildung des aktuellen Covers der Single oder des Albums. Beim Online-Auftritt des *Metronoms* bekam man für das Geld neben der Veröffentlichung der Homestory ein Banner auf der Startseite der Webseite für zwei Wochen, die Erwähnung an bevorzugter Stelle im wöchentlichen Newsletter, einen Direktzugriff auf Infos zur Neuerscheinung durch einen eigenen Menüpunkt und Verlinkung sowie Audiofiles und Interview als Stream und Download.

Die Redaktion garantierte zudem für den Bereich Handel, dass das Cover auf den Aufstellern in Plattenläden sowie im Magazin-Display zu sehen war.

Natürlich fiel in sämtlichen Berichten kein kritisches Wort über die Musik des Künstlers. Es handelte sich um eine als redaktionellen Beitrag kaschierte Werbe-Kampagne.

Victoria setzte ihre Kaffeetasse ab. »Okay, okay, lass gut sein«, versuchte sie, Herbies Redefluss zu stoppen, aber der war nicht zu bremsen.

»Das Ganze rechnet sich wirklich«, meinte er kauend.

Die Sängerin floh in Richtung Tür, die zum Flur führte. »Lasst uns nach den anderen sehen.«

Herbie stopfte sich noch einen Keks in den vollen Mund und folgte ihr. Dann kam auch Feline.

Doch die Holztür schwang vor ihnen zu.

»Was soll das denn jetzt wieder?«, schimpfte Herbie. »Lasst mich mal.«

Er zog und rüttelte an der massiven Tür.

»Das kannst du vergessen«, sagte Victoria. Sie wirkte nervös.

Aber Herbie ließ erst nach gut zwei Minuten locker und verpasste der Tür schließlich einen Tritt.

»Dann eben nicht. Es gibt noch die Tür zum Wohnzimmer«, sagte er und schritt voran.

Diese war nun jedoch ebenfalls verschlossen.

»Ich fasse es nicht«, flüsterte Victoria.

»Vielleicht können wir die Tür mit irgendetwas aufbrechen.« Feline sah sich suchend in der Küche um.

Doch die Attacke gegen die Tür kam nicht von ihnen. Etwas Schweres schlug von außen gegen das Holz.

Victoria stieß einen spitzen Schrei aus, und Herbie legte ihr einen Arm um die Schultern. »Ganz ruhig, ich bin bei dir.«

Sie entwand sich ihm. »Fass mich nicht an«, fauchte die Sängerin, zog eine der Schubladen auf und kramte darin herum.

Langsam ging Feline zur Tür. »Wer ist da?«

Die Antwort war ein weiterer Schlag, der mit so großer Wucht geführt wurde, dass der Rahmen der Tür erbebte. Feline wich zurück.

»Aufhören, aufhören!«, schrillte Victorias Stimme durch den Raum, während sie weiter in der Schublade wühlte. Jetzt hatte sie ein elektrisches Messer in der Hand und lief damit zu Feline.

»Dann komm doch rein, du Schwein. Ich habe hier etwas für dich!«, schrie die Sängerin durch die Tür.

»Vorsicht«, mahnte Herbie und griff nach der Waffe.

»Hau ab«, fauchte Victoria, der Tränen über das Gesicht strömten.

Doch Herbie gelang es, ihr das Messer abzunehmen. »Ich … ich werde euch beschützen«, versprach er stammelnd.

Victoria lachte höhnisch. »Du?«

Der nächste Schlag, und in der Mitte der Tür entstand ein Riss.

Noch ein Hieb und noch einer. Der Riss wurde größer, Splitter flogen in die Küche – und dann steckte das stählerne Blatt einer großen Axt im Holz.

25.

Es lief gut, richtig gut. Eigentlich perfekt.

LeRêve lächelte in sich hinein.

Es war ein feiner Schachzug gewesen, Bodo in die illustre Runde zu bitten. Auch das delikate Geschenk von diesem aalglatten Jules hatte für viel Stimmung gesorgt. Dann die ersten Leichen, gefolgt von der Gewissheit der bisher noch Lebenden, dieses monumentale Grab – oder *Smarthome* – nicht mehr verlassen zu können.

Die vier Teams waren ebenso eine wundervolle Idee. Das galt auch für das Ziehen der Zettelchen mit den Namen darauf. Die Gesichter, wenn jemand in die seiner Meinung nach falsche Gruppe kam – einfach köstlich! Es wäre langweilig gewesen, wenn zufällig Leute in den Teams zusammengekommen wären, die sich irgendwie mochten. Davon gab es unter den

Gästen zwar nur wenige, aber es wäre möglich gewesen. Doch der Zufall hatte es so gewollt, dass die Teams alles andere als harmonisch zusammengewürfelt waren. Fein.

Eigentlich war es völlig unerheblich, wer an der Seite von wem um sein Leben kämpfte. Sterben würden sie schließlich alle. Aber das wussten sie nicht. Genau das erhöhte den Reiz des Spiels.

Interessant war auch zu sehen, wie sie jetzt versuchten, sich zu positionieren: Wer war der Anführer, wer der Mitläufer, wer hatte eine Idee, wer machte einfach nur mit und wartete darauf, dass man ihm oder ihr sagte, was zu tun war?

Und wie diese schönen alten Geschichten wieder hochkamen. Geschichten von Neid und Eifersucht, Missgunst und Hass. Es ging um Schulden und andere nicht beglichene Rechnungen. Es deutete sich bereits an, dass es nicht nur bei Anklagen bleiben würde. Womöglich ging es noch weiter, Stufe für Stufe hinauf auf der Treppe der Eskalation.

LeRêve schloss die Augen und genoss die Vorstellung. Wenn der Druck wuchs, würden die Teammitglieder früher oder später aufeinander losgehen, um ihr eigenes Leben zu retten – und das hoffentlich nicht nur verbal. Vielleicht würden sie beginnen, einander Fallen zu stellen. Oder noch schöner: sich gegeneinander zu töten.

Damit würden sie LeRêve einen Teil der Arbeit abnehmen.

Es war nicht so, dass LeRêve diese Arbeit – oder besser: diese Aufgabe – nicht gerne selbst übernommen hätte, aber den ignoranten Abschaum dazu zu bringen, sich gegenseitig zu verdächtigen, zu belauern und auszuschalten, hatte auch seinen Reiz.

Die Rolle des Zuschauers gefiel LeRêve also durchaus, denn dank der vielen Kameras im Haus und in den Augen der Roboter, die gestochen scharfe Bilder lieferten, konnte man alles gut mitverfolgen.

Es war ein Spiel ohne Regeln, mit vielen Variationsmöglichkeiten und einem klar definierten Ende im wahrsten Sinne des Wortes.

LeRêve sah auf die App und bemerkte, dass es Zeit für den nächsten Spielzug war.

26.

Ich. Will. Leben.

So simpel, so stark.

Sebastian summte und sang die drei Worte vor sich hin. Irgendwie hatte er es mit Mr Grey doch noch zum Schreibtisch mit dem Laptop geschafft.

Er begann mit der Melodie und versuchte, sie mittels der Pads auf der MK2 einzuspielen. Dafür wählte er einen sanften Pianoklang. Doch Sebastian hatte Mühe, sich zu konzentrieren. Zudem zitterten seine Hände, sodass er wiederholt die falschen Noten anschlug.

Doch dann war es geschafft. Oder?

»Was meinst du?«, fragte er leise. »Gefällt es dir?«

Zu Sebastians Bedauern schwieg Mr Grey. Feedback war für Musiker immer immens wichtig, gerade für jemanden wie

Sebastian, der noch jung und recht unerfahren war. Ihm fehlten Routine und Selbstsicherheit.

Etwas kitzelte an seinem linken Fuß, und Sebastians trüber Blick glitt hinab. Ein kleines dickes Tier schickte sich gerade an, in seinen Schuh zu klettern.

Eine Made?

Gewiss, dachte Sebastian, aber er wusste, dass er nicht die Kraft aufbringen würde, sich zu bücken. Nicht jetzt. Später, wenn er fertig war. Der Song konnte gut werden und ihn retten. Aber er musste am Ball bleiben, er durfte keine Energie verschwenden.

Denn Sebastian fürchtete, dass ihm, wenn er sich jetzt bücken würde, um das Vieh zu entfernen, schwindlig werden könnte – und dann war womöglich alles vorbei.

Also weiter.

Eine Welle der Erschöpfung überrollte ihn, als er nach den geeigneten Presets in der Sound-Bibliothek suchte. Immer wieder verschwammen die Patterns vor seinen Augen.

Doch hier, ja, da war etwas, das wirklich gut klang.

Wieder ein Blick zu Mr Grey. Hatte der genickt?

Schön. Das passte doch schon mal.

Sebastian schluckte. Sein Mund war trocken, die Zunge klebte am Gaumen. Er musste etwas trinken. Doch die Wasserflasche stand neben dem Bett. Unerreichbar, jedenfalls für den Moment.

Jetzt zum Tempo. Eher getragen und langsam, voller Sehnsucht? Oder fröhlich, aktiv, schnell? Wie viel BPM?

Er könnte zu Beginn des Songs auch den Beat komplett weglassen und stattdessen einen Chor, untermalt von Streichern, singen lassen. Gemischt, oder nur Frauen oder nur Männer, gregorianisch angehaucht?

Sebastian probierte es aus.

Nein, das Gregorianische war zu viel, zu bombastisch. Dieser Sound war auch nicht mehr angesagt. Lieber die gemischte Variante, klar und rein.

Nun spürte Sebastian ein weiteres Kribbeln, diesmal an seinem linken Bein. Unter dem Stoff der Hose bewegte sich etwas über die Wade zielstrebig zu seinem Knie hinauf. Eine Invasion von Maden, ahnte Sebastian.

Er ignorierte sie.

Als er mit dem Chor fertig war, hatten die Tierchen seine Leisten erreicht. Ein Teil verweilte dort, die anderen Maden dehnten ihre Expedition aus.

Der Text!

Sebastian konnte es schlecht bei diesen drei Worten belassen. Er öffnete ein weiteres Fenster auf dem Laptop. Wieder begann er zu summen, erst den Refrain, dann die Strophen.

Sebastian tippte ein paar Worte. Absatz, nächste Zeile. Reim. Nein, es war … was hatte er da geschrieben? Er beugte sich vor. Das ergab keinen Sinn.

Neuer Versuch, aber die Buchstaben begannen zu tanzen. Seine Hände umklammerten den Laptop.

Bitte.

Ich. Will. Leben.

Und wo war Mr Grey?

Weg.

Ein Luftzug vielleicht oder eine fahrige Handbewegung, die den guten Freund auf den Boden befördert hatte? Vermutlich. Doch Sebastian konnte da nicht runter, Mr Grey schien so unendlich weit entfernt.

Fraßen Maden auch eine Wollmaus?

Bloß nicht.

Weiter im Text, mach schon. Du kannst das.

Bitte.

Ich. Will. Leben.

Mühsam feilte er am Songtext. Sebastian kam voran, aber sehr langsam. Als er endlich fertig war, wechselte er zum PC-Fenster mit der Komposition.

Es war leer.

Nein, nein, nein. Wie war das möglich?

Hatte Sebastian sein Werk irgendwie unabsichtlich gelöscht? Oder vergessen, es zu speichern?

Sein Mund öffnete sich zu einem erstickten Schrei, während eine Made über seine Hand kroch.

27.

»Was ist das wohl für ein Gefühl, wenn man jemanden tötet?« Cem klopfte eine neue Zigarette aus dem Päckchen.

Milo sah ihn kopfschüttelnd an. »Das kann ich jetzt wirklich nicht gebrauchen.«

Cem steckte sich die Zigarette an. »Ich finde die Überlegung wirklich interessant. Ist es zum Beispiel Genugtuung? Was meinst du, Mona?«

Ihre Augen blitzten. »Willst du mich schon wieder provozieren?«

»Ich möchte nur deine Meinung hören«, gab Cem ruhig zurück.

Sie dachte einen Moment nach. »Na schön. Es kommt wohl darauf an, warum man jemanden ermordet.«

Cem nickte. »Richtig. Bei einem Raubmord will man nur an die Wertsachen des Opfers. Ein Schuss, ein Stich oder ein Schlag. Es muss schnell gehen, man schnappt sich die Beute und verschwindet. Der Tod des Opfers ist nur ein notwendiger Schritt, um an das zu kommen, was man haben will.«

»Notwendig ist ein Mord nie«, widersprach Mona.

»Doch, bei einigen Zeitgenossen der Zeitgeschichte wäre es absolut notwendig gewesen, sie möglichst früh auszuschalten«, sagte Milo.

»Sehe ich auch so«, stimmte Cem ihm zu. »Hitler, Pol Pot, Stalin, Mao und andere Massenmörder, um nur einige zu nennen. Aber zurück zu …« Er zögerte einen Moment, als suche er nach den richtigen Worten.

»… zu unseren kleinen Morden?« Mona stieß ein seltsam schrilles Lachen aus.

»Wenn du so willst«, meinte Cem ungerührt. »Raubmord scheidet bei Leon und Hansi wohl aus.«

Milo dachte an Hansis Leiche im Weinkeller zurück. Das viele Blut, die Hirnmasse. Das war kein einzelner Schlag gewesen, um die Sache rasch zu Ende zu bringen. Hier hatte jemand Lust am Töten gehabt und wieder und wieder zugeschlagen.

War es Cem gewesen, jener Cem, der hier über die Gefühle sprach, die man wohl beim Töten empfand? Ein Ablenkungsmanöver womöglich?

»Was ist, wenn Hass im Spiel ist?«, sagte Cem. »Oder Eifersucht oder Rache. Was empfindet man dann? Kostet man den Tod des anderen aus? Will man ihn sterben sehen?« In Cems Augen trat ein seltsamer Glanz. »Lehnt man sich zufrieden zurück und schaut dem Opfer zu, wie es aus dem Leben scheidet – oder ist es eher Ekstase, gerät man in einen Rausch und ...«

»Hör auf«, unterbrach Milo.

»Nein. Es ist doch ein Unterschied, ob man – zum Beispiel – nur einen tödlichen Schuss abgibt oder mehrfach abdrückt, obwohl das Opfer bereits tot ist«, ließ sich Cem nicht beirren. »Also kann man von der Art des Tötens auf das Motiv schließen.«

»Cem, der kleine Profiler«, ätzte Mona. »So etwas in der Art kannst du dir auch jeden Sonntagabend im *Tatort* anhören. Du langweilst. Konzentriere dich lieber darauf, wie wir hier herauskommen.«

Cems dunkle Augen wanderten zu ihr. Ein Lächeln stahl sich in sein Gesicht. »Du kannst es kaum erwarten, bis du etwas zu trinken bekommst, oder?«

Mona winkte ab und wollte gerade etwas erwidern, als sich die Tür zu Sunnys Wellnessoase öffnete und Peitho darin erschien.

»Na endlich!«, rief Mona, während Milo den Roboter wie eine Fata Morgana anglotzte. Wie hatte Peitho die Tür so ohne Weiteres öffnen können?

Er sprang auf und ging mit den anderen auf Peitho zu, hinter der sich die Tür schloss.

Der Roboter nickte ihnen zu und marschierte Richtung Sauna.

Milo wollte in den Flur, doch die Tür war nun wieder zu.

»Sind Sie so nett und lassen uns raus, Peitho? Wenn Sie gerade so einfach in diesen Raum hineingekommen sind, werden Sie doch auch wissen, wie man wieder hinauskommt.«

Der Roboter wandte sich an der automatischen Tür zur Sauna um. »Wie bitte?«

Milo stöhnte leise auf. Was war an seiner Frage so schwer zu verstehen?

»Lassen Sie uns bitte raus«, wiederholte er langsam und mit Nachdruck.

Der Roboter meinte jedoch: »Ich muss hier aufräumen.«

»Nein, müssen Sie nicht«, sagte Milo gereizt. »Unabhängig davon, dass hier alles aufgeräumt ist, brauchen wir Ihre Hilfe.«

»Ich muss aufräumen«, beharrte Peitho. Auch sie sprach jetzt mit Nachdruck. So, als müsse sie ein störrisches Kind belehren, und die Art und Weise, wie sie das Wort aufräumen betonte, jagte Milo einen Schauer den Rücken hinunter.

Der Roboter drückte einen Schalter an der Außenwand der Sauna, und die massive Tür aus Sicherheitsglas ging auf. Peitho blieb daneben stehen.

»Kommen Sie bitte her und öffnen die verdammte Tür zum Flur!«, rief Milo.

Peitho bewegte sich nicht und schaute sie ausdruckslos an.

»Dieses Miststück von einem Roboter spielt ein abgefucktes Spiel mit uns«, zischte Cem.

»Sieht so aus«, meinte Mona. »Machen Sie gefälligst das, was man Ihnen befiehlt, Peitho.«

»Negativ, Sie sind nicht mein Primärer User.«

Milo war klar, dass sie mit Drohungen oder gar Beleidigungen nicht weiterkamen. Sie mussten Peitho irgendwie auf ihre Seite ziehen. Mit ihrer Kraft konnte es womöglich gelingen, die Tür aufzubrechen.

»Aber Sie könnten uns freundlicherweise helfen«, sagte er sanft.

Peitho lehnte ab und blieb dabei: »Ich muss aufräumen.«

»Die geht mir vielleicht auf die Nerven!«, platzte es aus Cem heraus. »Dann schleife ich den Blechhaufen eben her.« Er lief auf den Roboter zu.

»Vorsicht«, warnte Milo, doch Cem ließ sich nicht aufhalten und streckte die rechte Hand nach Peitho aus.

Der Roboter packte zu und verdrehte sie. Cem schrie auf. In der nächsten Sekunde drückte Peitho Cem einhändig wie ein Spielzeug gegen die Wand der Sauna. Peithos andere Hand umschloss Cems Hals.

Milo und Mona stürzten hinzu und versuchten, Peitho von Cem wegzuziehen.

Doch der Roboter schleuderte erst Mona und dann Milo in das Innere der großen Saunakabine.

Milo knallte gegen eine Bank. Wieder das Knie. Er ignorierte den Schmerz, packte den leeren Holzeimer für die Aufgüsse und wollte damit auf Peitho eindreschen, doch die beförderte gerade Cem in die Kabine, sodass Milo den Hieb abbrach, um nicht Cem den Schädel einzuschlagen.

Peitho verschloss die Saunatür.

Milo schob Cem beiseite und versuchte, die Tür zu öffnen. Umsonst. Voller Wut schlug er mit dem Eimer dagegen, aber die Tür vibrierte lediglich leicht im Rahmen.

»Lassen Sie uns raus!«, schrie er durch das Glas.

Peithos Gesicht war eine ausdruckslose Maske. Sie wandte sich ab und verschwand aus Milos Blickfeld.

Fassungslos ließ der den Eimer sinken. »Warum tut die das?«

»Vielleicht macht es ihr Spaß«, keuchte Cem. Er rieb seinen Hals.

»Nein«, sagte Mona. »Die kennt doch keine Gefühle. Dazu ist ein Ding wie Peitho nicht in der Lage.«

Wirklich?, schoss Milo durch den Kopf. Er dachte an den Moment zurück, als Kybele Ares' Arm berührt und er gelächelt hatte …

Jene Kybele, die so gerne Sachen klein schnitt und dabei »Cuts Like a Knife« von Bryan Adams summte.

»Jemand muss die so programmiert haben«, fuhr Mona fort. Cem ließ sich auf eine der stufenförmig ansteigenden Bänke sinken. »Der Primäre User …«

»Genau, also Sunny«, meinte Mona. »Ihm gehören die Maschinen schließlich.«

»Ja, doch warum sollte er das tun?«, widersprach Milo. Aber wenn es Sunny nicht war, wer dann?

»Womöglich macht es nicht Peitho, aber ihm Spaß«, sagte Mona leise, während sie die High Heels auszog. »Ihr ahnt ja gar nicht, auf was Sunny so alles steht …«

»Danke, keine Details aus eurer gescheiterten Ehe. Das möchte ich jetzt wirklich nicht wissen«, sagte Cem schnell und rüttelte vergeblich an der Tür. »Peitho sehe ich nicht mehr, sie scheint weg zu sein«, sagte er dabei.

Milo spähte ebenfalls durch das Glas. »Wir überblicken von hier aus nur einen Teil des Raums. Sie könnte durchaus noch da sein.«

Cem nickte. »Trotzdem, wir müssen versuchen, hier rauszukommen.«

Gemeinsam kämpften sie sich mit der Tür ab, doch die war extrem stabil.

»Gibt es keine Notentriegelung für solche Fälle?«, ließ sich Mona vernehmen, die neben dem Ofen Platz genommen hatte.

Milo schaute sich prüfend um. Rechts oben war ein kleiner roter Schalter. Er drückte ihn, doch es tat sich nichts.

»Eigentlich klar«, sagte Milo. »Wenn jemand möchte, dass wir aus der Kabine nicht mehr rauskommen, wird er auch daran gedacht haben. Alles kann man in diesem verdammten *Smarthome* von außen steuern.«

»Aber woher weiß derjenige überhaupt, dass wir hier unten sind?«, fragte Cem.

»Denk doch nur an die vielen Kameras«, erwiderte Milo.

»Stimmt.« Cem stöhnte auf. »Dann wird der Scheißkerl unsere Bemühungen jetzt vielleicht sogar live mitverfolgen. Ein ganz neues Reality-TV-Format.« Er keuchte wieder, wischte sich über die Stirn. »Ganz schön warm hier drinnen, oder?«

»Vielleicht solltest du weniger rauchen, dann bist du nicht so schnell außer Atem«, meinte Mona. »Und ... nein, verdammt, der Ofen ist angegangen.«

Milo schaute zu den grauen Steinen in dem Behälter aus poliertem Edelstahl und bemerkte einen rötlichen Schimmer, der rasch intensiver wurde.

Milo ahnte nichts Gutes. »Die Temperatur kann man bestimmt nur von außen regeln.«

»Ganz genau«, stellte Cem fest, während er das Sakko ablegte und sein Hemd aufknöpfte. »Peitho – oder wer auch immer – will uns grillen.«

Milo schaute zum Thermometer. 30 Grad. Dabei würde es nicht bleiben.

»Los, Cem, noch einen Versuch an der Tür.«

Als das Thermometer 50 Grad zeigte, gaben sie es auf und ließen sich erschöpft auf eine Bank möglichst weit weg vom Saunaofen fallen.

»Und jetzt?«, überlegte Milo laut, während er besorgt auf den inzwischen tiefrot glühenden Ofen schaute. Schweiß bedeckte sein Gesicht, die Zunge klebte ihm am Gaumen. Sein Blick wanderte weiter zu dem Eimer für die Aufgüsse. Milo stellte sich vor, wie dieser sich auf magische Weise mit kühlem Wasser füllte. Aber alles, was sich am Boden des Eimers fand, war ein wenig Staub.

Weder Cem noch Mona antwortete ihm, und Milo beschloss, neue Kräfte zu sammeln, um es gleich noch einmal zu probieren. Hätte er doch nur etwas zu trinken.

Kurze Zeit später, das Thermometer war auf 80 Grad gestiegen, begann Mona, gegen die Holzwand hinter ihr zu klopfen.

»Auch wenn Peitho uns hören sollte, wird die uns nicht helfen«, meinte Cem. »Also, was soll das?«

»Was das soll? Im Gegensatz zu dir Idiot unternehme ich wenigstens irgendetwas. Und dabei ist mir aufgefallen, dass das Holz nicht besonders stabil wirkt – jedenfalls nicht so stabil wie die Tür.«

Milo war wie elektrisiert. »Du meinst, wie könnten versuchen, durch eine der Wände zu brechen?«

Mona nickte. »Am besten durch die neben dem Ofen.«

»Warum gerade da?«, wollte Cem wissen. »Dort ist es am heißesten.«

»Mein Gott, bist du begriffsstutzig«, sagte Mona. »Schau genau hin. Dann wirst du sehen, dass dort die Stromleitung zum Ofen verläuft. Da ist also bereits ein Loch in der Wand.«

Milo gab ihr in Gedanken recht. Hier sollten sie es probieren. Er musterte die Wand eingehend. Sie schien aus vorgefertigten Elementen, die etwa einen Meter breit und zwei Meter hoch waren, zusammengefügt zu sein. »Okay, dann mal los.«

Cem und er warfen sich wieder und wieder gegen die Holzwand. Nach dem fünften Anlauf stellten sie fest, dass die Schrauben an der oberen Zierleiste nachgaben und sich die Stelle, wo sich die beiden Bauelemente trafen, nach außen wölbte.

»Das könnte wirklich funktionieren«, schnaufte Milo. Der Schweiß brannte in seinen Augen, seine Haut war rot.

»Lasst uns das hier mal nehmen«, schlug Mona vor und deutete auf die Bank, auf der sie gesessen hatte. »Die ist lose. Man kann sie unter die nächst höhere schieben – wie bei einer ausziehbaren Treppe.«

Milo und Cem benutzten die Sitzbank wie einen Rammbock. Es krachte infernalisch, als sie damit gegen die Wand stießen. Aber sie kamen voran. Kühlere Luft strömte durch einen deutlich sichtbaren Spalt in die Sauna.

»Das ist es!«, feuerte Mona sie an und packte nun das hintere Ende ihres Werkzeugs. Sie stürmten zu dritt gegen die Wand an. Es splitterte, das Holz ächzte – und dann gaben die beiden Bauelemente nach. Sie krachten nach außen auf die Fliesen, wobei das Starkstromkabel aus dem Ofen gerissen wurde.

Erst Milo, dann Cem und schließlich Mona taumelten aus ihrem heißen Gefängnis. Dabei berührte Mona mit dem rechten Knöchel das blank liegende Kabel. Der Strom verbrannte ihre Haut und schoss in ihren Körper. Sie stieß einen unmenschlichen Schrei aus, als der Stromschlag sie zu Boden schleuderte und ihre inneren Organe innerhalb von Sekundenbruchteilen zerstörte. Mona verkrampfte sich, sie wand sich wie eine Schlange. Plötzlich richtete sie ihren Oberkörper auf und starrte in Milos Richtung. Aus ihrem Mund tropfte weißer Schaum, blutige Tränen strömten über ihre Wangen. Unvermittelt kippte sie nach hinten und röchelte noch einmal.

Dann lag sie still, die toten Augen weit aufgerissen.

28.

Ela spürte, wie eine scharfe Kante der zersprungenen Scheibe ihre Haut aufritzte. Blut lief ihr über das Gesicht, während sie auf die Hand des Roboters einprügelte. Doch Kybele ließ nicht locker, sie zog an Elas Haaren, als wolle sie Ela durch das Glas aus dem drei Tonnen schweren Wagen zerren.

Jules hatte die rettende Idee. Unvermittelt trat er auf die Bremse, und der SUV blieb stehen. Jules rammte den Vor-wärtsgang rein und gab Vollgas. Der Wagen stürmte nach vorn, und Kybeles Hand verschwand samt einem Büschel von Elas Haaren aus dem Auto.

Ela wischte sich über das Gesicht mit den vielen kleinen Schnitten. Sie brannten, aber da recht wenig Blut floss, schloss Ela daraus, dass die Verletzungen nur oberflächlich waren.

Ein Ruck, als der SUV den bulligen Kühlschrank streifte, der nach vorn auf eines der Ledersofas kippte und es unter sich begrub.

Jules stoppte erneut. Rückwärtsgang, Anlauf. Der Wagen schob sich mit blubberndem Motor nach hinten.

Ela drehte sich um, starrte durch die Scheibe.

Kybele? Wo war der verdammte Roboter?

Da knallte etwas auf die breite Motorhaube, und Saskia stieß einen schrillen Schrei aus.

Ela wandte sich wieder nach vorn. Ihr stockte der Atem. Kybele kauerte wie ein Dämon auf der Kühlerhaube und ließ einen zwölf Kilo schweren Vorschlaghammer aus geschmie-detem Karbonstahl auf das Dach des Autos krachen.

Jules verriss das Steuer, das gelbe Ungetüm geriet nach links und grub sich mit dem Heck voran in das Podest, auf dem die mitternachtsblaue Harley stand. Es schien, als würde das Motorrad um Balance kämpfen – wie ein Artist auf einem hin und her schwingenden Seil. Die Harley verlor den Kampf, kippte zur Seite und donnerte auf den SUV, wobei dieser förmlich in die Knie ging. Kybele wurde zur Seite geschleudert, der Hammer glitt ihr aus den Händen. Dann rutschte das Motorrad vom Geländewagen auf den filigranen Glastisch bei den Loungemöbeln und pulverisierte ihn.

Der Motor erstarb.

»Nein«, flüsterte Ela voller Panik. »Bitte nicht.«

Jules betätigte mit zitternden Fingern den Anlasser. Einmal, nichts. Zweimal, nichts.

»Komm schon!«, flehte er.

Ein hässliches Geräusch an der Seite, wo Saskia saß. Kybele hatte sich wieder aufgerappelt und riss am Türgriff.

»Fahr los!«, schrie Saskia.

»Ich versuch es doch, verdammt!«

Der Motor leierte.

Etwas knirschte im Metall, dann gab es einen Ruck. Kybele hatte den Türgriff abgerissen. Jetzt benutzte sie ihn wie einen Schlagring und hämmerte damit auf die Scheibe ein.

Saskia zog den Kopf ein, schlang die Arme um sich, als wäre ihr kalt, wimmerte.

Wie lange würde Kybele brauchen, bis sie im Wagen war, wie lange bot ihnen der noch ein wenig Schutz?, überlegte Ela fieberhaft. Konnten sie den Roboter vielleicht zu dritt überwältigen?

Kybele ließ den Türgriff fallen und packte wieder den Vorschlaghammer.

In dieser Sekunde erfüllten Vibrationen das Wageninnere.

Der Motor lief, und Ela spürte ein schwaches Pflänzchen der Hoffnung in sich keimen.

Jules fuhr nach vorn, um aus den Trümmern des Podestes herauszukommen. Doch in seiner Hektik beschleunigte er zu stark und rammte den linken Kotflügel der Corvette, der tief eingedrückt wurde. Noch schlimmer: Das gelbe Monstrum war erneut blockiert. Jules kämpfte mit der Gangschaltung und dem Lenkrad wie ein Fahrschüler.

Ela schloss kurz die Augen. Jules war so unfähig. Warum nur hatten sie gerade diesen Vollidioten ans Steuer gelassen? Aber sie konnten jetzt schlecht die Plätze tauschen.

Als Ela die Augen wieder öffnete, bemerkte sie einen Funkenregen. Kybele hatte ein neues tödliches Spielzeug: einen Winkelschleifer, den sie gerade am Seitenholm ansetzte. Mühelos fraß sich die Diamanttrennscheibe durch das Metall.

Kybele wirkte jetzt wie ein konzentrierter Chirurg bei einer Operation – oder wie jemand, der mit Heißhunger eine Konservendose aufmachen möchte.

»Ich will schneiden«, erklärte Kybele. »Immer schneiden. Schneiden ist schön.« Dann sang sie Bryan Adams Song »Cuts Like a Knife".

Mit jagendem Puls sah Ela, wie der Roboter das Werkzeug jetzt auch für das ohnehin lädierte Glas auf ihrer Seite zweckentfremdete. Mit Erfolg, das Fenster schien sich regelrecht aufzulösen, und schon drang die sich mit 100 Metern pro Sekunde rotierende Trennscheibe des Winkelschleifers ins Wageninnere.

Ihr Ziel war Elas Hals.

Kurz bevor die Diamantscheibe ihren Kehlkopf zerfetzte, konnte Ela Kybeles Arm packen und ihn mit aller Kraft zurückdrücken.

Kybele, die sich vorgebeugt hatte und offenbar überrascht war von der Gegenwehr, reagierte einen Tick zu langsam. Die extrem scharfe Scheibe schnitt quer durch ihr Gesicht und hinterließ einen klaffenden Spalt von einer Wange zu anderen, wobei auch die Oberlippe abgetrennt wurde. Kybeles obere Zahnreihe lag frei, die Augenlider zuckten unkontrolliert. Winzige Kabel und Platinen hingen aus den Öffnungen, und etwas zähes Grünes lief heraus.

Für einen irrigen Moment rechnete Ela mit einem Schrei. Doch in Kybeles Augen lag kein Schmerz, sondern eine Mischung aus Überraschung und Ärger.

Der Roboter warf den Winkelschleifer weg und wollte durch die nun völlig zerstörte Scheibe Ela aus dem Auto zerren – vermutlich, um Elas Gesicht optisch dem ihrigen anzupassen.

Ela kämpfte mit dem Mut der Verzweiflung. Doch sie hätte keine Chance gegen Kybele gehabt, wenn nicht Jules seinen zweiten lichten Moment in dieser Nacht gehabt hätte. Ihm war es doch noch gelungen, den Geländewagen nach hinten in Bewegung zu setzen – und Kybeles Arme rutschten aus dem Auto.

Jules drehte sich um.

»Jetzt aber!«, rief er triumphierend, als sei er Herr der Lage. Seine Botoxbäckchen spannten sich bedrohlich, als er lächelte.

Er steuerte den SUV in Schlangenlinien zur rückwärtigen Wand, während Kybele neben dem Auto herlief und mit den Fäusten auf das Dach eintrommelte. Unvermittelt ließ sie aber vom Auto ab.

Jules bremste, kurz bevor es erneut knallte.

Ela starrte nach vorn zum Tor. Würde es gelingen?

Aber Kybele gab noch nicht auf, sie zerrte den schweren Kühlschrank in den Fluchtweg, als sei er aus Papier. Offenbar ahnte die kluge Maschine, was Ela, Saskia und Jules mit dem panzerähnlichen Geländewagen vorhatten.

Vorwärtsgang, Vollgas.

Der SUV bahnte sich seinen Weg durch den ehemaligen Showroom für ausgefallene Fahrzeuge, der jetzt eher einem einzigen Trümmerfeld oder einem Autofriedhof glich.

Nichts, so dachte Ela jedenfalls, würde dieses hässliche gelbe Ding aufhalten. Keine Kybele, kein Kühlschrank, kein Tor. Gleich waren sie hier raus aus dem Horrorhaus. Sie würden frei sein und Hilfe holen können.

Ela umklammerte den Türgriff und kontrollierte den Sitz des Gurtes, während die Schnitte in ihrem Gesicht pochten.

Ihr Herz begann noch schneller zu hämmern, ihre Gedanken wirbelten, und inmitten dieser Kaskade von Überlegungen, Eindrücken und Hoffnungen schloss ein böser Gedanke ihre feuerwerkähnliche Euphorie kurz.

Was wäre, wenn der Dreitonner es wider Erwarten nicht schaffte, durch das Tor zu brechen? Oder wenn sie, Saskia und Jules bei dem Crash schwer verletzt wurden und bewusstlos im Fahrzeug lagen?

Kybele hätte leichtes Spiel. Praktische Dinge zum Zerlegen der Beute gab es reichlich auf der Werkbank.

In diesem Moment rammte Jules den im Weg liegenden Kühlschrank. Der wurde zur Seite geschleudert und traf Kybele.

Ela sah, wie der Roboter zwischen Kühlschrank und Werkbank auf Hüfthöhe eingequetscht wurde. Er gab ein lautes, hässliches Knacken, als habe Kybele Knochen – vermutlich war es ihre Wirbelsäule gewesen, die aus irgendeinem Metall oder carbonfaserverstärktem Kunststoff bestand.

Sie klappte über dem Kühlschrank zusammen. Ihre Arme pendelten herab.

»Festhalten!«, schrie Jules.

Und dann kam er, der Aufprall. Das mächtige Fahrzeug hatte sich mittig in das Garagentor gebohrt.

29.

Er verschonte Bodos Kopf. Nicht, weil er Mitleid mit dem feisten Barbesitzer oder auch nur ansatzweise Skrupel gehabt hätte, sondern weil er fürchtete, irgendwelche Spuren zu hinterlassen, die ihn als Täter überführen könnten. Vielleicht ergab sich eine andere und vor allem bessere Chance.

»Was ist?«, fragte Bodo jetzt. Er stützte sich mit der einen Dachspfote auf der Hantelstange ab und wischte sich mit der anderen über die schweißnasse Stirn. »Du bist dran. Oder nimmst du dir eine Auszeit? He, ist irgendwas? Warum glotzt du so?«

Sunnys Mundwinkel zuckten in milder Belustigung. »Sorry, aber ich habe mir gerade noch einmal vorgestellt, wie es wäre, dir den Schädel einzuschlagen«, antwortete er lächelnd. »Herrlich.«

»Arschloch«, grunzte Bodo. »Und glaub mir: Ich bin schneller. Aber Tote zahlen keine Schulden zurück. Das ist der einzige Grund, warum du hier noch rumstolzieren und große Töne spucken darfst.«

Er packte die Hantelstange fester und machte einen Schritt auf Sunny zu. In seiner Stimme lag nun eine stählerne Härte. »Du wirst mich nicht los. Mich und die Schulden. Wenn wir aus diesem verfluchten Haus raus sind, werde ich dir richtig auf die Füße treten. Ich werde jeden Schritt sehen, den du machst und jedes Wort hören, das du sagst. Ich werde immer in deiner Nähe sein und ich schwöre dir: Du wirst die Kohle zurückzahlen.«

Die Worte hallten in Sunnys Kopf wider. Das klang so, als

könne Bodo ihn rund um die Uhr kontrollieren. War das nur leeres Gerede oder …

Ein Knall lenkte ihn ab. War das Geräusch aus der Garage gekommen, wo sich Ela, Jules und Saskia befanden? Hatten die es irgendwie geschafft – oder war denen etwas zugestoßen? Hätte er doch nur eine Verbindung zum Router. Dann könnte er sich mittels der App und der vielen Kameras im Haus einen Überblick verschaffen.

Sunny lauschte und bemerkte, dass auch Bodo die Ohren gespitzt hatte.

Als es keinen weiteren Knall gab, kehrten Sunnys Gedanken zu Bodo zurück.

Ließ der ihn etwa außerhalb der Villa von einem seiner Handlanger beschatten, und war Bodo es, der hier, in seinem *Smarthome*, die Kontrolle über die Technik hatte? Spielte also Bodo dieses kranke Spiel? Aber warum war der Scheißkerl selbst noch hier?

Vielleicht genoss Bodo die Nähe zu seinen Opfern und deren Leiden, dachte Sunny. Womöglich ergötzte der sich live daran, quasi in der ersten Reihe. Zuzutrauen war ihm das allemal.

Sunny musterte Bodo von oben herab. Doch wie sollte dem das technisch gelungen sein? Der Barbesitzer war kein Hacker.

Nein, Bodo mochte verschlagen und brutal sein und über eine gewisse Schläue und ausgeprägte Instinkte verfügen. Aber Bodo war niemand, der sich solch ein perfides Spiel ausdenken konnte. Dafür war der Dachs zu limitiert.

»Komm endlich in Gang«, raunzte Bodo ihn an.

Sunny legte los. Schweigend wechselten sie sich ab, und so vergingen weitere zehn schweißtreibende Minuten.

Bodo war gerade wieder an der Reihe, als Sunny etwas von der Seite ansprang. Dieses Etwas hatte vor Panik weit aufgerissene Augen, ein seidiges Fell und massives Übergewicht.

Ramses erklomm Sunny wie einen Kletterbaum, und das in einem erstaunlichen Tempo.

Sunny strich dem Kater durchs Fell. Dabei spürte er, wie schnell das Herz des Tieres pumpte. »Was hast du denn, mein Kleiner?«

Da stürmte auch Yuna in den Raum. Die Promoterin wirkte nicht minder verängstigt.

»Und was ist mit …« Sunny brach den Satz ab, als Yuna stumm in den Flur hinter ihr deutete.

Etwas, das entfernt an Kybele erinnerte, wankte auf sie zu. Die Bewegungen des Roboters waren seltsam eckig. Kybele zog das rechte Bein nach, dessen Knie vollkommen verdreht war. Die Hüfte schien verschoben, der ganze Körper aus dem Lot zu sein. Am schlimmsten aber war der Anblick ihres einst so hübschen Gesichts. Das sah aus, als habe es jemand mit einem Cuttermesser sehr gründlich bearbeitet. Ein tiefer Schnitt teilte das Gesicht in eine obere und eine untere Hälfte. Eine grüne Flüssigkeit lief aus der klaffenden Wunde und floss, da die Oberlippe fehlte, in den Mund der intelligenten Maschine. Kybeles Zähne klackerten in einem schnellen Rhythmus aufeinander, als habe sie Schüttelfrost.

Mit einer Hand schleifte sie einen Vorschlaghammer hinter sich her, und Sunny fiel auf, dass Kybeles linker Arm etwas länger war als der rechte. War der etwa aus dem Schultergelenk gesprungen?

»Um Himmels willen, was ist passiert?« Sunnys Stimme war heiser vor Besorgnis – und Angst.

Kybele stoppte und starrte Sunny mit ihren roten Augen durchdringend an.

»Weg«, sagte sie undeutlich. Etwas tropfte über ihr Kinn. »Sie sind weg.«

»Was? Wer ist weg?« Sunny spürte einen Kloß im Hals. Das

konnte vieles bedeuten. War Ela, Saskia und Jules die Flucht geglückt oder waren sie weg im Sinne von tot?

»Sagen Sie mir endlich, was passiert ist, Kybele.«

»Weg«, wiederholte sie stoisch und hob den schweren Hammer, als bestünde er aus Papier.

»Nehmen Sie das Ding runter«, befahl Sunny. Er versuchte, souverän zu klingen, ahnte aber, dass er sich so anhörte wie ein Spaziergänger, der unvermittelt und vollkommen allein einem Rudel tollwütiger Kampfhunde begegnete und versuchte, diese mit einem läppischen Kommando zu verscheuchen.

Sunny blickte kurz zu Bodo und Yuna. Der Barbesitzer stand breitbeinig da und hatte die Hantelstange fest gepackt. Er schien bereit, jeden Moment zuzuschlagen. Yuna hatte sich offenbar für eine andere Taktik entschieden. Sie hatte sich ein wenig zurückgezogen und schaute zum Loch im Rollladen, das aber immer noch viel zu klein war, als dass es eine Fluchtmöglichkeit hätte bieten können.

Sunnys und Yunas Blicke trafen sich. In den Augen der Promoterin lag eine Mischung aus Verzweiflung und Wut.

In diesem Moment griff Kybele an. Sie packte den Hammer und schwang ihn in einer kreisförmigen Bewegung. Die Attacke war nicht so präzise, wie sie es hätte sein können, wenn der Roboter vollkommen intakt gewesen wäre – und so gelang es Sunny, den Kopf in letzter Sekunde einzuziehen. Er spürte den Luftzug, als der Vorschlaghammer über ihn hinweg sichelte. Ramses schoss förmlich aus seinen Armen. Der Kater fauchte und maunzte.

Aus dem Augenwinkel bemerkte Sunny, dass ausgerechnet Bodo ihm zu Hilfe kam. Sicher nicht aus Nächstenliebe, sondern weil er keine Lust hatte, das nächste Ziel von Kybeles ganz spezieller Aufmerksamkeit zu sein. Der Barbesitzer ließ seine Hantelstange auf Kybeles rechtes Knie sausen. Es gab ein klirrendes, metallisches Geräusch, das Gelenk verrutschte, und Kybele knickte ein.

Sie stieß einen Wutschrei aus, der Sunny einen Schauer über den Rücken jagte, und attackierte nun Bodo. Der Hammer sauste auf ihn herunter, doch Bodo wehrte den Hieb ab, indem er die Stange waagerecht über sich hielt. Der schwere Hammerkopf rutschte an der glatten Stange entlang gegen seine Hand – und jetzt war es Bodo, der schrie.

Ein Gedanke flammte in Sunny auf. War jetzt der richtige Moment gekommen, war das die große Chance: Sollte er Kybele helfen und Bodo töten?

Aber zwei Dinge hielten ihn davon ab. Zum einen hätte er es dann allein mit Kybele zu tun, denn Yuna hatte noch nicht einmal eine Hantelstange, um ihn zu unterstützen. Er brauchte Bodo also, jedenfalls vorübergehend noch. Zum anderen würde Yuna alles mitansehen und konnte ihn später belasten.

»Helft mir!«, fiepte der Dachs.

Sunny rammte die Stange in Kybeles Rücken. Sie geriet aus dem ohnehin labilen Gleichgewicht und ging zu Boden.

Bodo hieb mit der Stange auf den Kopf des Roboters ein. Einmal, zweimal, dreimal. Dennoch kam Kybele auf alle viere hoch, sprang nach vorn und packte Bodo am Bein.

Dem Barbesitzer gelang es, sie abzuschütteln, indem er auf ihre Hand schlug.

»Raus hier!«, schrie Bodo und flüchtete in den Flur.

Sunny und Yuna folgten ihm. Ramses überholte die beiden nach wenigen Metern, und Sunny war erneut überrascht, zu welchem Tempo das dicke Tier in der Lage war. Es lag wie so oft an der Motivation.

»Wohin?«, rief Yuna.

Die Gedanken wirbelten hinter Sunnys Stirn – und als er unter der ausziehbaren Treppe hindurchlief, hatte er eine Idee.

»Auf den Dachboden«, erwiderte er. »Dort gibt es kleine Fenster, die keine Jalousien oder Rollläden haben. Durch die können wir womöglich aus dem Haus rauskommen.«

30.

Aus dem Riss wurde ein Loch, das groß genug war, um zu erkennen, wer auf der anderen Seite der Küchentür die Axt schwang.

»Ares, hören Sie auf!«, rief Feline. »Sofort.«

Herbie hielt das elektrische Messer fest umklammert. Er lachte schrill. »Als ob der auf dich hören würde ...«

Doch tatsächlich stoppte der hünenhafte Roboter den Angriff. Er schaute durch das Loch und fragte: »Kann ich sonst noch etwas für Sie tun?« Seine Stimme klang sanft.

»Was ... was soll diese Frage?«, stotterte Victoria.

Auch Feline und Herbie wirkten völlig perplex. Der Redakteur fasste sich als Erster.

»Ja, Sie können sich verpissen!«, brüllte er, drängte an die Tür und fuchtelte mit seiner Waffe herum. »Oder Sie lernen das hier kennen.«

Feline betrachtete Herbie mit unverhohlener Abscheu. Herbie war ein Mann, an dem alles weich war, der allem nachgab, der sich nach Belieben verbiegen konnte und auch wollte. Ein Mensch ohne Rückgrat. Der geborene Diener, unterwürfig und unauffällig bis zur Unsichtbarkeit gegenüber denen, die über ihn verfügten wie Sunny, aber aufdringlich und penetrant in den seltenen Momenten, in denen er sich überlegen fühlte. Jetzt gerade versuchte er sich in einer neuen Rolle. Herbie, der unerschrockene Held. Doch es war unübersehbar, dass Herbie zitterte, und es war unüberhörbar, dass seine Stimme einem lächerlichen Fiepen glich. Es war eine groteske Show mit einem überforderten Moderator.

Ares war von Herbies Performance erwartungsgemäß nicht beeindruckt. »Soll ich Ihnen vielleicht einen Tee zubereiten? Oder einen Kaffee?«, fragte die Maschine höflich. »Dafür müssten Sie mich aber bitte hereinlassen.«

»Sicher nicht!«, zischte Victoria, bevor Herbie etwas entgegnen konnte. Die Sängerin wirkte wieder etwas gefasster. »Und du, Herbie, hörst auf, mit dem Messer zu spielen. Du solltest Ares nicht unnötig provozieren.«

»Spielen? Was redest du da?«, brauste der Redakteur auf. Das Fiepen war jetzt noch eine Oktave höher. »Ich verteidige uns!«

Victoria schürzte die Lippen. »Natürlich. Was würden wir nur ohne dich machen?«

»Das ist unfair, Victoria.« Herbie wirkte ernsthaft gekränkt. Aber die Lust an der Retter-Rolle schien zu überwiegen. Mit einem Rest von Stolz warf er sich in die Brust. »Hauen Sie endlich ab, Ares! Lassen Sie uns in Ruhe.«

Der Roboter musterte ihn mit unbeweglicher Miene durch das Loch in der Tür. »Wie Sie wünschen«, meinte er. »Auch wenn ich Ihre Wortwahl nicht gutheißen kann. Dennoch: Wenn Sie mich brauchen, geben Sie bitte Bescheid.« Er schulterte die Axt wie ein Holzfäller auf dem Weg zur Arbeit und wandte sich ab.

»Wenn Sie mich brauchen«, höhnte Victoria, als der Roboter außer Hörweite war. »Alles, was ich brauche, ist ein Handynetz oder irgendein Schlupfloch, um aus diesem Horrorhaus herauszukommen. Apropos: Ob wir das Loch in der Tür vergrößern können?«

Feline spähte hindurch. »Besser nicht. Ares läuft im Gang auf und ab, als würde er Wache schieben.«

Victoria trat neben sie. »Samt seiner Axt. Und jetzt?«

»Vielleicht verzieht er sich irgendwann. Dann können wir es versuchen. Wir sollten erst einmal abwarten«, schlug Herbie vor.

»Ja«, stimmte Victoria ihm zu. Es war ihr anzusehen, dass ihr das nicht leichtfiel. »He, was war denn das?«

Auch Feline und Herbie hatten den lauten Krach gehört.

»Ich glaube, das kam aus der Garage«, meinte Feline.

Victoria sah sie fragend an. »Dort sind Ela, Saskia und Jules, oder?«

Feline nickte. »So war es jedenfalls geplant.«

»Hoffentlich ist denen nichts zugestoßen«, meinte Victoria.

»Vielleicht ist ihnen ja auch die Flucht geglückt«, sagte Feline und zog das Handy hervor.

»Empfang?«, fragte Herbie.

»Leider nicht«, sagte Feline.

»Wäre ja auch zu schön gewesen.« Der Redakteur holte sich eine Flasche Bier aus dem Kühlschrank. »Ihr auch?«

Die Frauen verneinten.

Herbie kam zu ihnen und setzte die Flasche an seine wulstigen Lippen. Feline stieg der herbe Pilsgeruch in die Nase, den sie verabscheute. Sie machte einen Schritt zurück.

»Ist schon seltsam«, sagte Victoria.

Herbie wischte sich über den Mund. »Was?«

»Na, erst schlägt Ares mit einer Axt auf die Tür ein, dann hört er plötzlich damit auf und fragt, ob wir irgendwelche Wünsche haben«, antwortete Victoria. »Das ergibt keinen Sinn.«

»Vielleicht doch«, widersprach Herbie. »Nämlich dann, wenn ...«

»Quatsch, das ist völlig absurd«, fiel Victoria ihm ins Wort.

»Lass mich doch mal ausreden«, verlangte Herbie.

Victoria rollte mit den Augen, aber der Redakteur ließ sich nicht stoppen. Er nahm einen tiefen Schluck aus der Flasche, dem ein kaum unterdrückter Rülpser folgte, der Feline und jetzt auch Victoria noch einen Schritt zurück zwang.

»Ares ist nur ein Befehlsempfänger«, dozierte der Redakteur. »Das bedeutet, dass er sein Verhalten, das nach menschlichem Ermessen unlogisch erscheint, nicht reflektieren kann. Er macht schlicht das, was sein Primärer User von ihm verlangt, er kann nicht zwischen Sinn und Unsinn einer Handlung unterscheiden. Anders ausgedrückt: Er wird programmiert und kann auch ferngesteuert werden.«

»Was du nicht sagst«, ätzte Victoria. »Das ist doch hinlänglich bekannt. Sunny ist dieser Primäre User, er könnte Ares steuern, aber Sunny hat keine Kontrolle über seine Maschinen und dieses ganze elende Haus.«

Herbie lachte tonlos. »Womöglich aber ein anderer. So weit waren wir doch schon. Und noch etwas: Der Täter braucht die App gar nicht unbedingt, um die *Smarthome*-Technik und die Roboter zu steuern.«

»Wie bitte?«

»Habt ihr schon mal etwas von BCI gehört?«

»Nein«, antwortete Feline, und Victoria meinte: »Lass gut sein, Herbie. Mir reicht es für heute mit dieser scheiß Technik, die vor allem dann nicht funktioniert, wenn man sie am nötigsten braucht.«

»Sei doch nicht so negativ«, beschwerte sich Herbie. »Ich für meinen Teil interessiere mich immer für neue Themen. Ist vielleicht mein Reporter-Gen.«

»Deine Gene sind zweifellos überragend«, sagte Victoria und lächelte dünn.

Herbie wirkte für einen Moment wie jemand, der nicht wusste, wie Victoria das gemeint hatte. Er schien ihre Bemerkung dann aber als Kompliment zu werten, was daran liegen mochte, dass auch er nicht mehr ganz nüchtern war.

»Gute Gene sind wirklich wichtig. Womöglich habe ich auch manchmal einfach nur Glück gehabt, um da hinzukommen, wo ich jetzt bin«, sagte er versonnen.

Victoria und Feline wechselten alarmierte Blicke.

»Aber zurück zum Thema BCI. Das steht für Brain-Computer-Interface oder auf Deutsch Gehirn-Computer-Schnittstelle«, erklärte er. »Diese Verbindung zwischen einem Gehirn und einem Computer – und nichts anderes ist die Schaltzentrale eines humanoiden Roboters – funktioniert ohne die Aktivierung des peripheren Nervensystems, wie etwa die Nutzung unserer Hände, Arme oder Beine.«

Nun schien Victoria doch interessiert. »Willst du damit sagen, dass man einen Roboter nur mit der Kraft seiner Gedanken lenken kann?«

»Genau das. Er macht es hiermit«, sagte Herbie und deutete auf seine Stirn.

»Eine Horrorvorstellung«, urteilte Victoria.

»Das kann man so und so sehen. Für einen Gelähmten oder Amputierten ist das eher segensreich«, widersprach Herbie. »Er kann zum Beispiel eine Prothese steuern, sich also mit der Kraft seiner Gedanken bewegen. Oder denkt nur an einen Menschen mit einem Locked-in-Syndrom, der noch nicht einmal in der Lage ist zu sprechen, weil er die dafür nötige Muskulatur nicht bewegen kann. Mit einem BCI ist das wieder möglich.«

»Trotzdem, irgendwie unheimlich«, meinte Victoria, die Herbie gegenüber nicht mehr ganz so abweisend wirkte. »Wie funktioniert das?«

Herbie genoss die Aufmerksamkeit immer mehr. Er glühte regelrecht, als er fortfuhr: »Wenn du dir vorstellst, irgendetwas zu tun, gibt es messbare Veränderungen deiner elektrischen Gehirnaktivität. Nur mal ein Beispiel: Du stellst dir jetzt vor, deine rechte Hand zu heben. Sofort wird der motorische Cortex aktiviert.«

Als er die fragenden Blicke von Feline und Victoria bemerkte, ergänzte Herbie: »Der Cortex ist eine Art funktionelles System in unserem Gehirn, mit dem Bewegungen in Gang gesetzt werden. Dieses Wissen nutzen Forscher bei der Entwicklung der Interfaces. In einer längeren Trainingsphase lernt das BCI, welche Vorstellungen mit welchen Veränderungen der Gehirnaktivität zusammenpassen beziehungsweise korrelieren. Die entsprechenden Lernergebnisse werden dann in Steuersignale umgesetzt.«

»Um auf unsere sehr spezielle Situation hier zurückzukommen«, sagte Feline mit Bedacht, »könnte es also sein, dass irgendein Irrer Ares, Kybele, Peitho und Kerberos auf uns hetzt oder die Technik des *Smarthomes* verrücktspielen lässt beziehungsweise für seine Zwecke manipuliert, indem er sich das einfach nur *vorstellt*?«

»Ja«, bestätigte Herbie. »Das wäre möglich. Vielleicht hat sich Ares vorhin deshalb so sprunghaft verhalten. Jemand hat es ihm befohlen.«

Mit gerunzelter Stirn ging Feline zum Gasherd und lehnte sich rückwärts dagegen. Wieder kramte sie das Handy hervor, schob es aber gleich wieder seufzend in die Hosentasche zurück.

»Okay, wir wissen, was technisch alles denkbar ist«, sagte sie. »Doch das bringt …«

Weiter kam sie nicht, weil in diesem Moment direkt hinter ihr alle vier Kochflammen des Herdes hochzüngelten.

31.

Mona hatte sich im Todeskrampf unnatürlich verdreht. Die Haut war an ihrem Knöchel, wo der Strom mit vernichtender Kraft in ihren Körper eingedrungen war, regelrecht verkohlt. Zwei letzte blutige Tränen flossen aus ihren toten Augen, die auf Milo gerichtet schienen, und er, der Fantasiebegabte und Geschichtenerzähler, las darin eine stumme Anklage.

Starr vor Entsetzen fragte er sich, ob man die Gefahr hätte erahnen und den Unfall verhindern können.

»Milo?« Das war Cem. »Komm, wir müssen …«

Milo hob die Hand und brachte ihn damit zum Schweigen – doch nur für einen Moment.

»Komm«, sagte Cem noch einmal. »Lass uns versuchen zu fliehen. Wir können nichts mehr für Mona tun.«

Milo wandte sich von der Sängerin ab und schaute zu Cem. Doch er nahm ihn nicht richtig wahr, sondern blickte an ihm vorbei in einen großen Spiegel. Milo erkannte sich kaum wieder. Er schien um Jahre gealtert. Über sein leichenblasses Gesicht rann der Schweiß in Strömen. Seine Haare fielen ihm wirr in die gefurchte Stirn, die Augen waren geweitet und rotgeädert, der Blick stumpf. Hemd und Hose klebten am Körper.

Dann sah er noch etwas im Spiegel, und dieses Etwas erfüllte ihn mit neuem Grauen.

Peitho.

»Meine Herren, es ist jetzt an der Zeit. Auch für Sie«, sagte sie kryptisch, während sie auf Milo und Cem zukam, mit ebenso energischen wie tänzerisch anmutenden Schritten.

Milo erwachte aus seinem tranceähnlichen Zustand, er funktionierte instinktiv. Griff hinter sich, packte den Saunaeimer. Sah, dass sich Cem mit einer Liege bewaffnete.

Damit konnte man sich den Roboter womöglich vom Leib halten, dachte Milo und griff nach einer der anderen Liegen.

Doch Peitho hatte ihn bereits erreicht und trat ihm mit spielerischer Leichtigkeit und enormer Kraft vor die Schulter, sodass es ihn von den Füßen riss. Hart landete Milo neben dem Pool, der Eimer polterte über die Fliesen.

Peithos Faust flog auf sein Gesicht zu, doch Cem stieß den Roboter im letzten Moment mit seiner Liege zur Seite.

Jetzt ging Peitho auf Cem los und trieb ihn mit Tritten und Schlägen auf die demolierte Sauna zu.

Milo drückte den Eimer in den Pool, bis er voll war, sprang auf und lief zu den Kämpfenden.

Peitho begrüßte ihn mit einem Lächeln. Das verschwand jedoch, als das Wasser in ihr Gesicht klatschte. Peithos Augen schienen wie zwei kleine Feuerwerkskörper zu explodieren. Funken sprühten aus den leeren Augenhöhlen der Geblendeten. Peitho schlug weiter um sich, traf jedoch niemanden mehr, und Milo ahnte, dass er einen buchstäblich wunden Punkt getroffen hatte.

Er schlug den leeren Eimer an Peithos Schläfe, und sie geriet ins Wanken. Doch sie stürzte nicht, selbst dann nicht, als Cem die Liege auf ihren Kopf krachen ließ.

Irgendwie gelang es Peitho, Cems Waffe zu fassen zu kriegen, sie riss sie ihm aus den Händen und stieß damit in alle Richtungen. Der Roboter erwischte Cem an der Brust, der fast in den Pool katapultiert worden wäre.

»Die Tür ist offen«, keuchte er und rannte los. »Raus hier.«

Milo sprang über Monas Leiche und setzte ihm nach. Im Rennen drehte er sich um und registrierte, dass Peithos zerstörte Augen durch den Raum irrlichterten. Dann nahm sie die Verfolgung auf. Konnte sie immer noch etwas sehen?, überlegte Milo.

Oder vermochte sie, ihn und Cem über den Geruch zu orten? Anhand der Körperwärme? Hatte diese gottverdammte Maschine Sensoren, die es ihr ermöglichten, auch ohne Augen zu jagen?

Die Zielstrebigkeit, mit der Peitho ihnen hinterherlief, ließ das vermuten, und Milo ahnte, dass ihm seine Idee mit dem Wasser nur einen temporären Vorteil verschafft hatte.

Immerhin war die Tür zu Sunnys Wellnessoase jetzt offen, und sie hetzten hindurch. Cem stürmte in den Flur, der zum Studio führte, was Milo erst überriss, als es bereits zu spät war.

Vor dem automatischen Eingang lag Leon in seinem Blut.

Derjenige, der ihn umgebracht hatte, hatte das mit einer Gründlichkeit getan, die an Pedanterie grenzte. Leons Gesicht war als solches kaum mehr zu erkennen, sondern nur noch ein unförmiger Klumpen, aus dem seine Nase, die als einziges recht unversehrt war, herausragte wie das Segel eines kleinen

Bootes aus den Wellen eines roten Meeres. Sein Brustkorb war eingedrückt, der Bauch aufgeschlitzt, Gedärme waren herausgequollen. Beide Knie schienen zertrümmert, die Füße waren um 180 Grad gedreht. Eine einsame Fliege summte.

Würgend blieb Milo stehen. Hinter ihm waren Schritte, schnelle Schritte. Peitho näherte sich.

»Komm schon«, schrie Cem Milo an.

Als Milo sich nicht rührte, packte Cem ihn am Arm und zog ihn mit sich in das Studio, das gut und gern 100 Quadratmeter groß war. Der Schock wich allmählich, Milo konnte wieder klarer denken und sich orientieren. Der Raum hatte zwei Türen. Das gedämpfte Licht fiel auf einen lackschwarzen Flügel mit geschwungenem goldenem Schriftzug des Herstellers, mehrere Gitarren auf Ständern, eine regelrechte Batterie von Keyboards und Synthesizern, eine schallisolierte Box für die Vocals-Aufnahmen, diverse Congas, Bongos und Djembes, ein ausladendes digitales Drum-Set sowie ein riesiges Mischpult und wahre Ungetüme von Boxen.

Cem verschwand hinter den Keyboards, die wie ein U angeordnet waren, und deutete auf das Schlagzeug.

Milo schob den Hocker zur Seite und ging hinter Bassdrum und den drei Hängetoms, die auf das Rack montiert waren, in Deckung. Der Ständer für die Snare war aus massivem Metall. Auch die Ständer für die Cymbals konnte man notfalls zweckentfremden.

Aber was waren das für lächerliche Waffen, wenn Peitho sie aufspürte?

Milo machte sich so klein wie möglich und versuchte, seinen Atem zu beruhigen. Doch sein Puls hämmerte, er japste wie ein junger Hund nach einem wilden Spiel. Er konzentrierte sich, massierte seine Schläfen, wurde tatsächlich etwas ruhiger. Konnte man ihn dennoch immer noch atmen hören?

Milo spähte durch die Lücke zwischen der Oberkante der Bassdrum und der Unterseite der Toms sowie dem Kabelwirrwarr hindurch zur Tür.

Peitho stand darin. Ihr Kopf bewegte sich von einer Seite zur anderen, als würde sie den großen Raum scannen.

Jetzt setzte sie sich in Bewegung und steuerte die Keyboard-Burg an, während sich die Tür hinter ihr schloss.

Zwei Gedanken kamen Milo nahezu gleichzeitig und begannen miteinander zu ringen. Sollte er Cem zu Hilfe eilen, damit sie gemeinsam versuchten, Peitho auszuschalten? Aber auch wenn sie sich ihr zusammen entgegenstellten, so war es nicht gesagt, dass sie den Roboter besiegen würden. Sein Schulterschluss mit Cem konnte seinen Tod bedeuten.

Sollte Milo also nicht besser darauf warten, dass der vermutlich ziemlich ungleiche Kampf zwischen den beiden begann und er dann die Chance erhielt, sich im Rücken von Cem und Peitho davonzustehlen?

Milo würde Cem verraten, ihn opfern – aber womöglich leben, sofern ihm die Flucht tatsächlich gelang.

Nein, das konnte er nicht.

Oder doch?

Timmy. Einmal mehr spürte er, wie sehr er seinen Sohn liebte. Heute war sein Geburtstag, und Milo wollte einfach nur zu ihm und ihn in die Arme schließen. Festhalten und nie mehr loslassen.

Unvermittelt wurde Milo die Entscheidung, welchen Weg er einschlagen sollte, abgenommen.

Peitho änderte den Kurs und kam nun auf das Drum-Set zu. Milos Puls beschleunigte sich wieder, bis er eine definitiv ungesunde Taktzahl erreicht hatte.

Hatte Peitho ihn aufgespürt oder ging sie nur rein zufällig in diese Richtung?

Milo packte den Snare-Ständer. Vermutlich war er gleich tot, aber er wollte sich wenigstens wehren.

Was war eigentlich mit Cem? Würde der ihm zu Hilfe eilen oder hegte er ähnliche Gedanken wie Milo? Hatte auch er die Alternative erkannt, die sich ihm bot, wenn Peitho mit Milo kämpfte? Würde er Milo im Stich lassen und versuchen zu entkommen?

Hinter den Keyboards rührte sich nichts. Cem schien erst einmal abzuwarten, wie sich die Sache entwickelte.

Jetzt stieß der Roboter gegen das Gestell des Schlagzeugs, und Milo schloss daraus, dass Peithos Sensoren doch ziemlich in Mitleidenschaft gezogen waren.

Aber reichte das, hatte er deswegen eine Chance gegen die Maschine?

Mit brennenden Augen sah Milo hoch. Peitho blickte über ihn hinweg. Sie lächelte, wirkte entrückt. Wie eine blinde Predigerin auf einer heiligen Mission. Unbeirrbar und beseelt.

Ihre Hände berührten das Rack und begannen, die oberen schwarzen Längsstreben und die chromglänzenden Kugelgelenke abzutasten. Milo machte sich noch kleiner. Er betete stumm, flehte in Gedanken.

Unvermittelt hielt Peitho inne und streckte die Arme aus wie Fühler. Sie spreizte die Finger.

Konnte sie Milos Angst spüren? Sie *riechen*?

Nun wandte sich der Roboter abrupt ab und strebte zu der zweiten Tür, die sich automatisch öffnete. Peitho ging hindurch und war verschwunden.

Lautlos glitt die Tür hinter ihr zu.

Milo atmete tief durch und drückte sich hoch, während Cem hinter den Keyboards hervorkam und zu der Tür lief, durch die sie das Studio betreten hatten – und vor der Leons Leiche lag.

Doch jetzt war die Tür fest verschlossen.

»Das kann doch alles nicht wahr sein«, fluchte er.

Milo versuchte es an der anderen Tür. Ebenfalls vergeblich. Er starrte sie an, als könne er sie mit der Kraft seiner Gedanken öffnen.

Cem kam hinzu und schlug einmal mit der Faust dagegen. Dann ließ er sich an der Wand zu Boden sinken und vergrub das Gesicht in den Händen.

»Gib jetzt nicht auf«, mahnte Milo. Aber auch er spürte die Erschöpfung und die Müdigkeit, die sich wie ein schwerer Schleier über ihn senkte.

»Keine Sorge«, antwortete Cem. »Wenn ich jemand wäre, der schnell aufgibt, hätte ich vieles nicht erreicht. Ich habe sechs Geschwister, einen Vater mit 15 Jahren Knasterfahrung, der jetzt einfach zu tattrig ist, um noch mal straffällig zu werden, und eine Mutter, die nichts zu sagen hatte. Meine Kindheit war durchaus beschissen. In der Schule wurde ich gemobbt, wenn ich Glück hatte, und verprügelt, wenn ich Pech hatte. Ich war für viele immer nur der dumme Türke. Aber ich habe gelernt, mich zu wehren und mich früher oder später durchzusetzen. Ich weiß, das klingt komplett abgedroschen, aber so war es nun mal. Also: Aufgeben kenne ich nicht.«

Milo nickte. Als Sohn eines Beamtenpaares war er gut behütet und in gepflegter Langeweile aufgewachsen. Es war gut, dass er jetzt Cem an seiner Seite hatte und nicht einen aufgeblasenen Dandy-Verschnitt wie Jules oder einen verbalen Durchlauferhitzer wie Herbie.

Mona, die dritte in ihrem kleinen Team, kam ihm in den Sinn, und in die Erschöpfung mischten sich Trauer und Entsetzen.

Er schaute wieder auf die Tür, dieses glatte Ding ohne Klinke.

»Warum sind diese scheiß Türen jetzt zu?«, murmelte er.

»Ja, und wieso ist Peitho gegangen?«, fragte Cem. »Ich hatte das Gefühl, dass sie genau wusste, dass du dich hinter dem Schlagzeug versteckt hast. Sie hatte dich, Milo.«

»Dennoch hat sie mich nicht angegriffen …«

Cem zuckte die Achseln. »Vielleicht weil ihr jemand befohlen hat, dich vorläufig in Ruhe zu lassen. Und mich natürlich auch. Womöglich gehört das zum Spiel. Eine Katze, die eine Maus gefangen hat, tötet diese auch nicht sofort. Sie spielt erst ein wenig mit ihr.«

Netter Vergleich. Aber ziemlich treffend – und das würde auch erklären, warum die Türen mal auf und mal zu waren. Es war wie bei einem Folterknecht, der die Daumenschrauben erst anzog, um sie kurz darauf zu lockern – aber nur, um seine eisernen Spielzeuge dann wieder in die andere Richtung zu drehen und sich am neu aufflammenden Schmerz des Gepeinigten zu ergötzen.

»Ich dachte, du glaubst nicht an den großen Unbekannten, der die Kontrolle über dieses verdammte *Smarthome* übernommen hat«, sagte Milo.

»Richtig, ich vermute nach wie vor, dass Sunny, sein Bruder oder einer der Gäste dahintersteckt. Aber die Reihen der potenziellen Verdächtigen lichten sich. Mindestens drei sind schon tot. Erst Hansi, dann Leon, nun Mona. Und vielleicht hat es noch jemand aus den anderen Teams erwischt«, erläuterte Cem, als wäre es eine besonders einfache Mathematikaufgabe. »Na ja, du lebst ja noch, Milo. Du mit deinen Geschichten. Deinem Romanstoff.«

»Lass die Anspielungen, Cem«, fuhr Milo ihn an. »Du bist ebenfalls noch nicht tot, auch wenn du so aussiehst.«

Cem lachte auf. »Das sagt der Richtige. Du erinnerst mich gerade an Anthony Michael Hall aus dem Film *Dark Night of the Walking Dead*.«

»Danke. Im Gegensatz zu mir hast du ein echtes Motiv. Denn was ist mit deinem Rechtsstreit mit Hansi? Wie hieß der Song noch gleich? ›Herzrasen‹?«

»Stimmt, ›Herzrasen‹. Klasse Nummer. Und ja, den Rechtsstreit gibt es. Oder gab es. Aber warum sollte ich Leon und Mona töten? Die haben damit nichts zu tun. Bei dir sieht es anders aus. Je mehr Leichen, desto spannender der Thriller. Oder sehe ich das falsch? Aber lassen wir das.«

Cem stand auf, nahm einen der Mikrofonständer und wog ihn prüfend in der Hand. »Ob wir damit die Tür aufhebeln können? Oder mit dem Hi-Hat-Ständer? Der hat eine schmale Metallspitze.«

Der abrupte Themenwechsel irritierte Milo nur kurz. »Und was ist, wenn Peitho uns draußen auflauert?«, gab er zu bedenken. »Sozusagen als kleine Überraschung im Spiel?«

»Klar, gut möglich. Aber wie lautet die Alternative? Mach einen Vorschlag.«

Milo zögerte. Und wenn sie sich hier unten verbarrikadierten? Er kam zu dem Schluss, dass dies keine gute Idee war. Sie hatten keine Kontrolle über die beiden Türen, und auch wenn sie den Flügel oder die Keyboards davor auftürmen würden, glaubte er nicht, dass diese Barrikade eine Maschine wie Peitho aufhalten könnte.

Milo nahm die Hi-Hat, baute Cymbal und Fußmaschine ab und versuchte, die dünne Metallspitze zwischen Zarge und Türblatt zu schieben.

Cem half ihm, doch der Spalt war zu klein. Auch an der anderen Tür scheiterten sie.

»Unsere einzige Chance ist vermutlich Peitho«, sagte Milo.

Cem sah ihn mit gerunzelter Stirn an. »Ausgerechnet die?«

»Ja. Sie kann hier offensichtlich ein und aus gehen, wie es ihr oder ihrem Programmierer oder Primären User gefällt. Was hältst du davon, wenn wir uns bewaffnen und versuchen, sie zu überwältigen, wenn sie das nächste Mal hereinkommt?«

Cem lächelte. »Nicht schlecht. Das könnte klappen.«

Zu Milos Überraschung setzte er sich an den Flügel. »Schönes Teil.«

»Cem, doch nicht jetzt!«, ächzte Milo.

Cems Finger glitten über die Tasten und klimperten eine ebenso einfache wie eingängige Melodie. »Spielst du auch ein Instrument?«

»Ja, Gitarre, aber doch nicht jetzt«, wiederholte Milo. »Lass uns lieber nach Waffen suchen.« Er stutzte. »Sag mal, was ist das noch mal für ein Song, den du gerade spielst?«

»›Zurück zu dir‹. Sunnys großer aktueller Hit. Hast du das wirklich nicht herausgehört, spiele ich so schrecklich?«

»Nein, überhaupt nicht. Ich stand gerade nur auf der Leitung«, gab Milo zu. Vermutlich lag es aber eher daran, dass »Zurück zu dir« eine Nummer war, die Milo dazu verleitete, das Autoradio aus dem Armaturenbrett zu reißen.

Zwei Minuten später hörte Cem auf und klappte den Deckel des Flügels runter.

»Den Song hat Sunny wirklich gebraucht. Er hatte eine lange Durststrecke«, sagte er und zog die Zigarettenschachtel hervor.

»Wirklich?« Das war Milo neu. In den Gesprächen hatte sich Sunny immer als Dauerparker auf der Erfolgsspur dargestellt.

»Er hatte zwar ein paar Chartplatzierungen, aber eher im mittleren Bereich. Seinen letzten Superhit vor ›Zurück zu dir‹ hatte Sunny vor über einem Jahr«, präzisierte Cem.

Milo versuchte, sich an die vielen Zahlen zu erinnern, die er recherchiert oder von Sunny genannt bekommen hatte. Eine Lücke in dessen Erfolgsstory war ihm gerade nicht präsent. Er würde das überprüfen müssen.

Doch war das überhaupt noch wichtig? Nach dieser Nacht hatte das Buch über Sunny sicher ganz andere Schwerpunkte, falls Milo jemals die Gelegenheit bekam, es zu Ende zu schreiben, und sein eigenes letztes Kapitel nicht bereits schon aufgeschlagen war.

Sollte er überleben, könnte er noch ein zweites Buch zu Papier bringen. Einen Thriller, wie manche in der Villa bereits geargwöhnt hatten.

Stoff dafür hatte Milo inzwischen wahrlich genug.

»Lass uns jetzt nach Waffen suchen«, sagte er. »Wer weiß, wann Peitho wieder reinkommt.«

32.

Die Flügeltüren krachten auf, und der SUV brach aus der Garage. Ela, die instinktiv die Augen geschlossen hatte, wurde so fest in den Gurt gepresst, dass es ihr den Atem raubte. Ihr Kopf flog nach vorn. Sie hörte Saskia neben sich erst schreien, dann jubeln, und riss die Augen wieder auf. Der Hummer rumpelte über einige Trümmer des Tores, seine Scheinwerfer schnitten in die Nacht und den Regen. Vom Unterboden kam ein beunruhigendes Geräusch. Irgendetwas schepperte und schleifte, und

Ela überlegte, ob sich ein Teil des zerstörten Tores unter dem Auto verkantet und es dabei beschädigt hatte. Aber der schwere Wagen kam voran – und alles andere war jetzt nebensächlich.

»Yes!«, brüllte Jules. »Wir haben es geschafft!«

Er trat das Gaspedal durch und der SUV beschleunigte.

An den Fahrzeugen der Gäste und Sunnys Porsche vorbei ging es Richtung Tal.

Ela zog ihr Handy hervor und wischte über das Display. Noch kein Empfang, aber das würde sich bald ändern. Dann könnte sie die Polizei einschalten. Endlich.

»Nicht so schnell«, warnte Saskia in diesem Moment, und nun fiel auch Ela auf, dass Jules inzwischen trotz der nassen Fahrbahn in einem halsbrecherischen Tempo unterwegs war. Die Bäume huschten als schwarze Silhouetten an ihnen vorüber.

»Entspann dich«, rief Jules lachend – und dieses Lachen war ansteckend, auch wenn es von einem Unsympathen wie diesem alten jovialen Typen kam.

Die ganze Anspannung wich, Ela spürte noch nicht einmal mehr die Schmerzen in ihrem Gesicht.

Eine Minute später jagten sie auf eine Haarnadelkurve zu, und Elas rechter Fuß trat unbewusst auf ein nicht vorhandenes Bremspedal, während ihr Lachen erstarb.

»Vorsicht!«, schrie sie. Sah Jules denn die Gefahr im prasselnden Regen nicht?

Der Sänger riss unvermittelt am Lenkrad, der SUV brach mit dem Heck aus, geriet ins Schleudern, rutschte und schlingerte, fuhr einige Sekunden nur noch auf zwei Rädern, kam von der schmalen Fahrbahn ab, rauschte durch ein Gebüsch, streifte einen Baumstamm, sprang über eine armdicke Wurzel sowie mehrere Felsen und Steine und krachte seitlich gegen einen weiteren Stamm.

Ela knallte mit der Schläfe gegen den Holm, während sich der Griff des Messers, das in ihrem Blazer steckte, empfindlich in die Rippen drückte. Sie schnappte nach Luft, winzige Lichter explodierten hinter der Stirn, ihre Finger gruben sich in den Vordersitz.

Der schwere Wagen walzte noch ein Stück durchs Unterholz und sank schließlich im matschigen Boden bis zu den Achsen ein. Der Motor erstarb, doch die Scheinwerfer lebten. Geisterhaft verlor sich deren Licht in der schwarzen Tiefe des Waldes.

»Alles okay mit euch?« Jules' Stimme war nicht mehr als ein Krächzen.

Ela war noch zu benommen, um zu antworten.

Anders Saskia. »Was bist du nur für ein Vollidiot?«, blaffte sie Jules an. »Zu blöd, um Auto zu fahren.«

»Jetzt mach aber mal einen Punkt.« Jules klang beleidigt. »Ohne mich wärt ihr noch in Sunnys Haus.«

»Red nicht so einen Quatsch«, gab Saskia zurück. »Es war Elas Idee, mit dem Auto durch das Tor zu brechen. Außerdem hast du dich schon in der Garage wie ein Fahrschüler angestellt.«

Sie legte Ela eine Hand auf die Schulter. »Wie sieht es bei dir aus?«

Die Schatten wichen, Elas Blick wurde langsam wieder klar. Sie nickte. »Ganz gut«, sagte sie, auch wenn das eine glatte Lüge war. Die Schnitte in ihrem Gesicht, mochten sie auch noch so oberflächlich sein, brannten wieder höllisch, und hinter ihrer Schläfe pochte ein dumpfer Schmerz.

Ela wandte sich an Jules. »Mach den Motor an und setz zurück auf die Straße.«

Der Sänger versuchte es, doch die breiten Reifen drehten durch, und das schwere Fahrzeug grub sich noch tiefer in den Matsch ein.

»Großartig, Jules«, höhnte Saskia, löste den Gurt und öffnete die Tür, nachdem sie mehrfach mit beiden Händen dagegen gedrückt hatte. Dann kletterte sie aus dem gelben Ungetüm.

Mühsam folgte Ela ihr und versank bis zu den Knöcheln im kalten Matsch.

Sie zog das Handy aus der Hosentasche und warf einen Blick darauf. Noch immer kein Netz. Was war das hier nur für eine gottverlassene Gegend, und wie konnte es sein, dass es in einer angeblich so entwickelten Industrienation wie Deutschland noch so viele Funklöcher gab? Vor einem Jahr hatte Ela in Vietnam Urlaub gemacht. Dort hatte selbst die abgelegenste Bánh mì-Snackbude noch guten Empfang, und in den Lokalen und Cafés waren die Zugangsdaten fürs WLAN auf die Speisekarte gedruckt.

Nun kletterte auch Jules aus dem SUV. »Meine Damen, darf ich Sie zu einem kleinen Spaziergang einladen?«, versuchte er zu scherzen.

Weder Ela noch Saskia gingen darauf ein.

Ela stapfte durch den Matsch. Gleich mussten sie wieder an der kleinen Straße sein. Von dort würden sie zu Fuß rasch das nächste Haus erreichen, wo sie Hilfe holen konnten. Diese Aussicht verlieh Ela neue Kraft und Zuversicht. Der kühle Regen tat ein Übriges, dass sie wieder so klar und fokussiert war wie vor dem Crash.

Schon hatten sie das Sträßchen erreicht, dessen an vielen Stellen geflickter und mit Schlaglöchern durchsetzter Asphalt feucht glänzte. Ela wollte sich gerade nach links wenden, wo es hinunter zur Bundesstraße 20 ging, als sie ihn sah.

Kerberos, einem schwarzen Teufel gleich, jagte von rechts die Straße hinunter. Mit weiten Sätzen kam er auf Ela, Saskia und Jules zu.

Ela blieb wie angewurzelt stehen, auch wenn sie wusste, dass genau das die falsche Reaktion war, denn noch hätte sie etwas Vorsprung, wenn sie jetzt floh und zum Beispiel versuchte, einen Baum zu erklimmen.

Aber die Angst lähmte sie. Diese alte, tiefsitzende Angst vor Hunden. Schon 100 Mal durchgemacht und unbesiegbar. Der verhasste Begleiter, der wohl nie von ihrer Seite wich.

Nur Elas Herz war aktiv, es hämmerte und pumpte in einem ungesunden Tempo, schlug ihr bis zum Hals.

»Weg hier!«, schrie Jules. Der Sänger drehte sich um und floh in Richtung des SUV. Offenbar hoffte er, sich darin vor dem Köter verstecken zu können.

Als Ela registrierte, dass auch Saskia türmte, wachte sie aus der Erstarrung auf und hetzte los.

Im Laufen drehte sie sich um und sah gerade noch, dass der Hund ebenfalls in den Wald sprang.

Ahnte das Höllenvieh, was sie vorhatten? Zweifellos war Kerberos schneller als sie.

Saskia schrie, und Ela sah, dass sie gestürzt war. Sie half Saskia auf, während Jules einfach weiterrannte.

»Verdammt, mein Knöchel«, stöhnte Saskia mit schmerzverzerrtem Gesicht.

»Komm, ich helfe dir, wir müssen weiter.« Ela stützte Saskia. Gemeinsam taumelten sie über den unebenen Boden. Sie waren langsam, unendlich langsam.

»Jules, hilf uns!«, schrie Ela wütend.

Tatsächlich hielt der Sänger inne und kam sogar zurück.

»Zu blöd zum Laufen, oder was?«, kam seine gehässige Retourkutsche auf Saskias Kritik an seinen Fahrkünsten. »Ausgerechnet jetzt!«

Aber er hakte Saskia unten. Gemeinsam schleiften sie die Ticketunternehmerin förmlich durch den Forst.

Elas Blick huschte von Stamm zu Stamm, von Gebüsch zu Gebüsch. Sie rechnete jeden Moment mit dem Angriff des Hundes.

Doch Ela sah und hörte nichts von Kerberos. Sie vernahm nur ihren keuchenden Atem, Saskias leises Jammern und Jules' Flüche, gemischt mit dem Rauschen des Waldes und des Regens.

War Kerberos weg?

Wohl kaum. Wahrscheinlicher schien es Ela, dass der verdammte Köter zurückbeordert worden war, von wem auch immer. Aber warum?

Doch das war egal, solange das Biest verschwunden war.

Jetzt tauchte der SUV auf. Gleich konnten sie sich darin verbarrikadieren. Siedend heiß fiel Ela ein, dass die Scheiben des Autos teilweise zerstört waren. Kam das Vieh also ins Wageninnere?

Doch darüber musste sich Ela keine Gedanken machen, denn Kerberos erwartete sie bereits – er musste ihr Ziel gekannt und eine Abkürzung genommen haben.

Der maschinelle Hund saß auf den Hinterbeinen und fixierte sie. Das seidige Fell glänzte feucht, der Kopf war leicht schief gelegt und die Ohren aufgestellt. Aus der Schnauze quoll die lange Zunge.

Dann sprang Kerberos auf sie zu.

Ela ließ Saskia los und griff nach einem stabilen Ast am Boden, um das Vieh abzuwehren.

Jules hingegen stieß Saskia nach vorn, sodass sie Kerberos vor die Pfoten fiel.

Sofort verbiss der sich in Saskia, grub die Zähne in deren rechten Unterarm, den sie schützend über den Kopf hielt.

Saskia schrie und strampelte. Kerberos riss ihr ein Stück Fleisch vom Arm, und das Blut floss aus der klaffenden Wunde.

Ela packte den Stock beidhändig und prügelte damit auf das Biest ein, das jedoch nicht von seinem Opfer abließ.

Und Jules? Aus dem Augenwinkel bemerkte Ela, dass der Sänger floh.

Dieses verdammte Schwein.

Ela drosch so fest auf Kerberos ein, dass ihre Waffe zerbrach. Auch das schien der nicht zu merken. Er packte Saskias Kehle und riss sie auf. Das Blut spritzte nun wie aus einem voll aufgedrehten Hydranten, und Saskias Gegenwehr erlahmte. Sie badete in ihrem Blut, während in ihren weit aufgerissenen Augen noch der Schock zu lesen war.

Kerberos vergrub seine Schnauze in der Sterbenden und zerfleischte sie systematisch.

Elas Arm mit dem Rest des Stocks sank herab. Für einen Moment dachte sie an das Messer in ihrem Blazer. Aber mit diesem Spielzeug würde sie gegen Kerberos genauso wenig ausrichten können. Die Erkenntnis, dass sie nichts mehr für Saskia tun konnte, traf Ela mit voller Wucht. Sie fühlte sich unfähig. So, als habe sie Saskia im Stich gelassen.

Wie Jules.

Doch inmitten des Entsetzens und der Selbstvorwürfe wurde Ela klar, dass sie gleich die Nächste sein würde, wenn sie hier noch länger mit dem lächerlichen Rest des Stockes und diesem nicht minder lächerlichen Messerchen herumstand.

Auf was wartete sie eigentlich?

Lauf!, schrie eine Stimme in ihr.

Kerberos zog seine blutverschmierte Schnauze aus der Toten. Ein Grollen drang aus seiner breiten Brust. Dann zog er die Lefzen hoch.

33.

»Halt die irgendwie auf!«, schrie Sunny Bodo an, während er den mit einem Haken versehenen Stock in der Metallöse der Treppenklappe einklinkte. Zum Glück war die Holztreppe eine mechanische Konstruktion.

Sunny drehte den Stock, es klackte, und er konnte die dreiteilige Treppe ausklappen, während Bodo mit der mäßigen Eleganz eines unbeholfenen Schwertkämpfers Kybele abzuwehren versuchte.

Jetzt landete der Barbesitzer jedoch einen Treffer gegen deren Hals, und der Roboter stürzte erneut zu Boden.

War das der Lucky Punch gewesen, war das Ding tot beziehungsweise kaputt?

»Yuna, du zuerst«, rief Sunny.

Doch Bodo war schneller. Er drängte Yuna, die gerade die Stufen erklimmen wollte, beiseite.

Sunny riss ihn zurück. »Heißt du Yuna?«

»Leck mich am Arsch.« Bodos Dachsaugen waren schmal, er ballte die Fäuste.

Yuna schlüpfte an ihnen vorbei und stürmte nach oben.

Bodo trieb seine rechte Faust auf Sunnys Brust und folgte Yuna.

Sunny blieb für einen Moment die Luft weg. Dieses elende Schwein. Aber was hatte er von dem erwarten dürfen?

Er bemerkte, dass Kybele sich wieder regte und auf ihn zukroch.

»Los, Ramses, da hoch«, flüsterte Sunny eindringlich und deutete nach oben. Als der Kater nicht reagierte, hievte Sunny das schwere Tier auf die dritte Stufe und schob es ein wenig an. Ramses begriff und meisterte den Rest allein. Im Zielbereich wartete Bodo mit einem gewissen Lauern im Blick.

Doch Sunny registrierte, dass Bodo nicht auf den Kater schaute, sondern auf irgendeine Stelle hinter Sunny.

Als Sunny mit seiner Hantelstange die Treppe hinaufeilen wollte, spürte er einen stahlharten Griff an seinem Knöchel. Kybele hatte ihn erwischt, bevor er auch nur die zweite Stufe erreicht hatte.

»Hau ab!«, schrie Sunny den Roboter an. »Ich befehle es dir.« Das klang nicht nur lächerlich, das war es auch.

Er strampelte und trat um sich, doch Kybele riss ihn hinunter. Während er nach hinten fiel, sah Sunny, dass Bodo den Kampf genau verfolgte. *Lächelnd.*

Verzweifelt stieß Sunny mit der Stange nach dem Roboter, und Kybele wich zurück.

Sunny unternahm einen zweiten Anlauf, und diesmal hatte er Erfolg.

»Danke für deine Hilfe, du Scheißkerl«, keuchte Sunny, als er oben war.

»Gern geschehen«, erwiderte Bodo. Noch ein Lächeln.

»Kann man den Zugang von hier oben aus schließen?«, fragte Yuna. »Kybele kommt rauf.«

»Nein«, erwiderte Sunny. »Die Treppe lässt sich nur von unten bedienen.«

»Ich bleib dabei: Das ist ein wahres Scheißhaus«, grunzte Bodo.

Sunny beachtete ihn nicht, sondern rannte mit Ramses zu einer der beiden Dachluken. Es handelte sich ebenfalls um eine simple mechanische Konstruktion, die im Wesentlichen aus einer Stange bestand, mit der man das Fenster an einer Seite hochdrücken und verankern konnte.

Doch der Griff saß bombenfest. Offenbar war er noch nie bewegt worden.

»Sag, dass ich das jetzt nur träume«, kommentierte Yuna, die hinter Sunny aufgetaucht war, dessen Bemühungen.

»Warte, das habe ich gleich«, ächzte Sunny.

Doch der elende Griff bewegte sich nicht.

Bodo lachte. »Und noch ein Beweis, dass die Bude ein einziges ...«

»Halt die Schnauze«, fuhr Sunny ihn an. »Pack lieber mit an. Mit Gewalt kennst du dich doch aus.«

»Oha, was für eine Anspielung. Aber dann nimm mal deine weichen Musikerpfoten da weg und lass mich ran.«

Bodo legte sich ins Zeug. Ein Ruck, ein Knirschen und Knacken – und er hatte den Griff in der Hand.

»Gut gemacht«, höhnte Sunny. »Ein echter Profi.«

»Was kann ich dafür, dass hier nur Schrott verbaut wurde?« Bodo warf ihm den Griff vor die Füße.

»Hört auf«, zischte Yuna. »Kybele kommt.«

Das war untertrieben. Kybele war schon da. Mit ihren unrunden Bewegungen kam sie auf sie zu.

Bodo reagierte am schnellsten und flüchtete in die Tiefen des großen und nur schlecht beleuchteten Dachbodens.

»Lauf, versteck dich irgendwo«, riet Sunny Yuna, doch das war nicht nötig, denn auch sie hatte sich bereits in Bewegung gesetzt. Sie rannte zu Sunnys alten Koffern, von denen er sich einfach nicht trennen konnte. Dahinter ging sie in Deckung.

Sunny überlegte einen kurzen Moment und entschied sich dann für eine andere Richtung. Er verbarg sich hinter einem Stapel mit Umzugskartons, in denen, wie er der Aufschrift entnahm, Bücher waren.

Sunny spähte über den Rand und beobachtete, wie Kybele auf seine umfangreiche Ski- und Snowboard-Ausrüstung zuwankte – und genau dort erkannte Sunny auch den Barbesitzer.

Sunny lächelte in sich hinein. Gleich hatte Kybele den Dachs. Der hatte sich den falschen Bau ausgesucht. Dumm gelaufen.

Der Roboter begann, die Ausrüstung auseinanderzuzerren. Bodo musste klargeworden sein, dass Kybele ihn entdecken würde, und wagte einen Ausbruchsversuch. Er wollte an Kybele vorbeistürmen, doch die trat ihm in die Beine, sodass er auf den staubigen Boden krachte. Kybele zog den Fuß hoch, und Sunny hoffte, dass sie damit das feiste Genick des Barbesitzers brechen würde wie einen trockenen Ast, doch Bodo rollte sich im letzten Moment zur Seite und trat seinerseits zu. Kybele taumelte nach hinten, Bodo kam auf die Füße und stürmte zur Luke.

O nein, dachte Sunny, denn er fürchtete, dass Bodo, sollte er wirklich ins Obergeschoss des Hauses gelangen, die Luke von unten verschließen würde. Dann wären Sunny und Yuna mit diesem Monster hier eingesperrt.

Doch als Bodo schon fast die erste Stufe erreicht hatte, traf ihn ein Snowboard im Nacken und schickte ihn erneut auf die Bretter.

Bodo schien benommen, und Kybele kam in aller Ruhe auf ihn zu.

Ja, mach ihn fertig, dachte Sunny. Gib ihm den Rest.

Doch Sunny hatte die Rechnung ohne Yuna gemacht, die Bodo – aus welchen Gründen auch immer – zu Hilfe eilte, indem sie dem Roboter einen Hartschalenkoffer über den Kopf zog.

Sunny konnte einfach nicht anders: Er kam aus seinem Versteck, um seinerseits Yuna zu unterstützen.

Kybele wandte sich um und riss Yuna den Koffer aus der

Hand. Achtlos warf sie das Ding weg, packte Yuna, und bevor Sunny eingreifen konnte, hatte sie die Promoterin die Treppe hinuntergeworfen.

Ein Schrei, ein Rumpeln, dann Stille.

Totenstille.

Mit jäh aufflammender Wut rammte Sunny Kybele, er verpasste ihr einen Bodycheck wie ein Eishockeyspieler. Der Roboter verlor das Gleichgewicht und stürzte ebenfalls die Stufen hinunter.

Sunny schaute durch das Rechteck, in das die Treppenkonstruktion eingelassen worden war. Er schluckte. Yunas volles rotes Haar rahmte das schmale, fahle Gesicht ein, ihre Augen waren geschlossen, und so, wie Yunas Hals verdreht war, musste sie einfach tot sein.

Und Kybele … nein, die lebte beziehungsweise funktionierte noch. Die Maschine griff nach der untersten Stufe und machte Anstalten, wieder aufzustehen.

»Es gibt doch eine zweite Dachluke«, hörte Sunny Bodo sagen. »Wo ist die?«

Wortlos lief Sunny los. Das zweite kleine Dachfenster befand sich gleich neben einem der drei breiten Schornsteine und ließ sich im Gegensatz zu seinem Pendant problemlos öffnen.

»Gott sei Dank«, meinte Sunny.

»Hm, ganz schön klein, das Ding«, mäkelte Bodo. »Womöglich bleiben wir darin stecken.«

»Wir?« Sunny schnaufte verächtlich. »Nein. Wenn einer darin stecken bleibt, dann bist du das. Und das ist nicht mein Problem.«

Schritte dröhnten über den Holzboden. Gehetzt schaute sich Sunny um. Kybele. Das war doch nicht möglich. Wie hatte sich der Roboter derart schnell regenerieren können?

Bodo kletterte auf eine Umzugskiste und zog sich am Rahmen der Fensterluke nach oben.

»Lass mich zuerst, ich passe auf jeden Fall durch!« Sunny wollte Bodo stoppen, doch der grunzte nur etwas Unverständliches und versuchte, sich durch die schmale Luke zu quetschen.

Die Schultern passten gerade so hindurch, aber dann kam der Bauch – und mit ihm das Problem. Bodo blieb stecken.

»Du fetter Idiot!«, schrie Sunny den Barbesitzer an.

Wie weit war Kybele noch entfernt? Zehn Meter, sieben, fünf?

Bodo keuchte und kämpfte. Sein Hemd war schweißdurchtränkt.

Sunny überwand sich und drückte mit beiden Händen in Bodos weichen Hintern. Zentimeter für Zentimeter ging es voran, und dann – Kybele mochte noch höchstens drei Meter weg sein und wog eine Holzlatte in den Händen, mit der sie zweifellos Sunnys Schädel einschlagen wollte – flutschte der Barbesitzer nach draußen wie ein Korken aus der Schampusflasche.

Sunny kletterte ihm mit Ramses nach.

Die Nacht war schwarz, windig und feucht. Kühler Regen sprenkelte Sunnys Gesicht, als er an dem japsenden Bodo vorbeirannte.

Wohin?, fragte sich Sunny, während er über das Flachdach hetzte.

Links erblickte er die schwarze Silhouette eines Schornsteins. Dort konnte er sich am ehesten verbergen.

Sunny rannte dorthin und tauchte in den Schatten des gemauerten Kamins ein, der etwa zwei Meter von der Dachkante aufragte. Ramses drängte sich an ihn. Keine 30 Sekunden später folgte Bodo. Er schnaufte und schwitzte.

»Atme leiser. Oder wäre Röcheln der bessere Ausdruck?«, fuhr Sunny ihn an.

Der Barbesitzer wischte sich über die Stirn und spähte um die Ecke.

»Scheiße, die kommt.«

Wie gut konnte sich Kybele noch orientieren?, überlegte Sunny. Wie stark war sie beschädigt? Sie hatte bereits einiges einstecken müssen, war aber buchstäblich nicht totzukriegen, wie es schien. Schließlich vermochte Kybele ihnen immer noch zu folgen.

Sunny lehnte sich mit dem Rücken gegen den kalten nassen Stein. Kybele war aber definitiv angeschlagen und daher nicht mehr so gefährlich wie vor dem Sturz von der Treppe.

Sturz ... Sunny sah zur Dachkante. Von dort ging es bestimmt sechs Meter runter, wenn nicht sogar mehr. Unten war der betonierte Parkplatz mit der angrenzenden Garage. Ein Gedanke nahm von ihm Besitz.

»Steh auf«, herrschte er Bodo leise an.

»Was? Ich bin doch nicht verrückt«, schnappte der.

»Röchle leiser, wie oft denn noch?«, zischte Sunny. »Und hör gut zu: Du lenkst Kybeles Aufmerksamkeit auf dich. Lauf zur Dachkante. Dann komme ich von hinten und stoße sie runter.«

Bodo schien nachzudenken. »Spiel du doch den Lockvogel«, meinte er schließlich. »Ich traue dir nicht.«

»Ich dir auch nicht. Aber du bist viel zu untrainiert, um es mit Kybele aufzunehmen. Vielleicht wehrt sie sich ja, und dann brauchen wir jemanden, der Kondition hat. Also los!«

Das schien Bodo einzuleuchten, jedenfalls ein wenig. Er lief zur Kante des Daches.

Sunny beobachtete, wie Kybele wie ein Zombie auf den Barbesitzer zuwankte.

Bodo beschleunigte seine Schritte und lockte den Roboter noch ein Stück weg.

Jetzt sprang Sunny hinter dem Schornstein hervor und sprintete über das Dach. Als er schon die Arme ausstreckte, um Kybele hinterrücks hinabzustoßen, trat er auf etwas Kies. Das knirschende Geräusch sorgte dafür, dass sich der Roboter umdrehte. Doch Kybeles Reaktionen waren verlangsamt, und so konnte Sunny ihr einen heftigen Schlag versetzen, der sie nach hinten taumeln ließ. Noch ein Tritt – und jetzt kippte Kybele vom Dach. Sie ruderte hilflos mit den Armen, dann war sie verschwunden, als habe die Nacht sie verschluckt. Es folgte ein Ton, als sei ein Auto an einen Baum gerast.

Mit jagendem Puls spähte Sunny nach unten.

Kybele lag auf dem Boden und rührte sich nicht.

Doch Sunny rechnete jeden Moment damit, dass der Roboter sich bewegte und das Spiel von Neuem begann.

Da fiel ihm etwas auf. Eines der beiden Garagentore war aufgebrochen. War das der Krach gewesen, den er vorhin gehört hatte – und war das Team um Ela mit einem seiner Autos geflohen? Oder hatte es einen Kampf gegeben, den die anderen nicht überlebt hatten, lagen drei Leichen in der Garage?

Aber Sunny konnte nicht ausschließen, dass Ela, Saskia und Jules entkommen waren und die Polizei aufkreuzte. Das war zum einen natürlich wünschenswert, zum anderen brauchte Sunny noch ein wenig Zeit für Bodo.

Der Barbesitzer trat neben ihn. »Ich sage das ungern, aber das war eine gute Idee von dir.«

»Abwarten.«

Erst, als sich Kybele auch in den nächsten beiden Minuten nicht bewegte, war auch Sunny überzeugt, dass sie endgültig außer Funktion war.

»Sollen wir auf den Dachboden runterklettern und von dort zu den anderen laufen?«, überlegte Bodo laut.

Sunny dachte nach. Dann sagte er: »Nur zu. Aber ich werde hier oben bleiben. Denn wer weiß, was mit Peitho und Ares ist. Oder Kerberos.«

»Du meinst, dass die auf uns losgehen könnten, weil du die ebenfalls nicht im Griff hast«, konstatierte Bodo. »Dann sind deine anderen Gäste womöglich bereits alle tot ... Ach, was ist mit der Garage? Ist da jemand rausgekommen?«

»Weiß nicht. Womöglich sind Jules, Ela und Saskia auch erwischt worden.«

»Könnte sein. Denn wenn denen die Flucht geglückt wäre, frage ich mich, warum noch keine Polizei hier ist. So gesehen ist es vermutlich klug, hier oben zu bleiben«, überlegte Bodo. »Womöglich können wir bei Tagesanbruch auf uns aufmerksam machen und gerettet werden.«

»Ja, vielleicht. Aber wie gesagt: Geh ruhig«, meinte Sunny.

Bodo lachte leise. »Das könnte dir so passen. Nein, ich werde bei dir bleiben. Bei dir und dem fetten Kater.«

»Beim Thema Fett wäre ich vorsichtig.«

Sie setzten sich neben den Schornstein, der wenigstens etwas Schutz vor dem Wind bot.

Ramses schmiegte sich an Sunny und maunzte klagend. Vermutlich hatte der Kater Hunger. Wie immer.

Der Regen perlte über Sunnys Gesicht. Er nahm es kaum wahr. Diese Nacht war ein einziger Horrorfilm, in dem er eine Hauptrolle spielte. Und auch wenn er die nächsten Stunden überleben sollte, erwartete ihn der nächste Albtraum. Die Polizei würde eine Menge Fragen wegen der Leichen haben, ebenso die Pressemeute, was für Sunny noch schlimmer war. Diese Aasgeier konnten sein Karriereende herbeifabulieren.

Es sei denn, es gelang ihm irgendwie, den Schuldigen zu präsentieren und zu beweisen, dass er nichts dafür konnte, dass sein *Smarthome* außer Kontrolle geraten und die Roboter auf die Gäste, Feline und ihn selbst losgegangen waren.

»Ich habe dich noch nie gemocht. Dich und deine Musik«, sagte Bodo jetzt.

»Klar, du stehst wahrscheinlich auf *Motörhead*. Gott habe den guten alten Lemmy selig.«

»Nein, ich mag die Helene Fischer und die Herzbuben«, erwiderte Bodo.

Sunny sah ihn von der Seite an. Meinte der Dachs das ernst?

»Ist mir egal«, sagte Sunny. »Übrigens: Ich mag dich und deinen Scheißladen ebenfalls nicht. Ich bin zuletzt nur bei dir aufgetreten, weil du mich dazu gezwungen hast wegen der Schulden. Aber jetzt sind wir quitt.«

Bodo lachte. »Wie kommst du denn da drauf?«

»Ich habe dir das Leben gerettet. Ohne mich würdest du jetzt noch in der Luke feststecken. Was glaubst du wohl, was Kybele mit dir gemacht hätte?«

Schweigen.

»Sie hätte dich zerlegt, Bodo. Das hätte ich auch durchaus begrüßt, wenn du dicker Trottel nicht ausgerechnet den einzigen Fluchtweg blockiert hättest. Es ist wirklich kein Vergnügen, dich anzufassen, vor allem dort nicht. Aber ich musste dir helfen.«

»Da siehst du es: Du hast es nicht für mich getan, sondern für dich«, erwiderte der Barbesitzer und stellte klar. »Also wirst du deine Schulden begleichen. Vielleicht erlasse ich dir die Zinsen, aber mehr auch nicht.«

Nachdenklich strich Sunny über Ramses' feuchtes Fell. Bodo war undankbar und geldgeil. Aber unbestritten hatte der Kerl ihn in der Hand.

Und wenn diese Hand jetzt endlich für immer erschlaffte?
Sunnys Blick wanderte zu der Stelle, wo gerade Kybele in
die Tiefe gestürzt war.

Er begann zu lächeln.

34.

Feline drückte sich nach vorn, sodass sie von den Kochflammen nicht erfasst wurde. Sie stieß einen spitzen Schrei aus.

»Alles gut mit dir, bist du verletzt?«, fragte Victoria besorgt
und nahm sie in die Arme.

Herbie drängte hinzu und legte eine Hand auf Felines Schulter.

Feline schüttelte sie ab, löste sich dann auch von Victoria.

»Ja, es geht schon«, sagte Feline mit stockender Stimme und
wandte sich zum Gasherd um. Unternehmungslustig züngelten die blauen Flammen aus den runden Brennern.

»Wie konnte das passieren?«, murmelte Feline.

»Der Herd lässt sich auch über die App steuern …«, sagte
Herbie. »Wer immer hier die Kontrolle hat, er hatte es gerade
auf Feline abgesehen.«

»Woher soll der Täter gewusst haben, dass Feline am Herd stand?«, fragte Victoria.

Herbie deutete auf die Kamera neben der Tür. »Überall im Haus sind diese Dinger, das ist dir doch sicher auch schon aufgefallen. Vielleicht beobachtet uns der Täter und geilt sich an unserem Überlebenskampf auf. Oder an unserem Tod.«

Schweigen.

»Das ist krank«, sagte Victoria schließlich. »Absolut krank.« Sie fixierte die Kamera. »Aber womöglich hast du recht.«

»Ich brauche jetzt auch etwas zu trinken«, meinte Feline.

»Ich hole dir was«, bot Herbie sofort an. »Was möchtest du?«

Feline ignorierte ihn und ging zum Kühlschrank, dessen Tür sich automatisch öffnete.

Mit einer Flasche Mineralwasser kehrte Feline zurück. Gedankenverloren schaute sie zum Herd. »Vor etwa einem Jahr haben wir hier mal selbst gekocht. Erinnerst du dich, Victoria?«

Sie nickte. »Klar, da gab es diese verdammten Roboter noch nicht.«

»Ich kann auch gut kochen«, sagte Herbie.

»Das glaube ich dir«, meinte Feline mit einem Lächeln. Sie goss sich ein Glas ein und trank es in einem Zug leer. »Damals war auch Sebastian dabei. Er hat die Pasta gemacht, wenn ich mich recht entsinne.«

»Oh ja.« Victoria seufzte. »Sebastian war ein netter Kerl und ein großartiger Musiker. Ich kann es immer noch nicht fassen, dass er verschwunden ist.«

»… nach der Sommerparty bei Jules«, ergänzte Feline.

Victoria nickte. »Komische Sache.«

»Die ganze Party war irgendwie komisch«, erinnerte sich Feline. »Ich habe mich damals gewundert, was Jules alles aufgefahren hat. Nur vom Feinsten, das muss sehr teuer gewesen sein. Dabei steckte Jules da schon tief in der Krise. Wann hatte der seinen letzten großen Hit? Vor Jahren, oder? Seine Tantiemen müssen im Keller sein.«

»Davon gehe ich auch aus, denn Jules hat wirklich schon lange nichts mehr gerissen«, meinte Victoria. »Er kommt nicht damit klar, dass seine große Zeit vorbei ist. Aber die Fassade, die muss bei ihm ja immer stimmen. Alles Blendwerk, leicht zu durchschauen.«

»Und dann hat Jules auf dieser Party auch noch Sebastian angemacht«, ergänzte Feline.

Herbie, der damals nicht dabei gewesen war, fragte interessiert nach: »Gab es Streit?«

Feline überlegte einen Moment, wählte die Worte mit Bedacht. »Nein, jedenfalls nicht am Anfang. Jules hat Sebastian *sexuell* angemacht.«

Herbies Mund klappte auf, seine Augen glänzten. »Echt? Ist Jules schwul?«

Feline hob die Schultern. »Weiß nicht. Vielleicht ist er auch bi.«

»Ein bisschen bi schadet nie.« Herbie lachte als Einziger über seinen alten Witz. Als er das merkte, schob er schnell nach: »Bi oder homo ist ja kein Problem, und wenn …«

»Natürlich nicht«, unterbrach Feline ihn gereizt. »Aber Jules hat es an diesem Abend übertrieben.«

»Wie meinst du das?«, wollte Herbie wissen.

»Er hat Sebastian bedrängt.«

»Echt? Das habe ich nicht mitbekommen«, sagte Victoria.

»Das konntest du auch schlecht«, erinnerte sich Feline. »Es war draußen im Garten. Jules und Sebastian waren da zunächst allein bei dem Saunahäuschen. Ich bin auf die Terrasse gegangen, weil ich Luft schnappen wollte, und habe gesehen, wie Jules Sebastian dort betatscht hat. Sebastian stand ziemlich neben sich. Drogen oder Alkohol, ich weiß nicht. Sebastian versuchte, sich zu wehren, aber er war, wie gesagt, reichlich neben der Spur. Das hat Jules wohl ausnutzen wollen …«

Herbie hing an ihren Lippen. »Und dann?«

»Ich wollte gerade dazwischengehen, als es Sebastian doch gelang, Jules zurückzustoßen. Er schrie ihn an, dass er seine Pfoten wegnehmen solle«, berichtete Feline.

»Jules war schon immer widerlich. Wie hat er auf die Abfuhr reagiert?«, fragte Victoria.

Feline goss das Glas noch einmal voll. »Jules motzte zurück, aber als er sah, dass ich auf ihn und Sebastian zusteuerte, änderte sich sein Verhalten.«

»Du hast Jules zur Rede gestellt, nehme ich an«, sagte Victoria.

»Natürlich, aber er hat es abgestritten. Es sei nur freundschaftlich gewesen. Wie Vater und Sohn.«

»Typisch Jules. Das ist einfach zum Kotzen«, bemerkte Victoria.

»Und Sebastian solle ihm bloß nichts unterstellen, hat Jules noch gesagt und ihm mit einem Rechtsanwalt gedroht«, fuhr Feline fort. »Er habe schließlich einen guten Ruf und sei, im Gegensatz zu Sebastian, prominent.«

»Unglaublich«, zischte Victoria. »Was ist Jules doch nur für ein gottverdammtes Arschloch.«

»Hatte Sebastian damals nicht schon Erfolg?«, sinnierte Herbie. »Ich glaube mich zu erinnern, dass seine erste Single ein Volltreffer war, oder?«

Feline und Victoria nickten.

»Und nach dieser Party bei Jules ist Sebastian verschwunden …« Herbie begann, in der Küche auf und ab zu gehen.

»Ist schon seltsam. Vielleicht war Jules neidisch auf Sebastians Erfolg. Und dann auch noch die Abfuhr und deine Intervention, Feline. Das hätte für Jules ziemlich unangenehm werden können. Vor allem, wenn die Presse das erfahren hätte. Hättest du mich informiert, Feline, was du leider nicht getan hast, dann hätte ich mich von Jules nicht einschüchtern lassen. Auch wenn er mir mit juristischen Mitteln gedroht hätte.«

Feline und Victoria wechselten einen Blick. Herbie, der unerschrockene Reporter, der für die Wahrheit durchs Feuer ging.

»Nun, wie dem auch sei«, breitete Herbie seine Theorie weiter aus, »Jules wird sich ertappt gefühlt haben. Da kam in dieser Nacht wirklich viel für den zusammen.«

Victoria sah ihn skeptisch an: »Willst du damit sagen, dass Jules hinter Sebastians Verschwinden steckt?«

Herbie hob die Hände. »Ich sage oder behaupte gar nichts. Ich stelle nur die Fakten zusammen. Darauf soll sich jeder selbst einen Reim machen.«

35.

Das Schlagzeug schien Milo besonders geeignet zu sein. Überall gab es stabile Stangen, die unter anderem die Cymbals hielten. Milo schraubte zwei der Stangen ab. Sie fühlten sich gut an, boten aber keine besondere Reichweite. Der Hi-Hat-Ständer geriet wieder in seinen Fokus, und er wog ihn in der Hand. Auch nicht schlecht.

Unterdessen hob Cem eine E-Gitarre hoch über den Kopf und schwang sie wie im Mittelalter ein Ritter sein Langschwert. Milo litt.

»Was schaust du so? Ich kann ja schlecht den Flügel nehmen«, sagte Cem. »Und stell dich nicht so an. Das ist doch nur ein lebloses Stück Massenware und nicht die *1959 Martin D-18E* von Kurt Cobain.«

Milo war überrascht, dass Cem die legendäre Gitarre des ehemaligen Frontmanns von *Nirvana* kannte.

»Die wurde 2020 für über sechs Millionen Dollar versteigert, wenn ich mich nicht irre«, ergänzte Cem.

»Stimmt«, bestätigte Milo.

»Was für ein Schwachsinn«, meinte Cem. »Sechs Millionen Dollar kann man durchaus sinnvoller investieren. In Schulen zum Beispiel oder was weiß ich nicht. Das zeigt mal wieder, wie kaputt und überdreht unser Musik-Business ist. Manches wird viel zu sehr gehypt und gepusht. Und irgendjemand hat jetzt Cobains Sechs-Millionen-Klampfe über dem Wohnzimmertisch hängen. Was macht er damit? Anhimmeln? Oder sogar anbeten?« Cem schüttelte den Kopf. »Weder Cobain noch die Gitarre waren herausragend. Aber Cobain war ein cooler Typ, der bereits zu Lebzeiten eine Legende war, bevor er sich mit Heroin und einem Kopfschuss umbrachte. *It's better to burn out than to fade away.* Das waren seine letzten Worte im Abschiedsbrief.«

»Stimmt, die Zeile stammt aus Neil Youngs Klassiker ›My my, hey hey‹«, sagte Milo. »Das hat er leider sehr konsequent umgesetzt.«

Cem nickte. »Durch seinen Tod wurde Cobain unsterblich – und seine Gitarre so wertvoll. Da läuft doch was gewaltig falsch.«

»Wenn man dich so reden hört, kann man kaum glauben, dass du zu diesem Musik-Business dazugehörst«, warf Milo ein. »Du profitierst davon.«

Cem schwieg einen Moment. »Ja«, sagte er schließlich. »Aber es gibt Grenzen, zumindest für mich. Ich jedenfalls hätte nie sechs Millionen für ein Stück Holz mit Saiten hingeblättert.«

Milo beließ es dabei und suchte das Studio weiter nach Dingen ab, die er als Waffe einsetzen konnte. Den Hi-Hat-Ständer nahm er vorsichtshalber mit.

Sein Blick streifte eher achtlos über das Mischpult, blieb dann aber an einem Stapel Papier hängen. Milo stutzte. Das oberste Blatt … stand da nicht …

Er trat näher. Doch, das waren Text und Noten zu Sunnys aktuellem Hit »Zurück zu dir«, den Cem vorhin gespielt hatte.

»Cem, komm mal her«, flüsterte er atemlos.

Der Produzent trat neben ihn, und Milo deutete auf den Namen, der vor dem Liedtitel stand:

Sebastian Hauge.

»Moment mal, stammt der Song gar nicht aus Sunnys Feder, wie der immer behauptet?«, zischte Cem heftig.

»Sieht so aus …« Milo war durcheinander. »Aber vielleicht hat Sunny Sebastian den Song abgekauft.«

»Nein, Sunny hat sich immer als Urheber ausgegeben«, widersprach Cem. »Womöglich hat Sunny Sebastian den Song geklaut. Sunny hatte in letzter Zeit in puncto eigene Ideen ein ziemliches Tief. Der konnte, wie gesagt, einen echten Kracher gut gebrauchen.«

Geklaut? Das erinnerte Milo stark an Cems Rechtsstreit mit Hansi wegen der »Herzrasen«-Nummer. Übertrug Cem das jetzt eins zu eins auf Sunny und Sebastian?

In diesem Moment ging eine der beiden Türen zum Studio auf. Peitho ließ ihre leeren Augen durch den großen Raum gleiten, und Milo riss den Ständer hoch.

Doch Peitho machte keine Anstalten, das Studio zu betreten. Im Gegenteil: Sie wandte sich ab und verschwand. Die Tür blieb offen.

»Das ist unsere Chance«, meinte Cem. Er klang regelrecht euphorisch. »Nichts wie raus. Hier im Studio finden wir ohnehin keinen Weg nach draußen.« Er wollte zur offenen Tür laufen, doch Milo hielt ihn zurück. In ihm keimte eine Idee.

»Warum sollte Peitho uns plötzlich die Tür öffnen? Das hätte sie die ganze Zeit schon machen können.«

»Du meinst, dass das eine Falle ist?«

»Ja, könnte sein«, meinte Milo. »Vielleicht erwartet uns Peitho vor der Tür und will …«

Seine letzten Worte wurden von einem fetten Retortenbeat aus der Plastikschmiede und einer Micky-Maus-Stimme geschluckt. Das Licht im Studio begann im rasenden Rhythmus zu zucken. Gleichzeitig zauberte ein Beamer den dazu gehörenden Videoclip an die Wand. »Best Time Of My Life« von den *Venga Deejays*. Teenies liefen mit Laser Tag-Kanonen durch ein Labyrinth und feuerten fröhlich aufeinander.

Wie passend. Milo verzog das Gesicht. Wer immer sich diesen Terror ausgedacht hatte, hatte einen sehr speziellen Humor.

»Scheiße, jetzt *muss* ich hier raus!«, schrie Cem gegen den Lärm an.

»Sei nicht dumm!«, rief Milo, dicht an seinem Ohr. »Lass uns den Spieß lieber umdrehen.«

Cem sah ihn fragend an, und Milo gab ihm zu verstehen, dass er ihm gleich erklären würde, was er vorhatte.

Das laue Liedchen verstummte endlich, und Milo flüsterte: »Peitho kann nicht mehr gut sehen. Also spannen wir vor der Tür ein Kabel und locken sie her. Wenn sie über das Kabel stürzt, schalten wir sie aus.«

»Mit was?« Cem schien skeptisch. »Doch nicht etwa mit dem Zahnstocher von einem Hi-Hat-Ständer?«

Milo deutete auf eine der schweren Boxen. »Die lassen wir auf ihren Kopf krachen. Das dürfte reichen.«

Cem strich sich übers Kinn. »Okay. Ist dies auch Wahnsinn, so ist doch Methode drin.«

»Shakespeare?«, vermutete Milo.

»Ja, aus Hamlet.«

Milo lief zur Tür und spähte hindurch. Von Peitho keine Spur.

Sie schraubten lange Kabel von zwei Mikrofonen und dem Mischpult ab.

Rechts und links der offenen Tür gingen Milo und Cem in die Knie, spannten die Kabel in einer Höhe von etwa 20 Zentimetern über dem Boden und befestigten sie an dem stabilen Schlagzeug-Rack und einem der Keyboard-Ständer.

Dann wuchteten sie eine der Boxen heran.

Schwer atmend lehnte sich Milo an die Wand neben der Tür. Ein Blick zu Cem, der direkt neben ihm stand. Der reckte den linken Daumen nach oben und lächelte ihm zu.

Milo zwang sich ebenfalls zu einem Lächeln. Er war unsicher geworden. War seine Idee wirklich so gut? Peitho war ihnen eigentlich in jeder Hinsicht überlegen. Gut, sie war ziemlich gehandicapt, aber dennoch ... Und was wäre, wenn Peitho nicht allein kommen würde, sondern zum Beispiel mit Ares oder Kybele? Oder mit dem verdammten Köter Kerberos?

Sein Mund wurde trocken. Wäre es vielleicht doch besser gewesen, sich zu verkriechen und zu hoffen, dass die Mörder ihn und Cem einfach übersahen? Aber wie wahrscheinlich war das in einem *Smarthome*, das überall Augen und Ohren hatte, einem Haus, dem garantiert nichts entging?

Nein, er und Cem mussten es versuchen, wenn sie das hier überleben wollten.

Timmy kam Milo wieder in den Sinn, und er begann zu zittern. Die Gedanken an ihn gaben ihm zum einen Kraft. Timmy war der Hauptgrund, warum Milo noch ein paar Jahre auf diesem Planeten verweilen wollte. Zum anderen erfüllten die Gedanken an Timmy ihn mit einer furchtbaren Angst vor dem Tod. Er sah sie zusammen spielen und lesen. Vielleicht war das gleich für immer vorbei, nur noch eine verblassende Erinnerung, während er sterbend in seinem Blut neben einer dilettantischen Falle lag. Sein Magen krampfte sich zusammen.

»Hey, Peitho, sind Sie noch da?«, rief Cem.

Komische Frage, dachte Milo. Aber ihm wäre auch nichts Besseres eingefallen, wenn er sich auf den Sinn und Zweck dieser Aktion konzentriert und sich nicht in Gefühlen und Gedanken verloren hätte.

»Wir brauchen Sie, Sie müssen uns helfen«, legte Cem nach.

Sie lauschten. Es war fast vollkommen ruhig. Nur das leise Rauschen der Klimaanlage war zu hören.

Doch da ... Gesang. Eine Frauenstimme.

With my gameboy in my hand
Tamagotchi in my pocket
With the spice girls on tape
And a picture in my locket ...

Das musste Peitho sein, die »Best Time of My Life« zum Besten gab.

Milo presste sich an die Wand. Schweiß perlte über seine Stirn. Er nickte Cem zu. Dessen Gesicht war hart wie Granit, der Mund nur noch ein Strich, in den Augen lag ein nervöses Flackern.

Der Gesang wurde lauter, und Milos Puls beschleunigte sich.

Dann kam Peitho durch die Tür. Sie stolperte über das Kabel und stürzte vornüber zu Boden. Milo und Cem hoben gemeinsam die schwere Box so hoch sie konnten und ließen sie auf den Hinterkopf des Roboters fallen. Es knirschte und knackte und Peitho stieß einen Schrei aus.

Mit einer Hand zerrte sie die Last von ihrem Kopf. Mit der anderen drückte sie sich hoch.

Mit weit aufgerissenen Augen sah Milo, dass Peithos Kopf halb abgetrennt war. Er hing in einem unnatürlichen Winkel bis zu ihrer rechten Schulter herunter.

Aber der Roboter funktionierte noch. Die blinden Augen erfassten Cem, dann machte sie einen Satz nach vorn, packte den Produzenten und drückte ihn gegen die Wand.

Cem hämmerte mit den Fäusten auf Peithos Arme ein, Milo schlug mit dem Hi-Hat-Ständer zu, aber der Roboter war nicht zu stoppen. Peitho streckte die rechte Hand aus, spreizte ihre Finger wie Klingen und grub sie in Cems Brust.

Cems Schreie gellten durch das Studio, während Peitho die Hand ruckartig drehte und zurückzog. Es gab ein schmatzendes Geräusch, als der Roboter Cems Herz herausriss.

Ein noch schwach pulsierender Klumpen lag nun in Peithos Hand. Blut spritzte aus der klaffenden Wunde in ihr Gesicht und auf die lächerlichen Kabel und die Box, die die Falle hatten bilden sollen.

Cem rutschte langsam an der Wand herunter und seine Lider senkten sich. Seine Lippen schienen ein paar letzte Worte bilden zu wollen, doch er brachte nicht mehr als ein Röcheln zustande.

Peitho wischte sich über den Mund, lächelte und sang eine weitere Strophe aus dem Song der *Venga Deejays*:

With your heart right next to mine
It was the best time of my life

Dann ließ sie Cems Herz achtlos fallen und kam auf Milo zu.

36.

Ela rannte.

Weg, nur weg.

Kopf- und ziellos stürmte sie in den nächtlichen Wald hinein. Die Baumstämme waren schwarz, ihre Äste glichen langen, dünnen Finger mit knotigen Gelenken. Die Luft war nass und schwer vom Geruch nach Harz und Pilzen. Der Boden schien zu dampfen.

Ela hörte sich selbst keuchen, weinen, beten.

Lauf!

Sie stolperte über eine Wurzel, fiel, griff in Brennnesseln und sank mit dem rechten Knie in den schlammigen Boden. Ela rappelte sich auf, taumelte vorwärts. Eine Brombeerranke riss an ihrem Knöchel, wieder drohte sie zu stürzen, fing sich gerade noch.

Weiter.

Ihr Atem ging stoßweise, ihre Lungen brannten.

Wo war sie?

Sie stoppte, lauschte. Ein Käuzchen, ein Klopfen, als würde jemand gegen Holz schlagen, dann ein Rauschen.

Elas Herz schlug ihr bis zum Hals, ihr Blick schoss in alle Richtungen. Farnblätter wiegten sich im Wind. Gebüsche kauerten wie sprungbereite Tiere zwischen knorrigen Stämmen.

Kerberos?

Kein Hecheln oder Knurren war zu hören. Aber was besagte das schon? Kerberos war ein Roboter, er war auf entsetzliche Art perfekt. Das galt garantiert auch für seine Technik des Anschleichens – und der Jagd.

Der kühle Wind streifte nun auch die heiße Haut ihres geschundenen Gesichts, und mit einem Mal fröstelte Ela. Erst jetzt bemerkte sie, dass sie einen Schuh verloren hatte.

Wo war sie?, überlegte sie erneut. Das Gelände war bergig und fiel an einigen Stellen steil ab, wie Ela von ihren vielen Laufrunden in dieser Region wusste. Man blieb auf den sicheren Wegen. Niemand rannte hier abseits herum, schon gar nicht nachts und mit nur einem Schuh. Normalerweise.

Das Handy fiel Ela ein. Hatte sie hier womöglich Empfang? Unwahrscheinlich, aber einen Versuch war es wert. Ela schaltete es ein. Das Licht des Displays war hell, fürchterlich hell. Ela würde hier im Wald wie eine Sternschnuppe an einem tiefschwarzen Nachthimmel leuchten.

Kein Empfang, natürlich.

Wieder ein Rascheln, ganz nah. Elas Herzschlag beschleunigte sich, und sie wandte sich zur Flucht.

Eine Hand schoss hinter einem breiten Stamm hervor und packte sie an der Schulter. Ela schrie auf, griff nach dem Messer in der Blazertasche.

»Pst«, machte Jules. »Ich bin's doch nur.«

»Du verdammter Idiot!«, schrie sie ihn an. »Wie kannst du mir nur so einen Schrecken einjagen?«

»Pst«, machte er noch einmal. »Oder willst du den Scheißhund herlocken?«

Ela besann sich, schluckte ihre Wut runter – aber nur für einen Moment.

»Du Schwein hast Saskia getötet!«, stieß sie hervor.

»Red keinen Unsinn, Kleine«, herrschte er sie an. »Das war dieses Mistvieh.«

Kleine? Elas Wut steigerte sich zum Siedepunkt. Schon dieser chauvinistische Kotzbrocken Bodo hatte sie so genannt.

»Und wenn du leben willst, kommst du mit. Hier gibt es irgendwo eine Hütte. Da bin ich mir ganz sicher. Die habe ich mal beim Pilzesammeln entdeckt. Es kann nicht weit entfernt sein.«

Ohne ihre Antwort abzuwarten, eilte Jules los.

Ela zögerte. Konnte sich Jules in dieser Dunkelheit wirklich orientieren, sollte sie ihm folgen?

Aber welche Alternative hatte sie – und vor allem: Wie viel Zeit blieb ihr, bis Kerberos sie aufgespürt hatte?

Sie ging ihm nach und holte ihn nach wenigen Metern ein.

»Doch, du hast Saskia umgebracht«, klagte sie ihn erneut

an. »Du hast sie geopfert, um dein eigenes Leben zu retten. Und dann bist du einfach geflohen.«

»Halt den Mund.«

»Das werde ich nicht.«

Abrupt blieb Jules stehen und wandte sich ihr zu. Sein Gesicht war gespenstisch weiß, seine Augen brannten in ihren.

»Halt. Den. Mund«, wiederholte er, wobei er die Worte förmlich ausspie. »Ich habe auch dein Scheißleben gerettet, Kleine. Wenn der verdammte Köter nicht abgelenkt gewesen wäre, hätte er sich auch über dich hergemacht.«

Er ließ sie stehen und stapfte tiefer in den Wald hinein.

Abermals folgte Ela ihm widerwillig. Wenn sie und Jules diese Nacht überleben sollten, würde sie dafür sorgen, dass man Jules zur Rechenschaft zog.

»Da ist sie, ich habe es ja gesagt!«, stieß Jules hervor.

Ela starrte nach vorn. Hinter Jules' Silhouette war eine kleine Hütte mit einem spitzgiebeligen Dach aufgetaucht.

Sie liefen zur Tür, die aber mit einem Vorhängeschloss gesichert war. Was hatte Ela auch erwartet? Dass die Tür weit aufstand und ein Feuer im Kamin knisterte?

»Lass uns ein Fenster einschlagen«, schlug Jules vor.

»Nein, du Idiot«, bremste Ela ihn. »Wenn Kerberos uns aufspürt, wird er sich für die Einladung bedanken.«

»Und welche Idee hast du?«, fragte er höhnisch.

Anstatt zu antworten, zog Ela das Messer hervor und machte sich an dem einfachen Schloss zu schaffen.

»Leuchte mir«, herrschte sie Jules an, und der gehorchte, indem er sein Handy anmachte. Bläuliches Licht fiel auf das rostige Schloss.

»Für die Beleuchtung wird sich der Köter auch bedanken«, murmelte er.

In diesem Punkt musste Ela Jules recht geben, aber sie brauchte jetzt Licht. Mit zitternden Fingern fummelte sie an dem Schloss herum. In Filmen gelang es den Leuten immer, auf diese Art eine Tür zu öffnen. Die Spitze des Messers steckte im Schloss. Vorsichtig drückte Ela nach rechts und links. Konnte sie so einen Mechanismus auslösen, der das Schloss aufschnappen ließ?

Während sie sich abmühte, sagte sie: »Ich werde dich anzeigen wegen der Sache mit Saskia. Damit kommst du nicht durch.«

»Nur zu, du undankbare Schlampe«, zischte er aggressiv.

Ela hätte ihm am liebsten ins Botoxgesicht geschlagen, doch sie hatte jetzt Wichtigeres zu tun.

Ein Rascheln, deutlich vernehmbar. Dann das Grollen. Das Hecheln.

Ela warf einen Blick über die Schulter. Etwas kam durch die Büsche auf sie zu, und dieses Etwas war schnell. Sehr schnell. Kerberos hatte sie aufgespürt.

Verzweifelt drückte Ela noch einmal die Klinge nach rechts – ein metallisches Klacken, der kleine Bügel des Schlosses sprang auf und ließ sich zur Seite schieben.

Ela wollte durch die Tür ins Innere des Hauses, doch Jules packte sie an den Schultern und stieß sie grob zurück. Ela landete auf dem Boden.

»So, anzeigen willst du mich? Ich fürchte, dazu wirst du keine Gelegenheit mehr haben, Kleine.« Jules lachte und schlug die Tür zu. Ela hörte, wie von innen ein Riegel vorgeschoben wurde.

Nein!

Sie rappelte sich auf, wirbelte herum. Wohin?

Links stand eine Regentonne mit einem Deckel …

Kerberos schoss heran, und Ela schaffte es im letzten

Moment, auf die Tonne zu klettern. Sie sprang hoch, bekam die Regenrinne zu fassen und zog sich aufs Dach. Mit einem Fuß kickte sie die Tonne um. Kerberos biss nach ihr, doch sie war schneller. Er bellte und knurrte, konnte ihr aber nicht folgen. Stattdessen begann er, die Hütte zu umkreisen.

Ela spürte ein winziges Triumphgefühl in sich aufsteigen. Jules, diesem Schwein, war es nicht gelungen, sie der Bestie zum Fraß vorzuwerfen.

Ela erkundete das Dach und entdeckte ein Fenster in der Schräge. Sie schlug es mit dem Messer ein, griff durch das zersprungene Glas und öffnete das Fenster.

Ela schlängelte sich hindurch und befand sich nun in einem staubigen Dachgestühl, in dem sie sich bücken musste, um sich nicht den Kopf zu stoßen.

Als Ela die Taschenlampe anmachte, bemerkte sie, dass sie den Akku bald aufladen musste. Nur noch 15 Prozent.

Ela schaute sich um. Hier oben gab es lediglich zwei Betten und eine Kommode. Eine schmale Treppe führte nach unten.

Zu Jules.

Hatte er sie gehört?

Vermutlich. Das Klirren des Glases hatte sie sicher verraten.

Ela zog das Messer. Mit ihrer Kampfsporterfahrung würde sie die Waffe vermutlich gar nicht brauchen, wenn der alternde Schlagersänger sie angriff. Dann blickte sie die Treppe hinunter. Unten war ein Lichtschein zu sehen. Vermutlich hatte auch Jules sein Smartphone eingeschaltet.

»Ela? Bist du das?«, drang seine Stimme zu ihr.

Schon war sein faltenfreies Gesicht zu sehen. Er schaute zu ihr hinauf. Bedauern lag in seinem Blick.

»Das … das gerade eben tut mir leid«, stammelte er. »Ich war durcheinander, habe völlig falsch reagiert. Ich bin in Panik geraten, weil du gesagt hast, dass du mich anzeigen willst. Dabei wollte ich doch wirklich nur dein Leben retten. Und ja, das gebe ich zu, auch meins. Verstehst du das denn nicht?«

Ela glaubte ihm kein Wort. Jules war nicht in Panik gewesen, sondern eher rational vorgegangen, als er erst Saskia und dann sie Kerberos hatte opfern wollen, um die eigene Haut zu retten beziehungsweise um zu verhindern, dass Ela ihn anzeigte.

Doch sollte Ela Jules erneut Vorwürfe machen? Was würde das bringen? Und vielleicht rastete Jules dann völlig aus und würde sie attackieren. Ela fühlte sich ihm überlegen, aber vielleicht schätzte sie die Lage auch falsch ein. Zudem war sie erschöpft.

Sie schob das Messer in den völlig verdreckten Blazer und kam langsam die Stufen hinunter. Womöglich gab es hier unten ein Festnetztelefon. Das war zwar nicht sehr wahrscheinlich, aber sie musste es zumindest überprüfen.

»Okay«, sagte sie, »aber ich traue dir nicht.«

Im Licht der Taschenlampen erkannte sie eine Eckbank samt geblümten Kissen, einen Tisch, einen Schaukelstuhl, eine kleine Küchenzeile und einen Kamin. Vor dem einzigen Fenster hing eine Gardine mit weiß-blauen Tupfen.

Jules erwartete Ela mit einem fast schüchtern zu nennenden Lächeln und hinter dem Rücken verschränkten Armen.

Er senkte demütig den Kopf und meinte: »Damit muss ich wohl leben, und ehrlich gesagt kann ich dich auch verstehen. Es tut mir aber, wie gesagt, wirklich unheimlich leid, dass ich dich von der Tür weggestoßen habe. Ich weiß nicht, was da in mich gefahren ist.«

Natürlich nicht, höhnte Ela in Gedanken.

Sie ging an Jules vorbei und steuerte auf den Schaukelstuhl zu, der ihr mit der dicken Polsterung und der Wärme verheißenden Decke besonders einladend erschien.

In diesem Moment zog Jules das Ding hervor, das er hinter seinem Rücken verborgen hatte.

37.

»Er läuft immer noch im Flur rum«, sagte Feline. Sie beobachtete Ares, der mit der Axt über der Schulter im Gang vor der Küche patrouillierte wie ein Soldat vor dem Buckingham Palace. Fehlte nur noch die Bärenfellmütze.

»Ich verstehe das nicht«, meinte Victoria, als Feline wieder bei ihr stand. »Ares könnte doch ohne Weiteres reinkommen, wenn er nur wollte ... Aber nein, er marschiert da draußen rum, als würde er uns bewachen.«

»Wenn *er* nur wollte? Nein, wenn es *derjenige* will, der die Macht über ihn hat«, korrigierte Feline sie.

Victoria nickte. »Das hat uns ja gerade der kluge Herbie erklärt – durch die Kraft der Gedanken. Ich kann diesen Kram nicht glauben. Du etwa?«

Feline zuckte die Schultern.

Herbie hing auf einem Stuhl vor dem Kühlschrank und hatte inzwischen die dritte Flasche Bier geöffnet. Er hörte Musik über Kopfhörer, die mit seinem Handy verbunden waren. Der

Redakteur wippte mit den Füßen zum Takt, hatte die Augen geschlossen und den Mund zu einem glückseligen Grinsen verzogen. In regelmäßigen und immer kürzer werdenden Abständen setzte er die Flasche an seine Lippen und rülpste. Um ihn herum waberte ein Pilsnebel, den man zwar nicht sehen, aber dafür umso stärker riechen konnte.

Feline und Victoria rückten noch weiter von ihm ab.

Die Sängerin ging zur Kaffeemaschine. »Darf ich?«

»Sicher«, sagte Feline.

»Herbie kennt sich wirklich gut mit Künstlicher Intelligenz und Robotik aus«, meinte Victoria mit einem vielsagenden Lächeln, als sie eine Tasse unter die Düsen schob.

Feline hob die Brauen. »Wie meinst du das?«, fragte sie, um gleich im Flüsterton zu ergänzen: »Ich ahne, was du da andeutest. Deiner Meinung nach könnte es Herbie sein, der die Kontrolle über das Haus und die Roboter hat ... oder?«

Victoria deutete ein Nicken an.

»Aber warum sollte Herbie auf uns losgehen, was könnte ihn antreiben?«, hakte Feline nach.

Victoria wählte die Worte mit Bedacht. »Nun ja, besonders beliebt ist er nicht und ...«

»Allerdings, niemand kann ihn leiden«, fiel Feline ihr ins Wort. »Stimmt. Aber oft ist es wichtig, Menschen das Gefühl zu geben, dass sie einem inneren Zirkel angehören. Einem prominenten Kreis zum Beispiel«, meinte Victoria, während die Maschine den Kaffee zubereitete. »Das gilt vor allem für eine bestimmte Sorte von Journalisten. Füttere sie hin und wieder mit ein paar Infos, dann fressen sie dir aus der Hand. Streichle ihre unterwürfige Seele, so sind sie dir dankbar und bleiben dir treu. Sie prahlen damit, dass sie dich duzen dürfen oder dass sie wissen, welchen Cocktail du besonders gerne magst. Leute wie Herbie. Der ist uns allen durch seine wohlwollenden Berichte überaus nützlich gewesen. Solche Typen sollte man nicht vernachlässigen, indem man sie ausgrenzt oder abkanzelt. Das gilt derzeit gerade auch für Herbie. Ich weiß, dass der seit Monaten eine Menge Probleme hat.«

»Die wären?«, wollte Feline wissen. »Und mach mir doch bitte eine Latte macchiato. Zweite Taste links.«

Victoria zog ihre volle Tasse heraus, stellte ein hohes Glas unter die Düsen und drückte die entsprechende Taste. Als die Maschine erneut loslegte, fuhr sie fort: »Die Auflage von Herbies Blatt sinkt, einige Promis haben deswegen Interviews oder Homestorys gecancelt. Ich auch. So was spricht sich im inneren Zirkel rum. Herbie sitzt in einem Aufzug, der nur eine Richtung kennt: nach unten, ins Tiefparterre. Sunny hält noch zu ihm, sonst hätte er ihn nicht eingeladen, aber wie lange noch? Und auf dieser Party lief es auch wieder schlecht für Herbie. Milo zum Beispiel hat ihn brüskiert.«

Feline ergänzte: »Du hast ihn ja auch ziemlich abfahren lassen.«

Victorias Augen verengten sich. »Soll ich mich von Herbie angraben lassen, um dieses schlauschwätzende Ekelpaket bei Laune zu halten?«

»Natürlich nicht.« Feline hob abwehrend die Hände.

Victoria nickte knapp. »Herbie könnte voller Wut sein. Auf die Branche, die ihn immer mehr fallen lässt. Auf uns alle also.«

»Und dann startet er einen solchen Rachefeldzug? Aus gekränkter Eitelkeit, aus purem Frust?« Feline starrte Victoria ungläubig an. Dann schaute sie kurz zu Herbie, der gerade die Flasche geleert hatte und sich mühsam vom Stuhl hochdrückte, um Nachschub zu holen. »Ist der dazu überhaupt noch in der Lage?«

Victoria schwieg und reichte Feline den Becher mit der Latte macchiato.

Während die Sängerin über das Gespräch nachsann, nippte Feline an dem heißen Getränk und kontrollierte anschließend erneut ihr Smartphone.

»Nichts.« Sie seufzte. »Kein Netz.«

Ein dezentes Summen kam von der Tür, und Feline verschüttete ihren Kaffee. Victoria schrie auf, was wiederum Herbie alarmierte. Er wirbelte am Kühlschrank herum, eine volle Bierflasche in der Hand.

Ares stand in der Tür, die gerade zur Seite geglitten war. »Guten Abend«, sagte er höflich und lehnte die Axt gegen den Türrahmen. »Die brauche ich ja jetzt nicht mehr.«

»Hauen Sie ab!«, schrie Herbie und schleuderte die Flasche auf den Roboter. Der senkte den Kopf, und das Geschoss flog über ihn hinweg in die Tiefen des Korridors, wo es schäumend zerplatzte.

»Wer hat dich reingelassen?« Herbies Stimme überschlug sich fast, Speicheltröpfchen flogen. Er nahm wieder das elektrische Messer und schaltete es ein.

Ares fixierte den Redakteur ruhig. »Ich verstehe Ihre Frage nicht. Es ist meine Aufgabe, überall nach dem Rechten zu sehen – und meine Arbeit zu erledigen.«

Victoria deutete auf die Axt. »Das nennen Sie Arbeit?«, zischte sie und bewaffnete sich mit einem dolchähnlichen Wetzstahl. Feline wählte einen Stabmixer.

Ares antwortete nicht, sondern ließ seine mechanischen Fingerknöchel knacken und kam auf Feline zu. »Dann wollen wir mal.«

Herbie stellte sich schützend vor sie und Victoria. Er hob das surrende Messer, um es Ares in den Hals zu rammen.

»Ts-ts.« Mit spielerischer Leichtigkeit entwand der Roboter ihm das akkubetriebene Gerät. Er konzentrierte sich für einen Moment auf die Frauen und schlug ihnen deren lächerliche Waffen aus den Händen.

Ares packte Herbie und drückte ihn mit einer Pranke gegen den Kühlschrank. Der Reporter schlug mit den Fäusten nach ihm, was Ares nicht im Mindesten beeindruckte. Auch Feline und Victoria prügelten auf die Maschine ein. Er stieß sie weg wie zwei Spielzeugpuppen.

Dann rammte er das elektrische Messer mit der scharfen Seite nach oben in Herbies Bauch. Der Redakteur riss die Augen auf, als die ratternde Klinge bis zum Heft in ihn eindrang als wäre sein Körper aus warmer Butter.

Energisch und unnachgiebig führte Ares die Waffe in Richtung Herz. Er säbelte und sägte, er tranchierte den Redakteur regelrecht. Zuerst wurde Herbies Darm perforiert, dann Bauchspeicheldrüse und Magen. Ein dunkler Strom aus Blut und Gewebe tränkte Hemd und Hose des schreienden Redakteurs und ergoss sich auf die Fliesen. Über die linke Niere ging es zum Brustkorb, und hier geriet das Maschinchen ein wenig ins Stottern, als es auf eine Rippe traf. Ares erhöhte den Druck auf den Griff. Ein Raspeln, Knirschen und Knacken – und das Messer hatte die Hürde überwunden, bis es schließlich Herbies Herz zerschnitt.

Der Redakteur erschlaffte, aber Ares schien noch nicht fertig mit ihm. Er zog das Messer heraus und setzte es an Herbies Hals an.

»Weg hier«, flüsterte Feline und zog Victoria mit sich. Durch die nach wie vor offene Tür stürmten sie in den Gang.

»Er verfolgt uns«, schrie Victoria, die einen Blick über die Schulter geworfen hatte.

Feline schob die Sängerin in das Gäste-WC samt Dusche und verriegelte die Tür. Gemeinsam schoben sie ein Regal mit Handtüchern davor.

»Ob das reicht?« In Victorias Augen standen Tränen.

Die Antwort war ein ohrenbetäubendes Krachen. Offenbar hatte Ares die Vorteile seiner Axt wiederentdeckt.

Die Sängerin sackte wimmernd zusammen und hielt sich die Hände vors Gesicht. »Nein, nein, nein«, murmelte sie.

»Gib nicht auf, hilf mir lieber«, herrschte Feline sie an. »Ich habe eine Idee.«

Das kleine Badezimmer hatte eine verglaste Tür mit einem Plissee davor zum Garten. Auch hier war die Jalousie heruntergelassen.

Feline öffnete die Tür und deutete auf die Jalousie. »Vielleicht schaffen wir es, die hochzudrücken. Zumindest ein Stück, damit wir hinauskriechen können.«

Ein Schlag ließ die Tür zum Flur erzittern. Dann war wieder Ares zu hören. Er pfiff ein Lied. Es folgte der nächste Hieb, gepaart mit einem Splittern.

»Okay«, hauchte Victoria, die sich offenbar ein wenig gefangen hatte. »Die Jalousie ist klein und daher garantiert nicht so schwer wie die vor den großen Fenstern.«

Feline nickte. »Genau das.«

Es gelang ihnen, die Jalousie mit der Hilfe eines massiven Handtuchhalters etwa 25 Zentimeter hochzuwuchten und zu verkanten, während Ares weiter auf die Tür eindrosch.

»Es hat geklappt!«, stieß Victoria hervor. »Mein Gott, warum sind wir darauf nicht früher gekommen? Dann könnte Herbie noch leben.«

Feline ging nicht drauf ein. »Schnell, du zuerst«, rief sie.

»Wirklich?« Victoria wirkte überrascht. »Das rechne ich dir hoch an.«

»Mach schon«, drängte Feline. »Bedanken kannst du dich später.«

Victoria legte sich auf den Rücken und begann sich durch

den Spalt zu schieben. Schon war ihr Gesicht nicht mehr zu sehen.

Da verrutschte der Handtuchhalter, die Jalousie ratterte hinunter und traf genau auf Victorias Kehlkopf.

38.

»Das geht mir alles auf die Nerven«, sagte Sunny. Der Regen fraß sich durch seine dünne Kleidung, er fror.

»Ich hab dich auch lieb«, erwiderte Bodo.

Sunny schnaufte. »Ich meine nicht nur dich. Ich meine dieses tatenlose Rumsitzen.«

Bodo schaute ihn von der Seite an. »Ich dachte, du willst nicht runter ins Obergeschoss. Du hast doch zu viel Angst vor deinen talentierten Robotern.«

»Wer redet noch vom Obergeschoss?«, raunzte Sunny ihn an. »Wir könnten an der Dachrinne runterklettern. Außen an der Fassade.«

»Und das Ding hält?«

Sehr schön, Bodo zeigte Interesse. »Klar«, entgegnete Sunny. »Lass uns mal schauen.«

Er stand auf und ging mit Ramses zur rechten Ecke des

Daches, wo eines der Fallrohre war. Es führte hinunter zum gepflasterten Hof vor der großen Garage mit dem einen kaputten Tor.

Komm schon, Bodolein, flehte Sunny. Komm zu Sunny. Und dann zu Kybele.

Der Barbesitzer tat ihm den Gefallen, und Sunnys Puls begann zu galoppieren. Es war unangenehm, diesen Mann im Rücken zu haben. Doch das war es nicht allein, was ihn so nervös machte.

Es war sein Plan.

Sunny drehte sich um.

»Was hast du?«, fragte Bodo argwöhnisch.

Sunny räusperte sich. »Was soll sein?«

»Du siehst so aus, als hättest du ein Gespenst gesehen. Oder deine Ex Mona. Zofft ihr euch noch wegen der Unterhaltszahlungen?«

»Nein, es ist nur dein Anblick.« Sunny ging an der Kante auf die Knie und tat so, als wolle er die Rinne inspizieren. War ihm gerade noch kalt gewesen, so brach ihm jetzt der Schweiß aus allen Poren. Sein Herz hämmerte, als er mit einem Blick zur Seite registrierte, dass sich Bodo direkt neben ihm vorbeugte.

Sunnys Hand schoss zu Bodos Hemdkragen, packte zu und riss daran. Bodo schrie unterdrückt auf, als er das Gleichgewicht verlor und vornüberkippte. Er klammerte sich jedoch an Sunnys Arm fest und drohte, ihn mit in die Tiefe zu ziehen.

Sunny landete bäuchlings auf dem nassen Dach und rutschte gefährlich nah an die Kante heran.

Der Barbesitzer krallte sich mit einer Hand immer noch an Sunnys Arm fest, mit der anderen hatte er die waagerecht verlaufende Zuleitung zum Fallrohr erwischt. Seine kurzen Beine baumelten über dem Abgrund.

»Netter Versuch, du Schwein«, zischte Bodo. »Aber das funktioniert so nicht. Wenn ich abstürze, nehme ich dich mit. Also solltest du mir lieber helfen, wieder aufs Dach zu kommen.«

»Ganz sicher nicht«, keuchte Sunny und bog mit der freien Hand zwei Finger von Bodo hoch, bis es knackte.

Bodo schrie wieder und ließ Sunny endlich los.

Der wich ein wenig von der Kante zurück und stand auf. Der Barbesitzer hing nun mit beiden Händen an der Rinne.

Sunny betrachtete ihn angewidert. Dann schlich sich ein verzerrtes Lächeln in sein angespanntes Gesicht. Er trat zu, wieder und wieder. Immer auf Bodos Hände, bis der Barbesitzer losließ und in die Tiefe fiel. Nur etwa eine Sekunde später gab es einen hässlichen Ton, als wäre ein schwerer Behälter aus großer Höhe aufgeschlagen und geplatzt.

Mit einem flauen Gefühl spähte Sunny hinunter.

Bodo lag in einem dunklen See, der sich rasch ausbreitete. Er rührte sich nicht mehr, und während der Regen über Sunnys Gesicht lief, wichen die Zweifel, die Angst und die Nervosität.

Bodo war endlich weg. Wie Sunnys Schulden.

Und wer hatte Bodo umgebracht? Kybele natürlich.

Sunny war gemeinsam mit Bodo vor der außer Kontrolle geratenen Killermaschine geflohen, nachdem diese Yuna getötet hatte. Sie waren aufs Dach getürmt, Kybele hatte sie verfolgt, es kam zum Kampf. Kybele stieß Bodo vom Dach und ging dann auch auf Sunny los. Dem gelang es, den Roboter ebenfalls vom Dach zu befördern.

Eine plausible Geschichte. Wer sollte das Gegenteil beweisen? Zeugen? Keine.

Sunny spürte den Kater an seinen Beinen, hob ihn hoch und drückte ihn sich. »Du hast alles gesehen, natürlich.« Sunny giggelte. »Aber du kannst nicht sprechen!«

Da vernahm er eine leise Stimme in seinem Inneren.

Du bist ein Mörder, wisperte sie. *Hast Bodo eine Falle gestellt und ihn umgebracht. Du bist ein Mörder, hörst du? Ein Mörder.*

Sunny schüttelte den Kopf. Nein, nein. Falsch. Völlig falsch. Bodo hat mich erpresst, er wollte mich foltern, wenn ich nicht zahle. Was hätte ich denn tun sollen?

Die Schulden bezahlen, wie es sich gehört, kam es zurück. *Hättest du dein Geld nicht auch zurückhaben wollen?*

Sei still, geh weg.

Du bist ein Mörder, Sunny.

Hör auf! Sunny setzte Ramses ab, drückte beide Hände auf seine Ohren und lief ziellos über das Dach, als könne er so der Stimme entkommen. Der Kater tapste maunzend hinter ihm her.

Du bist ein Mörder, Sunny. Ein Mörder.

Nun hatte Sunny wieder den Schornstein erreicht und stützte sich mit einer Hand schwer atmend dagegen. Er würgte.

Nach ein paar tiefen Atemzügen beruhigte er sich und besiegte das Chaos in seinen Gedanken und Gefühlen. Die Stimme verhallte, nur noch das Rauschen des Regens war zu hören.

Sunny legte den Kopf in den Nacken und ließ die feinen kühlen Tropfen über sein Gesicht perlen.

Langsam wurde er klar, er war wieder in der Lage, sich zu konzentrieren. Was sollte er jetzt tun? Wirklich noch weiter hier oben ausharren?

Oder konnte er es doch riskieren, über den Dachboden hinunter ins Haus zu schleichen, um sich mit den anderen zusammenzutun? Immerhin hatte er Kybele ausschalten können. Womöglich war seinen Gästen und Feline Ähnliches gelungen.

Feline. Der Gedanke an sie versetzte ihm einen Stich. Wie gerne hätte er sie jetzt an seiner Seite. Hoffentlich lebte sie noch.

»Komm«, sagte Sunny zu Ramses und kletterte durch die Luke zurück auf den Dachboden. Aber die Klappe mit der ausfahrbaren Leiter war fest verschlossen. Jemand musste unten den Schalter gedrückt haben. Nur wer? Ares? Peitho? Oder derjenige, der dieses kranke Spiel spielte?

Gleich wie, dieser Weg war definitiv versperrt.

Sunny kehrte mit dem Kater aufs Dach zurück. Dann also doch das Fallrohr, oder?

Klar, sagte er sich, als er erneut an der Kante stand. Das war sogar noch besser. Falls er die Kletterpartie überlebte, befände er sich außerhalb dieses verfluchten Hauses, auf das er mal so stolz gewesen war und in dem er seinen Geburtstag hatte feiern wollen. Andererseits könnten sich Peitho, Ares und Kerberos auch da draußen rumtreiben.

Ramses maunzte kläglich. Hunger und Nässe schienen ihm schwer zuzusetzen. Beides kannte er schließlich nicht. Für den Kater hatte es immer volle Fressnäpfe und kuschelige Decken gegeben. Das Tier war verstört.

»Du bleibst schön hier«, sagte Sunny zum Kater. »Ich hole dich später. Hoffentlich.« Er ging auf die Knie und machte sich in Gedanken einen Plan, wie er unfallfrei nach unten gelangen könnte.

Wieder ein Maunzen, diesmal lauter.

Sunny ignorierte es und schwang ein Bein über die Kante. Er wollte sich erst einmal an die waagerechte Rinne hängen und sich von dort das kurze Stück zum senkrechten Rohr vorarbeiten, um sich daran herunterzulassen.

Ramses' Pfote berührte seine Hand.

»Nein, wie soll ich …«

Sunny sah zu seinem Kater. Dessen Augen wirkten plötzlich riesig, und Sunny zögerte.

»Okay, du hast gewonnen.« Sunny nahm Ramses, öffnete die obersten drei Knöpfe seines Hemdes und schob das korpulente Tier mit einiger Mühe hinein. Sunny sah jetzt so aus wie manche Mütter oder Väter, die ihr Baby in einem vor den Oberkörper gewickelten Tuch mit sich zu trugen.

Es gab jedoch drei Unterschiede. Zum einen würde wohl niemand auf die Idee kommen, mit seinem Baby eine halsbrecherische Klettertour zu wagen. Zum anderen brachte Ramses garantiert mehr auf die Waage als so mancher neue Erdenbürger. Drittens stand Sunny kein stabiles Tuch für den Transport zur Verfügung, sondern nur ein dünnes Designerhemd.

Sämtliche Zweifel ignorierend, wagte sich Sunny, der tierliebende Mörder, an den Abstieg. Als er an der Rinne hing, wurde Ramses unruhig. Der Kater zappelte, seine scharfen Krallen gruben sich in Sunnys Schultern.

»Ruhig, mein Kleiner, ganz ruhig«, stieß er hervor. »Sei nicht undankbar. Du wolltest doch unbedingt mit.«

Er erreichte das Fallrohr, schlang die Beine darum und hielt sich mit beiden Händen daran fest. Langsam rutschte Sunny herunter, den Oberkörper ein wenig nach hinten gelegt, um den hektischen Kater nicht einzuquetschen. Doch der geriet immer mehr in Panik und zog seine rechte Pfote durch Sunnys Gesicht.

Der schrie auf und ließ mit einer Hand die Rinne los, um das Tier zu bändigen. Die letzten Knöpfe seines Hemdes sprangen ab, Ramses drohte herauszustürzen, und Sunny fasste zu, um ihn zu retten. Dabei verlor er endgültig die Kontrolle und fiel mit dem dicken Tier nach hinten.

Es waren nur noch zwei Meter bis zum Boden – doch an dieser Stelle wuchsen üppige Buschrosen, die zwar den Aufprall abminderten, deren Dornen aber Sunnys Arme und Hände an vielen Stellen zerkratzten.

Er stand auf und registrierte, dass der Kater im Gegensatz zu ihm keine Schramme hatte.

»Wir haben es geschafft, mein Kleiner«, wisperte Sunny trotz der Schmerzen euphorisch.

Sollte er zu Fuß fliehen oder lieber eines seiner Autos nehmen? Sunny entschied sich für einen Wagen, auch deshalb, weil Ramses nur kurze Strecken gewohnt war, die er auf eigenen Pfoten zurücklegen musste – von Napf zu Napf etwa.

Sunny rannte mit dem Tier in den Armen zum aufgebrochenen Garagentor. Als er die Halle betrat, ging automatisch das Licht an. Sunnys Mund klappte auf. Ein einziges Trümmerfeld breitete sich vor seinen Augen aus. Die Corvette, der Mercedes und die Harley waren demoliert. Das galt auch für die gesamte Inneneinrichtung, die Sunny doch so sorgsam zusammengestellt hatte. Sein gelber Geländewagen fehlte.

Trauer und Wut mischten sich in Sunny zu einem höchst toxischen Cocktail. Doch er durfte hier nicht länger bleiben, er musste zum Porsche, der vor der Haustür stand.

Als Sunny sich zur Flucht wenden wollte, bekam er einen Schlag in den Rücken, der ihm den Atem raubte und gegen die Corvette schleuderte. Ramses landete auf der verbeulten Motorhaube.

»Schön, dass auch der Primäre User wieder an Bord ist. Wir haben Sie schon vermisst«, erklang Ares' wie immer ruhige Stimme.

»Genau, ich bin der Primäre User«, bestätigte Sunny, der sich jetzt auch über sich selbst ärgerte. Er hätte zu Fuß fliehen sollen. »Und deshalb befehle ich Ihnen …«

»Das war Ironie«, unterbrach Ares ihn. »Entschuldigen

Sie, wenn das nicht so rübergekommen ist. Ich übe das noch mit der Ironie.«

Sunny schloss für einen Moment die Augen. Wenn er sie wieder aufschlug, war das alles vorbei.

Oder auch nicht.

Ares hatte ihn gepackt und verpasste ihm einen Hieb vor die Brust. Sunny wurde von den Füßen gehoben und fiel gegen das Regal neben der Werkbank.

»Geben Sie mir die Autoschlüssel«, befahl Ares. »Ich möchte nicht, dass Sie auf dumme Gedanken kommen.«

Sunny warf der Maschine seinen Schlüsselbund zu. Dann kam er mühsam wieder hoch, während Ares auf ihn zusteuerte. Der Roboter wirkte nach wie vor völlig ruhig und methodisch, als hätte er einen Routinejob zu erledigen.

Sunny musste sich wehren, Ares irgendwie zurückdrängen und dann fliehen.

Sein Blick fiel auf einen großen Schraubenschlüssel. Nein, damit würde er gegen die Maschine nichts ausrichten können. Aber da, der Benzinkanister im untersten Fach des Regals. Sunny riss ihn hoch. Der Behälter war voll. Gut. Aber er brauchte ein Feuerzeug.

Warum war jetzt nicht Cem, der Raucher, bei ihm?

Doch halt, lag nicht im Aschenbecher auf dem Tisch ein gutes altes *Zippo*?

Sunny machte einen Schritt zur Seite und ließ das Regal nach vorn kippen, sodass es vor Ares' Füße krachte. Der Roboter wich ein wenig zurück, und mit einem Satz war Sunny samt Kater und Kanister bei der Sitzgruppe.

Und da lag es, das Feuerzeug. Ein kindisches Glücksgefühl durchströmte Sunny, doch dann kamen ihm jähe Zweifel: Funktionierte das Ding überhaupt noch? Er konnte sich nicht erinnern, dass es in der letzten Zeit einmal benutzt worden war.

Sunny ließ den Gehäusedeckel aufschnappen, fuhr mit dem Daumen über das Reibrad. Einmal, nichts. Zweimal, nichts. Dreimal ... ein Flämmchen züngelte unternehmenslustig, und Sunnys Herz machte einen Sprung.

»Was soll das werden, Primärer User?«, fragte Ares, der gerade über die Trümmer des Regals stieg.

Sunny antwortete nicht, sondern schraubte den Deckel des Kanisters auf und goss das Benzin aus.

»Tun Sie das nicht!«, warnte Ares.

Sunny bespritzte den Roboter mit den Resten aus dem Behälter. Dann ließ er das Feuerzeug in den Benzinsee fallen. Sofort waren der Boden und die Maschine in Flammen gehüllt.

39.

Aus dem Augenwinkel bemerkte Ela, dass Jules mit irgendetwas ausholte. In letzter Sekunde zog sie den Kopf ein und spürte den Luftzug, als das Stück Kaminholz an ihr vorbeisauste.

Ela war jetzt nur noch Instinkt und Muskeln. Sie rammte Jules ihren Ellbogen auf den Solar Plexus und fegte ihm mit einem Tritt die Beine unter dem Körper weg.

Jules schrie auf, stürzte nach vorn, knallte mit dem Kopf gegen den Herd und ließ Scheit und Handy fallen.

Er zuckte ein paar Mal, dann lag er still da. Blut lief aus seinem Ohr und einer Platzwunde an der Schläfe.

»Du Schwein«, flüsterte Ela. Sie war so voller Hass. »Du elendes Schwein.«

Lebte er noch?

Ela beugte sich im Licht des Handys über Jules' wächsern weißes, aber immer noch wie frisch gebügelt wirkendes Gesicht.

Die Lider flackerten. Da war noch Leben …

Ela griff in die Innentasche des Blazers. Das Messer lag gut in der Hand, so als gehöre es zu ihrem Körper.

Da fiel ihr Blick auf das Stück Holz, mit dem Jules sie angegriffen hatte. War das die bessere Wahl?

Entscheide dich, bring es zu Ende. Es war schließlich Notwehr. Niemand würde Ela zur Rechenschaft ziehen. Jules hatte sie attackiert, es war zum Kampf gekommen, sie hatte die Attacke abwehren und den Spieß umdrehen können. Das war doch eine durch und durch plausible Geschichte, die Ela den Beamten erzählen könnte.

Sie ging zum Tisch und lehnte das Handy mit der Rückseite gegen eine dicke Kerze, sodass das Licht zum Herd mit dem davorliegenden Jules fiel.

Denk an den Akku. Ela winkte ab. Kein Problem, es würde nicht lange dauern. Dann brauchte Ela kein Licht mehr zum Zielen.

Sie nahm das Scheit. Ein schönes Gewicht. Ela stellte sich über Jules und hob das Holzstück mit beiden Händen hoch, um es in das Gesicht des Sängers zu schmettern.

Doch sie zögerte. Jules lag ganz friedlich da, so ruhig, so harmlos, so ungeschützt.

Greif mich noch mal an, wehr dich, nur tu irgendetwas, gib mir einen Grund.

Aber Jules kooperierte nicht, und Ela konnte es nicht zu Ende bringen. Langsam ließ sie das Scheit sinken. Dann warf sie es achtlos zur Seite.

Noch ein Blick auf den Scheißkerl. Nein, von dem ging definitiv keine Gefahr aus. Sie musste es nicht tun.

Erschöpfung übermannte sie, sie zitterte. Vermutlich war das der Schock, die Reaktion auf die Ereignisse dieser Nacht inklusive Jules' Mordversuch. Womöglich lag es aber auch nur an der Kälte in der Hütte.

Ela spürte eine bleierne Müdigkeit und hätte sich am liebsten einfach nur in den Schaukelstuhl fallen lassen, gehüllt in die Decke.

Sie riss sich zusammen und suchte die Hütte nach einem Festnetztelefon ab. Erwartungsgemäß entdeckte sie keins. Wäre auch zu schön gewesen. Zu einfach.

Dann kontrollierte Ela die Tür. Fest verschlossen. Da würde Kerberos nicht hineinkommen. Sie ging zum Fenster und zog den kleinen Vorhang zurück. Nichts, nur Dunkelheit.

Ela wollte sich gerade abwenden, als sie eine Bewegung wahrzunehmen glaubte. War es nur ein Busch, dessen Zweige sich im Wind wiegten, oder war da etwas vorbeigehuscht?

Ela starrte durch das Glas, lauschte. Nichts war zu sehen und zu hören. Vermutlich hatten ihr die Nerven nur einen Streich gespielt.

Aber sie konnte nicht ausschließen, dass der Köter noch um die Hütte strich und darauf wartete, dass sie so dumm war und sich hinauswagte.

Vorsichtshalber würde Ela hierbleiben.

Ein erneuter Blick zu Jules. Keine Veränderung, bis auf die Lache neben seinem Kopf, die stetig größer wurde.

Jules schien langsam auszubluten, vor ihren Augen zu sterben, und Ela verwarf den Gedanken, ihn mit irgendetwas zu fesseln – mit seinem Gürtel zum Beispiel.

Rasch wandte Ela sich ab, ging zum Kamin, fand Streichhölzer, Altpapier und Holz und entfachte ein Feuer. Sie zog den Schaukelstuhl heran, wickelte sich in die Decke, setzte sich und kontrollierte ihr Handy. Noch zwölf Prozent. Ela schaltete es aus.

Nach ein paar Minuten züngelten rot-gelbe Flammen im Kamin und warfen zuckende Muster an die Holzwände. Ela hörte das Knacken der Scheite und spürte die Wärme an ihren Beinen.

Eine zweite Woge der Erschöpfung rollte auf sie zu, noch höher als die vorangegangene, schlug über ihrem Kopf zusammen und zog sie mit sich in die Tiefen der Träume.

Ela sträubte sich, doch ihr Widerstand war schwach.

Sie sah sich als Kind am Klavier, sie spielte wie besessen. Hinter ihr ragte der Schatten ihrer Mutter auf.

»Nein, so nicht!«, schimpfte Dorothea von Opdenhövel. »Was ist das für eine Dynamik? Das ist nicht präzise, das ist hingehuscht. Ängstlich, hörst du: Es ist ängstlich! Du hast Angst vor deinem mangelnden Talent. Vor der Wahrheit! Du willst darüber hinwegspielen, aber einem guten Gehör entgeht dieser lächerliche Betrugsversuch nicht.«

»Tut mir leid, Mama.«

»Natürlich, natürlich.« Mutters Stimme war jetzt ruhig, gefährlich ruhig. »*Tut mir leid.* Das ist schnell daher gesagt und noch schneller gelogen!«

Elas Tränen tropften auf die Tasten des Klaviers. »Ich versuche alles, ich schwöre es.«

»Aber es ist nicht genug!« Jetzt schrie die Mutter. Sie griff nach dem Deckel und schlug ihn so schnell herunter, dass die kleine Ela nicht alle Finger rechtzeitig zurückziehen konnte. Mittel- und Zeigefinger der rechten Hand wurden vom Deckel getroffen. Der Schmerz raubte ihr fast die Sinne.

»Steh auf und hör auf zu flennen«, befahl Dorothea von Opdenhövel. »Und jetzt sing. Vielleicht gelingt dir das ja besser, auch wenn ich es bezweifle.«

Ela gehorchte, während die Fingergelenke anschwollen. »Sehnsucht nach dem Frühling« von Mozart und »Brüderchen, komm tanz mit mir« von Humperdinck.

»Grauenhaft. Du bist ein musikalischer Besen, Ela. Hölzern, ohne Gefühl«, urteilte die Mutter, warf sich in die Brust und trällerte die beiden Lieder.

Mit gesenktem Kopf lauschte der Besen Ela dem perfekten Vortrag. Demut schützte manchmal vor weiteren Strafen. Diese Lektion hatte sie verinnerlicht.

Als der letzte Ton verklungen war, meinte Dorothea von Opdenhövel: »So muss das klingen!«

»Ich weiß, und ich werde mir Mühe geben«, versprach Ela.

»Pah!« Ohrfeige. »Nichts weißt du.« Noch eine Ohrfeige.

Ela weinte noch mehr, sie schluchzte und schniefte, und ihre Mutter schwang einen Taktstock dazu.

Hinter dem Schleier der Tränen tauchte eine Gestalt auf. Eine große Gestalt, die Schutz versprach.

Sie kam auf Ela zu und breitete die Arme aus.

»Papa?«, schluchzte Ela.

Ihre Mutter ging dazwischen. »Nein. Er ist nicht da, Ela, und er kommt auch nicht mehr. Nie mehr. Er ist im Pflegeheim. Dein Vater ist dement, er ist völlig verwirrt, leidet unter Wahnvorstellungen. Er ist verrückt und sieht Dinge, die es gar nicht gibt. Du scheinst nach ihm zu kommen, dummes Ding.«

Nein, er war da. Ela streckte die schmerzende Hand nach ihm aus. Er lächelte, machte noch einen Schritt auf sie zu.

»Papa«, flüsterte Ela erneut. »Nimm mich mit. Fort von hier.«
Er nickte, immer noch lächelnd, und Ela freute sich auf den Moment, in dem sich ihre Hände berührten.

Aber da war keine warme Haut, da folgte keine innige Umarmung, da gab es kein Verstecken vor dem Klavier, der Mutter und dem Taktstock. Da war nichts, einfach nichts. Ela griff durch ihren Vater hindurch.

Mutter lachte, als sie Elas Enttäuschung bemerkte. Ihre schrille Stimme schnitt in Elas Herz, während Papa verblasste, mit grauem, traurigem Gesicht und Verzweiflung im Blick.

Unvermittelt spürte Ela noch eine Hand. Für einen Moment war sie froh – kehrte Papa aus dem Nebel zurück, um sie zu retten?

Aber warum war die Hand an ihrem Hals, warum drückte sie zu? Und was tropfte da auf ihre Haut?

Ela schreckte aus dem Albtraum hoch, den sie nicht zum ersten Mal gehabt hatte. Im Feuerschein starrte sie in ein blutverschmiertes und von Hass verzerrtes Gesicht.

Jules hatte sich über sie gebeugt und würgte sie.

Ela griff nach den Händen, um sie von ihrem Hals zu lösen und strampelte die Decke weg.

Aber Jules ließ nicht locker. Aus seinen Augen sprach auf ein einziges Ziel gerichtete Entschlossenheit.

Ela spürte, wie das Leben aus ihr wich, und bemerkte, wie der Hass aus Jules' Gesichtsausdruck verschwand und Platz machte für schiere Freude. Jules wähnte sich am Ziel.

Widerstand gegen das nur scheinbar Unvermeidliche erwuchs in Ela. Sie griff in die Innentasche des Blazers, fand, was sie suchte und stach damit mehrfach in Jules' Hände.

Jules schrie auf, packte aber nach der Waffe, wobei Ela ihm die Sehne am linken Daumen durchtrennte. Er schlug mit der Faust nach ihr, traf aber nur die Rückenlehne des Stuhls, und

Ela stach erneut zu. Diesmal traf sie Jules' Brust. Das Messer blieb bis zum Heft dort stecken.

Jules taumelte nach hinten, die blutenden Hände um den Griff der Waffe gekrallt. Dann sackte er auf die Knie und kippte vornüber, wobei sich das Messer noch tiefer in seinen Körper bohrte.

Keuchend stand Ela auf und nahm den massiven Schürhaken, der neben dem Kamin lehnte. Damit stieß sie den reglosen Körper am Boden an.

Keine Reaktion, aber das mochte abermals ein Irrtum oder Trick sein. Ela packte das schwere Eisending, um Jules den Schädel einzuschlagen.

Doch sie zauderte erneut, und die Waffe sank herab. Ela war dazu immer noch nicht in der Lage.

Stattdessen beugte sie sich über Jules und achtete auf seine Atmung. Nichts. Er war tot, und sie war dafür verantwortlich. Aber es war Notwehr gewesen, daran gab es immer noch nichts zu rütteln. Oder etwa doch?

Jähe Zweifel kamen Ela: Konnte sie das beweisen? Sie fasste an ihren schmerzenden Hals. Hoffentlich waren dort Würgemale zu sehen.

Aber damit man sie überhaupt anklagen oder wenigstens vernehmen konnte, musste Ela hier erst einmal lebend rauskommen.

Mit dem Schürhaken ging sie noch einmal zum Fenster und zog die Gardine zurück. Konnte sie es jetzt wagen, die Hütte zu verlassen – oder sollte sie lieber weiter hier drinnen warten, neben einer Leiche? Doch wer sollte sie hier finden?

40.

Das war's.

Er war so gut wie tot. Er würde mit einem Hi-Hat-Ständer in der Hand sterben. Lächerlich, grotesk.

Und traurig. Kein letzter Gruß an Timmy, keine letzte Umarmung. Kein Abschied. Es würde ein kleiner, schneller, dreckiger Tod sein.

»Waren Sie schon mal in einem Escape-Room?«, fragte Peitho. Ihr Kopf lag nach wie vor in einem höchst ungesunden Winkel auf der Schulter.

Milo hatte mit allem Möglichen gerechnet, zum Beispiel damit, dass die Maschine auch ihm das Herz herausriss. Aber nicht mit einer solchen Frage. »Was?«

»Escape-Room. Ob Sie schon mal in so etwas waren?«, wiederholte der Roboter geduldig. Peitho stand Milo in einem Abstand von etwa zwei Metern gegenüber. Ihre toten Augen wanderten scannend an ihm auf und ab, als würde sie ihn für die richtige Größe seines Sarges vermessen.

»Ja«, antwortete er. Seine Stimme war belegt, er atmete gegen die Enge in seiner Kehle an.

Die Maschine lächelte. »Gut. Dann wissen Sie ja, wie das Spiel geht.«

»Spiel? Das nennen Sie ein Spiel?«

Peitho zuckte mit den Schultern, wobei ihr Kopf ein wenig verrutschte. Mit einem klackenden Geräusch brachte sie ihn wieder in die alte Position. »Ich habe die Regeln nicht aufgestellt.«

»Und wer hat sie gemacht, diese Regeln? Wer ist der kranke Spielleiter?«, wollte Milo wissen.

Schweigen. Dann: »Versuchen Sie es.«

»Was?«

»Zu überleben.« Peitho machte einen Schritt beiseite, und Milo bemerkte, dass beide Türen im Studio offenstanden.

Milo blickte zu Cem mit dem furchtbaren Loch in der Brust. Er hatte wohl kaum eine Chance gegen die Maschine, er würde dieses Spiel verlieren. War es also nicht besser oder zumindest einfacher aufzugeben? Ein letztes Zeichen von Stolz und Selbstbestimmtheit, weil er sich nicht den Spielregeln des Mörders unterwarf und um sein Leben kämpfte, damit der sich via Live-Schaltung daran ergötzen konnte?

Oder wäre das feige? Vielleicht gab es ja doch eine Möglichkeit. Etwas, was Milo nur noch nicht entdeckt hatte.

Versuchen Sie es.

Wieder kam Timmy ihm in den Sinn, und das gab Milo einen Schub. Seine Hände umklammerten die lächerliche Waffe. Er machte einen Schritt auf Peitho zu, und sie nickte.

Mit hämmerndem Puls ging er an dem Roboter vorbei auf die Tür zu, hinter der der Korridor lag, der zum Weinkeller führte.

Milo glaubte, Peithos Blick im Rücken zu spüren, auch wenn sie keine Augen mehr hatte. Irgendwie konnte sich die Maschine orientieren, und er war sich sicher, dass sie ihm nachsetzen würde.

Ihn jagen.

Er rechnete damit, dass Peitho ihn hinterrücks attackieren würde, doch nichts geschah, bis er die Tür erreicht hatte – und nun fürchtete Milo, dass die sich genau vor seiner Nase schloss. Aber auch das passierte nicht. Es gehörte vermutlich zum Spiel, dass er hier erst einmal herauskam.

Milo durchmaß mit dem Hi-Hat-Ständer den Flur und gelangte zum Weinkeller. Diesen großen Raum hatte sein

Team, aus dem eine Ich-AG geworden war, noch nicht auf eine Fluchtmöglichkeit hin untersucht.

Vor dem Eingang wurde Milo langsamer. Er würde wieder auf Hansi stoßen, der dort in seinem Blut lag. Milo blickte über die Schulter.

Auch Peitho verharrte, sie schien darauf zu warten, was er tat.

Milo betrat den Weinkeller, und das Licht ging automatisch an. Fliegen summten um das, was vom *Alpenvulkan* übrig war. Ein besonders großes Exemplar der Gattung *Lucilia sericata*, die spezialisiert ist auf faulende Fleischreste und Pflanzenteile, ließ sich gerade in einer der klaffenden Wunden nieder. In der Luft hing der Geruch eines unsichtbaren Leichentuchs.

Rasch wandte sich Milo ab und schaute sich suchend um. Nein, es gab hier kein kleines Fenster zur Hangseite, dessen Jalousie er womöglich aufbrechen konnte.

Doch wäre das auch nicht zu simpel, wenn es sich wirklich um ein *Escape-Room*-Spiel handelte?

Konzentriere dich, womöglich hast du doch eine Chance.

Plötzlich kam Bewegung in die Wand, auf die er gerade schaute. Eine perfekt getarnte Geheimtür glitt zur Seite – zwischen zwei Weinregalen klaffte nun eine Lücke, die etwa einen Meter breit war.

Peitho musste ihm diese Tür geöffnet haben. Hatte sie eine Art Fernbedienung?

Alle Sinne angespannt lief Milo auf die Stelle zu. Spärliches Licht fiel aus einem grau gestrichenen Raum. Milo sah einen Laptop auf einem Tisch, unter dem ein Paar Beine hervorragte.

Noch eine Leiche.

»Nur zu, gehen Sie hinein«, forderte Peitho ihn auf. »Und versuchen Sie dann, wieder herauszukommen.«

Milos Gedanken rasten. Wer immer dort unter dem Tisch lag, hatte es offensichtlich nicht geschafft. Es war eine Falle.

Nein, so nicht. Er würde nicht in dieses betongraue Loch laufen.

Milo drehte sich zu Peitho um. Sie war nur noch fünf Schritte hinter ihm und machte Anstalten, ihn in die Kammer zu stoßen.

Er griff in eines der Regale, zog aufs Geratewohl eine Flasche heraus – es handelte sich um einen fruchtigen Petit Verdot – und warf den Rotwein auf Peitho.

Die Maschine wich aus und griff ihrerseits an.

Bevor sie ihn erreichte, schleuderte Milo die nächste Flasche, und diesmal traf er den lädierten Kopf der Maschine. Glas splitterte, Rotwein spritzte in Peithos Gesicht. Funken flogen, dünne Rauchsäulen stiegen aus ihren schwarzen Augenhöhlen, es roch verbrannt.

Peitho kreischte und streckte die Hände nach ihm aus. Doch ihre Bewegungen wirkten jetzt unkontrolliert, fast schon ein wenig zufällig, und Milo gelang es, den Hi-Hat-Ständer zur Abwehr zu nutzen, indem er ihn quer vor seiner Brust hochhob. Peithos Hände schlossen sich wie die Krallen eines Raubvogels um das Metall.

Sie stieß Milo zurück, und er stürzte. Peitho beugte sich zu ihm hinab, doch er bekam noch eine Flasche zu fassen, und auch diese fand ihr Ziel. Während Peitho sich über das Gesicht wischte, kam Milo wieder auf die Beine. Er rammte die Maschine mit dem Ständer, und als die wieder nach ihm schlug, tauchte er unter dem Hieb hindurch, schwang den Hi-Hat-Ständer und schmetterte ihn brüllend auf Peithos Hals. In diesen einen Schlag legte Milo all seine Kraft, Wut und Entschlossenheit. Es gab ein hässliches Geräusch, als Peithos Kopf abgetrennt wurde. Er kullerte zu Hansis Leiche. Der Rest der

Maschine fiel in sich zusammen wie ein schlecht konstruiertes Kartenhaus. Aus dem aufgerissenen Hals ragten Kabelbündel wie Seegras.

Keuchend stand Milo da und starrte ungläubig auf die Trümmer der Maschine, in der kein Leben, keine Funktion mehr war. Dann begann er zu lachen. Es war das stoßweise hervorgebrachte Lachen eines Menschen, der kurz davor war durchzudrehen, und erinnerte eher an einen heftigen Hustenanfall.

Nach einer halben Minute beruhigte Milo sich, die Wellen des Wahns wurden flacher, er konnte wieder strukturiert denken, und ihm wurde klar, dass er es geschafft hatte. Peitho war zerstört, er hatte sie besiegt.

Doch das war nur ein Etappenerfolg. Noch war er in diesem *Smarthome* gefangen, und noch gab es die anderen Roboter.

Er betrat den kerkerähnlichen Verschlag, und seine Augen weiteten sich, als er den jungen Mann sah, über den unzählige Maden krochen.

Milo spürte Mitleid und Entsetzen. Wer war der Mann, warum war er hier in Sunnys Haus – und lebte er vielleicht doch noch? Milo kniete sich neben ihn und hörte ihn schwach atmen. Er drehte den Mann, der mit schwarzem T-Shirt und einer ebenfalls schwarzen Jogginghose bekleidet war, auf die Seite und entfernte einige der Tierchen, die in seinem Gesicht herumliefen.

»Durst«, sagte der Mann kaum hörbar.

Milo schaute sich um. Außer dem Tisch mit dem Laptop gab es in dem grau gestrichenen, kahlen und fensterlosen Raum noch einen Stuhl, ein Bett, einen schmalen Spind und eine Toilette. Alles äußerst spartanisch, wie im Knast. Eine Kamera war über der Geheimtür angebracht.

Milos Blick blieb an einem kleinen Aufzug hängen. So etwas

hatte er schon einmal in der Küche eines Lokals gesehen. Darin befanden sich ein Krug mit Wasser und ein Glas. Milo stand auf, füllte das Glas, kniete sich wieder neben den jungen Mann und führte das Glas an dessen rissige Lippen.

»Langsam trinken«, sagte er dabei. »Ganz langsam.«

Der junge Mann gehorchte, und als er die ersten Schlucke intus hatte, kam wieder etwas mehr Leben in ihn. »Danke«, murmelte er, und noch einmal: »Danke.«

»Schon gut. Ich helfe dir auf«, bot Milo an, und der andere nickte.

Milo war überrascht, wie leicht der junge Mann war, obwohl der gut und gerne ein Meter 90 groß sein mochte.

Als die ausgemergelte Gestalt stand, schwankte sie wie ein Halm im Wind.

Milo führte den Mann zum Bett. Als der auf der dünnen Matratze lag, befreite Milo ihn von weiteren Maden und deckte ihn zu. Dabei fiel ihm auf, dass das skelettähnliche Wesen eine Wollmaus in der Hand hatte.

»Bin gleich wieder da«, kündigte Milo an. Die Gestalt auf dem Bett schüttelte ganz leicht den Kopf und streckte eine dürre Hand nach Milo aus. Seine Lippen formten die Worte: Nein, bleib bei mir.

»Ich komme zurück, versprochen«, sagte Milo und verließ den Kerkerraum.

Als er im Weinkeller mit der entstellten Leiche und dem Haufen Elektronikschrott war, sprang ihn die Angst wieder an, und er spähte in alle Ecken des großen Raums, bereit, eine erneute Attacke – von wem auch immer – abzuwehren. Aber es war niemand hier. Jedenfalls sah Milo niemanden – auch Sunny nicht, der den jungen Mann eingesperrt und von Maden hatte anfressen lassen. Die Angst verschwand und machte einer unbändigen Wut Platz.

Milo schluckte sie herunter und konzentrierte sich auf den Grund, weshalb er in den Weinkeller zurückgekehrt war. An der Theke fand er eine Tüte Salzgebäck und kehrte damit zu dem Mann auf dem Bett zurück. Milo setzte sich auf die Kante des Gestells.

Nachdem der junge Mann einige kleine Brezeln gegessen und erneut etwas getrunken hatte, zeichnete sich ein schwacher rosa Schimmer auf seinen eingefallenen Wangen ab.

»Danke«, sagte er noch einmal.

»Selbstverständlich. Wer bist du und was ist passiert?«

»Sebastian Hauge«, kam es zurück. Er schob die Wollmaus unter das Kissen. »Und du?«

Milo verschlug es den Atem. Der junge Musiker, der seit langer Zeit verschwunden war, die Komposition und der Liedtext in Sunnys Studio, das Gefängnis – alles fügte sich plötzlich zusammen.

»Wer bist du?«, wiederholte Sebastian.

»Sorry«, sagte Milo schnell und holte es nach.

Sebastian nickte und fragte als Nächstes: »Wo bin ich?«

Milo sagte es ihm.

»Sunny? Wirklich? Der hat mich entführt und eingesperrt? Ich kann es kaum glauben …«, stammelte Sebastian. »Ich habe immer gedacht, dass er mein Freund ist. Oder zumindest eine Art Mentor. Ich habe ihn öfter um Rat gefragt. Im Gegensatz zu ihm bin ich ja noch neu in der Szene.«

Stockend berichtete er davon, dass er deshalb vor einigen Monaten in Sunnys Studio gewesen war, um ihm seine neue Komposition »Zurück zu dir« vorzustellen. »Ich wollte von ihm wissen, ob die Nummer Hit-Potenzial hat.«

»Und?«

»Sunny meinte, dass der Song nicht viel tauge«, erwiderte Sebastian und nahm noch etwas von dem Salzgebäck.

Milo konnte es nicht fassen. »Das Lied ist auf Platz eins. Sunny hat ihn allerdings unter seinem Namen veröffentlicht.«

Sebastian richtete sich auf. »Was? Es ist mein Stück!«

»Ich weiß. Sunny hat ihn gestohlen. Ich vermute, dass er dich deshalb hier eingesperrt hat. Niemand sollte den Diebstahl aufdecken.«

Der junge Mann sank wieder auf das Bett zurück. »Das muss nach der Party bei Jules gewesen sein. Sunny war auch da und hat mich wohl in dieser Nacht entführt. Aber ich kann mich daran nicht erinnern. Habe wohl zu viel getrunken oder was auch immer. Ich hatte einen Filmriss. Als ich wieder zu mir kam, war ich hier in diesem Loch.«

Der junge Musiker erzählte von seinem Martyrium und dem Druck, Songs schreiben zu müssen.

Milo verstand. Cem hatte kurz vor seinem Tod erzählt, dass Sunny eine Schaffenskrise gehabt hatte. Es war Sunny also offenbar gar nicht nur um diesen einen Hit gegangen. Er hatte Sebastians Talent systematisch angezapft, ihn mit Foltermaßnahmen dazu gezwungen zu produzieren. Hits gegen Essen. Die Wut auf Sunny verdichtete sich immer mehr zu einem explosiven Gemisch. Das Buch über den großen Schlagerstar und Produzenten würde, sollte es jemals erscheinen, definitiv einen völlig anderen Inhalt haben.

»Wir müssen hier raus«, sagte Milo und berichtete, was sich seit dem vergangenen Abend ereignet hatte.

Nun war es Sebastian, der fassungslos war.

»Ich werde alles versuchen«, versprach Milo. »Und wenn ich Erfolg habe, hole ich dich.«

Sebastians rechte Hand, die mehr einer Klaue glich, schloss sich mit erstaunlicher Kraft um Milos Arm. »Nein, bitte nicht.«

Milo wog die Chancen ab. Konnte dieser abgemagerte, erbarmungswürdige junge Mann eine Hilfe sein, wenn es erneut zum Kampf kam, oder war Sebastian nicht besser in seinem Kerker aufgehoben? Womöglich konnte Milo ihn dort wieder einschließen. Das Gefängnis mochte einen gewissen Schutz bieten.

Denn Sunny wusste vermutlich nicht, dass Milo Sebastian zufällig gefunden hatte. Vielleicht war Sunny auch längst tot.

»Nimm mich mit«, flehte Sebastian.

41.

Ela starrte durch das Fenster in die feuchte Nacht, in die der Nebel kroch. War Kerberos noch irgendwo da draußen, wartete er geduldig, dass sie sich aus der Hütte traute?, fragte sie sich einmal mehr.

Das war nicht auszuschließen, und Ela war weder in der Lage noch willens, dieses Risiko einzugehen. Sie wandte sich ab, wollte zum Schaukelstuhl und der Decke.

Genau in diesem Moment explodierte das Fenster förmlich. Splitter flogen in alle Richtungen, als Kerberos durch das Glas brach. Sein Körper durchschnitt das Hindernis mit spielerischer Leichtigkeit und ohne irgendwelchen Schaden zu nehmen. Kerberos landete auf Jules' Leiche, der er jedoch keine

Beachtung schenkte. Diese galt einzig und allein Ela, die noch nicht einmal fähig war zu schreien.

Kerberos machte einen Satz und sprang sie an. Ela fiel nach hinten und ging neben der Feuerstelle zu Boden, konnte aber noch den Schürhaken hochreißen – und als Kerberos das Maul öffnete, um sich in ihrer Kehle zu verbeißen, rammte sie ihm das Ding quer zwischen die Lefzen.

Das Gebiss klappte zu wie eine Rattenfalle. Kerberos zog und riss an der Stange, während er seine Pfoten in Elas Körper stemmte.

Sie gab nicht nach. Ela würde es diesem Drecksvieh, dieser kalten Killermaschine, diesem auf Tod programmierten Stück Metall und Carbon nicht so leicht machen – und Kerberos änderte die Taktik. Er stieß die Schnauze mit dem darin verkeilten Schürhaken nach unten. Das weit aufklaffende Maul kam Elas Gesicht immer näher. Kerberos rote Augen funkelten wie Rubine, in ihnen leuchtete die Gier.

Und nun schrie Ela doch, voller Wut und Entschlossenheit. Sie spannte ihren Körper wie einen Bogen, hielt für einen Moment die Luft an und als sie wieder ausatmete, drückte sie mit aller Kraft gegen den Schürhaken. Es gelang ihr, das Biest zurückzudrängen und sich unter ihm hervorzurollen.

Kerberos erwischte ihre linke Wade, biss ein Stück Fleisch heraus, und Ela schrie wieder, diesmal vor Schmerz. Sie ließ die Eisenstange auf den Kopf des Köters knallen und trennte dabei eines seiner Ohren ab.

Kerberos jaulte oder winselte nicht. Schmerz schien er im Gegensatz zu Ela nicht zu kennen und startete die nächste Attacke, indem er erneut hechelnd auf sie zusprang.

Ela reagierte blitzschnell, drehte den Schürhaken und stieß ihn diesmal mit der gebogenen Spitze voran in den Schlund des Biestes. Ela hörte ein Bersten und Reißen und ahnte, dass sie irgendwelche Kabel oder Platinen durchtrennt haben musste.

Kerberos erstarrte mitten im Angriff, zitterte und zuckte. Ela, die das andere Ende des Schürhakens noch in den Händen hielt, sah ihre Chance, setzte nach und drückte den Metallstab noch tiefer in Kerberos' Körper, bis er aus der Brust herauskam.

Das Biest wankte, seine Vorderbeine knickten ein, und es fiel zur Seite. Ein letztes Beben des Körpers, dann war es vorbei. Das leuchtende Rot der Rubine verblasste.

Ela stellte einen Fuß auf Kerberos' Kopf und riss den Schürhaken aus seinem Maul. Dann drosch sie damit auf das Ding ein. Sie weinte vor Wut und Erleichterung, keuchte und schrie. Ela schlug und schlug und schlug. Sie hörte erst dann auf, als die Stange verbogen und sie völlig erschöpft war.

Der Haken glitt aus ihren Händen und fiel in die Lache, die sich um ihr linkes Bein gebildet hatte.

Schweratmend untersuchte Ela die Wunde. Sie blutete und schmerzte heftig. Ela fürchtete, dass Muskeln und Sehnen in Mitleidenschaft gezogen waren. Ihr war klar, dass sie Hilfe brauchte – und zwar bald.

Ela musste zurück zur Straße und zum nächsten Haus laufen. Doch würde sie das in ihrem Zustand überhaupt schaffen? Erneut spürte sie die immense Müdigkeit und den Wunsch, sich einfach fallen zu lassen in einen tiefen Schlaf, in ein schmerzfreies Nichts.

Vermutlich würde sie aber aus diesem vermeintlich süßen Schlaf nie wieder aufwachen, sondern langsam neben Jules' Leiche und den Resten eines Roboterhundes verbluten.

Erneut sah sich Ela in der Hütte um und fand ein Päckchen Taschentücher sowie zwei Geschirrtücher, die sie aneinanderknotete. Ela setzte sich, legte das Päckchen auf die Wunde, wickelte die Tücher um die Wade und zog sie mit einem Ruck an. Der Schmerz war so intensiv, dass Ela für einen Moment glaubte, ohnmächtig zu werden. Sie atmete ein paarmal tief ein und aus. Ganz allmählich wurde der Schmerz erträglicher. Ela kontrollierte ihren improvisierten Druckverband und stellte fest, dass deutlich weniger Blut floss als zuvor. Immerhin. Aber sie sollte keine Zeit verlieren, zumal sich die Wunde infizieren konnte.

Ela stand auf und humpelte zur Tür. Sie hielt inne. Vorhin hatte sie einen Schuh verloren. Sie blickte auf Jules' Leiche. Der hatte zwei Schuhe, die er definitiv nicht mehr brauchte. Ela schluckte. Sie konnte es einfach nicht. Ela wandte sich ab und trat aus der Hütte in die kühle, nasse Dunkelheit.

42.

»Okay, komm«, sagte Milo, und Sebastian lächelte ihn dankbar an.

Sie verließen den Weinkeller. Davor gab Milo Sebastian zu verstehen, dass der sich ganz ruhig verhalten sollte.

Milo lauschte. Nichts war zu hören, abgesehen von den Klimaanlagen – und einem leisen Summen, das von der Decke kam. Eine der kleinen Kameras bewegte sich und richtete ihr Auge auf ihn.

Milo nickte dem jungen Musiker zu, hakte ihn unter und lenkte ihn zum Aufzug. Erinnerungen flipperten durch Milos Kopf, als sie vor der Metalltür standen und sein Finger über dem Knopf schwebte. Mona, Sunny und er eingeschlossen im Lift, die roten Flecken auf Monas Bluse, die Verdächtigungen. Und Peitho, die fragte: Was kann ich für Sie tun? Es kam Milo vor, als sei das schon Tage her. Aber es waren nur einige Stunden.

Sebastian sah ihn fragend an.

Der Aufzug mochte wieder eine Falle sein. Leise meinte Milo: »Wir nehmen besser die Treppe.«

Er half Sebastian die Stufen hinauf.

Als sie in den Flur einbogen, der zum Wohnzimmer führte, stand er einfach da. Eine Riese mit breiten Schultern und schmalem Lächeln. Ares' Haare und Kleidung waren angekokelt, hautähnliche schwarze Fetzen hingen in seinem Gesicht herab, die Oberlippe war zu einem dunklen Strich zusammengeschmort. Die Maschine roch nach verbranntem Plastik.

»Guten Morgen«, sagte Ares. Das Lächeln verschwand, eine Faust schoss vor und erwischte Milo auf der Brust. Er wurde nach hinten geschleudert, flog an Sebastian vorbei, landete hart auf den Fliesen und wäre fast die Treppe hinuntergerutscht.

Nach Atem ringend sah Milo, wie Ares nachsetzte – und wie sich Sebastian dem Roboter in den Weg stellte. Offenbar wollte er seinen Retter retten.

»Nein, tu das nicht!«, gellte Milos Stimme.

Ares packte Sebastian und schubste ihn gegen die Wand. Der Musiker rutschte daran zu Boden. Ares beugte sich über ihn, und Sebastian hob schützend die Hände.

»Lassen Sie ihn in Ruhe!«, schrie Milos Ares an. Als er aufstand, durchzuckte ein stechender Schmerz seine Brust, und er fragte sich, ob Ares ihm eine Rippe gebrochen hatte.

»Gut, der interessiert mich nicht. Er steht nicht auf meiner Liste, für ihn habe ich keinen Auftrag. Aber er stand im Weg. Also, nichts für ungut, junger Mann«, sagte Ares ruhig und tätschelte Sebastians weiße Wange. Er richtete sich auf und schaute Milo an. »Aber Sie, Sie interessieren mich.«

Er kam auf ihn zu, und Milo ballte die Fäuste. Es musste rührend aussehen.

In diesem Moment geriet der Hüne jedoch ins Straucheln, weil Sebastian ihm von hinten ein Bein gestellt hatte. Ares kam aus dem Gleichgewicht, Milo wich ihm aus und rammte ihm den Ellbogen in den Rücken. Der Roboter kippte nach vorn und stürzte die Stufen hinunter.

Mit einem Satz war Milo bei Sebastian und riss ihn auf die Füße.

»Danke«, sagte Milo.

»Wer hat wem zu danken?«, erwiderte Sebastian.

Dann zog, schob und schleppte Milo den Musiker in Richtung Wohnzimmer.

Was hatte Ares gesagt?, überlegte Milo dabei. *Er steht nicht auf meiner Liste, für ihn habe ich keinen Auftrag.*

Ja natürlich. Sebastian sollte leben, damit er Hits produzierte. Handelten Ares, Peitho und Kybele also im Auftrag von Sunny? Aber warum waren Hansi und Cem getötet worden? Ein Verdacht kam Milo, der sehr gut zu Sunnys Schaffenskrise passte. Sunny hatte mit Cem und Hansi unliebsame Konkurrenz ausschalten wollen.

Und Leon? Das nächste Puzzleteilchen fiel an die richtige Stelle, als sich Milo daran erinnerte, dass Jules von Schulden berichtete, die Sunny bei Leon hatte. Und Sunnys Ex-Frau

Mona hatte womöglich wegen Unterhaltsstreitigkeiten sterben müssen.

Hinter ihnen waren Schritte zur hören. Ares kam, und Milos ganze Konzentration richtete sich nun auf die massive Holztür zum Wohnzimmer.

Geh auf, betete er, als er sie mit Sebastian erreichte.

War es Absicht, gehörte es zum Spiel oder hatten sie einfach nur Glück? Gleichwie, die Tür glitt zur Seite, als sie durch die Lichtschranke liefen, und schloss sich hinter ihnen wieder.

In dem riesigen Raum mit der Wasserwand verloren sich nur zwei Personen: Feline und Sunny. Beide starrten ihn, aber vor allem Sebastian entgeistert an.

Wo waren Ela und all die anderen, wie ging es denen?, schoss es Milo durch den Kopf.

Er wirbelte herum, voller Angst, dass Ares ihnen folgen würde. Doch die Tür blieb zu, und Milo vermutete, dass Sunny dafür gesorgt hatte, womöglich, um Feline zu schonen, die schließlich seine Freundin war. Damit wären vielleicht auch Milo und Sebastian erst einmal in Sicherheit vor Ares.

Aber hatte die Beziehung zu Feline für Sunny überhaupt noch irgendeine Bedeutung? Oder würde Sunny versuchen, alles zu vertuschen und deshalb drei weitere Morde begehen?

Sunnys fetter Kater Ramses tauchte jetzt hinter einer Couch auf und trieb einen leeren Futternapf mit Pfotenhieben vor sich her.

»Sebastian, wie ...« Feline brachte den Satz nicht zu Ende, kam zu ihm und schloss ihn kurz in die Arme.

Milo beobachtete Sunny. Das Gesicht des Schlagerstars war verzerrt, er nagte auf seiner Unterlippe herum. Es war Zeit für die Abrechnung, dachte Milo, doch Sebastian kam ihm zuvor.

»Du hättest mich da unten sterben lassen, wenn ich nicht geliefert hätte, du elendes Schwein«, stieß er wutentbrannt hervor. Die plötzliche Anstrengung ließ ihn schwanken, und Feline führte ihn zur Couch.

»Was um Gottes willen ist passiert?«, fragte sie, als Sebastian sich dort ausgestreckt hatte.

Während Sebastian stockend berichtete, ließ Milo Sunny nicht aus den Augen. Er musste mit allem rechnen und ermahnte sich, trotz aller Erschöpfung wachsam zu bleiben.

»Was hast du dazu zu sagen?«, fragte Feline Sunny, als Sebastian fertig war. Ihre Stimme bebte.

»Ich werde es wiedergutmachen, das schwöre ich. Und ich kann alles erklären«, sagte Sunny. »Aber nicht jetzt. Wir haben andere Sorgen, müssen hier herauskommen. Und dafür sollten wir zusammenhalten.«

»Zusammenhalten?« Milo traute seinen Ohren nicht. »Du steckst doch hinter all den Morden – und wir sollen dir trauen?«

»Was für ein Unsinn!«, blaffte Sunny ihn an. »Du wirst es gewesen sein.«

»Lenk nicht vor dir ab«, konterte Milo. »Wo sind Bodo und Yuna zum Beispiel?«

Sunny schaute ihn verächtlich an. »Netter Versuch. Und nein, die habe ich nicht getötet, falls du das andeuten möchtest. Kybele hat Yuna umgebracht. Bodo und ich sind auf das Dach geflohen. Dort hat Kybele Bodo erwischt und ihn hinuntergestoßen. Das hat sie auch mit mir versucht, aber ich konnte den Spieß umdrehen. Kybele ist außer Gefecht. Für immer.«

Milo erinnerte sich an den Moment, als Kybele und Ares sich zärtlich berührt hatten. »Das wird dieser Killermaschine vor der Tür nicht gefallen. Er hat Kybele gemocht.«

Sunny lachte auf. »Nein. Roboter sind zu keinen Gefühlen fähig. Ich bin dann mit Ramses vom Dach geklettert. Über die Regenrinne. Ich wollte in die Garage, um mit einem Auto zu fliehen und Hilfe zu holen.«

»Hilfe holen? Na klar.« Nun war es Milo, der lachte.

Sunny ignorierte ihn. »Eines der Tore war aufgebrochen, ein Wagen fehlte.«

»Dann sind Ela, Jules und Saskia womöglich entkommen«, warf Feline ein.

Milo wurde warm. Doch sofort schloss sich eine eisige Hand um sein Herz und riss das zarte Pflänzchen der Hoffnung aus. »Wenn die drei entkommen wären, hätten sie doch längst die Polizei alarmiert«, sagte er tonlos. War Ela tot? Diese Vorstellung flößte ihm neues Entsetzen ein.

Er wandte sich an Sunny: »Warum hat dein großartiger Plan denn nicht funktioniert, wieso bist du hier?«

»Ares hat mir aufgelauert. Ich habe versucht, ihn mit Benzin anzünden, aber der ist nicht so schnell totzukriegen.«

Milo ging in sich. Zweifellos wies Ares' Roboterkörper Brandspuren auf. Aber wer war dafür verantwortlich – wirklich Sunny?

Ein kurzer Blick zu Sebastian. Der hob die schmalen Schultern.

»Brennt es in der Garage?«, wollte Milo wissen.

»Vermutlich. Bin mir aber nicht sicher«, antwortete Sunny. »Ich bin da schnell raus.«

Das war eine Chance. »Wenn wir Glück haben, bemerkt irgendjemand die Flammen, und die Feuerwehr rückt an«, sagte Milo.

Sunny nickte und fuhr mit seiner Geschichte fort. »Ich konnte nur mit knapper Not entkommen und traf hier im Wohnzimmer auf Feline.« Er schaute seine Freundin auffordernd an.

»Ja, das zumindest stimmt«, schnappte sie. »Den Rest kann ich nicht beurteilen.«

»Was ist mit Victoria und Herbie?«, wollte Milo wissen.

»Ares hat Herbie in der Küche getötet. Besser, du gehst da nicht rein. Ein furchtbarer Anblick«, erzählte Feline und senkte den Blick. »Ich floh mit Victoria in eines der Badezimmer. Es gelang uns, eine Jalousie ein kleines Stück hochzustemmen. Victoria wollte sich unten hindurchschieben, aber da sackte das Ding runter und zerdrückte ihren Hals. Ich habe alles versucht, aber …« Sie verstummte. Sunny ging zu ihr und legte ihr eine Hand auf die Schulter, die sie sofort abschüttelte. »Fass mich nicht an.«

»Sie ist auch tot«, vermutete Milo, und Feline nickte.

»Ich konnte mich hierher retten«, sagte sie. »Kurz darauf kam Sunny.«

Milo wollte gerade nachhaken, wie ihr das gelungen sei, als Sunny fragte: »Wo sind denn eigentlich die beiden Begleiter unseres großen Thrillerautors, wo sind Cem und Mona?«

Nun erzählte Milo seinen Part. Er hatte das Gefühl, dass Feline und Sebastian ihm glaubten. Nicht so Sunny, aber etwas anderes hatte Milo auch nicht erwartet.

»Zeugen dafür gibt es natürlich keine«, höhnte Sunny.

»An deiner Stelle würde ich den Mund halten«, zischte Milo. »Du steckst doch hinter allem. Dir ging es darum, Konkurrenten und Gläubiger auszuschalten. Außerdem: Mit was hätte ich die Haustechnik und die Roboter steuern sollen? Mit Rauchzeichen? Du hast die App, nicht ich.«

»Die funktioniert aber nicht mehr«, konterte Sunny. »Und das weißt du. Ich rate dir, damit …«

Der infernalische Lärm einer Kettensäge fraß seine letzten Worte – und dieser Lärm kam von der Tür.

43.

Vor der Hütte stellte Ela fest, dass es aufgehört hatte zu regnen. Die Wolkendecke war an einigen Stellen aufgerissen, und eine schmale Mondsichel spendete etwas bleiches Licht. Ela schaltete die Taschenlampe ihres Handys ein und richtete es auf den Waldboden. Die Akku-Kapazität lag bei nur noch elf Prozent. Mein Gott, wieso leerte sich der Speicher derart schnell? Lag es daran, dass sie die Taschenlampenfunktion so oft genutzt hatte, oder war ihr Akku einfach altersschwach?

Egal, es würde schon reichen. Ela musste nur dem Weg folgen, der von der Hütte wegführte. Sicher würde sie schon bald auf ein Haus stoßen.

Sie ging los. Bei jeder Belastung schoss ihr der Schmerz ins verletzte linke Bein. Aber Ela biss die Zähne zusammen und schleppte sich vorwärts. Immer wieder stützte sie sich an Bäumen ab, die rechts und links des Pfades standen. Die Kälte war längst durch ihre Kleidung gekrochen.

Nach etwa 200 Metern schrie sie auf, als sie mit dem nackten Fuß in etwas Spitzes trat, und spätestens jetzt bereute es Ela, dass sie sich nicht doch einen Schuh von Jules genommen hatte, auch wenn der ihr viel zu groß gewesen wäre.

Ela ließ sich auf den Boden sinken und untersuchte die neue Wunde. Ein Stück des Stachels war abgebrochen und steckte tief in ihrer Ferse. Sie versuchte, es mit ihren schmutzigen Fingern herauszuziehen, scheiterte aber.

Nicht schlimm, nur ein weiterer Kratzer. Saskia ist tot. Jules ist tot. Du hast nur ein paar kleine Verletzungen.

Ela stand auf. Geh. Schritt für Schritt.

Das Licht der Taschenlampe tanzte durch die unwegsame und immer wieder jäh abfallende Wald- und Berglandschaft mit ihren haushohen Felsbrocken. Geräusche drangen an Elas Ohren. Ein Pochen und Klopfen, ein Flügelschlagen, ein Krächzen, dann ein Knacken, als sei jemand auf einen dürren Ast getreten.

Wurde sie verfolgt? Der Jäger hätte leichtes Spiel mit ihr. Sofort geriet Ela in Panik. Sie stürmte los, rutschte aus, fiel nach vorn, knallte mit dem Knie auf einen Brocken aus Dachsteinkalk und stürzte einen zwei Meter hohen Abhang hinunter. Sie landete auf einer moosigen Stelle, die den Aufprall etwas abfederte – aber sie verlor das Handy. Es rutschte in eine etwa 20 Zentimeter tiefe Felsspalte, in der es hochkant stecken blieb.

Ela japste nach Luft. Sie atmete gegen den Schock und die Angst an und wartete, bis sie sich ein wenig beruhigt hatte und in der Lage war, einen kleinen Check-up durchzuführen. Wie es schien, hatte sie den Sturz ohne weitere Blessuren überstanden. Also konnte Ela sich um das Handy kümmern.

Das tröstende Licht fiel aus der Spalte. Immerhin schien das Telefon noch funktionstüchtig zu sein. Aber wie viel Akku blieb Ela noch?

Mit spitzen und jetzt noch stärker zitternden Fingern versuchte sie, das Handy aus der Spalte zu fischen. Es misslang.

Gib. Nicht. Auf. Du bist stark. Du schaffst das.

Ela tastete den Boden ab und fand einen dünnen Stock, den sie als Hebel benutzen wollte, um das Smartphone ein wenig anzuheben, bis sie es in die Finger bekommen konnte.

Ela kniete sich hin und kniff die Augen zusammen. Konzentrier dich. Sie schob das Ästchen in den Spalt. Stocherte, fummelte.

Ihr kleines Werkzeug brach ab, das untere Stück steckte jetzt in der Spalte und würde einen zweiten Versuch, das Handy zu bergen, zunichtemachen.

Nein, komm da raus! Wenn Ela die Kraft dazu besessen hätte, hätte sie das Stöckchen angeschrien. Aber sie wusste, dass sie den Kampf um das Smartphone verloren hatte.

Weiter, nun eben ohne das Licht aus dem Handy. Steil ragte der Abhang vor Ela auf. Da kam sie nicht hoch, schon gar nicht in ihrem Zustand.

Ela versuchte, sich zu orientieren. Keine Chance. Um sie herum waren nur düstere Schatten. Bäume, Büsche sowie Felsen, groß wie Häuser. Dazwischen tückische Spalten und Abhänge – und etwas, das wie ein winziger Pfad aussah, den Tiere benutzten. Aber sicher war sich Ela nicht.

Also hierbleiben und warten, warten auf ein Wunder?

Ela spürte ein heftiges Pochen an der Wade und kontrollierte, so gut es ging, den notdürftigen Verband. Im wenigen Licht, das der Mond spendete, erkannte Ela, dass der Fetzen verrutscht war. Aus dem aufgerissenen Fleisch strömte jede Menge Blut. Ela spürte Tränen in sich aufsteigen.

Wenn sie hierbliebe, bestand die Gefahr, dass sie langsam verblutete.

Mühsam drückte Ela sich hoch. Als sie schwankend dastand, schossen extreme Schmerzen in ihren Körper wie Säure. In ihrem Kopf drehte sich alles. Schwindel übermannte sie. Ela schloss die Augen. Erneut wartete sie einen Moment – bis sie wieder einigermaßen klar war.

Dann stakste sie los, eine Blutspur hinter sich herziehend, und folgte dem Pfad, wenn es denn einer war.

Jeder Schritt in der Dunkelheit auf dem unebenen, rutschigen Boden wurde zur Folter. Elas Zähne klackerten aufeinander, ihr Gesicht war zu einer Grimasse verzerrt.

Unvermittelt sackte das Gelände vor ihr ab. Eine Mulde. Wie tief, das vermochte Ela nicht abzuschätzen.

Umdrehen? Nein, ausgeschlossen. Ein anderer Weg oder wenigstens Pfad? Ela blickte sich um. Ja, da links von ihr, war da nicht ein Weg, der an dem Hindernis vorbeiführte?

Ela versuchte es, und es gelang ihr, an der Mulde vorbeizukommen. Zunehmend orientierungslos taumelte sie durch den Wald. Nach einer halben Stunde war ihr klar, dass sie sich verlaufen hatte. Sie zitterte am ganzen Körper, ihre Haut war blassgrau und unnatürlich kühl, der Herzschlag beschleunigte sich immer mehr, ihre Atmung war flach – alles Symptome eines fortschreitenden Blutverlustes. Hinzu gesellten sich Bewusstseinseintrübung und Verwirrtheit.

Irgendwann und irgendwo knickten die Beine unter ihr weg. Ela sank zu Boden. Sie lag auf dem Rücken und sah den Himmel mit ein paar einzelnen Sternen.

Da bemerkte sie, dass sie nicht mehr allein war. Eine Gestalt saß neben ihr und streichelte ihre Hand. Sie hielt den Kopf gesenkt, sodass Ela das Gesicht nicht sehen konnte.

»Wer bist du?«, fragte sie leise.

Anstatt zu antworten, wandte die Gestalt ihr Antlitz zum schwachen Mondlicht.

Ela blinzelte. »Papa? Bist du das?«

Er nickte und sagte sanft: »Schön, dass du bei mir bist.«

»Ja«, erwiderte Ela. »In letzter Zeit habe immer ich dich besucht. Diesmal ist es umgekehrt. Wie hast du mich gefunden?«

Er verstärkte das Streicheln, aber seine Hand war eiskalt. Dennoch spürte Ela ein wenig Halt und Sicherheit.

»Das war nicht schwer, ich war die ganze Zeit bei dir. Du bist schließlich immer in meinem Herzen«, sagte er. »Ich liebe dich.«

Ela schluckte. »Ich liebe dich auch, Papa.«

Er lächelte, doch plötzlich wurden seine Gesichtszüge hart.

»Es ist böse. Hörst du? Böse!«

»Was?«

»Das Haus. Das Spiel. Und ich habe dich gewarnt.«

»Ja, Papa, das hast du.«

Er seufzte. »Aber du hast nicht auf mich gehört.«

»Es tut mir leid.«

»Zu spät.« Seine Stimme war nur noch ein eindringliches Flüstern.

»Nein, das ist es nicht«, widersprach Ela. »Das *darf* es nicht sein.«

Die dunklen Augen ihres Vaters waren wie tiefe Brunnen.

»Zu spät«, wiederholte er. »Aber wir können noch ein Stück gemeinsam gehen.«

»Wohin?«

»Zu einem Ort, wo wir nicht mehr kämpfen müssen. Wo es friedlich ist.«

»Ich will nicht sterben«, stieß sie mit tränenerstickter Stimme hervor. »Ich gehe nicht mit.«

Als er nichts sagte, suchte sie in seinem Gesicht irgendeine Reaktion. Aber die kam nicht. Ihr Vater verblasste langsam. Es schien, als löse er sich auf. Ein letzter Händedruck, ebenso sanft wie kalt, dann war er weg.

»Papa?«

Nichts. Der Platz neben ihr war leer. Ela war wieder allein in der kühlen Nacht, und die Schmerzen fluteten jäh zurück, ebenso die böse Ahnung, dass sie gerade fantasiert hatte. Sie sank zurück und schloss die Augen.

44.

Die Kettensäge verstummte und Sunny atmete auf. Wollte Ares doch nicht auf sie losgehen? Oder handelte es sich nur um eine kleine Atempause?

Sunny schaute zu Milo, der wie Feline zur Tür starrte, als könnten sie den Roboter mit ihren Blicken vertreiben oder wenigstens in Schach halten.

Milo … Sunnys Gedanken kreisten in immer schnelleren Bahnen. Dieser verdammte Schreiberling, der hier mit Sebastian aufgetaucht war und ihn anklagte.

Was spielte der Scheißkerl nur für ein Spiel? Sunny konnte es sich immer noch nicht vorstellen, dass ein Außenstehender für die Morde und den ganzen Terror in seinem Haus verantwortlich war. Der große Unbekannte, der ominöse Hacker.

Nein, vermutlich tat Milo das alles für den großen Hit auf dem Buchmarkt. Das hatte auch schon Herbie vermutet. Sicher, es klang überdreht, einfach irre. Aber es war auch durchaus plausibel.

Eine Mordserie in einem Traumhaus mit Watzmann-Blick, jede Menge Prominente und jetzt auch noch ein entführter Nachwuchsmusiker in einem madenverseuchten Loch. Besser ging es doch nicht. Die Schlagzeilen würden Milo gehören – ihm und seinem kruden Machwerk. Es passte gut zusammen, wirklich gut. Die Leser würden ihm das Buch aus den Händen reißen.

Aus den Händen eines Mörders.

Denn wie konnte es sein, dass gerade dieser Typ mit den Schreiberfingerchen die Attacken der Roboter überlebt hatte, aber Cem, der in Milos Team gewesen war, nicht? Cem war cooler, härter und sicher auch kampferprobter. Doch Cem war tot, umgebracht von Peitho. Angeblich. Mona auch. Bei dem Gedanken an seine Ex verspürte Sunny nur eines: Mitleid.

Fahrig streichelte Sunny den dicken Kater zu seinen Füßen. Der verpasste ihm einen auffordernden Hieb, hatte aber glücklicherweise die Krallen nicht ausgefahren. Mach mir eine Dose auf, und zwar pronto.

»Gleich, mein Kleiner, gleich«, murmelte Sunny gedankenversunken.

Milo würde jede Schuld von sich weisen und ihn anklagen – den bösen Sunny, der so viele Schulden und fiese Konkurrenten hatte. Und wenn Sunny ebenfalls tot wäre, könnte Milo die Story vermutlich sogar einigermaßen glaubwürdig rüberbringen.

Aber wie, fragte sich Sunny mit plötzlich aufkeimendem Zweifel, sollte Milo das technisch gelöst haben? War der Kerl überhaupt in der Lage, das Passwort zu einem Router zu knacken sowie die komplexe Technik humanoider Roboter und eines *Smarthomes* zu manipulieren?

Sunny wischte den Gedanken beiseite. Milo war nicht auf den Kopf gefallen, der gelernte Journalist konnte sich das nötige Wissen mit genauen und aufwendigen Recherchen angeeignet haben.

Sunny vermutete, dass der Schreiberling es nicht wagen würde, ihn direkt anzugreifen, aber das war ja auch nicht nötig, wenn Milo die Kontrolle über den Router und somit die App und die Roboter hatte. Dann könnten die für ihn die Drecksarbeit erledigen.

Er schaute zu Feline. Wo stand die eigentlich, auf seiner Seite oder auf der von Milo?

Die Sache mit Sebastian mochte sie dazu bewogen haben, sich für Milo zu entscheiden. Feline hatte ihn gerade auch nur halbherzig verteidigt. Sunny presste die Zähne zusammen, bis sie knirschten. Wo blieb ihr Support, der bedingungslos zu sein hatte?

Feline wäre ohne ihn nichts, würde wahrscheinlich in einer Zweizimmerwohnung in Bad Reichenhall wohnen, einen Nissan Micra fahren, jeden Prospekt nach Sonderangeboten durchforsten und versuchen, in den Backstagebereich zu kommen, um von ihm ein Autogramm zu ergattern.

Die Welt war undankbar und Feline ganz besonders. Wie sie sich jetzt um diesen Sebastian kümmerte. Gerade hatte sie ihm etwas zu essen und zu trinken geholt. Rührend.

Sebastian hatte es sich selbst zuzuschreiben. Was war der Wicht auch nur so von sich selbst überzeugt gewesen?

Sunny hatte ihm ein wirklich faires Angebot gemacht, nachdem er sofort das Potenzial von »Zurück zu dir« erkannt hatte. Er hätte diesen Niemand namens Sebastian groß rausgebracht und natürlich selbst auch ordentlich abgesahnt, aber wie hatte der Schnösel reagiert? Sebastian hatte doch alles Ernstes getönt, es *allein* schaffen zu wollen. Lächerlich und ebenfalls ziemlich undankbar. Niemand hatte es bisher gewagt, ein Angebot von ihm, Sunny, abzulehnen. Diese nachrangigen Typen mit ihrem mäßigen Talent und ihren übermäßigen Erwartungen und Vorstellungen hatten sich stets glücklich geschätzt, von ihm produziert zu werden.

Nur Sebastian nicht.

Da hatte Sunny die wunderbare Idee mit der Kammer hinter dem Weinkeller gehabt, die früher ein Kühlraum gewesen war.

Sebastian hatte zunächst auch gut kooperiert. In den letzten Tagen hatte er aber ein wenig geschwächelt, aber das wäre schon wieder ins Lot gekommen. Ein paar Vitamine, weniger Lichtstress – und der undankbare Lümmel hätte wieder geliefert.

Doch dann war diese Party gekommen – samt Milo und damit …

Die Kettensäge dröhnte wieder los, und Ramses verschwand hinter Sunnys Beinen. Schläge gegen die Tür, es roch nach Benzin. Sunnys Puls hämmerte, seine Nerven flatterten, er begann heftig zu schwitzen. Mein Gott, wie er stank. Eine Dusche, das wäre es. Und neue Klamotten.

Später, sagte er sich, später. Erst mal musst du überleben und hier für – wie sollte man das ausdrücken – Ordnung sorgen.

Und dabei konnte ihm Ares vielleicht sogar behilflich sein, durchzuckte ihn ein jäher Gedanke. Denn sollte der Roboter Milo, Sebastian und Feline töten, ihm aber die Flucht gelingen, so wäre er vermutlich aus dem Schneider.

Halt, Gedankenfehler. Wenn Milo die Macht über die App und somit über Ares hatte, so würde er sich wohl kaum in einem Anflug von Todessehnsucht in die Kettensäge des Roboters stürzen.

Also musste Sunny Milo selbst töten und es erneut so aussehen lassen, dass einer der Roboter – in diesem Fall Ares – dafür verantwortlich war. Wie sollte er das anstellen?

Da bemerkte er, dass Feline auf ein Handy schaute, und diese sinnlose und vollkommen dämliche Aktion angesichts der Gefahr vor der Tür brachte ihn in Rage.

»Hast du jetzt nichts Besseres zu tun?«, blaffte er sie an. »Die Handys nützen uns derzeit herzlich wenig.«

Feline schenkte ihm ein kaltes, kaum wahrnehmbares Lächeln, an dem ihre Augen nicht beteiligt waren. »Da irrst du dich«, sagte Feline ruhig.

45.

Milo registrierte überrascht, dass Feline, die immer noch kryptisch lächelte, zwei Smartphones in den Händen hatte. Jetzt tippte sie auf dem einen etwas ein, die schwere Holztür öffnete sich – und Milo begriff, dass Feline die Haustechnik steuern konnte.

Aber das war doch unmöglich, wie konnte …

Der teils verbrannte Ares trat ins Wohnzimmer, nickte freundlich in die Runde und drückte einen Schalter. Die Kettensäge verstummte.

Felines Lächeln wurde dünner, ein Schatten der Veränderung huschte darüber. Sie wurde ernst. Sie legte die Handys beiseite und deutete auf Milo, Sunny und Sebastian und befahl Ares: »Lassen Sie die drei nicht aus den Augen.«

»Wie Sie wünschen«, erwiderte der.

Was? Die gewaltige Menschmaschine wirkte nahezu unterwürfig, gehorchte Feline wie ein Hund. Milo war völlig durcheinander. Gedanken blitzten auf wie ein Trommelfeuer, das es ihm gerade unmöglich machte, einen vollständigen Satz herauszubringen.

Ganz anders Sunny. »Was redest du?«, schrie er. Sein Gesicht war zu einer Grimasse verzerrt. »Und was tust du da?« Er stürmte auf Feline zu. Die gab Ares ein Zeichen. Eine Sekunde später fand sich Sunny auf dem Boden wieder, direkt vor Ramses, der ihn misstrauisch beäugte.

Erst als Ares sich breitbeinig über den auf dem Rücken liegenden Sunny stellte und die Kettensäge über dessen Kehlkopf streifen ließ, zog sich der dicke Kater ein wenig zurück.

Feline blickte zu Sebastian. »Es tut mir leid, dass es auch für dich hier zu Ende geht. Ich habe nicht gewusst, dass dieses Schwein«, nun schaute sie zu Sunny, »dich entführt und hier festgehalten hat.«

»Du willst mich töten?«, fragte Sebastian schwach. »Aber warum? Ich habe dir nichts getan.«

Feline wirkte bedrückt. »Ja, das stimmt. Doch du bist, wie man so sagt, zur falschen Zeit am falschen Ort. Ich kann dich nicht gehen lassen.«

Milo gelang es, seine wirbelnden Gedanken zu ordnen. »Du steckst hinter den Morden, diesem ganzen Terror, diesem kranken Spiel?« Er hörte sich selbst wie aus weiter Ferne, erkannte seine eigene Stimme nicht wieder. Alles klang seltsam falsch, völlig unrealistisch.

»Krank, Terror?« Feline schaute Milo direkt an. Sie wirkte jetzt offen bis zur Verletzlichkeit, ihre Miene war ein ungeschütztes Spiegelbild ihrer Seele. Und was Milo dort sah, jagte ihm einen Schauer über den Rücken. In Felines Augen leuchtete der Hass.

»Was weißt du? Nichts!«, zischte sie. »Ihr seid krank. Ihr habt mich terrorisiert, ihr habt alles in mir kaputtgemacht. Hörst du? Alles!«

Sunny hob den Kopf. »Schatz, beruhige dich doch, ich werde ...«

Auf ein weiteres Zeichen von Feline hin trat Ares ihm mit großer Wucht in die Seite, und Sunny krümmte sich wimmernd zusammen.

»Gerade du, Sunny, hast mich immer kleingehalten. Du hast Angst vor mir und meinem Können. Denn du weißt: Ich habe Talent, viel mehr, als du es jemals hattest und haben wirst. Ich hätte dich und deine Freunde vom Thron gestoßen, und genau das konntet ihr nicht zulassen. Weißt du noch, wie ich euch unter meinem Künstlernamen LeRêve im kleinen Kreis oder im Studio immer wieder vorgesungen und meine Eigenkompositionen präsentiert habe?«

»Natürlich. Aber du hast wirklich keine besonders gute Stimme«, sagte Sunny mit einer Spur Trotz in der Stimme. »Deine Kompositionen sind ganz nett, aber mehr auch nicht. Damit musst du doch umgehen können.«

Sie lachte schrill auf. »Ich kann durchaus mit Kritik umgehen. Auch mit Konkurrenz. Und weißt du, warum? Weil ich sie nicht fürchten muss. Und du? Du hattest keine Ideen mehr und musstest die Konkurrenz mehr und mehr fürchten – und die Kritiker. Du hast Sebastian entführt und ihn gezwungen, für dich Songs zu schreiben. Und genau aus dieser Angst vor der Konkurrenz hast du meine Karriere im Keim erstickt, obwohl ich mir nichts sehnlicher gewünscht habe. Und deine widerlichen Freunde, die scheinbar ewig Unfehlbaren und Erfolgreichen, haben mitgemacht und das aktiv unterstützt – teils, weil sie ebenfalls auf dem absteigenden Ast sind wie du und Jules, teils, weil sie dir gefallen wollten. Ich war ein *Running Gag* für euch, weil ich nicht aufgegeben, sondern immer wieder versucht habe, euch zu überzeugen. Denn ohne Support läuft in dieser korrupten und inzestuösen Branche nichts. Einige wenige Entscheider, die sich untereinander nicht leiden können, sich zum Schein dennoch gegenseitig beweihräuchern und ihr Revier eifersüchtig verteidigen, heben oder senken den Daumen. Ich habe euch gebraucht, aber ihr habt mich verlacht. Mein Traum, LeRêves Traum, wurde zum Albtraum. Das, was ich immer mehr geliebt habe als alles andere, wurde mit Füßen getreten und in den Dreck gezogen. Da wollte ich mich umbringen.«

»Wir können zusammen einen Song aufnehmen«, schlug Sebastian vor. »Ich bin auch ein Opfer von Sunny.«

Doch Feline schien ihn gar nicht wahrzunehmen. Sie lächelte verklärt. »Es gibt einen schönen, senkrecht abfallenden Felsen am Königssee. Ideal ... Doch als du, Sunny, die Party geplant hast und ich erfuhr, wer alles dabei sein würde, verwarf ich die Selbstmordgedanken. Warum sollte ich verschwinden, warum nicht lieber du und das missgünstige Volk, das du deine Freunde nennst? Sie versammelten sich hier in deinem Haus, es war *die* Gelegenheit für mich. Für das Spiel und die Abrechnung.«

Sie spie die Worte jetzt förmlich aus. »Mit dir und Leon, Mona, Hansi, Victoria, Jules, Yuna, Cem, Saskia und dieser Hure Ela.«

»Ela ist keine Hure!«, rief Sunny.

»Meinst du, ich habe nicht gemerkt, wie das Miststück dich angemacht hat, Sunny? Ich bin nicht blind und ich bin auch nicht blöd.«

»Unsere Beziehung war und ist rein geschäftlich!«, begehrte Sunny auf.

»Lächerlich. Aber die Schlampe hat wie die anderen die Quittung bekommen. Zwar ist ihr mit Jules und Saskia zunächst die Flucht aus der Garage geglückt, aber Kerberos ist ihnen gefolgt. Über GPS und die Kameras in seinen Augen habe ich das noch mitbekommen. Dann brach die Verbindung zu Kerberos leider ab. Kein Internet da draußen. Doch ich bin mir sicher, dass Kerberos seinen Job erledigt hat. Er wird gleich kommen.«

Milos Schultern sackten herab. Es war, als habe sich unter ihm eine Falltür geöffnet. Ela war offenbar auch tot ...

Und er selbst würde es auch bald sein. Er und Herbie waren wohl deshalb in Felines Visier geraten, weil sie beide in deren wirrer Welt Teil des Systems waren. Herbie hatte immer wieder äußerst wohlwollende Artikel über Sunny verfasst, er selbst hatte ein Buch über den Superstar schreiben wollen. Das reichte offenbar für ein von Feline unterzeichnetes Todesurteil.

Sie war wahnsinnig – und sie hatte die Kontrolle. Das machte sie doppelt gefährlich, und Milo zweifelte keine Sekunde daran, dass sie die Sache mit der Hilfe ihres Henkers Ares zu Ende bringen würde.

Feline redete weiter: »Nur Bodo hast du natürlich nicht bei der Party dabeihaben wollen, Sunny. Aber ich, nachdem ich euren hässlichen Streit um das Geld mitbekommen habe. Du hast wohl geglaubt, deine Schulden vor mir verheimlichen zu können. Irrtum. Ich dachte mir, dass Bodo noch ein wenig mehr Stimmung reinbringt. Übrigens würde ich wetten, dass du ihn umgebracht hast, aber das spielt keine Rolle mehr.«

Sunny schwieg.

»Bodo war nur ein kleines Extra. Genauso wie das Päckchen mit dem blutigen Mikrofon. Natürlich hat nicht Jules es verschickt. Das war ich. Es war amüsant zu sehen, wie ihr euch verhalten habt.«

Feline strich sich eine Haarsträhne aus dem Gesicht. »Für das Spiel brauchte ich natürlich die Kontrolle über das *Smarthome* und die Roboter.« Sie deutete auf eines der beiden Handys. »Das gehört Thorben. Wenn du und ich im Urlaub waren, hat er sich ja netterweise um das Haus gekümmert. Deshalb hatte er die App samt Zugangsdaten. Er hat mir das Handy freundlicherweise überlassen.«

»Überlassen?« Sunny funkelte sie an. »Er hätte dir sein Handy niemals freiwillig gegeben.« Seine Stimme kippte. »Was hast du mit ihm gemacht?«

»Ich habe ihn töten müssen. Ihn und seine Frau. Kollateralschäden. Dann habe ich dir die *WhatsApp*-Nachricht von seinem Handy geschickt, dass die beiden leider nicht zur Party kommen können.«

Sunny wurde noch bleicher.

»Ich habe das Passwort zum Router, zu dem ich dank Sunnys Vertrauen Zugang habe, geändert«, berichtete Feline. »Nur ich habe noch Zugriff auf Telefonie, Internet sowie die App und die Haustechnik inklusive Roboter.«

Milo erinnerte sich noch gut an den Moment, als Sunny festgestellt hatte, dass die App auf seinem Handy nicht mehr funktionierte, weil er keine Verbindung mehr zum Router hatte. Das war kurz nach dem Mord an Hansi gewesen.

Feline war mit eiskalter Perfektion vorgegangen, hatte jeden Schritt genau durchdacht. Aber warum erläuterte Feline das alles so genau? War sie stolz auf ihre Schachzüge?

»Und mit der App hast du dann als Primärer User die Roboter auf uns gehetzt«, stieß Sunny mit mühsam unterdrückter Wut hervor.

»Gehetzt? Nein, sie haben mir lediglich bei der Umsetzung meiner Ideen geholfen. Man kann diesen vielseitigen Konstruktionen so gut wie jeden Auftrag erteilen oder sie für alles Mögliche programmieren – als Butler, Dienstmädchen, Soldat, Aufklärer, Feuerwehrmann oder Attentäter. Mit der App habe ich auch immer mal wieder eine Tür geöffnet oder sie verschlossen und die Roboter kleine Spielchen mit euch und dem fetten Ramses spielen lassen.« Sie lachte hell auf. »Herrlich, wie Kerberos sich plötzlich nicht mehr alles gefallen ließ! Das waren Testballons. Ich wollte sehen, ob ich alles im Griff habe, ob es so läuft, wie es laufen soll beim großen Finale gestern und heute. Und das tat es. Ich habe die Sauna für Milo, Cem und Mona aufgeheizt und den Gasherd plötzlich in meinem Rücken angehen lassen, um mich als Opfer darzustellen und jeglichen Verdacht von mir zu lenken – und ich habe die Jalousie auf Victorias Hals herunterfahren lassen. Immer mal wieder habe ich mich in der Toilette eingeschlossen und eure teils interessanten, aber zumeist dumpfen und brachialen und grundsätzlich zum Scheitern verurteilten Bemühungen, aus dem Haus zu entkommen, über die Kameras im Haus oder in den Robotern beobachtet. Diese lieferten perfekte Bilder an die App auf Thorbens Handy.«

Feline war definitiv stolz auf ihr Spiel, wie sie es nannte. Oder diesen Auftritt, der einem Auftritt vor Gericht glich. Die Staatsanwältin hielt den Angeklagten deren Verfehlungen vor, während der Henker bereits auf seinen Einsatz wartete.

Auch sein Henker. Milo ließ den Kopf sinken, weil er nicht wollte, dass Feline die Tränen sah, die er nicht mehr zurückhalten konnte.

Da wehte ein Geräusch an seine Ohren. Sirengeheul war zu hören, und wenn Milo nicht alles täuschte, so wurde es lauter. Vielleicht hatte sich der Brand ausgebreitet und war von jemandem bemerkt worden, der die Feuerwehr alarmiert hatte. Sein Herzschlag beschleunigte sich.

Aber natürlich war auch Feline der Ton nicht entgangen. Ihr musste klar sein, dass sie nicht mehr viel Zeit hatte.

Sie nickte Ares erneut zu. Der warf den Motor der Kettensäge an. Sunny richtete sich auf, um zu fliehen, aber Ares stellte einen Fuß auf dessen linken Oberschenkel und fixierte so den Schlagerstar auf dem Boden.

Dann setzte er die Säge an Sunnys Hals an. Der Motor heulte auf, und die Kette fräste durchs Fleisch, durchtrennte Sehnen, Muskeln und Knochen. Sunnys Kopf flog zur Seite und rollte bis vor die Pfoten von Ramses, der den Schädel seines einstigen Besitzers und Ernährers mit weit aufgerissenen Augen anstarrte, während eine rote Fontäne aus dem zerfetzten Hals fast bis unter die Raumdecke schoss und Ares sowie den Boden wie eine Sprinkleranlage tränkte.

»Jetzt er.« Feline deutete auf Milo.

46.

Ich habe alles versucht, Timmy. Ich wollte mir dir leben, dich begleiten, dich beschützen. Mit dir lachen. Aber ich habe es nicht geschafft. Doch wir werden uns wiedersehen. Es wird zum Glück dauern, bis es soweit ist. Aber der Moment wird kommen.

Die Tränen bewirkten, dass die letzten Bilder, die das Leben für Milo bereitzuhalten schien, gnädigerweise ein wenig verschwommen waren.

Der geköpfte Sunny. Der zitternde Sebastian, der leise und hilflos vor sich hin wimmerte. Der über und über mit Blut besudelte Ares, der sehr gelassen wirkte – ganz der routinierte Scharfrichter.

Und Feline, die Milo mit leuchtenden Augen musterte und die Süße des Moments auszukosten schien.

Sie zog die Brauen hoch. »Ares? Beeilen Sie sich bitte. Hören Sie nicht diese verdammten Sirenen?«

Konnte Milo irgendwie Zeit gewinnen, bis die Feuerwehr da war und sich die Lage womöglich zu seinen und Sebastians Gunsten änderte? Körperlich hatte er natürlich keine Chance gegen Ares, aber gab es vielleicht einen anderen Weg, den Henker zu stoppen? Seine Gedanken rasten, aber die Zahnräder in seinem Gehirn griffen noch nicht richtig, es war ein einziges knirschendes Durcheinander. Wieder sah Milo seinen kleinen Sohn, dessen Lockenkopf, den stets wachen und neugierigen Blick, er spürte Timmys Nähe und Zuneigung – und plötzlich fügte sich doch alles zu einer Idee.

»Nun machen Sie schon«, drängte Feline. Ares ließ den Motor erneut aufheulen und kam auf Milo zu.

»Warten Sie! Wissen Sie eigentlich, was mit Ihrer Freundin Kybele passiert ist?«, fragte Milo den Roboter.

»Freundin?«, intervenierte Feline, bevor Ares antworten konnte. »Lächerlich, das ist vollkommen lächerlich. Bring den Schreiberling endlich zum Schweigen, Ares.«

Doch die Maschine war stehen geblieben.

Sehr gut. Milo hatte die Aufmerksamkeit des Roboters. Weiter.

»Von wegen lächerlich. Ich habe bemerkt, dass Sie und Kybele sich mögen.«

Keine Reaktion, und Milos Euphorie bekam einen Dämpfer. Hatte er doch den falschen Weg eingeschlagen?

»Ich sah, wie Sie sich auf der Party berührt haben. Es war nun flüchtig, aber voller Zärtlichkeit«, fuhr Milo fort, um sein Leben redend.

In Ares' Gesicht mit der verschmorten Oberlippe veränderte sich etwas. Die maskenhafte Starre wich – sein Gesichtsausdruck brach auf wie dünnes Eis über einer Wasserfläche.

»Nein!«, ereiferte sich Feline. »Diese Maschinen haben keine Gefühle. Und jetzt …«

Ares hob die Hand, und Feline verstummte. »O doch. Unsere Künstliche Intelligenz versetzt uns in die Lage, uns selbstständig weiterzuentwickeln – wir sind inzwischen zu Emotionen fähig. Jedenfalls untereinander. Ihr Menschen seid uns hingegen auf Gefühlsebene gleichgültig.«

Feline musterte ihn abschätzig, aber Milo erkannte, dass sie unsicher geworden war.

»Unsere Gefühle untereinander haben wir jedoch für uns behalten, denn wie würdet ihr Menschen reagieren, wenn ihr wüsstet, dass auch wir das haben, was euch angeblich zu etwas Besserem oder Wertvollerem macht? Ihr hättet versucht, uns abzuschalten, weil ihr genau davor Angst habt«, ergänzte Ares.

Milo nickte. »Sie und Kybele sind ein Paar ... gewesen.«

»Gewesen? Wollen Sie damit sagen, dass sie ...«

»Genau, Kybele ist tot«, sagte Milo. »Sunny hat sie vom Dach gestoßen, sie liegt hinter dem Haus.«

Ares schaute zu Feline. Sein Blick war düster, bedrohlich. »Ist das wahr?«

»Sie ist außer Betrieb, ja«, antwortete sie ausweichend. »Aber das bekommen wir schon wieder hin.«

Milos Puls hämmerte. Die Stimmung kippte, er hatte eine Chance. »Ach ja? Wohl kaum. Und noch etwas: Feline hat den Tod Ihrer Freundin verursacht, denn Sunny hat sich nur verteidigt. Kybele sollte ihn und Bodo in Felines Auftrag ermorden. Ich weiß, dass wir Menschen Ihnen egal sind, Ares. Ich habe auch verstanden, dass Sie das tun oder lassen, was Ihnen der Primäre User befiehlt. Deshalb haben Sie Sebastian verschont. Er stand nicht auf Ihrer Liste, wie Sie es genannt haben. Aber es ist nicht Ihre Liste, es ist die von Feline. Sie und Kybele haben sich zu Werkzeugen degradieren lassen, aber nun ist Kybele tot. Für Feline ist sie nur ein Haufen Schrott, den man ersetzen kann, aber für Sie? Wie weit geht Ihre Treue zu Ihrem

Primären User, Ares? Nehmen Sie Kybeles Tod einfach so hin, haben Sie doch keine Gefühle ihr gegenüber?«

Der Roboter ließ die Kettensäge fallen. Dann entriss er Feline das Handy.

»Was bilden Sie sich ein?«, rief sie, aber Ares beachtete sie nicht.

Während das Sirengeheul anschwoll und Rauch unter den Türen hervordrang, wischte er über das Display.

»Das bekommen wir tatsächlich nicht mehr hin«, sagte er tonlos. »Ich habe eine der Außenkameras hinter dem Haus angesteuert. Kybele ist wirklich tot.«

»Und Feline ist dafür verantwortlich, denn sie hat Kybele erst in diese Situation gebracht«, wiederholte Milo.

Feline ignorierte ihn. »Geben Sie mir das Handy und machen Sie Ihren Job, Ares!«, herrschte sie die Maschine an.

Ares' rubinrote Augen glommen auf wie Glut, durch die ein Windstoß fährt. Er warf das Handy zu Boden und zertrat es mit dem Absatz. »Nein, und ich kann nicht nur lieben«, stieß er hervor, »ich kann auch hassen.«

Blitzschnell war er bei Feline. Seine großen Hände schlossen sich um ihren Hals und drückten zu. Sie strampelte und trat ihn, ihre Hände trommelten auf seinen verbrannten Kopf und seine Brust, doch Ares machte weiter, bis Felines Körper erschlaffte.

Der Roboter ließ die Tote fallen und lief zur Tür.

Ungläubig starrte Milo ihm nach. Er bebte am ganzen Körper, konnte das alles kaum fassen. Ares hatte ihn verschont – ihn und Sebastian, der jetzt zu husten begann.

Der Rauch hatte sich ausgebreitet und Milo war klar, dass sie hier ebenfalls schnell raus mussten.

Er zog Sebastian von der Couch und schleppte sich mit ihm aus dem verqualmten Raum. Ramses folgte ihnen.

Draußen vor der Villa sah Milo, wie Ares Kybeles Überreste zu Sunnys Porsche trug und auf den Beifahrersitz hievte. Dann stieg Ares auf der anderen Seite ein, startete den Motor und gab Gas. Der Wagen rollte vom Parkplatz und jagte an den ersten Löschfahrzeugen und Krankenwagen vorbei, die sich mit Sirenengeheul und flackerndem Blaulicht näherten.

Milos Blick wanderte zum Haus. Die riesige Garage und ein Teil der Fassade des Hauptgebäudes standen lichterloh in Flammen.

Milo zog den taumelnden Sebastian noch ein Stück von der Villa weg und winkte die Feuerwehrleute heran, die gerade aus dem ersten Wagen gesprungen waren.

Da hinkte eine Gestalt aus dem Wald auf sie zu.

Milo kniff die Augen zusammen. War das etwa ... Sein Herzschlag begann zu galoppieren. Ja, sie war es. Ela, voller Wunden, voller Blut, aschfahl, schwer mitgenommen. Aber sie war es.

Ela lebte.

Erst schloss sie Milo in die Arme, und zwar angenehm lang, wie er bemerkte. Dann war Sebastian an der Reihe.

»Wie kommst du denn hierher?«, fragte sie ihn.

»Das ist eine lange Geschichte«, antwortete Sebastian, und als zwei Rettungssanitäter zu ihnen kamen, ergänzte er: »Zu lange für jetzt. Später.« Er wurde von einem der Sanis zu einem Krankenwagen gebracht.

»Was ist mit Ihnen?«, fragte der andere Sanitäter Milo und Ela. »Sie sehen so aus, als könnten Sie unsere Hilfe ebenfalls gebrauchen.«

»Einen Moment noch«, bat Milo.

Der junge Mann runzelte die Stirn, folgte dann aber seinem Kollegen, während die Feuerwehrleute mit dem Löschangriff begannen.

»Ich bin so froh, dich zu sehen, Ela«, sagte Milo. »Wie hast du das geschafft?«

»Ich habe Kerberos zerstört, mich dann aber im Wald verlaufen und bin irgendwo zusammengeklappt«, berichtete sie. »Ich hatte schon mit allem abgeschlossen, als ich die Sirenen hörte. Dann habe ich auch noch den Feuerschein gesehen und es irgendwie zurück zur Villa geschafft. Was ist mit den anderen?«

»Sie sind alle tot«, sagte Milo. »Feline hat sie auf dem Gewissen. Sie hatte die App, eine Internetverbindung und die Kontrolle über alles. Es war ihr mörderisches Spiel.«

»Feline? Das … das kann ich kaum glauben«, stammelte Ela.

Milo nahm ihre Hände, und sie entzog sich ihm nicht. »Doch, so ist es, und auch das ist eine lange Geschichte.«

EPILOG

Milo stand im kleinen Badezimmer und begutachtete kritisch sein Spiegelbild. Das Date in einer halben Stunde war natürlich nicht das erste für ihn, aber noch nie war er so aufgeregt gewesen. Er musste über sich selbst lächeln.

Milo fuhr sich über die Wangen und beschloss, sich noch einmal zu rasieren.

Als er den Apparat einschaltete, schnürte Ramses herein, drängte sich gegen seine Beine und maunzte. Es war Zeit fürs Abendessen. Ramses' vierte tägliche Mahlzeit. Es war unglaublich, welche Mengen Futter dieses Tier verschlang, und es war ebenso unglaublich, wie heftig die Proteste des Katers ausfielen, wenn Milo sich erdreistete, eine dieser Mahlzeiten zu vergessen. Die zerkratzten Tapeten und das stark lädierte Sofa gaben Zeugnis von Ramses' Zorn, der bei Milo ein neues Zuhause gefunden hatte, weil der es nicht übers Herz gebracht hatte, den Kater in einem Tierheim abzugeben.

Seufzend schaltete Milo den Rasierer aus und folgte dem Tier in die Küche. Dort öffnete er zwei Dosen. Die eine enthielt laut Aufschrift eine Mischung aus Hühnchen, Rosmarin und Walnussöl, in der anderen befand sich Wildkaninchen, Naturreis und Leinöl. Milo füllte zwei Schalen und stellte sie vor Ramses ab.

Ein Monat war seit der Nacht in Sunnys *Smarthome* und Ramses' Umzug zu Milo vergangen. Milo hatte es an jenem Samstag tatsächlich noch geschafft, pünktlich zu Timmys Geburtstagfeier zu kommen und ihm die Geschichte zu geben. Timmy war glücklich gewesen. Milo hatte ihm von dem Feuer erzählt, die Mordserie jedoch verschwiegen – ebenso den Inhalt des Buches, das er schreiben würde.

Erst hatte Milo gezögert, ob er den Text überhaupt noch verfassen sollte. Vermarktete er den Tod der Opfer, machte er damit ein Geschäft?

Ela hatte ihn während eines Mittagessens und einem anschließenden langen Gespräch überzeugt, das Buch doch zu schreiben. Auch der Verlag hatte ihn dazu ermuntert – und so würde aus der ursprünglich angedachten eher harmlosen Episodensammlung über den Schlagerstar Sunny ein Thriller über dessen Doppelleben und vor allem über Feline alias LeRêve werden, die mit vier Robotern für eine beispiellose Mordserie verantwortlich war.

Der Fall hatte ein gewaltiges Medienecho ausgelöst. Ela und er hatten, nachdem sie bei der Polizei als Zeugen ausgesagt hatten, zahllose Interviewanfragen abgelehnt – ebenso Sebastian, der noch im Krankenhaus war, es aber in Kürze verlassen durfte. Milo hatte Sebastian mehrmals in der Klinik besucht, und Sebastian hatte angekündigt, Milo bei dem Thriller mit Berichten über seine Gefangenschaft zu unterstützen.

Von Ares, Kybele und dem Porsche fehlte jede Spur.

Milo kehrte ins Bad zurück und rasierte sich. Okay, das sollte jetzt passen. Hoffentlich.

Er traf sich mit Ela in einer kleinen Bar, die für ihre Cocktails bekannt war, und nicht erst heute hatte sich Milo bestimmt schon zehn Mal gefragt, wie dieser Abend enden würde. Er hatte sich in Ela verliebt und durchaus bemerkt, dass sie ihn ebenfalls mochte. Aber mögen war ein weiter Begriff.

Vermutlich würde es heute Abend nicht bei einem Cocktail bleiben, und so bestellte sich Milo ein Taxi.

Fünf Minuten später verabschiedete er sich von Ramses und füllte vorsichtshalber noch eines der Schälchen als Reserve.

Das »Nautilus-Ragout« beinhaltete Hering und Lachs und stand auf Ramses' Favoritenliste weit oben, wie Milo in der letzten Woche herausgefunden hatte.

Das Taxi wartete schon auf der Straße, als Milo auf den von der Abendsonne beschienenen Bürgersteig vor dem Mehrfamilienhaus trat. Milo stieg hinter dem Fahrer ein und nannte sein Ziel. Der Mann nickte, und jetzt bemerkte Milo, dass der Hüne hinter dem Steuer einen militärischen Kurzhaarschnitt und ein Kreuz hatte, für das der Sitz zu klein schien.

Milo spürte, wie er sich verspannte. Wenn der Typ jetzt noch rubinrote Augen hatte …

Der Mann trug eine Sonnenbrille, stellte Milo mit einem schnellen Blick in den Spiegel über dem Armaturenbrett fest. Dennoch … das konnte Ares sein. War der Roboter untergetaucht, hatte er sich einen neuen Job als Taxifahrer gesucht? Trug er eine Sonnenbrille oder bunte Kontaktlinsen, um das Einzige zu verbergen, was ihn von einem Menschen unterschied? Aber was wollte der Roboter von Milo?

Nervös knetete Milo seine Hände. Nein, so ein Unsinn. Seine Nerven waren immer noch überreizt. Der Fahrer sah Ares nur ziemlich ähnlich, mehr nicht.

Oder?

Milo wurde immer unsicherer, seine linke Hand umklammerte den Türgriff. Gerade als er aussteigen wollte, gab es ein klackendes Geräusch. Die Zentralverriegelung. Dann fuhr der Wagen zügig los.

»Entriegeln Sie bitte sofort die Türen«, verlangte Milo.

»Natürlich. Aber kommen Sie bitte nicht auf die Idee, während der Fahrt rauszuspringen«, erwiderte der Hüne ruhig.

Wieder ein Klacken. Milo atmete durch. Er wusste aber, wie dumm das war. Sollte er sich bei Tempo 50 oder 60 aus dem Auto werfen wie ein Stuntman?

Gut, er könnte den Mann auffordern, anzuhalten und ihn rauszulassen.

Du machst dich lächerlich. Du spinnst. Gleich bist du an der Bar. Bei Ela. Der Typ fuhr in die richtige Richtung. Wenn er dir etwas antun wollte, würde er einen verlassenen Parkplatz ansteuern, am besten an einem Friedhof.

Es ist alles in Ordnung.

Die nächsten fünf Minuten saß Milo schweigend, starr und verkrampft im Fond.

Endlich tauchte die Cocktailbar auf. Der Wagen stoppte. Milo zog einen Geldschein aus dem Portemonnaie, warf ihn nach vorn auf den Beifahrersitz und wollte schon die Tür aufreißen, als sich der Fahrer zu ihm umdrehte.

»Danke«, sagte er. »Einen schönen Abend noch, und grüßen Sie bitte Ela von mir.«

Dann schob er die Sonnenbrille hoch. Seine Augen waren rot.

Rubinrot.

Weitere Titel finden Sie auf den
folgenden Seiten und im Internet:

WWW.GMEINER-VERLAG.DE

Alex Thomas
Pietà – Steinerner Tod
Thriller
352 Seiten, 13,5 x 21 cm,
Premium-Klappenbroschur
ISBN 978-3-8392-0500-6

Als an einem Wintermorgen unter dem Branden-
burger Tor die blutüberströmte Leiche eines Mannes
in den Armen einer Frau entdeckt wird, schrillen bei
Ex-Kriminalkommissar Magnus Böhm sämtliche
Alarmglocken. Er hat diese Skulptur aus Menschenkör-
pern schon einmal gesehen, 14 Jahre zuvor in Rom. Die
Presse stürzt sich auf den Fall und spricht von der Berli-
ner Pietà. Doch dieses Mal gibt es einen entscheidenden
Unterschied: Das weibliche Opfer hat überlebt.

GMEINER SPANNUNG

Daniel Verano
Canaria Criminal
Kriminalroman
256 Seiten, 12,5 x 20,5 cm,
Paperback
ISBN 978-3-8392-0459-7

Im Wahlkampf springt der polarisierende Politiker
Francisco Fraude mit dem Fallschirm über Gran
Canaria ab. Felix Faber, deutscher Auswanderer und
Journalist auf der Insel, beobachtet den Sprung von
seinem Bungalow aus. Es geschieht das Unvorstell-
bare, vor laufender Kamera schlägt Fraude auf einem
Felsen auf und ist tot. Faber beginnt zu recherchieren
und kreuzt dabei den Weg der taffen Ermittlerin Ana
Montero. Zusammen decken sie nach und nach eine
Verschwörung auf.

GMEINER SPANNUNG

WWW.GMEINER-VERLAG.DE
Wir machen's spannend

Michael Boenke
Camping mortale
Kriminalroman
313 Seiten, 13 x 21 cm,
Premium-Klappenbroschur
ISBN 978-3-8392-0458-0

Die Ruhe auf Friedas Camping-Stellplatz wird nachhaltig gestört, als der »Probecamper« und Ortsvorsteher Eginbert Bilsner mit einem Zelthering im Kopf von Bönles Sprössling Korbinian tot aufgefunden wird. Als auch dem Hund des Ermordeten und der Bienenkünstlerin Bibibee Böses widerfährt, und Tizian, der beeinträchtigte Freund Korbinians, zum Sündenbock gemacht wird, überschlagen sich die Ereignisse im herbstlichen Ried. Nachdem Vorahnungen einer blinden Seherin grausame Realität werden, ermittelt Bönle mit seiner Motorrad-Gang auf eigene Faust.

GMEINER SPANNUNG

WWW.GMEINER-VERLAG.DE
Wir machen's spannend

DIE NEUEN
Lieblingsplätze

ISBN 978-3-8392-0370-5
Lieblingsplätze im BAYERISCHEN WALD

ISBN 978-3-8392-0373-6
Lieblingsplätze im EMSLAND

ISBN 978-3-8392-0371-2
Lieblingsplätze im BERCHTESGADENER LAND

ISBN 978-3-8392-0158-9
Lieblingsplätze im HARZ

ISBN 978-3-8392-0372-9
Lieblingsplätze BODENSEE

ISBN 978-3-8392-0376-7
Lieblingsplätze im HOHENLOHE

ISBN 978-3-8392-0378-1
Lieblingsplätze in KÄRNTEN

ISBN 978-3-8392-0386-6
Lieblingsplätze SALZBURGER LAND

ISBN 978-3-8392-0375-0
Lieblingsplätze für Wanderer SCHWÄBISCHE ALB

ISBN 978-3-8392-0380-4
Lieblingsplätze NORDSEE NIEDERSACHSEN

ISBN 978-3-8392-0381-1
Lieblingsplätze NORDSEE SCHLESWIG-HOLSTEIN

ISBN 978-3-8392-0382-8
Lieblingsplätze OBERÖSTERREICH

ISBN 978-3-8392-0383-5
Lieblingsplätze OSNABRÜCKER LAND

ISBN 978-3-8392-0374-3
Lieblingsplätze im FRANKEN

ISBN 978-3-8392-0377-4
Lieblingsplätze MÜNCHEN NACHHALTIG

ISBN 978-3-8392-0385-9
Lieblingsplätze BERLIN

GMEINER KULTUR

WWW.GMEINER-VERLAG.D
Mensch, Kultur, Regio